野地里的荞麦

魏然森　著

北京日报出版社

图书在版编目（CIP）数据

野地里的荞麦 / 魏然森著. — 北京：北京日报出
版社，2024.4
ISBN 978-7-5477-4703-2

Ⅰ. ①野… Ⅱ. ①魏… Ⅲ. ①散文集—中国—当代
Ⅳ. ①I267

中国国家版本馆CIP数据核字（2023）第188020号

野地里的荞麦

出版发行： 北京日报出版社

地　　址： 北京市东城区东单三条 8–16 号东方广场东配楼四层

邮　　编： 100005

电　　话： 发行部：（010）65255876
　　　　　　总编室：（010）65252135

印　　刷： 三河市中晟雅豪印务有限公司

经　　销： 各地新华书店

版　　次： 2024 年 4 月第 1 版
　　　　　　2024 年 4 月第 1 次印刷

开　　本： 710 毫米 ×1000 毫米　1/16

印　　张： 22.5

字　　数： 300 千字

定　　价： 98.00 元

自序：我是野地里的一棵荞麦

老家人种荞麦有个习惯，专找土层贫瘠的荒野之地，或是乱石横行，很难播种麦子、玉米、谷子等重要农作物的地方。有时候甚至都称不上种，只是把种子胡乱地一撒，再刨一刨，任由种子落到石缝里自己去寻找土壤生根发芽，浇水施肥的事与其无关，只管到了收割的时候来收割。

所以，老家人把种荞麦也叫刨荞麦。

二叔也是一个喜欢刨荞麦的人。他年轻时常年生病干不了重活，生产队安排他放羊，到了春末夏初，他就在破旧的挎包里放上些荞麦种子，提一把小镰头，放羊途中遇到无人问津连草都不爱长的乱石坡时，他就撒上几把，刨一刨，然后静等收获。有时候收获得多些，有时候收获得少些，但总归会有收获。在集体经济时代，这就是一份额外所得，成了困难日子的最好贴补，让家里苦涩的生活每年都能看到一丝喜人的光亮。

我从小就喜欢吃荞麦面的饺子。荞麦给我的印象，是一种应该种在荒郊野地、乱石坡里的作物，只有在那种地方它才会生长，土层肥沃的地方它可能颗粒不收。

然而长大后，我在新华书店里看到一本讲农作物种植的书，忽然发现荞麦原来也喜欢优质的土壤，也需要浇水施肥，也害怕霜冻、干旱、高温。有了优质的土壤又给它浇水施肥，别冻着、别旱着、别热着，它一样会长势旺盛，产量增加的。于是我就问二叔，为什么咱这里的人种荞麦不往好地里种呢？包括你在内，都喜欢种在野地荒坡乱石堆上，这是拿荞麦不当"人"嘛。二叔笑了，说，咱这地方土地是稀缺资源，肥沃的土地更是缺之又缺，种金贵的作物好地都不够用，还有好地给荞麦吗？我说，这不就是拿人家荞麦不当"人"嘛，你就拿它当个"人"，把它种在好地里不就行了？二叔说，这不是拿它当"人"不当"人"的问题，是它产量太低香味又差，多年来没得到老百姓的认可，你如何拿它当"人"呢？再说，生产队那时候有丁点儿土的地方都是归集体耕种的，个人如果想有点额外收获不把它种在荒山野地里，能种在哪里呢？等土地承包给个人以后，老百姓倒是有权利把它种在好地里了，可是没有人喜欢吃它，它价格又那么低，谁又愿意放弃好吃好卖的麦子、玉米、地瓜这类金贵作物把好地让给荞麦呢？况且它是种在荒山野地乱石堆里也能长的，换了别的作物只能白搭上种子。

我一下子明白了，荞麦在我们老家的命运，一半是自然条件所致，一半是其出身所致。重要的还是出身所致。因为它无法改变自己的出身，又落到了我老家那样的环境里，所以它不可能有机会得到好的土壤。也正是因为没有机会得到好的土壤，它才具备了在贫瘠的荒郊野地、乱石堆上也要生根发芽开花结籽的基因，也才练就了与恶劣环境抗争的本事，否则，它岂不只等灭绝？

过了五十岁以后，我回顾自己的人生，忽然觉得我原来就是野地里的一棵荞麦。也忽然发现，这世上没有几个人不是野地里的荞麦。

我思考着荞麦的存在价值，思考着荞麦的生命哲理，便产生了写写"荞麦"的冲动。当然我不是要写一本讲农作物种植的书，我是写我自己这棵"荞麦"的成长过程。通过我这棵荞麦，为世间所有有着"荞麦人生"的人们做一些挽留。

文学家王蒙说，好的文学和艺术作品是对死亡的抵抗。文学不管怎么样，它都能挽留一部分逝去的时光，挽留生活、挽留生命。我，就是要做这种挽留。

作为野地里的一棵荞麦，此生能够成为作家，能够把自己的人生体验、人生经历、人生思考写下来，让他人感知点什么，悟出点什么，我是很幸运的。能够在同一本书里怀揣着世间所有"荞麦"的心进行表达与了悟，并与早晚都会到来的死亡做抵抗，更是幸运的。

感谢我的出身是"荞麦"，感谢祖先给了我荞麦的坚韧、顽强、执着。更感谢上天给了我荞麦的幸运。

听说身体里糖分过剩的人吃荞麦比较好。

又听说生活富足以后，人们越来越发现荞麦的好处了。

虽然，荞麦仍然是荞麦。

目　录

第一章　荞麦的根和幼苗

从春到冬的寒冷

1970年5月2日，农历三月廿七，正值春的末尾时刻，天气已经极为暖和。草儿都绿了，花儿都开了，天气能不暖和吗？但对我们魏家来说，却被极度的寒冷袭击着，仿佛从遥远的北方飘来一股寒流，挡也挡不住，避也避不开，只能无奈也无助地承受。

因为，这一天的黎明时分，我的父亲走了。

父亲那年只有二十九岁，正值人生的大好年华，他却撇下五岁的我和三岁的妹妹，走了。走得极不情愿，走得极为留恋，但他不由自主地走了。

那天夜里，我跟往常一样，是在爷爷奶奶的两间西屋里睡觉的，醒来时看到昏暗的灯光中墙皮斑驳的老屋如同荒野地洞，我便惊恐万分地急喊爷爷奶奶，也伸手打探着爷爷奶奶的存在，可床上空空如也，我只听到外面传来成堆的哭声，那哭声有低沉的，有绝望的，有号啕的，有尖厉的，也有嘤嘤的。我光着屁股跑到院子里，院墙东边那棵两百多年的老柿树上正有猫头鹰在声声哀叫，使得我浑身汗毛直竖。我往父亲和母亲居住的堂屋跑去，发现全家人都在里面，父亲躺在外屋的床上，脸上蒙着一张浅黄色的纸。低沉的哭声来自爷爷，绝望的哭声来自奶奶，号啕的哭声来自母亲，尖厉的哭声来自妹妹，嘤嘤的哭声来自抱着妹妹的姑姑。我懵懵懂懂，弄不清楚这一切意味着什么，只是看到他们哭，我也就吓得哇哇大哭起来。而我的哭声，像一颗汽油弹扔进了干草堆，所有人的哭声瞬间暴涨，并如潮水般弥漫到了整个天空。爷爷把我抱在怀里，边哭边用他那双粗糙的手抚摸着我的头，给我以安慰。但他大滴大滴的泪水，却打湿了我蓬乱的头发，也打湿了我仰望他的脸。

那一年，爷爷不过四十九岁，奶奶不过五十二岁。但似乎一夜之间，我看到他们全都白了头。尤其是爷爷，寸发再也不见青丝。

父亲是从三年前开始生病的。那一年村里修水库，因为家庭出身不好，父亲害怕稍有不慎就被大队干部误以为消极怠工，便一人用手推车推两只大粪篓（一种绑在手推车两边的长方形的筐）、一对大土筐。从运土地点到水库大坝有一里多的路程，父亲一天往返四十多趟，相当于一天跑八十多里路。而患胃病多年的他能够吃到的东西，只有母亲送去的煮地瓜，或是用地瓜做成的煎饼，他吃下后便吐酸水、胃疼，久而久之就得了胃穿孔。爷爷把他送到沂水中心医院做了手术，回家后营养却跟不上，又患上了水肿病与脑膜炎，不过才两三年的时光，就黯然地离开了这个世界。

父亲从得病那时起，似乎就预料到自己会有这么一天，所以他常常把我和妹妹抱在怀里，流着泪说："老天爷如果长眼，就让我看着两个孩子长大了再死啊。要不，我怎么合得上眼啊！"

最后一次从王庄医院被我尚未结婚的姑姑和姑父抬着回到家里，他躺在院子里的杏树下看着围拢过来的我和妹妹，泪水唰唰地流，叫着我们的乳名说："然森，然慧，你们好好看看大大的模样，要不你们长大后就想不起来了。"然后扯一扯被子捂住脸号啕大哭，边哭边喊："我不想撇下两个孩子，我不想撇下两个孩子啊。"

那时，奶奶迈着一双小脚从正做饭的锅屋里跑出来，拉起他的手老泪纵横，说我的儿啊，你别想这么多，咱还没到那一步，你的病一定能好起来，一定能好起来的，你放心就是。

然而三天以后，父亲还是沿着自己料想的路，走了。

父亲走了两个多月后，母亲也带着我和妹妹去了姥姥家；又过几个月，姑姑出嫁了。一家十口人在短短的时间里少了五口，天便塌了，白昼也暗淡到了没有一丝光亮的境况。逼人的寒气也从春飘到了夏，飘向了秋，奔向了冬。

最让祖父痛苦的，是他曾想留下我以求延续魏家香火，母亲想同意，我姥姥家却不同意。姥爷安排家在县城郊区的我二姨夫充当公社干部，夹着个文件包到我们家"讲政策"，说我爷爷作为富农分子、国民党员，没有资格养孙子。我爷爷知道他在胡说八道，但也知道争不过，争吵一番之后，只得放弃了。

姥姥家来人接走母亲的那一天，奶奶紧紧抱着我坐在西屋门口的台阶上，用一种近乎乞怜的眼神透过泪水看着缓缓走来的母亲，说："他嫂子，你行行好，看在咱们婆媳这么多年情分上，别把这孩子抱走可好？我和他爷爷舍不得他，实在是舍不得他呀。"母亲的泪水涓涓而下，她迟疑了，但是她说："娘，我也想给你把这孩子留下，可是我也舍不得这孩子呀。他是我身上掉下来的肉啊！"

此时，我二姨冲过来，冲着母亲大吼："你磨蹭什么呢？还留恋这个破家啊你！还想和地主老婆拉拉感情啊你！"随后从奶奶怀里一把夺过我，不管我怎样的挣扎哭喊，不管奶奶怎样的哭叫追赶，她硬生生地把我和魏家分离了。

我从出生不到两岁就是爷爷奶奶带着的，白天和他们一起吃，晚上和他们一起睡，他们视我为掌上明珠、心头之肉。他们一直把魏家的未来和希望寄托在我身上，因为我们家出身不好，在当时的社会形势下，三个叔叔注定没有未来和希望，而我还小，长大后社会的一切变化皆有可能，或许改变魏家命运的人就是我也未可知。然而，就是这最后的一丝光亮，也随着我被二姨的抱走，破灭了。这比失掉儿子还让爷爷奶奶绝望，仅仅一个月，爷爷便患上了严重的抑郁症。白天吃不下饭，却拼命地干活；夜里睡不着觉，就背着粪筐满山遍野奔跑。村子的周边是连绵起伏的山崮，他时不时地就会跑到崮顶，不是喊叫父亲的乳名，就是喊叫我的乳名，要么就蹲在某块岩石上抱头痛哭。而心量原本最大的奶奶，也无法从悲痛和思念中走出来，她总是坐在我们家房后的土崖上，看着远处那座埋葬父亲的坟茔哭喊她的儿子，哭喊那个她心爱的、在她独自一人照顾家的那些年，帮她管教下边四个弟弟妹妹，陪伴她度过了无数艰难岁月的儿子。哭喊儿子也是在哭喊孙子，她的眼前总是晃动着我的影子，晃动着那个一声声喊她奶奶，总是往她怀里钻的瘦瘦小小的影子。

1971 年的春节到来时，家家按照当地习俗都在炸丸子摊煎饼，我们家的锅灶却天天都是冰冷的。年三十的晚上，家家都吃团圆饭，爷爷和奶奶却一头一个躺在西屋里的床上默默地哭泣。三叔和二叔从外面回来，进屋转一圈什么话也不敢说，只流着泪默默离开，去自己屋睡觉去了。四叔那时只有十四岁，他走到床前，哽咽着喊一声娘、叫一声爷，谁都不应声，他便流着泪心情沉重地在屋里呆坐一会儿，看到一只碗内放着一些地瓜淀粉，就用这些淀粉和上一些地瓜面，又剁了一点白菜馅，自己包了几个不成形的饺子煮了煮，端到院子里的一只残破的供桌上，敬了天。

老天好像是掌管人间一切的，只要你时常供奉他，他就能赐福给你。但是，奶奶一直供奉老天，老天却已经很久没有赐福给我们这家人，反而让我们家遭遇了天大的灾难。但在四叔稚嫩而苦涩的心底，老天仍是至高无上的，所以他把饺子摆好后，在远远近近传来的鞭炮声中，给老天磕头，磕了一个又一个，磕了一个又一个，希望老天在以后的日子里别再亏待我们，让我们家尽快走出噩梦的深渊，让从春到冬的寒冷尽快消散，迎来一个真正温暖和顺的春天。

陌生的山村

那应该是仲秋时节，母亲穿了一件红色的碎花上衣，一条蓝色的裤子，一双绣花鞋，背着妹妹领着我，从大战地姥姥家走出来，在深而长的山谷里穿行。我们走过一些散落的人家，穿过一座热闹的集市，蹚过一条激浪翻滚的河流，沿着一条与溪水并行的山间道路往东走，一直往东走，看到一座狭长的水库后又往里走过一段路，就走进了一个两山相夹、河道穿堂的陌生的不能再陌生的村庄。

母亲说，这个村庄叫宅科。我们以后就住在这里了。

这个时候，改嫁的母亲已经结婚数日，她的新家大门前有一棵几百年的古槐和一盘老碾。高大阔气的门楼内套着两个小院一个大院，住着五六户人家。母亲领着我和妹妹往位于中心的大院内走，与迎面而来的令我和妹妹感到陌生和害怕的男人女人打着招呼，并让我们喊这个大爷，叫那个大娘，然后走进了一座有着三间堂屋，三间南屋，两间东厢房和西厢房的四合院。

当母亲让我和妹妹把两位完全不曾相识的白发苍苍的老人叫爷爷奶奶，把一位印象里好像去过姥姥家，还给我们吃过西瓜的男人叫大大，把一个看到我们就一脸敌意，但长相还不错的大男孩叫哥哥时，我似乎明白了，我们已经走进了一个新的家庭。这个家庭本是别家孩子的，现在我们也得融入其中了。

可那个坐落在群崮之间的家呢？那爷爷的慈祥微笑和奶奶的温暖怀抱呢？就这样被隔绝了吗？我感到恐惧不已。我哭哭唧唧地说，妈，我要家走，我要家走。我妈用力搡了我一下，厉声说，上哪家走啊？这就是咱的家，以前那个家不是咱的了，以后不要再想那个家，听话！

四合院的东厢房里住着一个我叫三大娘的女人，矮墩墩的，四方脸，一说话就翻白眼。她有三个孩子，两个我得叫姐姐，一个我得叫哥哥。西厢房里住着一个我叫二大爷的男人，大高个，黑脸膛，对谁都不笑。母亲说他是个失了家的人，老婆十年前得痨病死了，他一个人带着两个闺女过活，其中，大闺女神经有点毛病，还有点傻，记着别惹她，否则她会打人。而堂屋里，除了我叫爷爷奶奶的两位老人，还有一位叫二大爷的人，是个哑巴。母亲说，西厢房里的那个二大爷不是亲的，堂屋里那个哑巴二大爷才是亲的。我说那一大爷呢？母亲为我说的"一大爷"笑了，说，一大爷打"四平战役"牺牲了，是烈士。我们来了，我们就都是烈属了。知道什么是烈属吗？烈属就是烈士最亲的本家人，是最光荣的，让人高看一眼的。

这个让我们"光荣"起来的烈士人家，姓高。那个母亲让我和妹妹喊大大的男人叫高玉贵，那个对我和妹妹充满敌意的大男孩叫华。而哑巴二大爷，我已经想不起他叫高什么了，但在我的记忆里，他是所有高家人当中对我和妹妹最和善的人。因为我们来到高家的第一天，他就拿了一把炒花生比比画画啊啊呀呀地让我们吃。

华自然是对我和妹妹最不友好的人。当然，他不只是对我和妹妹不友好，对母亲更不友好。

华那时应该是读小学五年级或是初中一年级，年龄在十三四岁，和我四叔的年龄差不多。吃饭的时候我和妹妹不敢与他同桌，因为他总是摔摔打打，稍不注意就会惹他瞪着眼睛大吼："滚出去！"或是："不老实一脚踢死你俩带羔子！"一开始，我并不明白"带羔子"是什么意思，后来才知道，"带羔子"就是跟随母亲改嫁的孩子。我和妹妹就好比妈妈这只母羊身后跟着的两只小羊羔，所以叫"带羔子"。而他骂母亲的话比"带羔子"更恶毒也更明了："你个地主家的坏娘儿们！"他不知是从哪里知道我们以前的那个家曾有过比较多的土地，出身不好，但他骂我母亲是地主家的坏娘儿们并不符合事实，因为我爷爷并非地主，是富农，我太爷爷才是地主。而我父亲既不是地主也不是富农，他只是一个出生在富农家庭的人罢了。而华可知道，他们高家其实也曾是地主呢？不然怎么会住着如此阔气的大院？只不过在 1947 年土地革命之前，他们家由于种种原因没落了，划定成分时便划成中农罢了。

母亲因为华的一句"地主家的坏娘儿们"恼怒不已，不知和我继父吵过多少架。但是，继父却管不了他的儿子，也不敢管他的儿子，因为华一直恨他，一直认为他亲生母亲的过早死去是继父造成的。

好在华于第二年春天就辍学去了东北，据说投奔他的一个舅舅去了。他一走，这个家便太平了好多。我和妹妹自然也不再提心吊胆地活着。但是，仅仅一年多以后，华因为在东北待不下去，又回来了。回来以后，他似乎不再对我和妹妹有太多敌意，也不再动不动就让我们滚，他甚至会对我们笑了。有一次他蹲在院子里刷牙，我看着新鲜，等他不在家的时候，我偷偷用他的牙刷牙膏也刷了一次牙，不知他是没发现，还是发现了也没在意，总之看到我的牙很白后他笑了，说，你牙很白嘛！我对他咧嘴笑笑，内心竟生出了几分对他的感激。但是对于母亲，他仍然表现出一种狼狗般的气势，不叫妈，没笑脸，摔东砸西是经常的事。原本就爱生气的母亲拿他毫无办法，于是就得了一种病，一吃饭就嗳气打嗝，直到今天也没有好。

因为母亲受了太多华的气，我和妹妹便有了许多倒霉的日子，这种倒霉的日子就是母亲把怒气转嫁到我们身上，常常无端地责骂我们，让我们时时处处提心吊胆，感觉家里的每一个角落都充满紧张的空气，压抑得我们受不了。我们特别羡慕那些和母亲有说有笑的孩子，那些兄弟姐妹在一起打打闹闹的家庭。

两三年后我离开母亲回了老家，这种苦不堪言的日子据妹妹说一直持续到她上初中。那时，华结婚了，脱离了让他痛恨的家，不再与他父亲来往，哪怕逢年过节，也不会看看他的父亲。他更不再与我母亲有任何交集，天下这才真正的太平起来。只是，我们心灵上的那种无形创伤却是永远也抹不平的。尽管我们对华早已没有任何恨意，对母亲也完全能够体谅。

爷爷迎着秋风来

我和妹妹来到陌生村庄不久，爷爷来了。是迎着瑟瑟秋风而来的。

姑姑马上就要出嫁了，爷爷来，是想以此为借口，接我回家住些时日。因为他太想我了。

爷爷顶着满头白发，弯着腰，四十九岁的人像七十岁，用包袱背着十几斤苹果出现在高家大门口。那时，老槐树上正飘落着金黄色的叶子，纷纷扬扬，天女散花一般。住在大门里的一位我叫大奶奶的小脚老太太正在推碾，爷爷上前笑问："这位老嫂子，这里是高玉贵家吧？"大奶奶停下推碾，说："是呢，那是我侄子，你找他做什么？"爷爷说："我来看看孙子。"大奶奶马上知道爷爷是来看我的，笑着说："哦，哦，知道了知道了，就在这个大门里面，一直往里走，进了一个二道门，南屋那家子就是。"爷爷道声谢往里走，像进皇宫一样忐忑。

刚进大门，我姥娘在我母亲和继父的相送下拄着拐棍从二道门内出来了。我姥娘那时也就五十出头的年纪，腰杆笔直，走路生风，为什么要拄拐棍呢？我不知道。大概是小脚走路不稳，拄着拐棍舒坦吧。但我知道我姥娘本是来看闺女的，已经待了三天，这是准备回家的，就和我爷爷狭路相逢了。

看到爷爷，姥娘先是吃惊，接着是愤怒，她抬起拐棍指着爷爷质问："你怎么来了？你是来认亲的吗？"

她没有称我爷爷一声亲家，也没叫一声老魏，因为我父亲不在了，我母亲改嫁了，爷爷与她王家的亲戚关系彻底断了，她就不可能再像以前去魏家接受热情招待时那样兴高采烈亲热有加了。

我爷爷笑着说:"我不是来认亲的,我有什么资格来认亲啊?我来是看孙子的。孩子从小在我跟前长大,猛地离开了我想啊。"

是的,爷爷想我。因为想,早在母亲带着我和妹妹离开魏家不久,他就产生过去姥姥家看我的冲动,可他犹豫了多日,终是提不起那份勇气,因为他知道,去了非但看不成,很可能还会招致羞辱与谩骂。后来,还是我奶奶坚持不住,说,你不敢去我去!看王家人能把我怎么着!就迈起一双三寸小脚,翻越二十几里山路,去了大战地。

大战地作为一个村庄,不只有我姥姥家,还有我爷爷的姥姥家。一条大路穿村而过,我姥姥家在路南,我爷爷的姥姥家在路北,两家斜对大门而居。当年我母亲之所以能够嫁给我父亲,就是我爷爷的表弟媳给做的媒。所以,我奶奶去了大战地,没有到我姥姥家,而是去了我爷爷的姥姥家,然后让我爷爷的表弟媳去我姥姥家做说客,以期把我领过去见一面,同时回避矛盾。

我爷爷的表弟媳是一位极其干练的女人,那时候大概不到四十岁,大高个,能说会道,在村里有很高的威信,不知促成了多少对男婚女嫁,也不知解决了多少婆媳不和。这样的一个人去我姥姥家做说客,是有着十足把握成功的。可她去了,我姥娘姥爷并未在家,我舅、我四姨五姨也没在家。在家的只有我和妹妹,还有我母亲。我那时感冒了正发高烧,躺在外屋的床上,母亲坐在床边用湿毛巾给我降温,妹妹在屋地上玩耍。爷爷的表弟媳进屋来,设想复杂的游说变得极其简单起来,她叫着我母亲的名字说:"立英,孩子的奶奶来了,想看孙子。我抱过去让她看看吧。"我母亲紧张地往门外看一眼,随后说:"这才离开几天啊,就来看。让我娘他们知道了,不得翻了天啊。"我爷爷的表弟媳说:"我抱过去让你婆婆看一眼就送回来,不要紧的。真要有事,有我呢!"我母亲说:"那得快去快回,可能过不一会儿,他们就都回来了。"

我爷爷的表弟媳把我抱出了我姥姥家。我奶奶早在对面巷子口焦急地等着了。看到我，她远远地迎过来，泪流满面地喊着："俺那孙子呀，俺那孙子呀，奶奶可看着你了，奶奶可看着你了。"

奶奶亲一亲我滚烫的脸，心疼得连声哎哟。我搂着她的脖子，昏昏沉沉地说："奶奶，我可难受了，想睡觉。"奶奶使劲揽紧我，说好好好，奶奶搂着你睡觉。

到了我爷爷的表弟媳家，奶奶就去里间的床上搂着我睡觉。我感到天地旋转，好像喝醉了酒，紧紧抓着奶奶的衣服，说着奶奶我害怕，奶奶我害怕。奶奶说别怕，有奶奶呢。眼泪随之唰唰地流，全都滴到了我的脸上。

可我还没睡着，五姨来了。是我姥娘派来的。

五姨进了院子就大呼小叫，孩子呢！孩子呢！把孩子交出来！

五姨那时也不过十四五岁，却已学会了她们王家人的趾高气扬，目空一切。她冲进里屋从我奶奶怀里用力扯起我，啪啪啪先往我屁股上抽几巴掌，然后在我的号哭中像夹小狗一样往胳膊下一塞，就把我带回她们家了。

我爷爷的表弟媳大声呵斥着我五姨，让她放下我，但我五姨根本不惧她的震慑。我奶奶迈动小脚哭着追到了巷子口，却没敢继续往前追。在强大的王家人面前，她这个曾经的大家闺秀，已经弱小到不如一只蝼蚁，根本无力抗争。

五姨把我带回家往地上用力一丢，全家人便开起了我和母亲的"批斗会"。我姥娘，我四姨、五姨，指着我母亲的鼻子骂她不要脸，都离开那个万恶的地主家庭了，还狠不下心来彻底断掉，还可怜那个地主婆，让她看孙子。也指着我的鼻子骂我不分好歹，吃她们王家的喝她们王家的，竟然还和那个死奶奶亲，再亲下去你就一辈子脱不了地主崽子的皮，长大了连个媳妇也找不到。

母亲被骂得捂着脸哭，却不敢辩解。我竟连哭也不敢哭，只是呆愣愣地看着她们满嘴喷着唾沫星子大骂。

时间过去了不过两三个月，爷爷重倒奶奶的覆辙，为着把孙子接回家，硬着头皮到高家来了。来了，他以为只要见不着我姥姥家的人就什么都好说，没想到这么巧，怕谁就偏偏碰到谁。

我姥娘拦着他，把拐棍往地上使劲杵得邦邦响，破口大骂："你想孩子？想得人多了，想了就得来看？你想了来看，你老婆想了来看，你们全家都想都轮着来看？你们全石棚村的人都想，都来看？"

爷爷本是一个有脾气的人，即便在供销社工作的那些年，自己地位低下，受人歧视，遇到极为不公的事他也会发火。但是面对我姥娘的辱骂，他选择了忍耐。因为只有忍耐才不至于把事弄到更糟，才有可能达到自己此行的目的。

但是，姥娘的辱骂没完没了。虽然翻来覆去就是说我们家出身不好，我们魏家把他们王家坑了，连我舅当兵也当不上。现在还想坑孩子吗？可她就能喷着唾沫星子骂很久很久。

我是听到骂声以后从院子里跑出来的。爷爷看到我，含泪笑着蹲下去，向我张开了手。我扑进他的怀里，他便搂紧我，从腰里抽出烟袋按上烟抽着，一声不吭地任我姥娘骂。

我惊恐不安地看着我姥娘，不知道她如此动怒所为何来。

终于，大奶奶看不下去，站出来说了一句公道话："老亲家哎，人家不过是来看看孙子，没多大错啊，你骂两句就行了。古话不是说'得饶人处且饶人'吗，到此为止算了吧！"

旁边看热闹的人也附和着如是说，姥娘这才撂下一句："许你姓魏的来这一回，以后再来你试试！非打断你的狗腿！"然后狠狠地剜一眼爷爷怀里的我，悻悻地走了。

现在说起来我应该感谢继父，或许最有理由不接受爷爷到高家来的是他，但他没有。

姥娘走了以后，继父把爷爷让到了家里，让母亲做了菜、烫了酒，由他陪着招待爷爷。当爷爷抚摸着我的头，试探着提出接我回家住些日子，说"孩子的姑要出嫁了，盼他回去热闹热闹"时，继父看一眼坐在旁边的母亲，说："行啊，他姑出嫁是大喜事，孩子该回去。"接着问母亲，"你说呢？悄悄地，别让他姥娘知道就行了。"

按说母亲是非常为难的，这种事能是悄悄做的吗？只要做了，很快我姥娘就会知道的。知道了必定又是一场狂风暴雨。但是，母亲的心是软的，也是与魏家有着割不断的情感牵绊的，所以为难之下她还是对继父说："你都答应了，我还能说不行吗？让孩子回去吧，回去了他奶奶也能看看，他叔们也能看看。省得都想。至于他姥娘，不知道更好，知道了她爱怎么着就怎么着，我顶着就是了。"

爷爷就感激得眼圈红了。

紧紧抱着香椿树

爷爷背着我，从有古槐的高家大门出发，一路讲着故事翻越一道道山岭，回到了令我陌生而又熟悉的老家——石棚。

时间已是傍晚，太阳沉落到了锥子崮后，余晖打在南山那面我们称之为鹁鸪洞子的悬崖上，像是涂抹了红黄相间的颜色，煞是好看。

深秋的风有些凉。我和爷爷下了南山顶走在曲曲弯弯的山梁上，便看到老家院子里奶奶正在手搭凉棚往山路上观望。爷爷说，看，你奶奶着急了。我便喊一声奶奶，从爷爷的后背上滑下来，像一只小兔似的飞速地往家里跑去。

跑到院子东南面的黑沙坡上，我却近乡情怯，竟坐下去不走了。

奶奶倒腾着她那双"三寸金莲"从院子里奔出来，喊着，俺孙子呢，俺那好孙子呢？却好一会儿没有找到我。此时虽然天色略显昏暗，但不至于看不清近前的人，是她的眼睛不行了。父亲的死让她流了太多太多的泪，四叔后来告诉我，她已经好长时间视力模糊，大白天看东西也常看不清呢。而我们家院外那片沙坡是黑褐色的，我的身体也是黑褐色的，她就更难看清了。

爷爷从后面赶来，一副欢喜的样子说："孙子这不在这儿吗？你看你啊，什么眼神啊？"我也随即怯怯地喊了一声奶奶。她这才猛然惊醒一般，哭着跑过来，把我抱住了。

多少年后奶奶仍然无法忘记当时的情景，总是跟我念叨："你那会儿怎么那么黑哟，黑得跟黑沙坡一个颜色，我怎么找都找不到。人也瘦，跟个小猴似的，光个大脑袋和圆鼓鼓的肚子，把我心疼得呀。"说着说着，眼泪总会吧嗒吧嗒掉下来。

我的归来像是给家里带来了节日，爷爷坐在西屋门口的石台子前笑呵呵地喝茶，奶奶和姑姑在灶房里忙忙碌碌给我做鸡蛋面，三个叔叔围着我，一会儿这个抱抱，一会儿那个抱抱，谁抱到怀里都会反复问，森，森，想叔了没？想叔了没？身有残疾的罗锅二叔还让我趴到他的罗锅后背上试试硌得慌不，说俺森好久都不让我背了，一定忘了硌着是什么滋味了。而我看到院子里有姑姑准备出嫁的红橱子，便挣脱开二叔跑过去，钻到橱子里玩去了。

我的名字叫然森，既是大名，也是乳名，是爷爷给起的。但是全家人从这一天开始，都只叫一个字：森。而且发音不是普通话森林的"森"，而是方言新旧的"新"。这种叫法让我颇感幸福，直到人过半百，听到叔们这么叫，还有一种幸福感油然而生。

这天夜里，奶奶戴着老花镜在油灯下给我做衣服，姑姑也在油灯下给我做衣服，此后母女二人夜夜熬到三更后，熬了三天，赶在姑姑出嫁前，给我做成了一身粗布衣裤，一双玉米包叶鞋。

或许我应该解释一下什么叫玉米包叶鞋。玉米包叶鞋就是用玉米棒子的那层外衣编织而成的鞋。那个时候家里穷，缺布料，好布留着做衣服，破布留着补衣服，想要做双纯布鞋很难，所以就发明了用玉米棒子的外衣，也就是玉米包叶编织鞋子。这和草鞋、蒲鞋是一个道理的，只是这种鞋子更适合孩子穿，因为柔软，不伤脚。如果加一层硬底，穿的时候小心，别浸了水，能穿两三个月不坏。

奶奶和姑姑给我做玉米包叶鞋还不单是因为家里缺布料，更重要的是做布鞋花费时间太长，纳鞋底，做鞋帮，紧赶慢赶没个五天八天做不出来，天变凉了，姑姑又要出嫁了，爷爷又急着让我快点穿上新衣新鞋子，所以奶奶和姑姑就先给我做了玉米包叶鞋。

我穿着崭新的粗布衣裤和玉米包叶鞋，美得不行，快乐得不行，也暖得不行。我忽又回到了从前那个喜欢依偎在爷爷怀里撒会儿娇，再依偎到奶奶怀里撒会儿娇的孩子模样，连要东西吃也像是不会说话了，把土豆丝不叫土豆丝，叫条条；把鸡蛋不叫鸡蛋，叫蛋蛋；把糖块不叫糖块，叫糖糖。孩子的天性尽情挥发着，不用再看脸色，不用再提心吊胆，更听不到那三个让人心惊肉跳的字——带羔子！

比我大九岁的四叔总是陪我玩，夜里领着我到屋檐下捉鸟，白天背着我去山上扑秋后的蚂蚱。鸟儿和蚂蚱是改善生活的最佳美味，因为可以让奶奶剁碎了炒辣椒卷煎饼吃。吃的时候，四叔在一边咽着口水嘿嘿乐，我把煎饼送上去，说四叔也吃，他轻轻咬一小口，说四叔尝尝就行了，还是俺森吃吧，俺森吃了长得快。

亲戚朋友因姑姑出嫁到家里来做客，本来按规矩孩子是不能上桌的，爷爷却把我揽在怀里陪客，夹了菜先让我吃，然后欢喜地告诉客人，你们别见怪啊，孙子比儿子让人疼啊。

天下所有的快乐都比痛苦消失得快，送姑姑出嫁走了以后，我在老家待了半个多月，天变寒冷的时候，按照爷爷和母亲的约定，我该回去了。

早晨，奶奶打了两个荷包蛋让我吃上，然后给我洗洗脸，整整衣服，揽在怀里亲一会儿，流着泪说，孩儿你走吧，让爷爷送你回你妈那儿去，等明年春暖花开的时候，爷爷再去接你回来啊。我说我不走，我不回我妈那儿。然后跑到院子里，紧紧地抱着那棵奶奶在我出生时栽下的香椿树，呜呜地哭。

爷爷含着满眼的泪抽着烟袋走过来哄我；四叔用衣袖擦着擦不干的泪走过来哄我；二叔拿着他亲手给我做的小木枪泪流满面地走过来哄我……一家人围着我，我哭，他们也哭。哭上好一会儿之后，爷爷说："森你听话，走吧，回去看看你妈，爷爷再把你背回来。再回来咱就不走了。"我知道这是谎话，但我最终还是跟爷爷爬上南山，再越过一道道山岭，回了母亲那儿。

几十年后，我在拍摄纪录片《宅科的天空》时，采用了一个情景还原镜头，就是让一个小女孩扮演八路军团长陈宏的女儿鲁生，把当年鲁生与养父母告别时的情景呈现出来。当小演员在我的提示下抱着院子里的一棵小杏树哇哇大哭时，我触景生情，泪如泉涌，久久不能自已，久久不能自已。

而当年爷爷把我送回到母亲身边后，我却躲进里屋，不敢在爷爷离去时出来送送他。那是怎样一种心理呢？怕自己会哭，怕母亲看到我哭。我哭，母亲就会知道我对爷爷有着太深的感情，她因此害怕失去儿子，不再让我回老家怎么办？一个孩子的内心，在那种时候竟也复杂起来了。

风雪与药

　　来到陌生村庄后，母亲的身体便进入了一个极度的病弱期。在我的记忆中，母亲有两三年的时间总是浑身不舒服，胃胀、乏力、心慌、出虚汗，夜里睡不好，老做噩梦。神经也敏感到不行，白天看到这也生气，看到那也不高兴，晚上就害怕。那个时候继父是大队门市部的售货员，夜里需要看门。我和妹妹陪母亲睡在一起，母亲睡着睡着就会叫醒我，低声说，你听，外面是不是有人敲咱家的窗户？或者说，你听到没有，大门刚才响了，你说是不是东边那个女人去门市部找你大大了？我吓得浑身发抖，却无法回答母亲，因为我什么也没听到。母亲就哭，趴到枕头上双肩一耸一耸地哭。

　　弟弟崇民出生后，母亲的身体似乎更病弱了，有一天她躺在床上异常悲伤地对我说她可能活不久了。因为她小时候有好几个算命先生给她算过卦，说她活不长。现在她病成这样，说明寿限已尽，到了该走的时候了。我信以为真，吓得哇哇大哭，我说，妈，你别死，你要死了我和妹妹怎么办呀？母亲泪流满面，却带着几分莫名的愤怨说，你们爱怎么办怎么办！我两眼一闭还管得了你们吗！你那个死了的大大，他管我们了吗！

　　我不敢想象母亲有一天真的死去会是什么结果，就问继父有什么药能治母亲的病。继父说，你妈不是一直吃药吗？你小孩家不用操心这些事，慢慢你妈就好了。那时，母亲和继父总是吵架，为继父的儿子华吵，为那个我叫三大娘的女人吵，为清冷无暖的日子吵，也为翻来倒去的陈芝麻烂谷子吵。吵架之后，继父就连续三五天待在大队门市部里不回家，连吃饭的时候也不回家。母亲的药吃没了，她希望有人给她取，但是放眼整座四合院，没有一个人能给她取。倒是总能听到东厢房里那个女人指桑骂槐。母亲赌气把药壶重重地摔在了院子里，然后回屋扑到床上哭着说不吃不吃了，死了算了。

我眼含泪水问母亲，药在哪里，我去给你取。

母亲蓬头垢面地躺在床上想了好一会儿，有气无力地说，在大战地北山你三姨家那个村，一个老中医家。你去了找你三姨，让她领着你去取。又说，你能不能行啊？别走丢了。

我说，能行。你不是领着我去过三姨家吗，我记着路呢。

那年我六岁，正是寒冬腊月，下着纷纷扬扬的雪。我赤脚趿拉着一双没有后跟的鞋，光着顶了一头脏发的小脑袋，上路了。

十几里的山路，被厚厚的积雪覆盖了，而且还在继续覆盖着。到处一片苍茫，空旷得连只鸟儿也不见。走出两山相夹的村庄，走过那座狭长的水库，沿着与山溪并行的路往西一直走，一直走。来到大河边，看到一步一个的石墩搭成的过河桥已被积雪占据，河水倒是不深，但是结了冰。我有些畏怯，害怕踩着石墩过河万一掉进河里，鞋就没法穿了。但是这河我能不过吗？我能掉头返回家吗？想起母亲说她就要死了的话，想到母亲真的死了我和妹妹再也不会有人管，我更害怕。于是，我拿起石头砸一砸河边的冰，脱掉鞋，一手拎一只再提着裤腿，咬咬牙，蹚进了水中。冰凉，钻心而刺骨的冰凉，我大呼小叫着跑过河，踩到雪里的那一刻感觉雪是热的。可我低头去看手里的鞋子时，发现只剩一只鞋。往河里搜寻，看到那只鞋在河对岸的浅水中泡着。我二次蹚水跑过去把鞋取过来，鞋是湿的，棉裤也因忘记提起湿了半截。我哇哇大哭，感觉自己是那样可怜和无助，但是，哭过之后我必须再出发，于是甩一甩鞋里的水，穿上，又朝着有三姨的北山走去了。

我想不起药是怎么取到的了，只记得脚冻得特别疼，特别疼。尤其那只穿了湿鞋的脚，更是疼到了骨子里；只记得早饭没有吃，午饭也没有吃，却没有任何人问我吃饭了没有；只记得三姨领我去取药时满嘴里都是对母亲的种种埋怨和对继父的处处不满，以及对我的极不耐烦。

　　我把药拿回家放到母亲床头，母亲强撑着病体从床上欠起身，问我吃饭了吗，我摇摇头。问我你三姨没给你个煎饼吃吗，我流着泪摇摇头。然后又说，妈，我脚疼。母亲探身看看，惊讶地说怎么弄成这样，我哭着说掉河里了。母亲赶紧下床帮我把脚上的湿鞋脱掉，把湿了半截的棉裤脱掉，让我坐到了她温热的被窝里。然后，她搬来火盆给我烘烤鞋子和棉裤，眼泪吧嗒吧嗒地往下滴，不说话。

　　那个冬天我的右脚生了冻疮，流脓淌血，走路不敢正脚走，歪着走，走起来拖拉拖拉的，像个残疾的孩子。后来，冻疮好了，走路的姿势仍然拖拉拖拉的。母亲给我纠正过多次，爷爷奶奶也给我纠正过多次，但却一直没改好。

　　但是那个冬天之后，母亲的病有所好转，算命者的话没有成真，她没有像父亲那样离我和妹妹而去。我们兄妹很幸运，没有悲惨到成为失去双亲的孤儿。

红色荣耀

小学一年级我是在陌生村庄读的。

教我的老师叫李志海，2016 年，我拍摄纪录片《宅科的天空》时，曾去李老师位于县城东郊的家里拜访过他，他没有一下子认出我，但是聊了几句后他马上想起来，并说起了我上小学一年级时的趣事。比如加入"红小兵"的故事。

我上小学一年级的时候，正是"红小兵"最吃香的时候。能够加入红小兵的孩子，必须是根红苗正的孩子，家庭出身有问题、社会关系复杂、父母犯过重大错误的孩子，都不能加入或是经过长时间改造以后才能加入。凡是加入的孩子，就会发一个菱形的印有"红小兵"三个黄字的红色袖章戴在左胳膊上，这是一种莫大的红色荣耀，让人感觉十分威风和得意。

但是，评选第一批红小兵时，我们班 80% 的同学都上位，我却在那没有评上的 20% 之列。当时，李志海老师让全班同学举手表决，提到我时，我吓得心脏怦怦直跳，就怕没人举手。结果全班三十多个孩子，只有五六个或是两三个举手的，这些举手的孩子还遭到了班干部的纷纷指责，其中班长的话最具打击性："他是从黑路里来的孩子，俺娘说了，他原来的大大是地主，是剥削阶级，我们的红小兵队伍里不能要这样的孩子！"

我的脑袋嗡嗡响，不敢抬头去看任何同学。我希望李老师能替我说句话，告诉他们我现在不是地主家的孩子，我们家现在是贫下中农，还是革命烈属。但是李老师并没有替我说话，现在想想他当时可能是不敢说，因为红小兵是有权批斗犯了路线错误的老师的，所以他只能同意班干部的意见，没让我加入这一批红小兵。

第一批红小兵评完以后，学校搞了一次游行活动，就是让孩子们戴上红小兵袖章，排着长长的队伍在村子里喊着口号走街串巷。宅科是一个沿河而居的狭长村落，红小兵队伍从河的北岸游行到村东，折回来走河的南岸回学校。这一去一回有三四里路，让当上了红小兵的孩子享尽了风光。

没戴上红小兵袖章的孩子也要跟着一起游行，虽然不只我一个，但我感觉就是只有我一个，所以心里特别不是滋味，好像偷了谁家东西被抓到了游街一般，甚是丢人现眼。

全村人都在路两侧围观，我看到母亲和几个我叫婶子大娘的女人也站在大门外的老槐树下看热闹，而且非常显眼。假如母亲看到自己的儿子没有戴上"红小兵"袖章会是什么感受？她会不会遭到婶子大娘们的嘲笑？母亲是最爱面子的人，她如何接受得了这最没面子的事呢？我心里乱七八糟地想着，不敢往队伍的两边走，只钻在人群里，努力低着头，尽量让别的孩子挡住我的胳膊，挡住我的脸。

这天中午放学我没敢回家吃饭，我怕母亲打我。下午放学我也是很晚才回家，我仍然惧怕母亲打我。等我饿得实在熬不住回到家时，屋里已经亮起了油灯。母亲正和继父吵架。我听到母亲质问继父："你们家不是贫下中农吗？你们家不是革命烈属吗？孩子到了你们家就是你们家的孩子了，为什么连个红小兵也评不上？"

第二天早晨一上学，李志海老师就找我谈话："你好好努力学习，多做好事，下一批红小兵一定把你评上。"我一听，内心获得了巨大安慰，但也委屈得眼眶里充满了泪水。我说老师，我其实一直都在努力学习，一直都在做好事。李老师拍拍我的头，说，要百尺竿头更进一步才行。

明白吗？

我当然明白。不明白也得明白。所以从这一天开始，我更加努力地学习，更加积极地做好事。比如抢着擦黑板，抢着扫地，抢着到村里给孤寡老人烧水、扫院子。每次干完总要跑到李老师那里报告一声，老师我又干什么什么好事了。生怕李老师不知道。报告的时候，也注意观察李老师的反应，如果他答应且笑了，我心里就踏实了。如果他没答应，或是答应了，但没笑，我心里就没了底，总要质疑自己哪地方没做好，总要怀疑是不是有同学到他面前说了我的坏话。

好几个晚上睡不着，想着除了更加努力学习和做好事，还能做点什么才能让同学们都投我的票。拿糖块给同学们吃吗？那不成了用"糖衣炮弹"拉拢同学吗，万一老师知道了起反作用怎么办？反复琢磨不得要领，求助继父，他给了我一瓶钢笔水，说，把这个给同学们都用用就行了。

我把钢笔水拿到班里，先让跟我同桌的孩子用，再让周边几个同学用，最后全班同学就都用了。我很大方地说，我们家有的是钢笔水，用完了我再回家拿。

过了半个月或是更长时间，第二批红小兵在我漫长的等待中终于开始评选了。这一次，全班三十几个同学无一例外地举手投了我的票，我终于加入了梦寐以求的红小兵队伍。这或许是我努力学习积极做好事起的作用，亦或许是那瓶钢笔水起了作用，或者是李志海老师起了作用。我更愿意相信是李志海老师起了作用，因为李老师在红小兵评选之前告诉同学们，我家出身是中农，不是以前的地主或富农。因为我来到宅科进了高家门就是贫下中农的后代、革命烈士家的孩子，不会再和地主富农家有什么关系。

又一次红小兵大游行开始了，我的左臂上戴着"红小兵"袖章，内心充满了自豪与骄傲。我故意往游行队伍的外沿走，故意让人们看到我那闪烁着巨大红色荣耀的袖章。

　　母亲又和几位婶子大娘站在大门外的古槐下观看游行，我一眼就发现了她，她也一眼就发现了我。一瞬间里母子俩相互看一眼，母亲便冲着身边的几个婶子大娘开怀而略带羞涩地笑了起来。我在这一瞬间里泪光闪闪，快乐得几乎要蹦起来，也就更加抬头挺胸用力甩着胳膊往前走着，内心充满了对母亲、老师、同学甚至对自己的感激与感动！

冰窟里去捞"懒老婆"

童年的冬天里，最大的乐趣莫过于在冰河上抽"懒老婆"。

"懒老婆"，有些地方叫陀螺，也有称作"老牛""冰尜"的。是一种用硬质木头做成的下方尖并镶入钢珠，上面粗圆且带沟槽的冰上游乐玩具。史料中查不到这东西是谁发明的，但能查到早在新石器时代就已诞生，那时是用石头做的，在地下埋了五千多年后重见天日，让今天的人们知道，古代的人们也喜欢玩儿，并且玩出了聪明才智。

在陌生村庄的那段童年时光里，我异常渴望拥有一个"懒老婆"，可是家里没人会做，我虽跟母亲要求了几次，终是没能得到。

村东头有个叫崇可的孩子跟我是同班同学，也是好友，他有一只槐木做成的"懒老婆"，是他爷爷那一代玩过来的，乌黑油亮，玲珑水滑，他视若珍宝，一般孩子碰也不会让碰。但是，我却可以随时与他一起到冰河里抽打。因为有继父在门市部的方便，我经常给他糖块吃，有时候哪怕只有一块糖，我也会咬一半给他。

那一年的冬天，大约是我六七岁那年的冬天，我和崇可还有五六个小伙伴在狭长水库的上游开展抽"懒老婆"比赛。两个人一组，分三组，有专人作为裁判在一旁用数数的方式计算"懒老婆"的转动时间，哪一组的"懒老婆"转的时间最长，哪一组获胜。而失败的两组则给获胜的一组抬"轿子"，即两个人用手搭起来抬着获胜一组的某个人，在冰河里滑行三个来回。

我与崇可一组，因为手里有其他孩子所没有的最好的"懒老婆"，我们信心十足，志在必胜。

通过包袱剪子锤分出出场顺序，比赛开始了。我和崇可最后上场，但是前两组表现很差，一组抽倒了没有转起来，一组只转了三十个数的时间就停了。崇可很兴奋，眉飞色舞地对我说，嗨嗨，我们赢定了！我也觉得我们绝对是赢定了，就对崇可说："不用你上阵，我一个人就能轻松把他们打败！"

然而，我高兴得太早了，或者说我怀着轻敌的态度上阵本身就是一个严重的错误。任何事情不到最后时刻谁也不好定输赢，更不要放大别人的失误来高估自己。因为在很多事情上，你不能平心静气地去做，别人是失误，于你很可能就是失败！

我就遭遇了失败，而且差一点成了事故。

我用鞭稍缠好"懒老婆"放到冰面上用力一抽，这一抽带着即将胜利的激动，带着对敌手的蔑视，带着我比你们都出色的骄傲，发出了我所能尽到的最大力量。结果用力太猛了，"懒老婆"嗖地一下飞走了。如果它飞到了河岸边或是飞到了荒野里还好，但它飞到几十米外的水库深处，掉到了一处冰窟，被薄薄的冰层托住了。这就不是失误的问题，也不仅是失败的问题，还有如何取回这只"传家宝"还给崇可的问题。

那个冰窟有小型缸口那么大。后来得知，那是捞鱼人用铁镐刨开的，因为时间不久，所以只结了薄薄一层冰。

崇可哭了。那是他最珍爱的东西，取不回来不仅没法回家和他爷爷交代，以后也不会再有这么好用的"懒老婆"了。这对他来说是大事，对我来说更是天大的事。

我信誓旦旦地对崇可说，你放心，我一定给你捞上来。我要是捞不上来，就给你一百块糖！

在我看来，一百块糖是个巨大数目，用以赔偿崇可非常之重。

但是，真要给崇可一百块糖，我能从继父的门市部里搞到手吗？空口要继父是不会给的，毕竟太多了，别说继父，就算亲爹，也不会一次给出这么多糖。偷吗？更不可能，一个孩子，还没那个胆量一次偷这么多糖。如果偷了，受到的惩罚怕不是打几下那么简单。可许诺的时候，我来不及想这么多，我只想给崇可一个超大的安抚，让他别上火，更别跟我翻脸。我做了一件非常错误而又丢人的事，我惭愧得无地自容，也后悔得心慌意乱。我就怕崇可一上火跟我翻脸。再说我也感觉能把"懒老婆"取回来。

我走近冰窟，心想，这地方的水一定很深，如果掉下去，可能就出不来了。我恐惧起来，心突突直跳。但是我不能退缩，退缩了伙伴们会看不起我，崇可也不会再和我做朋友，我也拿不出一百块糖兑现许诺。

我想了想，趴到冰面上往冰窟跟前蠕动起来。我觉得这样可以很好地防止滑进冰窟。但我没有想到，冰窟附近的冰层受过伤害，已经很脆弱，当我快要接近冰窟的时候，突然听到咔咔一阵响，我身下的冰就折塌下去，我整个人也一起掉进了水中。而在那一瞬间，冰窟的水迅速涨浮，冲破薄冰，把"懒老婆"唰地一下冲到了厚实的冰面上。

但是，没有人敢取"懒老婆"，连崇可也不敢取。他们吓得惊叫一番，四散奔逃起来，很快便无影无踪了。

我成了孤立无援的人。

但是我并没有沉入水中。厚厚的棉袄棉裤加上冰块，把我托举在水面上，我拼命地挣扎一番，竟然爬出了冰窟。

浑身湿透了大半，棉衣变得比平时沉重了几倍。我爬到"懒老婆"跟前，抓住它，又爬到岸边，才试探着站起来向村里走去。

穿着滴水结冰的棉衣，举着冻得通红通红的小手，我先去了离水库最近的门市部。因为我经历了巨大危险，内心正在颤抖，我想先找继父寻求一份安慰和疼爱。但是见到继父，我把刚才掉入水库的事一说，继父没有半分惊讶，也没有一句斥责，更没有丝毫安慰与疼爱，只是看我一眼，淡淡地说，回家让你妈给换换衣服去吧，然后就到货架前整理货物去了。

我怀着几分凄凉走出门市部，没有回家，而是去给崇可送"懒老婆"。

进了村，走过那棵古老的大槐树，我忽然看到崇可扯着他大大的手正急急地迎面走来。看到我，崇可哇地哭了，扑上来搂住我喊，你是怎么出来的？是谁把你救上来的？我把"懒老婆"放到他手里，上牙磕着下牙语不成句地说："冻，冻，冻死我了，我得快回家让俺妈给我换衣裳去。"

崇可说，我陪你去。

又说，你真是好样的。真是好样的！

事关"磕炮"

　　五十年后的今天，我去堂弟然征家小坐，看到他家满地都是各式各样的玩具，不由感慨万般。

　　堂弟有两个孩子，一个女孩，一个男孩，都长得煞是可爱。堂弟和弟媳都是自由职业者，收入不高，也不稳定。但是为了孩子，他们从不吝啬花钱。那满地的玩具包括小汽车、小手枪、布娃娃、皮球、电子小狗、画画板、拼图板、唐老鸭、布老虎、橡皮泥、呼啦圈、小电子琴，等等，让人眼花缭乱，目不暇接。

　　回到五十年前，我那时正是弟弟家的女儿那么大，假如要有这些玩具中的一两样，只怕也会乐疯吧。

　　我的童年时代，从没花钱买过玩具。

　　我们那个时候的所有玩具都是长辈给做，或是自己发明、发现、发掘。不能发明、发现、发掘，家长也不给做，我们就把任何一样东西都当玩具。换句话说，只要这件东西拿得动，不伤人，我们都可以作为玩具玩上几天。比如一根钉子、一只烟盒、一颗鸟蛋、一块泥巴、小瓶子、小铁锹、小镐头、钳子、扳子、顶针，甚至是石子等。我们那代人，或是我们的父辈、祖辈们，在谈到与谁一起长大，且感情极好时，总会说出这样一句话：我们是一起尿尿和泥长大的。由此可以证明，在生活极为贫苦的时代，尿尿和泥玩儿是孩子们获得乐趣的一种常态。如果能够发明、发现、发掘玩具，那就惊为仙童了。

　　在陌生村庄的那几年，我们家后院有个叫栓柱的男孩——当然也可能不叫栓柱叫别的，因为那时候我老叫他哥哥，不叫名字，所以我说不准了，姑且就叫他栓柱吧，反正那个年代叫栓柱的孩子比较多——栓柱比我大两岁，长得虎头虎脑，大眼睛闪闪发光，透着极度聪明。他就发明了一种玩具——磕炮。

什么是磕炮？就是用废弃的手推车轮子上的辐条和铁帽，做成的一种装上火柴头一磕就响的东西。因为只响一下，所以叫炮。它的结构是，带铁帽的辐条一端弯成烟袋状，另一端镶在带槽沟的短木柄上，用废旧胶皮缠紧，做成便于握住的把儿，尾部留一个系线的小鼻子，把一根铁钉子去掉半截磨平，系到线的一头，使其可以插到辐条铁帽的窝坑内并能扯紧。玩耍时把从家里偷出来的火柴剔下药头装进窝坑，插上钉子头，用力往石头上一磕，便能听到啪的一响，以此获得开心。

栓柱把做好的磕炮拿给我看，把我馋坏了，就央求他给我也做一个，许诺的回报是给他十块糖。他答应了，但我必须给他提供一根大号的钉子。因为他手里只剩一根辐条，没有大号钉子了。我说行行行，我一定找一根大号的钉子给你拿来。

但是上哪找大号的钉子呢？我回家到处翻找，怎么也没找到。我问母亲要，母亲说，我上哪给你找啊？自己爱上哪找上哪找去！

我心急如焚，却又束手无策。

这天晚间，我和妹妹跟随母亲到前院大奶奶家玩。幽幽的灯光下，里面大人说话，我便揽着妹妹坐在门槛上，像两只小猫一样静听。无意间我发现在门扇下方有一根大钉子，新的，乌亮乌亮的，煞是惹人眼目。我的心怦怦直跳，暗说怎么这么巧啊，我正愁找不到大钉子呢，大钉子就来了。于是顺手拿起钉子，在妹妹的身后把玩着。我想跟大奶奶说一声，让她把大钉子送给我，又怕她不答应，就做出了一个冒险的决定，把大钉子偷走。我想，大奶奶和母亲说话并没注意我，我把大钉子偷走了，她也不会知道是我偷的。于是我把大钉子卷进了妹妹的衣领，走的时候故意张开手拍打着屁股，以此向大奶奶展示我手里什么也没拿。

走在路上的时候，我即把大钉子从妹妹的衣领上取下来攥在了手里，回家后迅速藏好，单等明天一早给栓柱送去。当时心里激动得无法言说，想到我终于可以有一支属于自己的磕炮了，到时候我一定拿到所有小伙伴面前展示一下，谁和我好我就让他玩一会儿，谁不和我好，我连摸也不让他摸！

但我没有想到，第二天一早我刚起床，大奶奶突然来了。她直奔我们家，迎面问我，孩子，你见我们家的一根钉子没有？那是你大爷爷跟人家木匠好不容易要来钉门板用的，丢了就没处再找去了，你要是见过，就给大奶奶，大奶奶给你好东西吃。我紧张不已，慌乱不堪，却将拿了钉子的手藏到身后，说俺没见，俺上哪见呀。

这时母亲从屋里走了出来，先是满面和气地跟大奶奶打招呼，又阴沉着脸走到我跟前，一把从我身后夺过钉子，顺手推我一把，然后把大钉子交给大奶奶，说，这个小死孩不懂事，你别怪他，等下我好好管管他！

大奶奶高兴地拿着钉子走了。临走还不忘给母亲留下一句话，小孩子家看着什么都喜欢，不算错，你可别打他啊。

母亲答应着，脸色早已铁青。

等大奶奶出了二道院的门不过几十秒，母亲就抓起立在门口的一把笤帚朝我扑了过来，并且大声骂着一些极其难听的话。

我吓得赶紧往外跑，穿过二道门，逃出大门口，直奔西山方向跑去。我想，母亲再能追，也不会追到山上打我的，再说她身体羸弱，也爬不了山，追不上我。

但我想错了。母亲飞一样追上来了，像鸟儿一样。我往山上跑，她也往山上跑。一口气追到山顶，追到我跑不动倒在了杂草丛生的野地上，她按住我便用笤帚拼命地抽打了起来。

我记得那是个夏天，天气炎热，我只穿了一条小裤衩和一件破背心。

母亲的笤帚抽在身上，结结实实，只觉得火烧火燎地疼。

母亲打完也累坏了，她扑通一下坐到野地上，呼哧呼哧喘着粗气问我："你，你，你以后还敢不敢偷人家东西了？还，还敢不敢了！你以为一根、一根钉子就能偷吗？你现在偷人家一根钉子，将来你就敢偷人家一根木头！"

母亲不识字，她不会说"不以善小而不为，不以恶小而为之"的话，但是她所表达的却是这么一种意思。

我哭着告诉母亲，我以后再也不敢了，再也不敢了。

母亲伸出手抚摸着我受伤的后背，一瞬间柔情了许多，但泪水也奔涌而出。她抽泣着说，你给我记住，以后哪怕是人家的一根草，你没有，不要眼馋，更不要偷人家的。做贼是最让人瞧不起的。

天上游动着几片白云，白云下飞走了成群的鸟儿。

我坐起来，却哭得更厉害了。

此事被大奶奶知道了，她拿着大钉子来我们家道歉，说都是她多嘴，让孩子挨了一顿打。然后非把那根大钉子送给我，说门先不钉了，让孩子玩吧。我不要，母亲更不让我要。但是大奶奶告诉母亲，你要不让孩子要，就是让你大婶子下不来台，咱娘们以后就没法来往了！

母亲无奈，只好让我把钉子收下了。但是过了两天，家里来客人包饺子，母亲省下一碗没吃，让我端着送给了大奶奶。她对我说，欠人家的一定要还给人家，别让一个"欠"字老是放在心里，时间长了会长"毛"的。母亲说的长"毛"，就是发霉的意思。但里面的深意很宽广。

我拿着大奶奶送给我的那根钉子去找栓柱，让他给我制造了我想要的磕炮。我也兑现承诺，从继父那里分三次要了十块糖，给了栓柱。但我得到的不只是一支磕炮，还有母亲追到山顶上的那顿狠打带给我的恐惧。因为恐惧，我以后看到钉子心就抖一下，好像钉子真真实实地扎到了我一般。

潘冬子与座山雕

　　我忘记戏曲电影《智取威虎山》是何时到陌生村庄那一带上映的了，只记得电影在哪村放映我们都去看，看了六七遍之后，村里的孩子们就都学起了杨子荣。虽然没有杨子荣的那身装束，但是弄一块白包袱披到身上，在小树林里乱窜一阵，也能获得极大的快乐。

　　我也学过杨子荣，但是家里没有白色的包袱，只有继父穿过的一件已经泛黄的破破烂烂的白衬衣，我便将其披在身上玩了好长时间。

　　那时候，我还让妹妹演过小常宝，学唱"八年前，风雪夜，大祸从天降，座山雕杀我祖母，掳走爹娘……"。没有羊皮坎肩，我就弄一张兔子皮用小绳给她系到身上，兄妹俩玩得不亦乐乎。

　　妹妹说她就喜欢小常宝，长大了当演员就演小常宝。

　　有意思的是妹妹长大以后嫁的老公就叫常宝，不知道相亲的时候，她有没有想起自己当年演常宝的故事，有没有觉得人世间的事总有许多奇妙的巧合。

　　模仿电影里的人物，只是一个人或是两个人玩并不十分好玩，真正好玩的是好几个孩子一起玩，把整部戏或是几场戏演出来。

　　陌生村庄的河南岸，有十几个孩子，年龄小点儿的男孩儿大概只有我和崇可，领头的孩子姓韩，叫什么我忘了，隐约记得外号叫秃蛋，比我们大三四岁。那时候我和崇可六七岁，他已经十多岁了。他父亲是脱产的，好像在一个叫韩旺的铁矿上班，每次回家都穿着灰色的工作服，骑着自行车，按着铃从街上飞快地一走，满村的女人都瞩目。所以，秃蛋总比一般孩子神气，说话也比较硬气。

秃蛋把我们纠集在一起排演整部《智取威虎山》，他演杨子荣，他妹妹演常宝，崇可演参谋长，栓柱演李勇奇。当时我是推荐我妹妹演常宝的，栓柱也推荐自己的妹妹演常宝，秃蛋把眼一瞪："滚一边去！小常宝是穷人家的后代，根正苗红，谁的妹妹也不能演，只有我妹妹能演！"我们便不敢吭声了。最后剩下栾平和座山雕两个角色，秃蛋用手一指一个叫文化的孩子，你演栾平！文化不想演，说栾平不是好人，秃蛋上去就给了他一脚，骂道："不演就滚！哪那么多好人让你演啊！"文化吓得赶紧说："好好好，我演，我演。我演还不行吗！"紧接着，秃蛋指指我："你演座山雕，不演就别跟我们玩！"我当然也想演好人，但知道肯定演不上，也就不敢吭声，默认了他的指派。

孩子们排戏自然是瞎闹的，又是京剧，就算大人也没谁真正唱得了。但是秃蛋很有一套，他竟然把京剧唱段全改成了对白，而且实在弄不了的地方就省略。虽然弄得乱七八糟，但我们却演得津津有味，饶有兴趣。

让我想不到的是，演完这部戏，秃蛋他们不再叫我的名字，直接叫我座山雕。这个外号只在演戏时叫叫也好，但是，在学校里他们也叫，在村里他们也叫。似乎我演了座山雕，人也就成了令人痛恨的座山雕了。我很羞恼，几次单独找到秃蛋理论，要求他给我换换角色，哪怕演个没有台词的解放军战士也行，但他不同意。他说，你学座山雕学得挺像的，为什么要换别的呢？别的都有人学，把谁换下来呀？要不你别玩了！

我内心承受着巨大的羞辱与压力，回家哭着告诉了母亲。母亲说："咱不跟他们玩了，这不是欺负人嘛！"可我不想退出这个群体，我渴望演戏，渴望与他们一起玩。更渴望有一天我们排演别的戏时，秃蛋能让我演一回好人。但我心里又过不去"座山雕"这个坎，就又跟继父说了。结果，继父的话让我一下子敞亮了许多。

继父说："电影上演杨子荣的人是好人，演座山雕的人也是好人呢，不是好人国家能让他上电影吗？他们给你起外号叫座山雕，不是因为你演了座山雕就成了坏人，是因为你演得好，演得像。你该高兴才是啊。"

又说："你想和他们玩，就别计较演什么。演戏就是演戏，好人坏人都得有人演，如果都想演好人，那坏人谁来演呢？只能是谁适合演什么就演什么，不能挑着演。你把坏人演好了，比把好人演坏了还要强，知道了吗？"

我嘿嘿地笑了，说："知道了。"

从此以后，我便高高兴兴地演座山雕，而且越演越好。特别是座山雕与杨子荣对暗号那一段，崇可说我演得最真最像，秃蛋给予了极大的肯定。

但我向秃蛋提出了要求，以后不准再在学校或村里叫我座山雕，否则我就不演了。秃蛋说："好，我答应你！"从此真的没有人再在学校或村里叫我座山雕。这让我身心上的千斤石头，一下子卸掉了。

一年后，我们又排演《闪闪的红星》，秃蛋在我的一再要求下同意让我演潘冬子，崇可演椿伢子，栓柱演胡汉三，秃蛋自己演潘行义，文化演宋大爹，秃蛋的妹妹演潘冬子的妈妈。但是说实话，我没有演好潘冬子，因为我一对着秃蛋叫爸爸，就笑得不行。排过几遍之后秃蛋生了气，说，不让你演好人你不高兴，让你演好人你又演不了，快演胡汉三去，让栓柱演潘冬子。

我只好跟栓柱调换一下，他演潘冬子，我演胡汉三。

但我总归是演过正面人物了，这个正面人物就是潘冬子！所以，如果有人再给我起外号，我希望叫潘冬子，而不是座山雕。毕竟潘冬子和座山雕有着太大的区别。

树叶窝头，麦麸饼

父亲是病了三年多才离世的。

曾祖父魏成一是远近闻名的老中医，一生救人无数。但他没有救得了我父亲的命。就如当年我三爷爷得了尿毒症，他也一样没有救得了自己儿子的命一样。不是他的医术不够精湛，是很多客观因素存在，他纵有神仙般的力量，也无法左右。

不仅曾祖父没能救得了我父亲的命，医院也没能救得了我父亲的命。对于胃穿孔导致的胃出血来说，手术治疗效果最佳，可是爷爷陪父亲在沂水中心医院做了手术后，同病房的此类病人都获得了痊愈，只有父亲仍然反复疼痛，搞得医院也束手无策，就让转到省城医院治疗。可去省城医院需要很大一笔钱，家里拿不出，借也没那么及时，还不一定能借几个子儿，祖父思忖再三，也只能让父亲出院回家，靠吃曾祖父开的中药维持。此时，如果营养跟得上，或许病会好得快一些，难的是饭都吃不饱，哪还有条件给他增加营养呢？母亲又因娘家无休止地埋怨她嫁了个地主家耽误了我舅的前程，就把委屈转嫁到父亲身上，三天两头跟他吵，致使父亲很难有个好心情，病就更难治愈了。后来，因营养不良又添加了水肿病，因免疫力下降又得了脑膜炎，祖父一次次跑遍全村借钱送他住院，也终是没能把他留住。

父亲走了，他给爷爷奶奶留下了无尽的悲伤，也留下了沉重的债务和无法温饱的日子。

1970年的秋天，据说收成还可以，尽管为了照顾父亲，爷爷在生产队没有挣下太多工分，但是那一年地瓜分的并不比往年少。四叔回忆，那一年我们家切了差不多两千斤地瓜干，也就是说，当时爷爷奶奶和三个叔叔，人均口粮四百斤，如果只用来解决吃饭问题，吃到第二年秋天与新粮接续是不成问题的。可是爷爷为了还债，竟把一半的地瓜干给卖了。秋末我从母亲那儿回来的时候，生活好像还说得过去，最起码每顿吃的全是粮食。可是第二年春天我再回来的时候，家里每人每天便只有三两地瓜干的定量了，不足部分只能用糠菜填补。

那年春天，在生产队负责挑土垫猪圈的爷爷曾不止一次晕倒在行走的路上。而奶奶也时常心慌乏力冒虚汗，头发大把大把往下掉。我四叔偷偷到生产队的山上采槐花，被看山人抓住抽了他十几个耳光，致使他脸肿如馍，耳朵也好几天听不清声音。这本是大馑之年才会发生的事，而那一年，却在我们家发生了。

但爷爷从不接受任何人的可怜与同情。曾有一位本村亲戚在他晕倒时给他一个煎饼吃，他坚决拒绝了。他知道一个煎饼只能解决一时的问题，却解决不了长期的问题，倒让他变得更加可怜，还不如不要，保持自己的一份尊严。就连曾祖母要给他几百斤地瓜干解解燃眉之急他也拒绝了。因为他清楚，曾祖母生了他们兄弟五个，自己吃了母亲的粮食，别人会怎么想呢？他不愿意看到兄弟们对他有看法，更不想拖累老人。曾祖母叹气，说宗汉这孩子太犟，太犟啊！

大概就是这个时候，我偏又回来了。

我忘记是四叔把我接回来的，还是爷爷把我接回来的了，总之我又兴高采烈地回来了。

我回来的时候，奶奶正在院子里做槐树叶子地瓜面窝头，当然是槐树叶子多，地瓜面少。做熟后奶奶取一个晾好的让我吃，并嘱我一定捧着吃，否则一捏就碎，洒到地上就可惜了。我按她教的捧着吃，吃到嘴里又苦又涩，极难下咽，就把窝头又放回锅里去了。

爷爷在一旁叹气，说，唉，日子这么苦，先别让孩子回来就好了。

奶奶说，不回来咱们不是想啊。你去生产队借点麸子，我给孩子掺点地瓜面烙煎饼吃吧。

所谓"麸子"，就是麦子加工面粉时剥下来的那层皮，学名麦麸。

爷爷答应着，真去生产队的馍坊借来了几斤麦麸。奶奶也真的掺上些地瓜面给我烙了煎饼。

可那是煎饼吗？麦麸和地瓜面放一起根本烙不成煎饼，只能烙成一块一块的碎饼。

这一块块的碎饼却是家里最好的饭食，是给我的特殊待遇。爷爷把这些碎饼放进一只小筐挂到房梁上，吃饭的时候拿一块给我，他连掉下来的一点渣也不吃，别人更没资格吃。

十五六岁的四叔曾问我，那煎饼好吃吗？我说好吃，甜丝丝的，等我偷一块你尝尝。四叔赶紧摇头，说："我不吃，吃了你爷爷会打我。我就是问问。"

麦麸饼的确比糠菜窝头好吃，可全家人每天三两地瓜面的定量却比往常减少了许多，本就难以下咽的糠菜窝头更难下咽了。多病的二叔给生产队放羊，中午时分，我把窝头给他送到野外，他靠在一块石头上边吃边流泪，说，这饭再吃下去，用不了多久你就没有二叔了。还不如猪食有营养，让人怎么活啊？

回到家，我对爷爷学说了二叔的话，并说，二叔本来就身体不好，要是缺营养死了怎么办？爷爷看着院子里的老柿树沉默不语，好半天后，长长地叹了口气。那是无奈地叹气，也是痛苦地叹气。

晚上，我偎依在爷爷怀里睡觉，黑暗中听着各种小虫的嘶鸣对爷爷说，要是有人能给咱家送来一些粮食就好了，哪怕只送一筐，我二叔也不会那么可怜了。爷爷说，谁能给咱家送来粮食呢，做梦都不会梦到的。家家的粮食自己吃都欠缺呢，还有余粮给别人？除非咱去要饭，或许还能讨得个半斤八两的。我感觉眼前一亮，立刻说，那咱就去要饭不行吗？我跟爷爷一起去要！爷爷摸着我的脑袋笑了，说，你真能跟爷爷一起要饭吗？那好啊，明天早晨咱就去！我以为是真的，坚定地说，行，明天早晨就去！

这一夜我心潮翻滚，浮想联翩，好久好久才入睡。

第二天早晨睁开眼，爷爷已不在床上。我听到院子里有响动，以为爷爷在收拾要饭的筐和打狗的棍子。出去看时，却是奶奶在淘洗刚用水焯过的杨树叶子。我问，俺爷爷呢？奶奶说，上生产队干活去了。我想那许是从生产队回来就领我去要饭吧，就跑到屋后的土崖上去等爷爷。

淡淡的晨雾笼罩着群崮下的村庄。远远近近的鸡鸣狗吠不时传来。土崖旁一棵碗口粗的香椿树，被人采光了叶子，只剩下残枝断干。一只鸟儿落上去，啾啾地叫着，仿佛对我说，你真敢去要饭吗？要饭可是很丢人的事哟。我在心里回答，我敢！只要和爷爷一起去，有什么不敢的！同时也在想，真去要饭会是一种什么感受呢？遇到狗咬人怎么办？遇到亲戚怎么办？千万别去大战地要，我不想让我姥姥家的人知道我跟爷爷去要饭，那样他们会更加看不起我们魏家人。

想了好多好多，想得心情复杂，想得悲壮激烈。

太阳渐渐升起，雾气慢慢散去，鸡鸣狗吠进入了又一阵繁密。

我看到爷爷挑着垫猪圈的筐往回走来，内心的激动再度奔涌，我奔跑着迎上去，说，爷爷，咱现在就走，还是吃了早晨饭再走？爷爷拉着我的手说去哪，我说不是要饭去吗。爷爷呵呵地笑了，说，要什么饭啊，爷爷哄着你玩呢。真要去要饭，也是你三个叔去要，哪会让俺孙子去要呢。我一下子哭起来，哭得哇哇的，像是喜极而泣，又像是受了多大委屈。

这天早饭，我没再吃挂在房梁上的麦麸饼，而是和爷爷叔叔们一样，吃的杨树叶子窝窝头。爷爷说，怎么了森？煎饼不好吃吗？我说好吃，可是爷爷奶奶都不吃，俺叔们也不吃，我也不能再吃。我再吃就伤天理。把烙煎饼的地瓜面和麸子放到蒸窝头的树叶里吧，这样爷爷奶奶能吃得好点，俺叔们也能吃得好点，都吃好了才能干活挣更多的粮食全家吃。

　　爷爷愣一会儿，揽住了我，眼泪吧嗒吧嗒滴下来，全都落到了我捧着的窝头上。

冬天的童话

　　童年的记忆里，父亲去世后的第二年冬天老是下雪。不管是大雪还是小雪，每隔几天就要下一场，而且大多夜里下。往往头天下午还晴空万里，第二天早晨一睁眼，外面已是白雪皑皑。

　　下了雪，青壮社员仍要在大队的统一组织下去开山劈石，推土造田，称之为"农业学大寨"。而年龄超过五十岁的老年社员，则因生产队里没活可干，在家里睡懒觉。这在靠工分吃饭的时代，并非好事，有些家中青壮劳力少的，就会犯愁，不知道少挣许多的工分，明年要少分多少的粮食。

　　那个时候，我们家四个劳力，二叔、三叔、四叔，爷爷。特别是二叔，虽然身体残疾老是生病，但是生产队安排他放羊，不管刮风下雨，还是过年放假，他都有工分，是标准的"铁饭碗"。爷爷那时已经五十岁，按说不用犯愁工分的事，下了雪在家好好休息就好，可他闲不住，天一亮他就起床背上粪筐拾粪去了。他说下了雪拾粪是最好的，因为狗在雪地里留下了脚印，顺着脚印就能找到它们的粪便，而且粪便在雪地里格外显眼，离得很远就能看到。

　　那个时候天气好像格外冷，爷爷把我从母亲那里接回来过冬，我就一刻也离不开爷爷，总是他走到哪里我就跟到哪里。但是，爷爷早晨出去拾粪却是没法领着我的，他要满山遍野地跑，顶风冒雪地跑，他怕冻着我。于是就对我说，森你听话，别跟着爷爷，爷爷出去给你拾个火烧回来吃。我说，那我跟爷爷一起去拾不是更好？爷爷说，那肯定不行啊，你要跟着就拾不到了。因为丢火烧的那个神仙爷爷啊，只丢给老头儿，不丢给小孩儿。我信以为真，便说那行吧。然后老老实实躺在被窝里等爷爷回来。

等待是焦急的，也是美丽的。小鸟儿在老柿树的枝干上叽叽喳喳地欢叫。灶房里响着奶奶拉风箱的咕哒声。烟火的淡淡气息飘过来，满屋里弥漫。我把耳朵伸得很长，企盼着爷爷的脚步声在院子里踩着积雪咯吱咯吱地响起。时间被放大和延长，一秒钟就会变成一分钟，一分钟就会变成一小时。等得不安了，我就会光着屁股跑下床，到屋门口往外张望一番，看到远远近近全是白茫茫的积雪，并没有爷爷的影子，失望中便在刺骨的寒冷中再快步跑回到床上，哎呀哎呀地叫着披紧被子暖身子。过一会儿感觉暖和了，就又跑下床去，如是三五次。如果碰巧被奶奶看到了，就会听到她紧张地喊，你这个孩子，怎么光着腚下床啊！冻死了！快快回去！快快回去！

阳光透过窗棂打在床头上的时候，爷爷终于回来了。他笑呵呵地来到床前，慢慢地从怀里掏出一个用旧报纸包着的热火烧，说，看，爷爷是不真的给你拾回火烧来了。我一把掀掉被子跳起来，接过火烧就是一口。咬完了忽然想起忘了先让爷爷吃，便把火烧塞到爷爷嘴上，让他咬一口。爷爷咬一口，赞一声好孩啊！把我按进被窝，让我一边暖和一边享受火烧的香甜。

整整一个冬天，每天早晨都会重演这样一段故事。即便不下雪也是如此。这样的重演非但不让人厌倦，反让人更加期待。

吃着香喷喷的火烧我就想，那个丢火烧的神仙爷爷什么样呢？是不也像爷爷似的白白的头发和胡子？是不是也像爷爷似的喜欢抱孙子？是不是家里也有一位慈祥可亲的奶奶？那他为什么天天丢火烧？又为什么只丢给老头儿，不丢给孩子呢？而且丢了又总是爷爷拾到呢？别人就拾不到吗？这一堆的疑问萦绕在我的脑际，时不时地我就会问爷爷。爷爷总是呵呵地笑，说，爷爷也不知道呢，等你长大以后就明白了。我也时不时地问奶奶，奶奶能够回答我，但是奶奶的回答让我更加疑惑不解，因为她总是说，那个神仙爷爷呀，喜欢下棋，你爷爷陪他下几盘棋，他就丢一个火烧给你爷爷。我又想，爷爷跟神仙爷爷下棋？天那么冷，又有雪，他们怎么下？有房子吗？再说，爷爷如果能和神仙爷爷下棋，爷爷不也是神仙吗？爷爷如果是神仙，那还拾粪干什么？那还要神仙的火烧干什么，自己把火烧变出来不就行了？我把这些问题再次抛给奶奶，奶奶便回答不了，只能笑。有时候还笑得前仰后合。

到了年底，生产队副业组的人到我家来了，拿着口袋提着秤，爷爷搬掉压在麦缸上的破衣服，掀开盖子，奶奶则用一只瓢往来人的口袋里�麦子。总共五六十斤麦子瞬间去掉大半，我心疼得不行，就问他们，你们来要我们家的麦子干什么？都�走了，我们家不过年了吗？来要麦子的人哈哈笑，说你天天早晨吃火烧都忘了吗？不给我们麦子，以后就不让你再吃火烧了！

原来，我每天早晨吃到的热火烧，是爷爷拾完粪以后，专程到生产队的火烧房里赊来的。我不知道那个时候一个火烧需要多少麦子换取，我只知道爷爷让我吃了一个冬天的火烧，也吃掉了我们家差不多一年的细粮。而这仅仅是一个火烧吗？不是的，是爷爷在那个困难的年代里，尽他的全部所能，为他深爱的孙子缔造的童话。这个童话让我永远铭记，也永远深怀感动与感恩。

芦花的悲剧

人在小时候都会喜欢小动物，特别是我们那个年代的农村孩子，可玩的东西少，娱乐的方式稀缺，内心孤独而寂寞，所以不管小狗、小猫、小兔子，还是小羊羔，都能喜爱得不行，且很容易建立感情。

我在六七岁时，曾经非常喜爱奶奶喂养的一只芦花老母鸡。这只芦花老母鸡长着一身黑白相间的漂亮羽毛，肥大的双足，健壮的体形，红红的冠子，好看到无以复加。关键它还有着超强的繁殖能力，每年都会孵化两窝鸡崽。

一般来说，一只母鸡每年只能孵化一窝鸡崽，芦花却能孵化两窝，春末夏初一窝，夏末秋初一窝，窝窝都很健壮。不能不说，它创造了鸡世界的生育奇迹。

世间所有生命之所以绵延不断，就是得益于为母者的生育本能，而这只芦花老母鸡，不仅有着强大的生育本能，还有着乐于生育的优良品格。放在人间，它就是一位伟大的母亲。

小时候的我对于母性生育与生命延续的关系，是没什么认知和概念的，喜欢芦花老母鸡就是觉着它好看，觉着它带领一群小鸡崽咕咕叫着到处觅食吃煞是威武雄壮，趣味横生，能让我获得说不出的快乐。

但是，对于养育这只芦花老母鸡的奶奶来说，她喜欢这只芦花老母鸡是现实的，物质的，与家庭利益紧密相连的。因为生活本身就是现实的，物质的，是与利益密不可分的。

奶奶说，这只大芦花啊，给咱家出过太多力了，三四年了，家里的所有鸡都是它生养的，它还年年给咱家下那么多蛋，它的孩子们也给咱家下那么多蛋，这一年到头的油盐洋火，还有你爷爷喝的茶叶、吃的烟，孝敬你老爷爷老奶奶的白糖点心，都指着它和它的孩子们呢。

秋风萧瑟中我怀抱大芦花，爱惜地给它捋着羽毛。我说，那这只大芦花是功臣哟，咱得好好喂它，好好喜它。

"喜它"就是爱它的意思，小时候我觉得用"喜"来表示对一个事物的爱是最贴切的，所以经常用"喜"。

奶奶一旁剥玉米，说，那是。咱不喜它喜谁啊。就扒几粒玉米放在手里让芦花啄食，然后又爱怜地抚摸了大芦花一把。

这是多么和谐、多么温馨的画面啊，然而过了不过三天，奶奶却把大芦花给杀了。

奶奶杀了芦花的原因既简单又复杂——芦花老母鸡打鸣了。

这一天的清晨奶奶早早醒来，忽然听到窗外的鸡窝内传来几声嘶哑而尖亮的鸡叫，她马上叫醒爷爷，说，快听，快听，好像咱家的芦花老母鸡打鸣了。爷爷说，是吗？就抬起身子侧耳去听。听了半天并未听到什么，就说，哪有啊，你听错了吧。可他刚躺下，嘶哑而尖亮的鸡鸣声便响起了。爷爷惊讶不已，说，哎！还真是母鸡打鸣的声音！

打鸣本是公鸡的本能与职责，母鸡怎么能打鸣呢？长大后我查阅有关资料，资料上说母鸡突然打鸣是一种性反转现象，简单来说就是一种病态，而这种病态对于母鸡本身并无多大危害，也不影响它产蛋和孵化后代。所以，大可不必在意。但在奶奶看来，这是一件非常吓人的事情。因为商纣王时期，民间就曾出现过许多母鸡突然打鸣的现象，结果妲己乱政，导致武王伐纣，商朝灭亡。爷爷也相信母鸡打鸣真的是大不吉，因为"牝鸡司晨，惟家之索"讲的就是一个家庭如果出现母鸡打鸣，这个家庭可能就离败落不远了。

既然母鸡打鸣如此可怕，那芦花还能留吗？肯定不能留了！于是，早晨起床后奶奶堵着鸡窝门捉住大芦花，让爷爷把它杀掉了。尽管爷爷下刀的时候奶奶不忍直视，别转头一个劲儿地念"阿弥陀佛"，但大芦花终归是被爷爷杀了。

芦花被杀了，想不到的是肚子里扒出了一堆鸡卵，这堆鸡卵大者已经成形即将产出，小者如同象子、葡萄或米粒，全都排着队准备有次序地长大出世呢。

看着死去的芦花和从芦花肚子里扒出来的那堆鸡卵，我哭得泣不成声。这不是惋惜它肚子里那些鸡卵，而是痛惜自己失去了一个满心喜欢的伙伴。毕竟它领着小鸡们咕咕叫着觅食吃的时候，给了我太多说不出的快乐。

奶奶也哭了。满口的"阿弥陀佛"似乎也无法安抚她那颗刺痛的心，因为那一堆的鸡卵让她太震惊，让她太痛惜了。她边哭边对我说，这么些蛋馇子要是都能变成蛋下出来，咱家又会多出一群小鸡儿，这些小鸡儿长大了再下蛋，咱家又能换来很多的油盐洋火，还有你爷爷的茶叶和烟，你老爷爷老奶奶的白糖点心。

然而最让我和奶奶难受的事还在后面。过了几天，鸡窝里又传来母鸡的打鸣声。这次的打鸣和上次芦花的打鸣无论是声调还是时长，都没有丝毫差别，奶奶就惊恐也惊奇了，怎么杀了芦花还有一个芦花呢？不可能啊。爷爷说，哎，别是杀错了吧？我说，就是，弄不好就是杀错了。奶奶惶恐不安，第二天她注意观察所有的鸡，发现一只大公鸡站在墙头打鸣时，与夜里打鸣的声音一模一样，原来是这只大公鸡的嗓子出了毛病，才变成这样的。

奶奶懊悔不已，再次掉泪。我也哭着埋怨奶奶冤枉了大芦花。

可是，奶奶当初怎么就认定是芦花打的鸣呢？为什么没作细致的观察和分析就确定是芦花打的鸣呢？我问奶奶。

奶奶的回答是，平时芦花的嗓子就尖亮中带点嘶哑，一叫就像公鸡打鸣似的，还透着几分本事比别人强的骄傲，所以她一听到打鸣声就认定是芦花所为。没想到认错了。

唉，仔细观察观察再决定杀不杀它好了，这事办的呀，唉！

奶奶拍着自己的腿自责不已。可世上没有后悔药，奶奶这样一个善良慈祥的人，这样一个日日口中念佛的人，终是办了一件无法挽回的错事，导致了芦花的悲剧。

爷爷纺线及其他

家里的很多活儿没人干了，因为奶奶病了，这一病就是一年多。

一开始我并不知道奶奶得的什么病，后来读了书才知道是更年期综合征。是大多数女人都会得的一种病。

女人更年期的症状多种多样，暴躁的、厌世的、多疑的、浑身上下不舒服、总觉得身体有大病。奶奶的表现是夜里一睡着就出汗，白天稍一行动就心慌，浑身乏力连提壶水到灶房都要歇息两三次，还时常黯然神伤，独自哭泣，悲观地说着人生在世毫无意思的话，很吓人。

自从姑姑出嫁，母亲改嫁，家里就奶奶一个人做家务，这个需要做双鞋，那个需要补衣服，猪在圈里要食吃，鸡在门口等人喂，屋地院子得扫，锅碗瓢盆得刷，被子褥子得拆洗，一天三顿得做饭。睁开眼一堆活儿，奶奶急得不行，却是怎么也干不动。最要命的是一家五口每天三顿除了吃煎饼，就是窝窝头、地瓜粥，别无饭食，四叔二叔天不亮起床推完磨，把一大盆的糊子端进灶房，奶奶就得咬着牙烙煎饼，烙个三五张累得不行，就要躺在旁边歇一会儿，直烙到日当正午，煎饼才烙完，人也几乎虚脱了，一头扎进草窝中，好久动也没有力气动，仿佛就要离开这个世界一般。

爷爷让太爷爷开中药给奶奶吃，太爷爷开了，却说这个病需要苦熬时日，吃草药难有大效。果然，几十服中药喝下去，效果甚微，家里却积下了缝补浆洗一大堆活计。爷爷就对奶奶说，我替不了你的病，就替你干点家里的活儿吧，要不，咱这日子就转不动了。于是，他开始学着纳鞋底、补衣服、收拾屋子、蒸窝窝头、做地瓜粥。还想学烙煎饼，奶奶坚决没让，说你一个大男人，出门捎着个鞋底子破衣服到生产队里去得着闲空就摆弄，回到家烧火做饭扫院子，我已经够丢人的了，再学烙煎饼，我这脸得往哪儿搁啊？只要我还喘气儿，这活儿我死也不让你干。爷爷说，烙煎饼最累，你却不让我学，那你就自己受活吧，等什么时候你坚持不住了，就告诉我，我再学。奶奶答应着，可她再累，再坚持不住，终是咬着牙没让爷爷学烙煎饼。

但是，爷爷却强行学了另一样奶奶同样不想让他学的活计——纺线。爷爷说，这活儿重要你不让我学，要不纺线，明年一家人穿什么？光着腚吗！

那时的衣服大多不是买的，是纺了线织出布来自己做的。所以爷爷才这么说。

西厢房的南山墙下安了一辆纺车，在奶奶的指导下，爷爷用了五六天，浪费了许多棉花，学会了纺线。尽管他纺出的线奶奶看不中，老嫌粗细不匀，说这样的线织起布来容易卡机，也容易断线。但爷爷毕竟是学会纺线了，省下奶奶再为纺线劳身费力了。她实在是无力久坐于纺车前的，有一次晕倒，砸坏了纺车，也吓坏了爷爷。

纺线是冬天里干的活。对于爷爷来说，除了晚间冒着严寒挑灯加班，也只有下大雪时才有整天的时间能坐下来。而在那个时候，作为孩子的我对玩雪的兴趣就如今天的孩子见到手机，总是迫不及待。爷爷怕我玩雪湿了棉衣和鞋子没的穿，也怕冻坏我，就让我坐在纺车前给他倒茶水听他讲故事。

爷爷的肚子里似乎有着讲不完的故事。那多是从一本本厚厚的书中截取的精彩篇章，比如《三国演义》《水浒传》《西游记》《封神演义》，以及《大八义》《小八义》《杨家将》《薛刚反唐》《呼家将》等。

爷爷有着讲故事的极高才能，像个说书人，能把故事讲得环环相扣，紧张热烈，把人物描述得活灵活现，生动有趣，让人欲罢不能。而在讲的同时，并不妨碍纺线。纺车吱咀咀转着，线在一段段抽着，故事不停地从他嘴里往外飞着，我常常忘记了自己在哪里，满脑子映现的都是故事里的各种情景，有时哈哈大笑，有时黯然落泪，有时又会疑惑不解——为什么呼延庆的飞镖老是用不完呢？为什么杨家将老打仗不吃饭呢？为什么关公总是这里出征那里出征，不回家看看爹娘老婆呢？为什么孙猴子那么厉害不能把头上的紧箍咒摘下来呢？

奶奶通常是躺在床上昏睡的，她这病的最大特点就是如抽筋剥骨般瘫软，不由自主地昏睡。但是，爷爷的故事却在不知不觉中吸引了她，让她与我一起欢喜一起悲，竟慢慢地忘记了自己的病，也扛住了昏睡。

爷爷发现讲故事竟还有如此妙处，便不动声色地继续讲，加劲讲，一个冬天过去，在无数的精彩故事中，奶奶的病竟奇迹般的消失了。

一个崭新的春天到来时，奶奶恢复了从前的体力，再也不让爷爷做家务。她说你爷爷做家务做得不像样子不说，还让满村的人都在笑话我呢。同时她又眼含泪水说，你爷爷这个人啊，一辈子霸道、脾气大，可人正直、心善、能担当、知道疼人。你以后要学他，一定要学他。

疼痛之夜

不知从什么时候开始，生产队的副业组里有了一台手摇挂面机，也不知从什么时候开始爷爷调进副业组与另外几位五六十岁的老人一起做起了挂面。

我从陌生的村庄被爷爷接回来，一刻也不离地跟在爷爷身后，他到哪儿，我必定也到哪儿。

挂面机对我来说是个巨大的稀奇物，爷爷他们忙忙碌碌做挂面，我在一旁看着心里特别痒痒，总想上去摇两下，或是摸一摸瀑布一样流淌的挂面。甚至幻想着长大以后成为一个做挂面的人，像爷爷他们那样利利落落地做出许许多多的挂面，一排一排非常壮观地挂到院子。而我站在挂面中间，让太阳照耀着我充满自豪的脸，令无数人羡慕。

挂面机的左边有两个外露的齿轮，它们咬合在一起转动，没有人告诉我它们会咬人，轻易动不得。爷爷也忘记了告诉我。

我看着这两个漂亮的齿轮，亲切得不得了，一种冲动涌上心头，我走近它们，用一根草往它们咬合的地方戳，草在它们的转动中从上端蹿向下端，没断，但扁了，像面条一样。我竟然产生了极大的成就感，好像自己也会做面条了一样。于是又找来一根两寸来长的豆棍，再往它们咬合的地方戳，期待着扁扁的"豆棍面条"再次出现。可是，这根豆棍比起草来太粗了，戳上去并不能让两个齿轮很快咬住，我就用力戳、用力戳，谁知道由于豆棍太短，用力戳上去两个齿轮倒是马上咬住往下吞了起来，却也把我的右手食指也一起吞下去了。我哎呀一声惨叫，惊动了忙碌中的爷爷，也惊动了所有忙碌的人，他们这才发现我竟然一直在做极其危险的事情。挂面机停了，我的右手食指在两个齿轮间鲜血直流。爷爷奔过来抱住哭声震天的我，喊着，快把齿轮分开，快把齿轮分开，要不孩子的手就完了！

我的右手食指血肉模糊，但骨头并没有碎，这大概是手摇机器的好处，假如是一台机动挂面机，不仅这根手指保不住，只怕整个手臂也难保全。

爷爷满头大汗抱着我跑向大队卫生室，一路上我哭他也哭。祖孙二人的哭声洒满了山野间那曲曲弯弯的小路。

我堂叔魏子仪在大队卫生室里担任赤脚医生，他用消毒碘酒给我清洗伤口，清洗了一会儿之后告诉爷爷，一些绞烂的肉粘了齿轮上的脏东西，必须清理掉，否则容易感染，也容易留下疤痕。爷爷说行，你给清理吧。堂叔就用镊子和小刀给我清理，可是卫生室里没有麻药，他就那么"刮骨疗毒"般给我清理，我疼得嗷嗷大哭，爷爷便受不了，泪流满面地说，算了算了，先这么给孩子包起来吧，别让他受这个罪了。堂叔说，好，又用碘酒给我消消毒，撒点药，包起来了。

晚上，我睡不着，炎热的天气更使手指火烧火燎地疼。爷爷抱着我在院子里来来回回地走动。天上布满了闪闪发光的星星，月光从树枝间洒落下来，风一吹，就在院子里调皮地晃来晃去。有蚊子不时扑过来，爷爷便不停地为我拍打着。

我揽着爷爷的脖子，把头伏在他那有着浓浓汗味的肩膀上，我说，爷爷，什么时候手指头就不疼了？爷爷说，一会儿就不疼了。过了一会儿还是疼，我又哭唧唧地问，爷爷，为什么手指头还是疼，能不能让它别疼了？爷爷说，你别老问它就不疼了。于是我不再问，好一会儿，还是疼，我就哭了，哇哇地哭。

爷爷坐到石凳上，汗水已经湿透他的衣衫。他把我放到怀里揽着，一边说着别哭别哭这就好了，这就好了，一边掉着大颗大颗的泪珠子。那泪珠子滴落到我的脸上，也滴落到我的脖子里，还有我的衣服上，与汗水混合到了一起，泛着淡淡的清凉。

应该折腾了整整一个晚上，我的手指才慢慢疼得弱了，也才在不知不觉中于爷爷的怀里睡着了。

第二天，我在太阳照进西屋门口时醒来，发现自己躺在床上，身边没有爷爷。我听到灶房里有拉风箱的咕哒咕哒声，我喊，爷爷，爷爷，爷爷。灶房里的咕哒声停了，奶奶很快跑过来，说爷爷上工去了，一会儿就回来了。又说，你爷爷一晚上没眨眼啊，疼在你手上，疼在他心里哟，你睡着了，他又在我跟前掉眼泪，说可苦了这孩子了，我怎么就没看好他呢，这可怎么跟他妈交代呀。

我跳下床来到大门口，抱着自己受伤的手坐在核桃树下等爷爷，爷爷拖着疲惫不堪的身体，倒背着双手步履蹒跚地走来了，看到我，他立刻满脸笑容，上前抱起我说，森，还疼吗？我摇摇头，泪水哗哗地流，不是因为手指的疼痛，而是因为爷爷的那份慈爱。

第二章　荞麦的茎和绿叶

为老家的逃离

那是入秋后的一个早晨，八岁的我告诉妹妹，哥哥以后可能不在有咱妈的这个家了，哥哥要走了。妹妹那年六岁，聪明得如同小猴子，她说，哥哥你去哪？是去爷爷家吗？我没敢说是的，我怕她马上告诉母亲，我便走不成了。我说不是，我去一个很远的地方学武功去，就像孙悟空学艺一样，去拜一个师傅学武功。妹妹咯咯地笑，说，我才不信呢。然后就玩去了。

但我真走了。

不是去很远的地方学武功，而是回了有爷爷奶奶的老家。

夏天里爷爷把我接回老家过暑假，几十天过去，四叔送我，路上我问四叔，如果我想回老家再也不回我妈那儿了怎么回？四叔想了想说，那只有你自己跑回来。你自己跑回来了，你妈也就不会埋怨你爷爷了，要不然，你爷爷是没法跟你妈交代的。我说那好，我就自己回来。四叔说，这么远的路，二三十里呢，你自己回来走丢了怎么办？我说，我都八岁了还能走丢？走不丢的。再说，我可以在这条路上做记号，到时我沿着记号就回来了。

四叔把我往跟前揽了揽，激动地说，那好，回家我跟你爷爷奶奶说说，让他们心里有个数，我们等你回来。

想了想又说，不行，我还是怕你丢了。你要丢了，你爷爷奶奶还怎么活呀？你可是他们的命根子，他们最大的希望就是你呢。要不这样，过了七月十五不正好是王庄集吗，我早晨早点走，到集西头的第一个铁匠铺那儿等你，你去了以后我领着你就往回跑，不让任何人看到，你说行不行？我说好啊好啊，就这么定了！然后叔侄俩击一下掌，算是订立了一言既出驷马难追的盟约。

但是四叔回家跟爷爷奶奶说的时候，爷爷笑着摇了摇头，说不用当真，小孩子就是随口一说，回去见了他妈就什么都忘了。

四叔也觉得如此，便没再往心上放。

可四叔又怕我真的说话算数到集上找他，所以到了七月十六这一天，他还是如约赶到王庄集，在集西头的第一个铁匠铺那儿等我。他心里想的是，等到正午我如果还不出现，他就离开。

然而，他刚到铁匠铺那儿蹲下，我就到了。那时，他的眼睛只顾看两个铁匠抢着锤子打铁，没注意到我，我就像特务接头似的拾起一块石子扔向他，他听到石子一响，赶紧四下搜寻，看到我，惊喜不已，却不说话，只悄悄走向我，拉起我的手就往集外跑去了。

为了防止遇到熟人把消息告知了母亲，叔侄二人走了一条不常走的路。即使这样，心里仍然紧张，一路上总是不停地回头观察，好像随时有人会追来似的。事实上直到我们叔侄回到老家，也没见一个人追来。倒是爷爷说，快快快，快去跟森他妈说一声，别让她找不着孩子担心。

见到我的那一刻爷爷是激动得双手颤抖的，奶奶是激动得泪水双流不知所措的。但爷爷首先担心的却是我妈找不到我会担心。相比之下，我和四叔打算隐瞒母亲的想法，还是太幼稚，太小气了。

去陌生村庄通知母亲的是我三叔，他办事一向比二叔四叔干练，胆子大，敢和任何人理长论短，所以爷爷让他去了。

三叔走的时候已经天色昏暗，回来时已经夜半三更。

全家人包括我一直没睡，都在等三叔的消息。而我似乎更为紧张，一直慌乱不堪地猜想着母亲知道了消息以后会不会赶来强行把我弄走，弄走的路上会不会怒不可遏地打我、骂我。然而，三叔带来的消息是，森他妈说了，到王庄公社打官司去！

那个时候，打官司对我来说是一个新鲜词，我从来没有听说过打官司，更没见过打官司。就想，这打官司一定是件很糟糕的事吧，爷爷会不会在打官司时让人抓起来呢？便心惊胆战地问爷爷。爷爷把我搂进怀里，很平淡也很坚定地说，俺森不用怕，打官司就是找人说说理，到时候你只要说是自己跑回来的，愿意跟着爷爷奶奶一起过日子，就什么事也不会有的。

可能是过了四天，又是王庄逢集时，爷爷带着我和三叔，到王庄公社去了。

当时的王庄公社在一座二层楼内办公。我们来到院子里等了大半天，我妈和我姥爷才赶到。我有些害怕地躲到爷爷身后，看到他们父女俩全都满脸怒气，从我和爷爷、三叔跟前走过也没打招呼，直接进了公社文书的办公室。后来我知道，那个文书姓王，在公社尚未设立民政所的时候，由他负责处理婚姻、家庭的纠纷、户口管理与迁移等事务。

我姥爷那时是大战地大队的会计，可能和王文书很熟，所以见面后有一番你来我往的客气。然后我姥爷就说，你知道吗，门外那个老东西是国民党员、富农分子，是无产阶级专政的对象。王文书说，老王啊，有事说事，别提这些没用的，这和孩子跟着谁没有关系的。然后，就把我和爷爷、三叔叫进了办公室。

很有干部派头的王文书招手把我叫到办公桌前，亲切地说："孩子，你告诉我，你愿意跟着谁一起生活？是爷爷，还是娘？"我很紧张，很害怕，但我按照三叔事先教的，先递了一支荷花牌的香烟给了王文书，看他笑一笑把烟接过去夹到了耳朵上，心里似乎有了某种底，便坚定地说："我愿意跟着爷爷！"王文书点点头，然后便对我母亲和我姥爷说，你们都听到了吧？孩子愿意跟着爷爷。你们就让他跟着爷爷好了，毕竟他是魏家的孩子吗，人家儿子没了，孙子还能做个传后人，我们就别违背孩子的意愿了。

母亲和我姥爷无可奈何，争论一番之后，也只得表示同意。

走出王文书的办公室，我对二层楼感到好奇，就从旁边的楼梯爬上去，感受楼的高度。母亲紧随着追来，说，你真愿意跟着你爷爷？他家出身不好，将来你找媳妇都困难。我知道母亲是好心，但是，我也真的不愿意再在母亲那里生活，那样一个复杂的家庭太压抑，得不到宠爱，没有快乐。于是我低声对母亲说，找不到媳妇不用你管，我愿意！母亲怒了，恨恨地说："行！你有这个决心，以后不后悔就行！"然后，愤愤地走了，头也不回。但我看到，她边走边抬手擦了一下眼睛，就猜想她是哭着走的，内心一阵酸楚，也差一点流下泪来。

爷爷带着我去了姑姑家。他说你姑家离王庄近，咱爷俩去歇一歇，吃点饭去。后来我才体会到，爷爷当时太累了，这一场看似简单的官司，其实在他心里如临大敌，他不知道公社文书会不会采纳我的意愿，也不知道我姥爷会不会找关系干扰此事，更不知道我在见到母亲后会不会突然变卦。他是那样想让孙子和自己在一起，可他又那样弱小，弱小到无法抵御任何扑面而来的风浪，他只能期望运气的垂青，他如何不累呢？

好在，那位王文书没有因为爷爷的成分问题歧视爷爷，他把家务问题与政治立场区分开来，用平等的态度理解爷爷的渴求，尊重了一个孩子的选择。现在想来，我仍然对他充满感激。

走在去姑姑家的路上，爷爷总是走一会儿就要坐下来揽着我歇一会儿，歇着的时候又总是一手紧紧地揽着我，一手轻轻抚摸着我的头，异常喜悦地看着我，仿佛得了一件宝贝似的。

而我，所有的紧张都不存在了，有的只是彻底的放松和从里到外的快乐。这是一种逃离后的感受，这种感受只有经历过的人才能体会得到。

而我和母亲，从此两相分离，直到十几年后才得以重逢。

为想念的哭泣

离开陌生的村庄回到老家后，我最想念的人并不是母亲，而是妹妹然荔和弟弟崇民。甚至最想念的也不是妹妹然荔，而是弟弟崇民。

崇民是母亲改嫁到高家后生下的孩子，我离开母亲时他只有三岁。我曾经背着他到河里捞虾，到山上捉蚂蚱，到娶亲的人家要喜糖，桩桩件件如在眼前，无法忘却。

崇民是一个长得可爱，心地也特别善良的孩子。有一回我用硬铁丝做捕青蛙的叉子，不小心戳到了他的脸上，他疼得哇哇大哭，我害怕极了，料定母亲知道后又是一顿狠打，可回到家里母亲问起来，他却告诉母亲是自己拿树枝玩不小心戳的。这让我一下子对他产生了几分少有的感激，便更加疼爱他了。

或许就是因为这种疼爱，离开陌生的村庄后，我很想念他，眼前老是浮现着与他在一起的种种情景——他白白净净的漂亮模样，他揪着我的耳朵喊哥哥时的甜美声音，他把自己吃一半的糖吐出来塞到我嘴里时的那一份快乐。

虽是同母异父，我却没有觉出他与妹妹有什么不同。甚至对他比对妹妹更多放在心上几分。也许正是因为如此，我常梦到他。印象最深的一次是梦到他丢了。

1974 年前后那段时间，是沂蒙山区抗震防震最紧张的时期，爷爷在院子里搭起了一个防震棚，把广播喇叭也挪了进去。

大概因为广播喇叭里讲地震讲得太多了，有天晚上我梦到睡觉的床在晃，桌子上的东西也纷纷倒落，老鼠们也吱吱叫着满屋里乱窜。我意识到这是发生地震了，赶紧一手抱着崇民，一手扯着妹妹往外跑去。冲出高家大院，来到大门外的老槐树下，突然发现我手里只牵着妹妹然荔，而崇民弟弟却不见了。崇民弟弟去了哪里，是路上跑丢了，还是压在坍塌的房屋里了？看看眼前的废墟我恐慌不已，撕心裂肺地喊了好一会儿无效后，便冲到废墟上用力扒着石头瓦块寻找，可是，手指磨破鲜血直流也终究是没有找到。我放声大哭，哭得无法自已。

哭声把搂着我的爷爷惊醒，他晃着我问，怎么了森，怎么了？

我被唤醒，愣怔一会儿之后却告诉爷爷，没怎么，没怎么。但是整个人却仍沉浸在梦境当中不能自拔，眼泪唰唰地往下流着，流着。

我之所以不告诉爷爷我梦到崇民弟弟丢了，是怕爷爷生气。在我的判断中，爷爷一定觉得崇民是高家的孩子，而我是魏家的孩子。魏家的孩子怎么能想高家的孩子呢？这不是对魏家的背叛吗？所以我不能告诉爷爷。

但是，爷爷好像揣摩到了我的心思，他没再追问我，也没有哄我。他坐起来倚着床头抽烟，抽了好一会儿之后，把我抱起来，给我擦着脸上的泪水说，是不是想你妈了？我想说不是，我是想我弟弟崇民了。但我仍然没敢说。我用沉默故意让爷爷猜想我就是想妈妈了，因为想妈妈比想高家的孩子更好让爷爷接受。

爷爷再一次往烟袋里装了烟叶抽烟，又抽了好久，才轻声对我说，等爷爷不忙的时候，带你去宅科看看你妈去啊。

我赶紧摇头说不去不去，我才不想看我妈呢。这话当然是违心的，是为了讨好爷爷而说的。但是说完了，我的眼泪却再一次奔涌起来，是怎么也控制不住的那种奔涌，是感动又真的开始想妈妈的那么一种奔涌。

爷爷轻轻拍着我的后背说，哪有孩子不想妈的呀，你甭怕爷爷不高兴，真想你妈了你就告诉爷爷，爷爷一定领着你去看看你妈。

我不再拒绝，点头应着。心里想，能去看看妈妈也好，因为看到妈妈也就看到崇民弟弟了。

　　此时，透过地震棚敞着的小门儿，我看到残月偏向了锥子崮。晨光已经照亮西屋的墙，预示美好的一天又要开始了。心里便想，我见到弟弟崇民的日子一定不太遥远了，就开始暗暗谋划着给崇民弟弟准备什么玩具——给他做把小木枪吧，给他做个响桃核吧，给他弄只蝈蝈放在笼子里玩吧……想了好多好多，好多好多。

　　不得不说，血真的浓于水，尽管我和崇民弟弟只有一半的血缘。

　　然而，时光一天天地过去，地震的风头越来越紧，又加上爷爷突发阑尾炎住院，四叔腰疼到处求医等一堆的事情发生，我不敢再提去看母亲的事，爷爷似乎也忘却了。所以，我给崇民弟弟准备好的玩具并未送到他手里。但是，我知道自己对崇民弟弟的感情是真挚的，是没有同母异父带来的隔阂的。所以多少年以后，当我真的与崇民兄弟重逢后，得知他正复习英语准备考中专，我便给他买了全套的英语教学磁带和一只便携式录音机，又在他落榜寻找工作时，把他安排到我当兵的部队干了两年临时工，在他自主创业开办鞋厂时帮他选厂址、定商标，让童年的那份兄弟情分延续下来，直到今天也没改变。

我欠奶奶一声对不起

不知道这算不算忏悔，我想说，我有两件事对不起奶奶。

第一件，在我还没有逃离陌生村庄回到老家时，我把奶奶嗔怨母亲的几句话告诉了母亲，让奶奶承受了爷爷长时间的痛骂。也差一点断送了我和爷爷奶奶的情分。

前面我说过，母亲改嫁后身体便进入了一个极度的病弱期。有两三年总是浑身不舒服，胃胀、乏力、心慌、出虚汗、夜里睡不好，老做噩梦。吃了好多药效果不佳后，母亲便找本村一位神婆子给看。神婆子眯着眼摸一摸母亲的手，闭上眼浑身一阵颤抖，说你没病，你是被你第一个男人缠住了。他孤孤单单在阴间世界，又苦又凄凉，所以就跑了来缠魔你。母亲并不惊讶，好像早有预知，只说，我寻思着也是他在作怪，那怎么理整理整才能让他离开呢？我实在受不了了。神婆子说，很简单，我给他扎个纸的你，开开光，你送到他坟前烧了，有了替身，他就不会再来缠魔你了。

母亲把纸扎的自己抱回家，想亲自走一趟石棚老家，却无论如何也拿不出那份勇气，毕竟是离开魏家改了嫁的女人，再回去她的心里有着很大障碍。踌躇再三，她托人捎信儿让爷爷来到陌生的村庄，在接我回老家的同时，也把纸扎的她捎回去代她在父亲坟前一烧。

回到老家，爷爷安排奶奶领着我去完成母亲的委托。奶奶答应得很好，却在去往父亲坟前的路上愤愤地对我说："你大大为什么跑那么远去缠魔你妈呀？因为你妈伤你大大伤得太重了。那些年，就因为咱家出身不好，你妈光听她娘家人的挑唆，老和你大大吵架，三天一大吵，两天一小吵，你大大生的那些气啊，就甭提了。要是别生那么多气的话，至于得那么大的病，死那么早吗？他现在去缠魔她，是报复她呢！这就叫死了也不放过她。现在弄个破纸扎的自己就想哄住你大大，你大大是那么好哄的？生了气我给她扔到沟里去！"奶奶如此说，当然是在发泄长久以来的怨愤。这种怨愤不只来自我母亲，还有我母亲的娘家人，甚至主要就是我母亲的娘家人。因为我母亲的娘家人对我们家的伤害太多太重了。但是，那个时候的我并不理解，我感觉奶奶的话很难听，特别要把纸扎的母亲扔到沟里去，是对母亲的极大伤害，肯定会让母亲的身体更加不好，所以回到陌生村庄后，我就跟母亲说了。

爷爷再一次去陌生村庄接我时，母亲没再让我跟爷爷走，她炒菜让爷爷和继父喝酒，锅和铲子就碰得当当响，告诉爷爷："以后你别再来接孩子了，俺不想再让他回去。俺是念着旧情的，可他奶奶不念，替俺烧个纸人儿也胡说八道，巴不得俺死了她才高兴，俺还怎么再让孩子回去啊？再让孩子回去俺岂不是不要脸吗！"

爷爷尴尬不已，满脸通红，他给母亲一再赔不是，并表示回家后一定好好教育奶奶，以后不再出现此类事。但母亲并未马上宽恕，更没允许我再跟爷爷回老家。

爷爷孤身往回走，心里怒气难平，本就胃不好，这样一来更是雪上加霜，一路上疼得冷汗直流，服用了三次他常服的苏打也未见效。铁青着脸走进家门，一见奶奶就开骂，骂奶奶成事不足败事有余，骂奶奶心眼不正做事不端，骂奶奶缺少口德不知积福。总之什么难听骂什么。还说若是以后森他妈真的不再让森回来，断送了我们和孙子的情分，我就要你的命！奶奶试图跟爷爷解释，但是越解释爷爷越生气，最后把喝水的茶碗都摔了。

奶奶后来告诉我，因为这件事，爷爷想起来就骂她，想起来就骂她。

她也害怕母亲真的不再让我回老家，从而断送了我们祖孙的情分，所以一直很后悔说了不该说的话，无数次口念佛号，祈求菩萨一要保佑母亲的身体尽快好转，二要化解母亲的怨结，继续让我回老家和爷爷奶奶团聚。

或许奶奶的祈求真的起了作用，母亲的身体有段时间明显好转，两个月后爷爷再去请求接我回老家，母亲也没再反对。但是奶奶长了记性，从此再也不敢在我面前说母亲一句不是，连丁点儿怨气也不敢再发。

第二件对不起奶奶的事，是在爷爷问我奶奶是不是心疼我吃东西时，我"陷害"了奶奶。时间大概是我梦到崇民弟弟后不久。

那个时候家家粮食紧巴，一般家庭都是不让孩子吃饱的，平时若想三顿饭之外再吃个煎饼或地瓜，父母就会大骂："别的不行，就长了个吃心眼儿！"爷爷也担心奶奶会这样对我，有一次夜里睡觉前他就问："森啊，平时你害饿了想吃东西的时候，奶奶有没有心疼你吃啊？"我该告诉爷爷，奶奶没有心疼我吃，从来没有。可不知为什么，我却说了句"有时候有点"。说这话的依据或许来源于奶奶偶尔说的一句话："俺那森哟，怎么又害饿了呀？属小猪的吗？"奶奶说这话并非指责，更没心疼我吃东西，她只是这么随口一说。这么随口一说中包含了她对孙子的某种怜爱与逗趣，别无他意，真的是别无他意。但在爷爷询问我时，我却为了迎合爷爷对奶奶的猜忌，无意识地就把奶奶"陷害"了。

我"陷害"奶奶的时候，是在院子内的防震棚子里。奶奶在西屋里收拾家务没听到，等她乐呵呵地关上西屋门到防震棚睡觉时，爷爷不分青红皂白开口便骂："你是缺了心眼儿吗？连孙子你也心疼他吃？人都说隔辈亲隔辈亲，你怎么就和人不一样呢？"

我在爷爷旁边假装睡着，瑟瑟发抖，我知道自己犯下大错也惹下大祸了，就盼着爷爷别再骂下去，也盼着奶奶别追问是谁在爷爷面前告了状。

奶奶没有追问，但委屈地哭了。哭着说："天地良心啊，我什么时候心疼咱森吃了？我到底什么时候心疼咱森吃了？你不能自己心疼孙子就平白无故冤枉我呀！"

爷爷似乎感觉到了自己的鲁莽，也听出了奶奶的话不是假话，便舒口气说："真没心疼孩子吃就好。若敢真心疼孩子吃，我扒你的皮！"

三天后的晚上，爷爷找他的一个好朋友谈事去了，奶奶在西屋里扒玉米，泪流不止，她对四叔说："森这孩子怎么还会陷害人呢？我没心疼他吃啊，从来也没心疼他吃啊，他怎么和他爷爷说我心疼他吃呢？"

四叔生气了，跑到院子喊："然森呢？然森你出来！"

叫然森不叫森，这是一种态度上的巨大变化，不是过分恼怒不会这样。

那时我在防震棚内。我已预感爷爷不在家定会出现风雨，便躲进了防震棚。四叔一喊，我浑身哆嗦，却不敢不出来，因为我不出来他也能找到我。

四叔一把将我揪到了南墙下，没敢打，但扔得很重。四叔质问我，你为什么害奶奶？奶奶平时对你不够好吗？你怎么一点良心也没有啊？生了气我一巴掌呼死你！

我不吭声。我知道自己理亏，说什么都是没用的；更不能替自己辩解，也找不出辩解的理由。我只老老实实听四叔训斥，以静制动，防止挨巴掌。等他训斥够了回到西屋，我仍然站在冷风飕飕的南墙下一动不动。我要惩罚自己，我必须惩罚自己，只有惩罚了自己，我心里才会好受些。

不知过了多久，爷爷回来了。我听到爷爷的脚步声从院子外面传来，赶紧从南墙下跑进了防震棚，并以最快的速度脱掉衣服钻进了被窝。我不能让爷爷看到我站在南墙下，那样他会猜到我受了委屈。如果让他猜到我受了委屈，一场风波又会骤起。若是如此，我会更加对不起奶奶。

此后，不论爷爷再问我什么，只要涉及奶奶、叔叔们是不是对我好，我都说好，真的很好。事实上也是真的好。

　　但是，两次对不起奶奶的事却深深地刻到了我的心底，多少次想给奶奶道歉，却没有说出口。奶奶却依然如故地对我好，她好像早就忘记了我犯下的错误，也好像早就原谅了我的错误，抑或在她看来，一个孩子的小小过错与亲情比起来不值一提，所以她不会永远放在心上。可我没有忘记，也没有原谅自己。直到今天，我已年近六旬，想起来仍然感到内疚，特别内疚。我欠奶奶一声对不起，一声永远也无法给予的"对不起"！

香椿树下

　　老家的院子里有棵高高的香椿树，是我出生那年奶奶栽下的。她说等我长大的时候，这棵香椿树也一定长大了，到时候就用它给我打一张香椿木的床娶媳妇。因为在传统的习俗里，香椿木是避邪的，睡在香椿木的床上会一辈子无病无灾。

　　在我七八岁的时候，香椿树已经长到碗口那么粗了，枝叶非常繁茂，夏天可以遮起大片的阴凉供奶奶在树下做针线活。而我更喜欢依偎在奶奶的怀里，在香椿树下听奶奶畅想美好的未来。

　　对于一个贫穷而又没有任何地位的家庭来说，所谓的未来其实是看不到美好的，连一丝一毫的希望也看不到。先不要说前途，就连三个叔叔找媳妇这人生最基本的需求，想达到都非常渺茫。谁家会把女儿嫁给连将来的孩子都受影响的家庭呢？所以爷爷经常在深夜里抽着烟唉声叹气，那一份愁绪让整个屋子里都充满压抑和不安。

　　然而奶奶给予我的，却是能够破解这种压抑和不安的密码。这种密码就是对未来的美好畅想。

　　奶奶是不识字的。尽管她的娘家曾是富甲一方的大户，她的父亲孙兴德，也就是我的外曾祖父，对她宠爱有加，让她在少女时代享尽了人间福泽，但在"女子无才便是德"的陈旧思想束缚下，却没有让她走进学堂读书。

　　奶奶没有读书，并不代表奶奶没有文化。在她学做女红的那个时期，她的闺房旁边就是学堂，她们孙家的子弟们在学堂里学读"四书""五经", 每一句她都听得真切清亮, 于是她就用心地记, 悄悄地学, 竟然能把《三字经》《百家姓》《千字文》《弟子规》《论语》《大学》《中庸》等这些私塾必读书烂熟于心, 倒背如流。据四叔说, 他们小时候接受奶奶教育时, 听到最多的话就是"少壮不努力, 老大徒伤悲""不以善小而不为, 不以恶小而为之""人无千日好, 花无百日红""穷在闹市无人问, 富在深山有远亲""见贤思齐焉, 见不贤而内自省也", "己所不欲, 勿施于人""满招损, 谦受益""言必信, 行必果"等这些出自中国圣贤经典的句子。而且她不仅张口即来, 还能细致地解释, 告诉四叔他们如何去做。

也许正是有了这些经典文化的滋养, 奶奶的人生态度才会有别于一般女人。她也知道政治地位的低下使得子孙们看不到前途希望, 她也懂得爷爷的唉声叹气并非只是多愁善感的意志消沉, 她也会为了三个儿子不能成家立业而满心惆怅, 但是, 她更懂得人在艰难困苦之时, 越是自暴自弃越会落于悲哀之中不能自拔的道理, 尤其是把这种情绪传导给未成年的孩子, 更容易毁掉孩子。所以, 在我小的时候, 从她那里听到的总是对未来的美好畅想, 是"河里行船有深浅, 迎春梅花开不齐。天阴总有天晴日, 十年河东转河西"的哲学道理。

那个时候, 大队里天天唱样板戏的高音喇叭是我最大的向往, 我感觉大队书记每天都在高音喇叭里讲话、下通知最是威风, 就天真地问奶奶, 我们家也能有一只大喇叭吗? 我也能在大喇叭里讲讲话威风威风吗? 奶奶的回答是: 能! 只要你好好上学读书, 眼睛往前看, 长大以后你就一定能够成为比大队书记还厉害的人。你要是成了比大队书记还厉害的人, 还愁没有大喇叭吗? 有了大喇叭咱就挂在这高高的香椿树上, 你想讲话就可以讲话, 你想唱歌就可以唱歌, 那比大队书记还要威风八面呢!

奶奶的话让我产生了无限的遐想, 我似乎看到自己长大以后真的成了一个比大队书记还厉害的人，真的在院子里的香椿树上挂上了大喇叭，我站在话筒前"喂喂"两声，然后开始讲话，讲"做人要诚实，干事要扎实。不诚实，不扎实，你就是不老实！"；讲"自己活多少年你不知道，一顿吃几碗干饭你不知道吗？本事不大吧，还一天天的装能！"；讲"不孝敬老人你连只乌鸦都不如，乌鸦还知道在它娘老了的时候叼食给它娘吃呢！"；讲"祖国是咱的母亲，没有母亲的强大，你什么也不是，别一天到晚连祖国是什么都不知道，上那些学都干什么了？当糊涂喝了！"；等等。这些都是从大队书记那里学来的话。然后我又唱歌，唱的是"听奶奶讲革命英勇悲壮，却原来我是风里生来雨里长。奶奶呀，十七年教养的恩深如海洋……"同样是从大喇叭里学来的《红灯记》选段。

我幼小的心灵里对未来充满了美好的幻想，对世界充满了美好的印象。哪怕上学时因为家庭出身问题，学习好老师也不给奖状，哪怕和同学一吵架人家就骂我地主羔子，我仍然没受到太深打击，我仍然觉得我的未来一定是好的，因为奶奶说了，只要我好好学习，一直往前看，将来一定会成为比大队书记还厉害的人。

老家的香椿树下啊，留下了多少奶奶坚强而富含哲理的话语，也铭记了一个孩子多少幼稚却意义深远的美好幻想啊。当我能够写书成了作家的时候，我反刍着奶奶说过的"河里行船有深浅，迎春梅花开不齐。天阴总有天晴日，十年河东转河西"这些话，越发对奶奶崇敬不已，越发觉得奶奶并非只是我的奶奶，还是我人生路上的一颗启明星。有这样一位奶奶，此生大幸矣！

有关一条小鱼的往昔

那年我九岁，中午放学百无聊赖，便拐个弯儿跑到水库边去玩耍。

我不会游泳。爷爷怕我出危险从小就不让我涉足深水，我便连个"狗刨"也不会。况且深秋的水已经冰凉，也不适合游泳。我去水库边，纯粹是游荡。

想不到这一游荡，竟有意想不到的收获——一条不知什么原因死在岸边的鱼，被我捡到了。

如果放到十年、二十年、三十年后，这条鱼我是不敢捡的，因为那个时候到处都在喷洒农药，突然发现一条死因不明的鱼，我会警觉它是中毒而死的，而人吃了中毒而死的鱼，也是会中毒的。但在我九岁那个时候不会，那个时候生产队的农药只用来喷洒棉花，不会用来喷洒其他作物，更不会用来给鱼下毒，所以不管在哪捡到一条死鱼，都可放心大胆地拿回家做了吃掉。

我捡到的这条鱼是条草鱼，不大，只有二三两的样子。但对我来说，并不亚于捡到一只元宝。因为一直以来我都特别羡慕那些钓鱼的人，他们怎么就能在浩浩的水域里，把鱼钓到自己的鱼篓里呢？我也曾试着自己做了鱼钩到水库里钓过，一个上午急得满头大汗，也未钓到哪怕是只有半两重的鱼。而现在，我不费吹灰之力就得到了这条鱼，我如何不视若元宝呢？

提着鱼往家走，我一路蹦蹦跳跳歌声不断。迫不及待地赶回家，想让奶奶做了给我吃。我已经好久好久都没吃过鱼了。

但是，家里一个人也没有。我这才想起来，早晨上学走的时候爷爷告诉过我，生产队分树打黑枣，我们家抓阄抓到了锥子崮东山腰，他和奶奶四叔他们中午回不来，让我放学后自己就着咸菜吃个煎饼，别等他们。

我想，这倒也好，自己做鱼吃。

那个时候我还不会做鱼，就连基本的把鱼腹剖开去掉内脏、把鱼鳃扣掉、把表皮上的鱼鳞刮掉也不会，就那么把鱼在家门口的小河里洗了洗，于锅里放点油煎去了。煎鱼其实是门技术活，需要把锅烧到起烟再放油，这样才不会粘锅。可那时候我不懂，锅里还水汪汪的我就放了油，油还凉着我就放了鱼，结果锅热以后油就开始啪啪地炸，好多的油点子崩出来落到了我的脸上，烫得我生疼。而鱼粘到了锅上，用铲子一翻，全碎了。

我做了条非常失败的鱼。但却因为初次尝试做鱼，便把失败忽略掉，把能力放大起来，既感觉这鱼做得特别好吃，也特别有成就感。

真想不起来吃的时候是怎么处理鱼腹中那些脏东西了，只记得一条煎烂的鱼让我全都吃掉了，连锅也用煎饼抹得锃亮锃亮了。

吃完后去找同学冬生玩，见了面就吹嘘起来，告诉他，我会做鱼了，我做的鱼可香了，香得我差点儿没把舌头一起咽下去。冬生羡慕不已，啊，你都会做鱼了？你怎么这么厉害啊！我得意非凡，觉得自己真是非常了不起，比一般孩子聪明又能干。

傍晚回到家，我的兴奋劲儿仍然没有过去。进门看到爷爷坐在西厢房门一侧的石台子前喝茶，我立刻跑过去又向爷爷极度夸张地吹嘘，爷爷爷爷，今天上午我捡了一条那么那么大的鱼，自己做着吃了。我做得可好吃了，香得舌头都想一起咽下去呢。

我以为爷爷会夸我，会说，是吗？俺森这么能啊，都会做鱼了！真了不起，真是个能干的孩子！可爷爷并未夸我。不仅没有夸我，还有些严肃地看着我说，你做的鱼呢？

我立刻结巴了，说，吃，吃，吃了呀。

爷爷说，你刚才用手比画着说那鱼那么大那么大，好像有好几斤的样子啊，你自己一下子都吃掉了？

我就把头低下了，嗫嚅着说，那鱼其实不大，只有手指头这么长。做的也不好吃，苦了吧唧的，做熟以后我又饿得不行了，所以卷着煎饼全吃掉了。

我已经意识到自己犯了什么错误，爷爷可能要训我了，所以尽量寻找对自己有利的理由遮掩。

爷爷笑着把我揽进怀里说，你知道在这件事上，你犯了两个错误吗？一个是过分夸大了自己的能力，本来那鱼不大，你做的也不好吃，可你非得比画着鱼有多么多么大、做的有多么多么好吃。这样哪行啊，时间长了，你就会养成一个只会吹嘘不会干的毛病。那将来还怎么实实在在地干事，谁还愿意和你一块儿干事呢？第二个错误是，不管鱼有多大，不管你做的好吃不好吃，你都应该给爷爷奶奶留一点，可你呢，没有留。你忘记了爷爷告诉过你，当自己有了好东西的时候，一定要想着先敬长辈吗？有了好东西不想着先敬长辈，就是不孝，不孝是比吹嘘的毛病还要大的，你知道吗？

我惭愧不已，一声不吭地把头低下了。

实际上，以前这两个毛病我都没有的。

首先我从来没有吹嘘过自己，也讨厌那些喜欢吹嘘的孩子。有一次冬生说他一顿能吃三十个鸡蛋我还训过他，三十个鸡蛋好几斤，你这肚子能装得下啊？净瞎吹！

其次我一直很孝敬爷爷奶奶，每当有了好吃的都是想着先给爷爷奶奶吃的，比如说谁家结婚给了一只烧饼、两块糖，我都会跑回家先给爷爷奶奶吃。

然而这一次，我不知道哪根筋出了问题，竟然一次犯了两个错误，又吹嘘，又不孝。

而爷爷真是因为我这两个小小的错误生气了吗？肯定没有。他只是看到小树上长出了一些小杈子，怕影响成材，赶紧把小杈子修理掉而已。他不光这一次发现了小杈子赶紧修理，以前也是这样的。

比如我当面把某个人叫大爷，背后却叫人家名字的时候，他就会马上教育我说，一个人对别人的尊重，不只在表面，还在背后。人前人后都叫大爷那才是真正对人家的尊重，不然我们就成了当面一套，背后一套的人，时间久了，让人知道了，人家也就不会尊重咱们了。

再比如家里来了客人，如果我没有及时让座，爷爷就会马上说，森啊，你谁谁谁来了，你怎么不知道让座啊？这样可不好哟，爷爷不喜你了。

现在想想，正是因为爷爷能抓住点点滴滴的机会进行教育，时时处处进行教育，我才懂得了很多做人的道理，才没有长成一个"歪孩子"。

事关一条小鱼的往昔，其实就是爷爷教育我的一段珍贵的往昔。

一双黄胶鞋

　　那双小小的黄胶鞋，像两只小兔子一样总在我眼前跳来跳去，一直跳了几十年。

　　为什么老是放不下那双黄胶鞋呢？它又不是现如今的限量版"阿迪达斯""耐克"，那只是一双普通的黄胶鞋——橡胶底、帆布鞋帮、不透气，穿久了就生脚气。现在谁再穿就显得特别土，也特别傻。可谁会知道四十几年前，一双黄胶鞋对于一个农村孩子来说就是现在的"阿迪达斯""耐克"呢？

　　我在十岁之前从来没有穿过黄胶鞋，不仅我没穿过，和我同龄的孩子大多都没穿过。小学四五年级的时候，我们班三十多个孩子，好像只有一位姓王的孩子穿过，他爸爸是客运司机，月月发工资，他从四五岁就开始穿了。那种小巧的、娟秀的、轻便的黄胶鞋穿在他的脚上，我总觉得他走路是飘着的，神气得不得了。

　　我渴望拥有一双黄胶鞋，渴望了三四年，在陌生的村庄时母亲没有给我买，回到老家后爷爷也没给我买。不是他们不舍得，是他们没那个经济实力。一双成人穿的黄胶鞋大约需要八角钱，一双孩子穿的黄胶鞋就得五角钱，不管是八角钱还是五角钱，在当时的年代都不是小数目，有这样一笔钱是能办许多大事情的，为什么要买黄胶鞋呢？鞋是可以自己做的，自己做鞋多省钱啊。再说，孩子穿高档鞋没用的，夏天可以光着脚，冬天可以穿棉鞋，黄胶鞋根本用不上，为什么要浪费那份钱呢？这是妈妈的想法，也应该是爷爷的想法。所以，我有三四年的时间与黄胶鞋无缘。

1976年暑假，我去姑姑家。

光着一双黑脚，爬上我们家南面的高山，沿着一条弯弯曲曲、起起伏伏、荆棘丛生的山路走一个多小时，再翻过一座山口，走下一面乱石纵横的山坡，就到姑姑家了。

我喜欢每年暑假都到姑姑家住几天，因为姑姑会给我用薄荷叶调味炒土豆丝加芹菜，也会给我用薄荷叶调味做芹菜加土豆馅的饺子。在我心里，姑姑是个很会做饭的人，她炒得土豆芹菜有种特殊的味道，她包得芹菜土豆馅饺子也有种特殊的味道，我喜欢吃。

1976年这个暑假我又吃到了姑姑炒的土豆丝加芹菜，也吃到了芹菜加土豆馅的饺子。更重要的是我得到了一双黄胶鞋——小巧的、娟秀的、轻便的黄胶鞋。

这双黄胶鞋本是姑父给我大表弟买的。姑姑家的经济条件当时并不好，最起码不比我们家好，而且大表弟只有五岁，夏天里根本不需要穿鞋，姑父是怎么舍得花五角钱给他买一双黄胶鞋的呢？我到现在也没搞明白。但是那双黄胶鞋在我来到姑姑家时，就真真实实地放在橱子上了，外面的包装纸还没有撕掉，"解放牌胶鞋"的字样醒目可见。

我在看见这双黄胶鞋的那一刻眼睛唰地一亮，心也呼地跳了一下，我对姑姑说，你家有黄胶鞋呀！姑姑说，刚给你表弟买的，还没穿呢。我就奔过去把鞋拿到手，左看了右看，右看了左看，说，真好，这鞋真好。姑姑说，你是不喜欢？可惜这鞋太小了，你穿不上，要不就送给你了。我说，俺才不要呢，俺不要！

下午，姑姑和姑父到生产队劳动去了，我哄着大表弟在家玩。我把黄胶鞋再次拿到手，做贼似的往外瞅瞅，然后坐下去试穿起来。这鞋的确是很小的，我的脚勉强放进去，却伸展不开，只能用力蜷缩在里面。但我不死心，一次次试穿，一次次让自己的脚在鞋子里蜷缩，并对表弟说，这鞋你穿肯定有点大，要不送给表哥算了。表弟说，俺不，俺爷嫌乎。嫌乎就是生气、不乐意的意思。我很失望，说，你小气，俺姑父也小气。然后把鞋放回橱子上，决心不再碰它。可是过不一会儿，我又忍不住把鞋拿到手，又一次次试穿着，大有不把这双鞋试穿合适了绝不罢休的劲头。

姑姑和姑父放工回来了。我听到动静赶紧把鞋放到了橱子上，并对表弟说，别和俺姑说我穿过你的鞋啊。表弟答应着。可等姑姑和姑父进了屋，这孩子却说，娘，爷，表哥没穿我的鞋，让我别跟你们说。

第二天吃过午饭，我对姑姑说想回家。姑姑说，怎么刚住了一宿就回家呢？我说不知道，就是想回家。姑姑说那你回吧，我到菜园里拔些芹菜你捎回去。

姑父去了生产队，姑姑去了菜园，我在家哄表弟。我又一次把那双黄胶鞋拿到手，反反复复地试穿起来。正试穿着，姑姑回来了，抱着一大捆芹菜。看我正穿黄胶鞋，姑姑笑了，说，你穿起来走走我看看。我感觉很不好意思，却听出了姑姑想把这双鞋子送给我的话外音，就用力蜷缩着一双脚站起来走动了几下。姑姑说，挤不挤脚？我说不挤，我脚小，和表弟的脚差不多大。姑姑说，那就把它送给你吧，你长成大孩子了，爱漂亮了，拿回去跟你奶奶走个亲戚什么的穿吧。我再也不敢说"不要不要"的客气话，只说，俺姑父要是不同意怎么办？姑姑说，你拿走了，他不同意也得同意。

我背着芹菜拎着鞋，急匆匆地走了。有一种害怕姑父回来阻止的担忧，也有一种害怕姑姑变卦的担忧。我出了姑姑家的大门口往北拐，沿着山路往上爬，我听到表弟在院子里哭，喊着："俺的鞋，俺的鞋。"我也听到姑姑在呵斥表弟："喊什么喊什么！表哥穿和你穿不是一样吗！我让你爷再给你买一双就是了！"

一路上我又试了好几次黄胶鞋，它的确是装不下我的脚。尤其是穿着它爬山，更是挤得脚生疼。但是，我却觉得很美，好像穿上这双黄胶鞋我就是天下最好看的孩子了。同时我也对大表弟深怀歉疚，觉得是我夺了他的心爱之物，想着等我长大了能挣钱的时候，我要买两双、三双、四双黄胶鞋还给他，那样，我的内心才会好受和安稳。

恩师张培范

张培范老师是从夏蔚一所小学调到我们村教学的。那年他已经五十三岁,有严重的关节炎、腰椎病,走路弓着腰,俨然一位老人。耳朵也因感冒发烧打多了抗生素导致听力下降,所以不知是谁给他起了个外号——"张聋子"。

张老师是我读五年级时的班主任。当然他那时候也是我们学校的校长,管着全校六七个老师和一百多号学生。那时候的我对官员级别没什么概念,不知道一个小学校长究竟有多大,只觉得他既当老师又当校长非常非常了不起,对他崇拜得五体投地。

但是张老师给我的印象却是随和的,可亲的。他不像有些老师那样在学生面前老是板着面孔,动不动就呵斥学生。他是见了哪个学生都笑,而且跟你说话的时候还凑近你,生怕你说的话他没有听清。

而我对张老师至今不曾忘怀的原因,不是他的随和与可亲,而是他给我的一些信任与鼓励,是他给我这片焦渴的土地浇灌过甘甜的雨露。

我读四年级的时候"文革"就已结束了,整个中国都在沿着充满希望的轨道前行。但是长期形成的一些"左"的观念仍然左右着人们对于很多事物的看法。就比如家庭出身问题,在很多人的眼里,像我这种家庭的孩子仍然是低人一等的,仍是需要打击压制的。所以我四年级时的另一位也姓张的班主任老师,不管平时我表现有多好,不管考试考得分数有多高,他都不会表扬我。一个学期结束评三好学生发奖状,他也从来不会发给我。这对我来说固然是习惯了,不敢奢望了,但看到那些学习不好的孩子却能拿奖状，还是充满了艳羡，内心深处还是渴望得到老师的认可与鼓励。

张培范老师是我刚刚升入五年级的时候调到我们学校的。五年级的教室旁边有一个单间，他作为校长，又是家在外村的老师，就把那间屋子当作了宿舍加办公室。

新老师的到来让我有一种获得新希望的感觉，因为我写了一篇题为《拾金不昧》的作文，破天荒地得到了张老师的肯定与表扬。再加上他慈眉善目，笑容可掬，我更觉得他是一缕清晨的阳光，让我那颗受过太多伤害的心灵，有了一丝丝莫名的温暖和慰藉。

于是，每天早晨我都早早地起床跑到学校，打扫班里的卫生，打扫张老师屋里的卫生。我想，好学生不能只是学习好，还应该爱劳动，才能得到张老师的认可和喜爱。那个时候，我是极其单纯天真的，觉得张老师初来乍到，不会知道我们家的出身不好，只要我学习好、劳动好，他一定会在发奖状的时候给我一个的。那样的话，爷爷奶奶该是多高兴啊。

事实上我的努力并没有白费。张老师后来知不知道我的家庭出身问题我不清楚，但他一次次的表扬我是真实的。而且他还让我担任了劳动委员。这在以前，在别的老师那里是不可能的。所以，当张老师在班里宣布任命我为劳动委员的时候，我以为自己的耳朵听错了，有些发蒙地看着周围的同学，不知道如何应对好。张老师说，魏然森你怎么不站起来呀？让你当劳动委员了，你得站起来和同学们打个招呼啊！我这才慌慌张张地站了起来。而在站起来的那一刻，我也哭了，哭得稀里哗啦的。我听到有同学说"有什么了不起的呀，一个破劳动委员"，但我仍然无法控制自己。

在任命我为劳动委员之后，张老师又给了我一项重要任务，就是帮他批改语文作业。五年级开学后不长时期，就陆续开始秋收了，张老师有四个孩子，上学的上学，未成年的未成年，生产队分了地瓜需要切成瓜干晾晒，只他妻子一个人根本忙不过来，他只能每天下午放学后，急匆匆地翻过学校南面的一座山，跑回家去帮妻子把当天分到的地瓜连夜切完晒好，第二天一早再赶回学校。而作业是需要晚上批改的，他没时间批改，就把任务交给了我。

这种信任并不亚于任命我当劳动委员。尽管张老师说他之所以让我帮他批改语文作业，是因为我的语文成绩好，作文写得好。但是班里语文成绩好、作文也写得好的学生并不只我一个，张老师竟然信任我，不是对我的偏爱吗？所以我在拼命而认真地完成好这项任务的同时，也对张老师充满了无限的感激。

这年的冬天异常寒冷，我们家门前的那条小河从源头到尽头全都结了厚厚的、白白的冰，像一条弯弯曲曲的白色长龙一般。爷爷说，这是多少年来让他感觉最冷的一个冬天。

但是，我的心一直是热的。

不管多冷，我每天早晨总是第一个赶到学校，打扫教室的卫生，打扫张老师屋的卫生。打扫完了就坐在张老师的办公桌前用我那双冻得发僵的小手帮他批改语文作业。此时，张老师已经不需要回家帮妻子干活了，他有的是时间可以自己批改作业了，但我仍然请求帮他批改作业。我觉得只有帮他批改作业，我的存在才是有价值的，我才觉得自己每天都是快乐的。

春天到来的时候，我们家门前的那条小河融化了，清澈的河水从源头一直流到尽头，使得一路的花花草草萌发得那样葱翠，那样生机勃勃。而我的心灵又何尝不是如此呢。

张培范老师，一个让我的生命拥有了春天的老师，一个让我永生感激不尽的恩师！

那个叫金叶的女孩儿

金叶和我是小学同学。如果问我童年时代喜欢过哪个女孩儿，那就是她，唯一的，没有第二个。

前几天看短视频，有个妈妈问上幼儿园的女儿，你们班上男孩儿多吗？女儿说，是的。妈妈说，那你喜欢哪个男孩儿？女儿就告诉妈妈，她喜欢谁，喜欢谁。妈妈哈哈大笑，说你怎么一下子喜欢那么多啊，一点都不专一。女儿也哈哈笑，并未感觉妈妈的话对还是不对，她只觉得妈妈的话很好玩，就像自己喜欢好几个男孩儿一样好玩。

童年时代没有成年人所认为的什么爱情，喜欢就是喜欢，纯洁的，无邪的，像水晶一样美丽。即使存在着心理学家所说的性的潜意识，那也是心理学家的事，与孩子的纯洁无关。

我喜欢金叶，就是因为金叶好看。

她长了一张圆圆的小脸，脸红扑扑的，扎两只小辫子，笑起来眼睛眯成一条线，特别迷人。

因为喜欢她，就总盼望老师分桌时能把我和她分到一起。感觉和她坐在一起，一定是非常幸福的一件事。而在渴望的同时，又害怕老师把我们分到一起，因为金叶真和我坐到一起了，肯定会遭很多同学嫉妒，有人一嫉妒，就会胡说八道。最吓人的话就是：哦——他们是两口子，他们要结婚了！那个时候，感觉一个小男孩和一个小女孩被人说成是两口子、要结婚是特别丢人的一件事，仿佛偷了谁家东西被抓到了一般。

我这里还在纠结中的时候，老师却真把我们分到一桌了。

时间应该就是五年级下学期开学不久，是新上任的班主任丁志贵老师给分的。丁老师为什么会把金叶和我分到一起？是因为我学习好，想让我帮助学习不好的金叶？还是因为他和我们魏家有点亲戚，想照顾我的想法？我不得而知。我只感觉金叶坐到我旁边的时候，我的心怦怦直跳，脸色红如鸡冠。可我却作出一副不愿意接受她的样子，在她刚坐到我身边后，就用老师的粉笔在桌子中间画了一条分界线，警告她谁要越线谁就是小狗。她也强硬地回击我，对！谁要越线谁就是小狗！

听说男生喜欢女生都是这样的，有的还用小刀在桌子上刻出一道分界线。可惜我们那时候的桌子是石头做的，一般的刀子根本刻不了，否则只怕也会刻吧。

粉笔画下的分界线很快就在我趴着写字时被蹭掉了。这正合了我的真实心意，也期望金叶能明白我的这份心意，别再提分界线的事。但是金叶不依不饶，她发现分界线没了，自己从讲台取来粉笔又重重地画上了一道。然后用力推了我一把，骂道："不要脸！自己画的自己蹭掉了。再蹭你试试！"我嘴上强硬着，就蹭就蹭，看你能怎么着！但是心里却暗暗叫苦，我为什么要划分界线得罪金叶呢？这不是自讨苦吃吗！

我不知道怎么样才能缓和僵化的局面，是给她好东西吃，还是送她一根红头绳？都想过，也都没敢付诸行动。怕的就是万一被她拒绝，我的脸面就丢大了，甚至在班里都没法待了。

然而，我却特别想送给金叶一件东西，让她高兴高兴。我想，她只要接受了我的礼物高兴了，也就明白我对她只是表面上的"坏"，而心里是真正好的了。

琢磨了好长时间，觉得送什么都不行，送什么都不好送，最后作出决定，送她一块石板。

我们上学那个时候没有什么练习本和铅笔、橡皮之类的文具，我们用的都是用褐色页岩打磨成的石板和粉色页岩切割成的石笔。当然也有花钱买石笔的，但那是有钱人家的孩子，父亲在外脱产的工人家庭的孩子，比如我二姑家我表妹孙兆叶，她就用买来的石笔，因为她是烈士子女，国家每月都给她发钱。

金叶用了一块很小的石板，比巴掌略大，而且还磕掉了一只角。我忽然觉得送她个大大的石板或许是她最高兴的。于是就上山找来一块上好的褐色页岩，画上线裁成整齐的长方形，再放进河里用水泡着用沙石磨，一直磨到光亮无比，拿出来晾干，找来一张旧报纸板板正正包起来，准备送给她。

可用什么形式送给她，如何让她痛痛快快地接受，同学们又不会胡说八道，这得需要动番脑筋。

机会来了。

下了课，金叶在她的小石板上画小鸟，画完后拿起来让旁边的女同学看。她正得意的时候，我装作疯跑冲过来，一下子把她的石板碰掉在地上，啪的一声，石板碎了。金叶哇哇大哭，用拳头打着我让我赔。我说我赔我赔，我赔你个大的。然后飞快地跑回家，取来了那个我用心磨制的大石板放到了她面前。她笑了，说算你有良心，要不然的话，我就让我大哥来揍死你！我说，揍就揍，有什么了不起的！而心里高兴得一蹦一蹦的。

对于一个刚刚扑向少年时光的男孩子来说，还有什么比自己喜欢的女孩子收下了自己的礼物更让他开心的呢？

一个半月后，我们举家迁往了东北，用通俗的话说就是闯关东去了。临走之前全村都知道了这一消息，金叶也知道了。当我最后一天去上学的时候，金叶在放学的路上气喘吁吁地追上我，涨红着一张小脸把一个纸包塞到了我手里，说一句，俺姐让我送给你的，说不能白要你的石板。然后就快速跑走了。

我打开纸包，是一只用红黄两色皮筋结成的小金鱼。漂亮得如同金叶一样的小金鱼。

小石板

　　我仍想单独写写小石板。因为那是我们那代孩子的独特记忆，是过去时代的特殊符号，不把它作为单独一章详细地写一写，这本回顾我人生经历的小书就会缺点东西。再过三十年、五十年，我们这代人若是都不在了，或许再也不会有人知道，二十世纪六七十年代，乃至八十年代初期，在我们国家还不富裕的时候，沂蒙山区里的孩子是如何克服艰难困苦上学读书的了。

　　我所说的石板，是真正用山上的一种褐色页岩自己制作的石板，并非当年在商店里出售的那种加了木框的高级石板。那种石板当年我在母亲改嫁的那个村庄里读一年级的时候用过，好看、好用、轻便，但不是所有孩子都用得起的。回到老家石棚以后，我就用不起了，我们石棚小学里百分之九十以上的孩子用不起。

　　无法确定这种给孩子用的自制学习工具是谁发明的了，八百里沂蒙很大，能使用石板的地方却不多。即便在我的家乡沂水，应该也有一多半的孩子是用不到这种石板的吧，不是他们不想用，是因为他们所处的环境不具备自己制作这种石板的条件。沂水的整个东部、南部、东北部都是平原，连块像样的花岗岩石都找不到，他们如何找到专做石板的页岩石呢？而有些地方，虽然群山连绵，却以花岗岩、石灰岩为主，同样没有可以用来做石板的那种褐色软质页岩石料，也无法自制石板。只有我们老家泉庄，还有王庄、高庄、王家庄子那一带，方圆四五十公里的范围内，才具备这个条件，所以发明者应该就在我们那一块。

确定不了谁是这种石板的发明人，会做这种石板的人却遍地都是。老师、家长、学生，只要是生活在我们那一带的人，几乎都会。只是有人做得规矩、好看、耐用，有的人做得粗糙、简单、丑陋罢了。

石匠出身者，做出的石板往往比不是石匠出身者做出的石板好看好用，原因不只是他们技术高超，还因为他们手头有工具。褐色页岩从山上取出来时，是大小不一、薄厚不均的，这就需要细致加工——剔除表层残迹，切掉多余边石，进行磨光处理。而做这些必须有相应的工具才行，比如小锤子、合金凿、篆刻刀等等，这虽是刻碑用的工具，但做石板同样好用得很。而对一般家庭来说，哪有这些高级工具呢？也只能家里有什么用什么，斧子、破刀、铁片子等等，都能用得上。当然使用这些不专业的工具做出来的石板也不"专业"。

我二叔是做石板的高手。

二叔并没有专业的工具，但是他却做得出比有专业工具的石匠还要好的石板，原因只有一个，他有耐心，舍得花时间。

二叔做石板从不专门开山取料，他说开山取料太费劲了，不够工夫钱，山坡上有的是现成石料，找来用就是了。于是，在四叔上学的时候，在我上学的时候，都是他利用放羊时的方便，到山坡上挑拣了石料回来加工的。

二叔加工石板使用的工具也是石头。一块是带刃的花岗岩石，一块是厚实的沙岩石。两块石头都不会很大，手能握得住，用起来轻便即合格。对他来说，一块石板的最终成功全靠一个"磨"字，需要花费他十来天的时间。而这十来天，全在他放羊前后的早晨和晚间，地点是我们家门前的小河边，家里别说没有铁制工具，即便有，他也不用，因为磨的过程只有石头工具是最好用的，铁制工具反而用不上。

磨的第一步是除掉边料。二叔先在未成形的石料上根据需要画好四方线，然后沿着四方线用带刃的花岗岩石蘸着水进行磨切，因为页岩比花岗岩质地软，所以三四个早晨和晚间就能磨掉边料。第二步，就是蘸着水用沙质页岩磨面儿，这个过程较为漫长，因为磨起来不可过重，也不可过轻，需要恰到好处地把握火候。二叔体质差，磨久了胸疼腰酸，一天只能磨一两个小时，需要六七天才能磨好。

这样的石板整齐光润，书写起来感觉舒适。二叔一生大概只做过三块，四叔用过一块，我用过两块。而我学着二叔的样子只做过一块，那便是我送给同学金叶的那一块。

有石板还要有石笔，没钱买石板的学生自然也没钱买石笔，所以我们也会寻找一种灰黄色页岩小石条做石笔用。而擦石板的工具只有一个，那就是自己的衣袖子。冬天用袄袖子，夏天用褂袖子。

那个时候的农村孩子很少穿新衣服。偶尔穿一次新衣服，我们会很不自在，总是害怕同学嘲笑，好像穿新衣服是件很丢人的事情。同时，穿新衣服擦石板是极不方便的，自己也不可能舍得擦，只有穿破衣服才会自由自在。

小石板的记忆在现代孩子看来一定是苦涩的，是不可想象的。但是，对我来说并无半丝苦涩，倒是让我在回想中明白，世上的所有艰难困苦没有克服不了的，只要你有韧性，有耐力，并善于发现克服艰难困苦的方法，一切都会得到解决。

穷孩子的银行

当代年轻人，特别是喝着糖水长大的 90 后和 00 后的孩子们，是否能够想象得出没有一分钱的日子是个什么样子呢？

二十世纪六七十年代，也就是我上小学的那个时期，生活在山区农村的每个家庭几乎都是极度贫穷的。贫穷到一年的经济收入不到几十块钱，因为每个工日才六七分钱，全家三四个劳动力一年到头能从生产队分到几十块钱就不错了，有的还要往生产队倒找口粮钱呢。所以，经常有人因为几毛钱甚至几分钱的开支而愁眉苦脸。

1970 年夏天，我姑姑出嫁，爷爷为了给姑姑买一点做陪嫁鞋的麻皮和布料，为难了好久之后硬着头皮找我一位本家爷爷借一块钱，我那位爷爷一口就回绝了。不是他没有，他是木匠，收入要比一般老百姓多得多，爷爷打算找他借钱时，先遇到了给他送木工钱的一位本村人，知道他有钱了才去找他借的，可他害怕爷爷借了还不起，所以一口回绝了。这就是那个时代的现实，一块钱就是相当大的一笔开支，很多人家承担不起，也不舍得借给别人。

我们那时候上学是基本上不用花钱的，但是课本费必须得交。我忘记一个学期的课本费是多少钱了，应该在五六毛钱，全年也就一块多钱。可就是这点现在看来微不足道的开支，往往令无数家长愁眉不展，需要挖空心思才能凑得起来。更有甚者，就因为拿不出这点钱，有些家长干脆不让孩子上学了。尤其是女孩子，反正早晚都要嫁人，上不上学没有意义，何必浪费这么大一笔钱呢。所以一声别上了，就把孩子的一生断送了。

也许每个人在遇到人生困苦时都会产生自救的本能，当许多家长拿不出课本费而让孩子退学时，不想退学的孩子就不再回家告诉家长交课本费的事，而是自发地组织起来，开展勤工俭学，向着自己生活的大山要钱。我们称大山是我们穷孩子的银行。

大山真是藏着许多钱的，这钱便是那些中药材。

老家的山多属方形地貌，被称为崮。这种石灰岩构成的山，土层薄、沙石厚，并不十分利于树木的生长。所以走到哪里，哪里都给人以光秃秃的感觉。但是山上却有着一百多种常用中药材，比如蝎子、蜈蚣、连翘、金银花、葛根、远志、薄荷、山茱萸、丹参、柴胡、马兜铃、木瓜等等。民国时期我曾祖父开办药铺行医时，大部分中药材来自当地山上。那时候，我二爷爷负责采药，常年背着一只柳条筐，筐里放只罐子，拿着镰刀和小镢头，跑遍了方圆三四十公里内的所有山崮。

我们向大山要钱，就是到山上抓蝎子蜈蚣，挖草药卖钱。

那个时候的我们，一年四季至少有三季不穿鞋。爬山时也同样光着脚，如果让荆棘扎到了，让石头硌着了，或是别的什么东西伤到了，只要不是特别重，一般都不会哭喊，通常是坐下来自己处理处理，该干什么继续干什么，连脸上那一份快乐的笑都不会受影响。

不过我是哭过一次的，有一次抓蝎子，我的左脚被滚落的一块石头砸中，当时疼痛难忍，我哭了。但也只是哭了几声，便在几位同伴的嘲笑下，强忍着痛擦干眼泪，一瘸一拐地又开始了抓蝎子。结果回家以后伤势反弹，整整四天没敢走路。

应该说那时候最怕的还是被蝎子蜇到。几乎所有孩子都被蝎子蜇到过，那种痛苦无法形容，钻心入骨，痛不欲生，此时再哭，不管哭到什么程度，都不会有同伙嘲笑你，因为他们都有很深的体会。

其次是害怕遇到蛇。沂蒙山区据说没有太毒的蛇，但是作为孩子的我们，那时对蛇毒并无太多了解，也不清楚被毒蛇咬了是不是真会中毒而死。我们只是惧怕蛇的样子。尤其是我，天生惧蛇，哪怕看到一条死蛇也会惊恐不已。但是越是惧怕越会遇到。在采药的过程中，刨着刨着就会突然有蛇从草丛中蹿出来。有一次我甚至看到了一堆蛇盘踞在一起，像小山一样，吓得我魂飞魄散，惊叫着跑开，此后好几天心惊肉跳。即使如此，我仍然不会放弃上山采药的机会，因为，我需要钱，我不想因为课本费让爷爷为难。

那时药材都由公社采购股收购。我忘记各种草药的价格是多少钱了，只记得蝎子可能是两分钱一只，丹参是一毛五一斤，远志是两毛五一斤，如果能抓到一百只蝎子，或是能刨到十斤丹参，抑或是五斤远志，不仅能解决一年的课本费，还有余钱买酱油腌制的咸菜在学校就煎饼吃。也能奢侈一下，买一两块糖解解馋。

但是，想跟大山要钱的人太多太多。不只孩子们要，成年人也都想要。所以一个人一年想抓到一百只蝎子，几乎是不可能的事情；想刨到十斤八斤的各类中草药，也是不可能的事。就好像老天早就安排好了似的，每个孩子一年只能获得一元多一点的收入，谁也别想多。收入超过两元的，我从来没听说过。

我收入最多的一年是一元五角钱，交了课本费后，我把剩余的钱交给了爷爷，没舍得自己买咸菜，也没舍得买糖吃。

二十世纪七十年代末到八十年代初，中药材好像涨了价，但那时我已离开老家随爷爷奶奶去了东北。后来，听说我有好多同学上了初中以后一年靠采药最多能收入四五块钱，这让我觉得，他们简直是太富有了，这么多的钱，该怎么花呀？就幻想着，自己有一天也能这么富有该多好，并对家乡的大山充满了无限的怀念之情。

发小冬生

冬生姓张，因为出生在寒冬腊月，父亲便给他取名冬生。

在我童年的友情档案里，冬生是有着浓墨重彩之笔的。我们是发小，我们更是不折不扣的朋友。

母亲后来对我说，她和冬生的母亲，其实也是最要好的朋友。两个人在同一年同一个月里结婚，又在同一年里生了我和冬生，两个人都来自同一个王庄公社，两个人的婆家又离得咫尺之遥。所以，当年新婚不久的两个新娘子，在我们家院子南边的魏公泉边相见，彼此一笑就开启了友谊的闸门，后来就纳着鞋底在一起聊天儿，抱着孩子在一起说话，有时卷个煎饼吃着，也在一起说东道西很久很久。

我和冬生，只怕也是因为这个缘故，才成了不分彼此的好朋友。

我出生于农历八月，比冬生大四个月，按说他得叫我哥哥。但是，我五奶家我三姑嫁给了冬生的堂哥冬顺，论起来我却得叫他表叔，他母亲我则叫表奶奶。辈分的高低，影响不了我俩的嬉笑打闹，但他会用表叔的身份，有时故意装模作样地训教我，弄出些幽默的效果来两个人快乐好一会儿。

我从母亲改嫁的村庄回到老家后，与冬生成了同一个班的小学同学，并在二至四年级的时候一直是同桌。我俩都在山的半腰间居住，离学校大概二里路。但是我们东西两边各有一条路通往学校，可以一起走，也可以分开走。冬生说谁想自己走谁不是好人。我说对，谁想自己走，谁就是汉奸叛徒卖国贼。于是不管春夏秋冬，不是我跑到冬生家跟他一起走东边的那条路，就是冬生跑到我家，跟我一起走西边的那条路。放学也是一样，时而他陪我走西边，时而我陪他走东边。很多时候晚上还要睡在一起。当然大多是我睡在他家。

冬生有个排行老三的堂哥叫冬祥，比我俩大三岁，算起来应该也是我们的发小。我们上五年级的时候，冬祥已经读初三。因为父亲是公社医院的会计，两个哥哥都已成家，一个姐姐也在父亲所在的医院里干临时工，冬祥就铁定了会接父亲的班，成为吃国库粮的人。所以，他的命运也注定会比我俩好。但是冬祥并未因此而傲慢，每当放学回来就带着我俩疯玩，晚上也会时常把我俩弄到他家睡觉，三个人在床上打打闹闹大半夜，说着似懂非懂的关于男人女人的事情，常常到了天快亮时才睡，日出三竿了也不醒。

我们俩那时是羡慕冬祥的，尽管因为冬祥长得干瘦，我俩给他起个外号叫"干巴"，但心里还是充满对他的羡慕。这种羡慕不带嫉妒恨，也不带自卑，是真正的纯粹的觉得他比我俩有前途、家庭好。

冬祥把父亲不叫大大，而是叫爸爸。他母亲死得早，如果活着的话，他应该把母亲叫妈妈。仅就这一点就够我俩望尘莫及的。在我俩的眼里，只有他才有资格那样称呼父母，而我们俩，只配把父亲叫大大，把母亲叫妈或者叫娘。那个时候，我俩经常在一起讨论，什么时候我们也能把大大叫爸爸，把娘叫妈妈就好了，那是多么自豪而光荣的事啊，那代表着一种特殊的优越感，是一般人达不到的。

冬祥得知我俩的想法后，却怀着几分歉意安慰我俩，其实叫什么都一样，爸爸也是大大，妈妈也是娘，级别都一样。我俩就有些感激冬祥，好像冬祥为了我们的友谊自降了身价，使我俩与他坐在了同一条板凳上。

冬祥虽好，终究在家的时间少。所以，天天泡在一起的还是我和冬生。我俩一起上山采药，一起下河捞虾，也一起捅野外的蜂子窝，捉树上的知了猴，从家里偷了好吃的到野外喝酒……如此等等，只要是能在一起干的事，我俩必会一起干。

冬生的三婶是我们本村人，家在一个叫涝泉的自然村。她嫁给冬生三叔的时候只有十八岁，结婚的时间，应该就是我在陌生村庄的那几年。而我从母亲那儿回到老家的时候，她已经生了两个孩子，算算年龄应该也就二十岁出头。

冬生的三婶人漂亮，开朗，爱笑爱闹。因为冬生的三叔那个时候在石汪峪管理区当文书，工作积极得不行，一个星期才回家一次，我和冬生便经常三更半夜装神弄鬼吓唬他三婶。一开始，他三婶还真的很害怕，听到我们挠她的门学狼叫她就吓得哭，喊娘啊，救命啊。后来知道是我俩恶作剧，就准备了一根棍子放在床边，我俩再去闹，她悄悄地下床抄着棍子来到门口，猛得打开门冲出来打我俩，倒我把俩吓得嗷嗷叫着抱头鼠窜。后来，冬祥帮我俩想了一招，在屋门口给她放上乱树枝子，她一出来就会被树枝子绊倒。我俩真照着做了，她气得又叫又骂，我俩则跑到她家院子外的地堰上哈哈笑着又蹦又跳。

快乐而有趣的童年时光里，就这样充满了冬生的影子，而让我最快乐的似乎还不是和他一起做了多少有趣的事情，而是和他在一起没有任何的心理负担。包括和冬祥在一起也是如此，我没那种因为家庭出身不好而产生的自卑，也从未觉得他们是贫下中农的后代而产生畏惧。他们也一样没有谁家出身好，谁家出身不好的概念，我们是平等的，我们都是吃一眼山泉里的水长起来的孩子，那弯曲而狭窄的山路上，一样留着我们的脚印和相拥在一起时的欢声笑语。

这或许也是我想逃离那个陌生的村庄回到老家的重要原因之一。燕子栖息的人家，总是一个让它安全又自由的人家。小鸟儿寻找伙伴，不会寻找让它恐惧不安的伙伴。冬生和冬祥，是我童年的寒冬里一缕温暖的阳光，更是我此生记忆里不可消失的一抹彩虹。

春夜有暴风雪

　　1977年正月十七这一天，也就是惊蛰之日，夜里十点左右，在我老家石棚，一场暴风雪突然来袭，似乎是眨眼之间，黑夜与风雪混淆在一起，裹挟了群崮、树木、村庄和人们的睡梦，天地出现了短暂而又漫长的昏暗。最起码对我来说是这样的，因为我的爷爷在这个时间里喝下大半碗点豆腐的卤水，准备结束自己五十六岁的生命。

　　头年腊月十七，也就是立春那一天，爷爷去尹家峪集买回来很大一块盐卤（俗称卤冈）在院子用斧子破碎。我问爷爷，怎么这么多卤冈啊？过年要做豆腐吗？爷爷迟疑了一下，说："是，是做豆腐。做豆腐给俺森吃。"但是家里没有黄豆，爷爷也没买黄豆，拿什么做豆腐呢？况且那个时候日子还清苦，谁家舍得做包豆腐自己吃呢？我心里暗暗打鼓，一种莫名的不安涌动起来，便跑到灶房告诉了正做饭的奶奶。奶奶也觉着爷爷的行为异常，急忙停下正拉着的风箱，跑到院子里问爷爷弄这么多卤冈干什么，爷爷说不干什么，留着做豆腐吃的。奶奶嘟嚷说，哪来的豆子做豆腐啊？你净胡捣鼓。却未进一步追问，便回灶房做饭去了。

　　正月十七这一天，姑姑回娘家来了。姑姑正月初二回来过一次，那是年后回娘家的正当日子。正月十五爷爷给姑姑捎信，让她正月十七再回来一趟，说家里有事，她才又回来了。姑姑是一个人回来的，没带姑父，也没带孩子。

　　回来以后并没什么事，吃过午饭姑姑要走，爷爷叹口气说，你急着走什么？我说有事肯定就有事，等你回去了再回来不嫌麻烦吗？姑姑说，什么事啊？爷爷说，到时候你就知道了。姑姑便不再问，住下了。

姑姑在西屋里和奶奶一起睡，我和爷爷、四叔在堂屋里睡。但是姑姑和奶奶都躺下去了，我和四叔也都睡下了，爷爷却在西屋的外屋点燃火炉熬起了卤水，边熬边对里屋的姑姑说，我知道你日子过得不顺，我也知道你怪苦，这都是你爷的错，是你爷害了你。但是，爷也顾不了你了，还得托付你件事。以后啊，不管你多苦、多难，都要帮着你娘好好照顾你侄子然森，你自己的孩子穿不上吃不上可以，你一定得让然森穿得暖吃得饱，这是咱家唯一的希望。听到了吗？姑姑的心怦怦直跳，她预感到要出什么大事了，她应该叫醒沉睡的奶奶起床到外屋看看爷爷在干什么，可她竟然没有，只说，我听到了，你放心就是，以后我会好好照顾然森，拿他当自己的亲孩子看待。爷爷说好啊，有你这句话我就放心了。然后，爷爷去了堂屋，划根火柴点上灯，给熟睡的我掖一掖被子，抽着烟袋在床边坐了一会儿，跟醒来的四叔说了句，你爷走了，往后你们好自为之吧！然后回到西屋，便把大半碗卤水喝下去了。此时，姑姑也睡着了。她竟然睡着了。

爷爷喝下卤水的时候，暴风雪骤然而至，院子里的那棵老柿树发出了惊人的呜咽，有根枯死的树干掉落下来，发出了骇人的咔嚓声。姑姑和奶奶同时在惊悸中顿然醒来，就看到昏暗的灯光下爷爷在屋地上倒着，一只碗扔在旁边。姑姑说，怎么了爷？你怎么了？爷爷的身体在抽搐，却没回答。奶奶从被窝里抬起身子看一眼，立刻喊，你爷这是喝卤水了，快起来救他！

惊呼声、哭喊声响彻了整个院子，盖过了暴风雪。本就一直没再睡着的四叔翻身下床，跑向了西屋。我也醒来了，哭喊声让我知道家里出大事了，爷爷出大事了，却在床上不知如何是好，只是浑身发抖，抖个不停。

很多人冒着风雪到我们家来了，有人喊：快去猪圈弄些猪的屎尿给四大爷灌上，他一恶心就把卤水吐出来了。有人又喊：猪的屎尿能往嘴里灌吗？净胡扯！快弄绿豆汤给他解毒！绿豆汤最有效！又有人喊：上哪弄绿豆啊？现种吗？快叫魏子仪去吧，他有解药，快快快！

堂叔魏子仪是大队卫生室的赤脚医生，他带着解药来了，大家手忙脚乱帮他往爷爷嘴里灌，但是爷爷的牙关紧咬着，撬也撬不开。

爷爷铁了心是要死的，他已经没有力气再在这个世上活下去。多年来他小心翼翼，谨谨慎慎，唯一的奢望就是过安稳平静的日子，哪怕吃不饱穿不暖都没关系，只要安稳平静就行。当年他从院东头供销社辞职，就是为了避开风浪，求得安稳。但是，山村的风浪同样巨大，同样不断向他席卷而来……而且最心爱的儿子死了，活着的儿子都已达到或超过适婚年龄，在家庭出身的影响下，没有谁家姑娘愿意嫁给他们，他无能为力，只能眼睁睁地看着他们成为光棍儿。他承受着千斤压力，很累很累。偏在此时，有着强烈反抗性格的三叔又和生产队副队长发生了冲突，这已经是第 N 次与生产队干部发生冲突，每次冲突似乎都是三叔有理，都是生产队干部行事不公、恃强凌弱造成的。但每次冲突都会导致爷爷在全村社员大会上认罪检讨，严重的一次甚至被批斗游街，这一次自然也不例外。要脸而又脆弱的爷爷实在受不了了，他的精神世界处在了崩溃边缘，他想离开这个世界，到另一个世界里寻求他想要的安稳与平静。

众人折腾了好半天，千劝万说，终是没有把药灌进爷爷的嘴中。子仪大叔便灰心了，说，算了吧，算了吧，实在灌不动了。命该如此，救也无用。

此时，奶奶突然想到了爷爷的软肋所在，她高喊，快去叫森啊，叫森来救他爷爷啊！众人如梦方醒，姑姑和四叔一同跑进堂屋，大喊，森森森，快去求你爷爷把解药喝了去，要不你就没有爷爷了！快去！快去！四叔随即掀开被子，扯着胳膊把我拎下了床。我光着身子迅速跑出堂屋，冲进急风骤雪，冲进人员纷乱的西屋，扑通一声跪倒在了爷爷面前，我哭喊："爷爷爷爷，你不管我了吗，你不要我了吗，你要是死了，森可怎么办啊？你快把药喝了吧。"随后哇哇哭着不停地给他磕头、磕头、磕头。

爷爷终于嗷的一声哭起来，他的嘴张开了，解药，喝下去了。

爷爷没有死，因为他的孙子，他放弃了死亡。

暴风雪停了，爷爷被抬到床上挂吊瓶。他有气无力地说，让森到床上来，快让森到床上来。大家这才发现我一直光着身子站在屋里，嘴唇青紫，瑟瑟发抖。我被四叔抱上床，躺在了爷爷身边。我紧紧揽着爷爷，感受着爷爷冰冷而又温热的体温，战栗着，哭泣着，也让极度的恐惧慢慢消散着。

一场暴风雪并未阻断早春渐暖的脚步，冰雪消融，村庄回归到往日的模样，并慢慢开始鲜活。

但是爷爷却想逃离这里了，他强撑着虚弱的身体，坐在床侧的高脚桌前给远在东北的一位亲戚写信，求其帮忙铺路，他想带着全家闯关东，去寻找被阳光温暖的日子……

第三章　荞麦的心和花朵

光着脑袋去东北

经过一年多的努力，去往东北的路终于打通。

对我来说，这是一件极为兴奋的事。在我的猜想中，关东就是人间乐园，关东就是有钱挣、有粮吃，不看家庭出身，不分高低贵贱，谁去都能改变命运，是男人就能找到媳妇的地方。所以，从一开始知道爷爷要带全家闯关东，一年间我总是激动万分又焦急不已，盼望这一天快些到来，坚信只要去了东北，就不会再有人计较爷爷的出身；三叔、四叔的婚姻问题就会迎刃而解，甚至身有残疾的二叔成个家也都是有可能的。而这些问题解决了，爷爷的千斤重压就彻底卸下了，我们家也就不再整日充满了压抑与阴冷，阳光就会洒落在每个人的脸上，那将是多么美好、多么幸福的日月啊！

然而，一切安排妥当准备上路时，却发生了一场风波——三叔不想走了，因为他喜欢上了本村一位姓张的漂亮姑娘。

年前，三叔在去公社给生产队运氨水的时候，与这姑娘成了搭档，他推车，姑娘拉车，两个人一路走一路聊，十分投缘。他大胆地开玩笑说喜欢这位姑娘，而且早就喜欢了。想的是如果姑娘不高兴，他就说开个玩笑而已，你这么小气干什么。想不到姑娘不仅没有反对，还说，你马上就是关东客了，还能看得上俺这庄户妮儿吗？三叔心花怒放，当即表示，你要同意嫁给我，东北我就不去了。姑娘哈哈大笑，说跟你闹着玩呢，你该闯关东闯关东去，俺早就有对象了，咱俩不可能的。但是，三叔并不认为他们两个不可能，而且他也知道姑娘并没对象，所以回到家他连续几个夜晚激动得睡不着，觉得只要自己努力争取，就一定能把这位姑娘追到手。于是过春节的时候他把堂屋收拾得非常干净，还自己书写制作了一块"万象更新"的扁挂到了正堂上。但在此时，他还没敢表露自己不想再去东北的想法，也还没敢告诉爷爷奶奶他喜欢上了姓张的姑娘，直到爷爷选定了去东北的日子，他才忍不住了，借吃晚饭的机会，告诉了爷爷。

他对爷爷说，咱不去东北了吧？一搬三年穷不说，现在"四人帮"都打倒了，形势一天天在变，咱不去东北，日子也会慢慢好起来的。然后就说了和张姓姑娘的事。

爷爷大怒，在他看来三叔喜欢姓张的姑娘就是做白日梦，三叔因此不想再去东北就是脑子进水犯大傻，所以破口大骂：是癞蛤蟆，就别想吃天鹅肉！自己几斤几两不知道吗？开玩笑的话你当了真就不想去东北了，再耽误个三两年，别说找媳妇，找母猪都找不到！

一场激烈的争吵在所难免，爷爷摔了东西，三叔砸了自己做的扁，五奶家二叔过来劝了好久才把父子俩劝住。

这一夜，三叔大哭了好久，眼睛都哭肿了。

第二天一早，三叔去了张姓姑娘家大门外，等张姓姑娘担着水桶走出来，他问，你到底喜不喜欢我，只要你说喜欢我，就是死我也不去东北了！张姓姑娘笑着说，俺什么时候说喜欢你了？俺真有对象了，是在铁矿上当工人的，都说好了，再过十天就订婚。

三叔大失所望，一路哭着回到家，告诉爷爷，去东北，去东北，今天走都行！

农历三月初七，在卖掉了两间房子又借了我堂姑魏子芳二十块钱后，爷爷带着一家六口上路了。

五奶家我小叔魏子文和三奶家我大伯魏子秀头一天即用手推车推着行李往县城赶，我们则在次日天不亮的时候，起床赶到二十余里外的崔家峪，坐上一天只有一两趟的公共汽车赶到县城，中午时分又坐上一辆补充客车不足的大拖挂，赶往了可以坐火车的青州。

离开故土，奶奶一路上总在擦眼泪。因为她的父亲刚于年前过世，曾在病榻前照顾了父亲将近半年之久的她，仍想给父亲上了周年坟再走，但她知道那是不会得到爷爷同意的，也就提都没提。所以，离开故土就如离开父亲一般，她的泪水时时地往外奔涌。

另一个流泪的是三叔，他舍不得他喜欢的姑娘。尽管那是一场梦，但他饱受心有不甘的巨大折磨，离开就是一种撕裂，他无法不哭。

高兴的是我。我从在崔家峪坐上公共汽车的那一刻就产生了极大的新奇感，因为我从来没有坐过公共汽车。坐上大拖挂以后我更加感到新奇了，因为站在车厢上可以一览无余地观看沿途的风景。尽管春风还是那样寒凉，我仍时不时地就要站起来四处张望，并问爷爷那个是什么，这个又是什么。

爷爷说，小心你的棉帽子，让风刮跑了你可没的戴了。东北可还冷着呢，没了棉帽子你的耳朵会冻掉的。

我说，没事没事，刮不掉，刮不掉。

话音刚落，帽子嗖地一下飞走了。

我眼看帽子在尘土飞扬的公路上打了几个滚儿，然后被随即赶来的一辆大客车辗入车底，便再也不见踪影了。

爷爷笑着说，跟你说你不听，看看怎么样？飞了吧！你就光着脑袋去东北吧。

光着脑袋去东北，我唯一的担心是耳朵会被冻掉。但是不知为什么，这种担心只是一瞬间里从心头飘过，便又继续我的兴奋了。

我们在青州火车站等了好久好久，直到深夜才坐上了去往沈阳的一趟火车。

车厢内异常拥挤，中途上车的人根本没有座位，只能坐在过道里、躺在座椅下。而我，上了火车就开始头晕，火车开动后我就开始呕吐。爷爷坐在过道里抱着我，我把秽物吐了他一身，也溅到了周围乘客的身上，招来了阵阵责怨。可我控制不住自己，不时地吐着，吐着，已经把胃内的所有东西都吐光了，仍想吐。

我再也兴奋不起来了。我开始想，到了东北真把耳朵冻掉了怎么办？冻掉了耳朵肯定就找不到媳妇了吧，谁会愿意嫁给一个没有耳朵的人呢？想着想着，就睡着了。

当我醒来的时候，发现爷爷已经抱着我坐到了座位上，车窗上透进了隐隐的晨曦，可以看得到外面匆匆闪过的各种景物。火车上的广播里正在播放《新闻和报纸摘要》节目，一位男播音员说，中共中央拨乱反正，从现在开始将为全国的"地富反坏右"摘帽平反，不再搞"左"的阶级斗争。

原本疲惫不堪的爷爷一下子直起了身子，伸直了耳朵听完后看着旁边的奶奶说，你说这是不是真的？奶奶的脸色呈现着希望的红润，说，应该是真的。是真的！

三叔在离我们不远的地方坐着，他自言自语地说，我说先不走，你们不听。现在政策变了，如果在家不走多好啊。

他大概又想起了那位心爱的张姓姑娘，政策变了，春暖花开，如果不走，他们的爱情或许就能开花结果吧。

但是，爷爷没有理会三叔。奶奶也没有理会三叔。

火车飞快地跑着，向着那个叫东北的地方跑着。

马棚日月

我们一家迁居的地方，是吉林省双阳县齐家公社永安大队第三生产队。大平原，一望无际，村庄与村庄间的距离很远，一路走，看得见零零星星长在沟堤上的树木，也看得见散落在田野里的牛马，却极少见人。

我们家有个老姑奶奶早在几年前就迁居到了永安，他们家是地主出身，我老姑老爷在特殊时期经不起挫折，半夜三更找棵柿子树吊死了，留下三个儿子、一个女儿让我老姑奶奶带着，日子混不下去，也是害怕三个儿子成年后找不到媳妇，老姑奶奶便领着他们闯了关东。先在永安大队第九生产队待了三年，后来发现第三生产队地多人少，年底分钱多，就跳槽到了第三生产队。我们就是投奔他们来的。

农历三月的永安的确还在严寒当中，但却不像爷爷形容的那样丢了棉帽子就会冻掉耳朵。倒是一早一晚风很大，出趟门刮得眼睛睁不开，走路摇摇晃晃，总有随时被刮走的感觉。

但我不适应的并不是冷和风，而是当地人的东北话。在开始的几天里，我有大半听不懂，人家问我什么，我只能发蒙地摇头。有个当地的婶子，胖胖的，大圆脸，面露慈善，见到我热情地拿了熟土豆给我吃，呜里哇啦说半天，我以为她想用土豆换取我们家从山东带来的什么东西，就使劲摆着手说没有没有，我们家很穷，没带什么东西来。她竟然听得懂山东话，一时哈哈大笑，腰都笑弯了。

新来乍到无处可住，生产队给安排在了一处废弃的马棚里。那马棚本是四大间的，但有三间让我老姑奶奶一家和她女儿一家住上了。我们只能住一间。

这间把头的马棚，门开山墙，冲着苍茫的大草甸子，地处村庄东部最边沿的地带，与最近的住户也有二三百米。屋内面积现在回想大概有二十平方米，一盘老炕，一个锅灶，在我们之前大概是有人住过刚搬走，灶膛里的草木灰还干燥。只是屋内乱七八糟，被烟火熏黑的墙皮也多有脱落。屋地又是下陷了差不多半米，潮湿，还有大量的蟑螂横冲直撞。这还不算什么，有个姓郑的当地孩子告诉我，夜里还会有狼从大草甸子里跑了来用头撞门，边撞边嗷嗷嚎叫，专门吃小孩。要想不让它吃小孩，只能扔块肉给它，否则它不会走。这让我心惊胆战，问爷爷怎么办，爷爷说，别听他瞎说，这地方一马平川哪来的狼啊，都是吓唬人的。

我希望是吓唬人的，但万一不是吓唬人呢？我仍忐忑不安。

条件如此恶劣，但对我们这户吃惯了苦的人家来说，不算什么。于我这个孩子来说，只要别有狼，就什么都不怕。于爷爷叔叔他们来说，有狼也没事，四叔说他能弄个套子抓狼，抓了狼可以扒了皮给爷爷奶奶做个皮垫子，出门在外时坐着，免得受凉受潮。所以，不管条件多么艰苦，也没人抱怨，更没人嫌弃。反倒是有些新奇感。因为吃饭时一只小桌放在炕上，大家全都脱鞋上炕围着小桌盘腿而坐。睡觉时全家都在一条炕上，头朝外，脚朝里，一人一个被窝。挤巴，但温暖。

有点受不了的是屋子里的马尿味，屋里越是暖和，味越大。好像养过马的地方马尿就把这里的一切都泡透了，温度高了散发得更快，没有任何办法能去除。但时间长了以后，慢慢也就习惯了，似乎人的嗅觉是可以随时调整的，你讨厌什么味道，它就会关闭这一块的感觉，让你闻不到。

但是，由虱子带来的痒，却没有哪个人体机关可以调整到无感觉。

在山东老家是没有虱子的，最起码我是没见过虱子。但是住进马棚不长时间，是第三天，第五天，还是第十天，就觉得棉衣里有东西蠕动，身上痒得厉害。晚上脱下棉衣翻过来一看，缝隙里全是白花花的虱子和虱子的子孙。用两个指甲挤，用香头烧，甚至燃起一堆干草，借助火的热度让虱子掉落火中灭亡，可以说"无所不用其极"。

可是，虱子永远也灭不光，一批倒下了，另一批又诞生了，它们生生不息，越灭越勇，给一家人的夜晚带来了活计。每个人坐进被窝不干别的，先把棉衣翻过来与虱子展开"殊死搏斗"。

说起来，其实虱子对我们来说也不算什么，无非是被它们吸点血，无非是晚间多了一项与其战斗的活计，无所谓的事。比较难挨的，是在相当长的时间里没菜吃，连咸菜也没有。我记不起当地的商店里是不是可以买到菜或咸菜了，反正我们家从来没有买过。没钱。从老家带来的那点钱一路上买车票花得所剩无几，爷爷还想留着应急，根本不敢拿出来买菜或咸菜。

当一日三餐连咸菜也吃不上的时候，那感觉实在是太可怕了。

老姑奶奶说，可以到坐地户的家里要点咸菜吃。他们腌制的辣白菜、蒜泥茄子、大豆酱都特别好吃。

可怎么跟人家张口啊？

爷爷说，熬吧，吃着炒煳盐熬吧。熬些日子天气转暖，地里有了野菜就好了。

熬了半个多月，奶奶说，这样熬下去孩子们怎么受得了呢？还指着他们干活呢。我找地方要去。当年饭都要过，还愁跟人家要点咸菜吗？

奶奶的确是要过饭的。在整个家族因社会大动荡败落后，生活进入了最为艰难的时期，奶奶这个曾经的大家闺秀，为了家里四五个孩子，拿起打狗的棍子，挎上筐，要过三四个月的饭。

奶奶说，人不是这个干不了，那个不能干，是没逼到份儿上。

现在，好像也要逼到份儿上了。所以奶奶领上我去了村里一个姓赵的奶奶家。因为老姑奶奶说，这个老太太心眼儿最好。

这个姓赵的奶奶在我的印象中当时有六十多岁，满头白发，红光满面，慈祥可亲。她有个孙子叫大宝，所以村里人又称她大宝的奶奶。

奶奶和大宝的奶奶见面说了没几句话，还没找到合适的机会提咸菜的事，大宝的奶奶就主动发话了："你们初来乍到，日子肯定很苦很苦，如果不嫌我的手艺差，就从我们家拿点咸菜回去吃可好？"奶奶的眼睛马上湿润了，说："好啊好啊老嫂子，我来就是厚下脸皮想讨你点咸菜吃的，孩子们天天干活，累，孙子又是长身体的时候，光干巴巴地吃玉米大饼子、高粱米饭，受不了呢。"

我和奶奶从大宝奶奶那里端走了满满一盆辣白菜和蒜泥茄子。

当天中午的这顿饭，我们家像过年一样。有了咸菜，玉米大饼子太好吃了，我一个十二岁的孩子，竟然吃了三个。爷爷吓坏了，说可别吃了可别吃了，再吃撑死了。

这之后，大宝的奶奶每隔一段时间就会主动给我们家送来一盆咸菜，不仅有辣白菜、蒜泥茄子，还有黄豆酱。

大宝的奶奶做的黄豆酱有着无与伦比的香甜，天气暖和后，地里冒出绿芽来，我去采来曲麻菜、小苦菜、小根蒜，一家人蘸着吃，那感觉美得不得了。

然而只吃咸菜吃久了，也会营养不良，作为正长身体阶段的孩子，我便患了低血糖。当然，那时候我并不知道世界上有一种病叫低血糖。爷爷奶奶也不知道。我只知道自己经常浑身没劲儿，突然就会冒虚汗，心慌乏力，需要坐在地上休息好半天才能缓过来。

老姑奶奶的女儿，也就是我姑奶奶告诉我，村子北面的荒地里有许多当地人扔掉的死鸡，你去捡几只来让你奶奶炒了给你解解馋，不用几次你就有劲儿了。

我眼前一亮，心说有这样的好事，何止我一人解馋啊，爷爷奶奶也得解馋，全家都得解首啊。于是，我挎上一只筐，装作挖野菜的样子跑到村北，果然看到一片野地里有不少扔掉的死鸡，心怦怦跳起来，像做贼似的捡起两只自认为新鲜的放进筐里，上面盖上一层草，便绕道跑回了家。

这一天的中午，我们一家六口又过了一次年。虽然病死的鸡很腥，但是长期不见肉，味觉器官已经关闭了对腥的识别功能，那鸡又是用辣椒炒的，全家人只觉得香，特别香。苦涩的生活在这种香的感觉里也变得滋味丰富起来。对东北有了更好的印象——这里的人真讲究，病死的鸡都不吃，这要在山东老家，病死的兔羔子都不会扔。

爷爷得出一个结论，讲究是因为富有。连饭都吃不上的时候，你还有什么条件和心思讲究呢？

奶奶说，这话说得是。

马棚日月，现在回想起来苦涩已经变得很淡很淡，剩下的只有对大宝奶奶的感恩和那些有趣的回忆。甚至很想回到那些日子再去体验体验。

哦，对了，忘记一件事，那个姓郑的孩子所说的狼，一直没有出现。他真是吓唬我的。

二叔要回山东家

在马棚住到两个月，二叔受不了了，他对爷爷说，我贵贱不在这里了，我要回山东。而且说的时候声泪俱下。

往东北来的时候，二叔也是抱着美好希望来的，一路上用他的罗锅后背驮着一只烙煎饼的鏊子，不管多累都没有放弃，和我一样天真地认为东北是天堂，来了不仅吃得饱、穿得暖，像他这种残疾人也能找到媳妇。可想象终归是想象，来了以后他才发现，吃得饱、穿得暖的确没问题，可想找媳妇，却没那么简单，别说他这样的残疾人，就算身体强壮、长相英俊的青年，只要过了三十岁，找不到媳妇的大有人在，而且大多是山东、河北来的"闯客"。有个人称大个子老李的河北人，与二叔的年龄相仿，也是三十五六岁的样子，大高个，四方脸，鼻直口阔，眼似铜铃，一表人才，来东北已经五年，同样也没找到媳妇，反因与其嫂子有染被他哥哥讹诈，每年生产队分了钱都得上交他哥，自己一分也不能留，混成了不明不白"拉帮套"的人。二叔就灰心了，说，这东北啊，也就那么回事，还不如咱山东家好。

促使二叔想回老家的另一个原因，是这里的气候潮湿，他病弱的身体无法承受。尽管这里睡炕，能够驱除湿气，可在野外干活总是会与土地贴得很近，况且空气中也弥漫着湿气，不过二三十天，二叔就腰病复发，疼得厉害，出工回家便躺在炕上哎哎哟哟好半天。三叔偏是不理解，说，你这不是腰病复发，你这是懒病复发！你啥也不用干了，躺在家里等我们养你得了！二叔就恼了，跳起来与三叔大吵，吵着吵着动了手，把炕桌都掀翻到了地上。

二叔和三叔向来不和，在山东老家的时候二人就绝少和平相处，严重的时候二叔要求分家另过，正好生产队让他不放羊了改喂猪，他就搬到养猪场住了差不多两年。后来胸部积水，猪也养不动了，才又搬回家住了一段时日，身体稍有好转，他重又放羊，就又搬到生产队里去住了，只一天三顿回家吃饭。

人生总有与你有缘者，也有无缘人。哪怕是父子兄弟，也如此。二叔和三叔便是一对无缘的兄弟，他们一母同胞，但却"八字不合""命相不对"，没什么深仇大恨，也无利害冲突，却总是难以相处。

吵架不止一次两次，爷爷气得骂过二叔，也曾打过三叔，但是二人终是无法和谐起来。三叔心大，吵完之后吃睡无碍。二叔心小，每次吵完都会郁闷多日，还多次扬言触电自杀。

1978年那个时候，我们老家石棚是还没有通电的，但在永安这个地方却是家家都有电灯了。河北的那个大个子老李说，电这东西真是好东西，不光可以带动电驴子加工粮食，还能给家里照明，还能给活够了的人提供方便呢，只要把电灯泡拧下来，把手指头往灯窝里一塞，眼睛都不及眨一下就去阎王爷那里报到去了。

二叔正是听了大个子老李的话，才扬言触电自杀的。这让爷爷奶奶很是担心。奶奶说，老二你这是咋呀？兄弟间吵吵几句算得了什么呀，你就说这种不吉利的话，心量放大点不行吗？爷爷则大骂："想死你就快死！别在这里吓唬人！一家人在一起哪有筷子不碰牙的呀？星星点点的事你就要死要活的！真想死你就死！没人拦着你！"

二叔当然不会真死，他没那个勇气。但他可以逃离这个地方，逃离与三叔的朝夕相处。于是就说了他要回山东的话。

爷爷同意了二叔的请求，说："也罢，也罢，想回你就回吧，回去正好看着家里的那几间破房子，免得有朝一日咱都想回去的时候，成了人家的，咱连个藏身的地方也没了。"

爷爷所说的"人家"指的是我五爷爷。我们家刚准备闯关东的时候，五爷爷就托大队干部来说合，让爷爷把房子卖给他，说人走了，房子闲着年岁一多就会塌，不如卖给他还能得点钱。爷爷当然是不同意的，说卖掉上院的两间就可以了，因为我缺路费，可要全都卖掉，待我有想回来的那一天，一家人住在哪呀？住露天地吗？你不能断了我的后路啊！这倒惹得五爷爷极不高兴，四处扬言，说我爷爷不近人情，不懂道理。凡事只考虑自己，不考虑别人。因为我们家搬走后，如果房子不住也不卖，干占着宅基，大队里就不会给他家三儿子批宅基盖房子，不盖房子就没法给他三儿子娶媳，这不等于是害人吗？爷爷知道后气得不行，说，纯粹是无稽之谈！各过各的日子，我房子住不住、卖不卖，与他给孩子申请批宅基有什么关系？这个蠢货，编个理由蒙蔽他人也编得如此低级！可是不管怎么样，我们全家一走，五爷爷和五奶奶就以给我家看房子的名义，搬到我家住去了。爷爷知道后给五爷爷写了一封信，告诉他，看在一奶同胞的份儿上，你给我看房子可以，但你不要产生占有之念，否则我不会饶你！可爷爷终是担忧让五爷爷住得久了说不清，正好二叔要回山东老家，他也就顺水推舟，让二叔回家守护房子。

二叔回山东老家了。春天来的，夏天他便走了。四叔是和二叔最要好的，就一路相送，送到齐家公社汽车站还舍不得，又一直送到了长春火车站。

临上火车，四叔泪流满面，二叔也泪眼婆娑。二叔对四叔说，回了山东老家，我这辈子更甭指望成个家了。但是你年轻，我不能眼看着你跟二哥一样打光棍儿，我会想方设法托人给你找媳妇的，一定给你找上一个好看又贤惠的媳妇。

四叔哭得更厉害了。

爱睡觉的优等生

有一种不服叫水土不服。我刚到东北的头半年，就严重的水土不服。有些人的水土不服是恶心呕吐、拉肚子、食欲不振，甚至是失眠、胸闷、气短。我的水土不服就是瞌睡。一天到晚迷迷瞪瞪，晕晕乎乎，老想睡觉，老睡不醒。尤其是在学校上课的时候。

我在山东老家时还差两三个月就五年级毕业了，到了东北，永安小学的老师竟然怕我跟不上课，让我从四年级下学期开始读。我以为他们的课程肯定比山东老家深奥，也就服从了老师的安排，可是上学后才知道，他们四年级下学期的课只相当于山东四年级上学期的课，所以读了几天我就找老师，说还是让我上五年级吧，四年级的课我都学过。

到了五年级，又发现五年级下学期的课，不过是山东五年级上学期的课而已。但是我却不能再调到初中一年级了，我判断初中一年级下学期的课肯定是山东初中一年级上学期的课，不可能是五年级下学期的课，还是老老实实在五年级待着比较好，免得学起来吃力，自找麻烦。

由于五年级下学期的课我都学过，也就放任了因水土不服带来的瞌睡，所以老师在讲台上激情四射地讲，我趴在课桌上酣然入睡。东北的课桌是木头的，暖，睡着舒服。不舒服的是老师，他大概很少见到学生上课睡觉，所以讲着讲着课，经常气得用教鞭敲我的脑袋，梆地一下把我敲醒，怒道，小魏子你干啥呢？不愿上课滚家睡去！我便使劲晃晃脑袋，强忍瞌睡听一会儿，但很快又会不由自主地趴在课桌上睡了过去。

反反复复几次以后，老师无可奈何，也就懒得管我，由着我睡。

令老师感到奇怪的是，过了一段时间进行阶段性测试，语文我得了九十八分，数学我得了一百分。

当时，我们的班主任姓金，叫金国光，师专毕业的学生，中等个头，方脸，白白净净，梳一个分头，笑起来嘴角一扬一扬，有种不好说清的特殊味道。

测试分数一出来，金老师特别惊讶，我的天啊，这小子是神童吗？天天睡觉还考这么好！

于是，从山东来了个"神童"的传说就在学校散布开了。我走在校园里总有学生指指点点："哎，快看，那小子就是从山东来的"神童"！"也有好奇的学生专门到五年级门口往里探头探脑，非要看看"神童"是个什么样子，一看不过是个黑头黑脸的丑小子，有的学生就大失所望，说："啥玩意儿就神童，扯淡么这不是！"弄得我们班学生哈哈大笑。我被搞得像个骗子，低着头一声也不敢吭。

然而不久，更有影响力的一件事发生了。

这一天金国光老师讲王之涣的《登鹳雀楼》。仍然是他在讲台上激情四射地讲，我在课桌上酣然入睡。金老师讲完，又用教鞭敲响了我的脑袋，笑着说，魏然森你站起来，刚才我讲得什么？我站起来看一眼黑板，说，老师，你讲的是王之涣的《登鹳雀楼》。金老师说好，你背过身去，说一说这首诗表达了什么。我便听话地背过身去，说这首诗头两句是写景，后两句是说理，表达了"要想看得远，必须站得高"的人生哲理。金老师很高兴，说行，你小子确实可以。但金老师却不想就此罢休，于是又说，这首诗你能背下来吗？我说能。金老师说，那你到讲台来，不看黑板，给同学们背诵一遍听听。我应着，心怀紧张却做出从容不迫的样子走上讲台，面朝同学有板有眼地背诵了起来：

"《登鹳雀楼》，唐，王之涣。白日依山尽，黄河入海流。欲穷千里目，更上一层楼。"

金老师不会知道，我爷爷喜欢听广播，我也跟着爷爷听。广播里有诗歌朗诵节目，我便在无意中学会了朗诵。这首《登鹳雀楼》也就被我朗诵得有模有样。

金老师真的是惊讶了，他笑着看了我好一会儿之后，摸了一把我的脑袋说，行，果然是神童！老师服了！

"连老师都服了"，这话很快又在学校传开了。似乎我的黑、我的丑都不算什么了，全校的学生都向我投来了赞叹而又艳羡的目光。我也就有了一个外号——"爱睡觉的优等生"，简称"优等生"。

然而，我的内心是惭愧的。不管虚荣心怎样迫使我享受这种赞美，我仍然是惭愧的——暗暗在背后惭愧。因为我知道，所谓的优等生，不过是在山东老家学过这些课。假如没在山东老家学过这些课，天天上课睡觉，我还能轻轻松松考那么高的分吗？我还能说得出《登鹳雀楼》的诗意，并背诵下来吗？不能的。唯一令我自豪的就是朗诵，那是我平时注意了学习之故，也是有几分朗诵天赋所致，否则，我什么也不是。真的什么也不是。

学习永远都需要扎扎实实，来不得半点虚假！

黑的手，丢了丑

好像是五年级快毕业的时候，永安小学为了督促学生搞好个人卫生，组织了一次个人卫生大检查。主要检查学生的脸、脖子、手，看是不是洗得干净。"国家不是倡导'爱国卫生运动'嘛，爱国卫生运动，就得先从个人卫生抓起。"校长这样讲。

我根本不知道学校还会搞这种检查，事先也没人透露一点消息，早晨八点开始做广播体操，学校就来了个突然袭击，让全体学生每十二个人为一排，前后左右各间隔一米，把脖子露出来，把手伸出来，老师挨个儿检查。

结果我丢丑了，因为我的脖子是黑的，手背也是黑的。

在山东老家的时候，冬天怕冷，又不舍得用热水，每次洗手吃饭总是只洗手掌不洗手背，洗脸的时候自然也是只洗脸不洗脖子，久而久之形成了习惯，一年四季很多时候脖子是黑的，手背也是黑的，而自己却不觉得这样不卫生。大人们也都见怪不怪，没人笑话，也没哪个家长知道告诉孩子如何讲究卫生。反倒是把手洗得又嫩又白的孩子显得另类，会遭到同学嘲笑，被称为"穷干净""假工人"。意思是一个穷人家的熊孩子还那么瞎讲究，你有那个资格吗？只有当工人的才有那个资格。你想当假工人吗？

没想到东北人在这方面的观念与山东人完全相反，不讲卫生的孩子才是被嘲笑和鄙视的对象。

这次检查，我和十几个学生被罚伸着手到学生队伍前面亮相，让全校的学生都看看，我们不讲卫生到了何种程度。

再也没有比这更丢人的事了，因朗诵《登鹳雀楼》而树立的"高大形象"顷刻之间一败涂地，所谓的"神童"更是眨眼间成了一个不折不扣的小丑。我一边哭，一边跟在亮相队伍的后面走，假如当时脚下有个地缝，我是一定会钻进去的。只恨没有。

放学回到家，我啥也不说，拿起一只破脸盆倒了水就洗脖子泡手。

当时还在马棚那儿住，没有院落，连个篱笆墙也没有，我在屋门外洗脖子泡手，来来往往的人看得一清二楚。有人就说，这孩子挺讲卫生啊，一放学就洗手洗脸。

奶奶却觉得奇怪，她从外面薅草回来就问，这怎么一放学就洗开了手啊？这是学校要演节目吗？我并不回答她，只是呜呜地哭了起来。奶奶赶紧跑过来把我揽进了怀里，急切地问，怎么了怎么了？哪个小兔崽子欺负俺了？我更加委屈起来，趴在奶奶怀里哭着说，不是，是学校检查卫生了，因为我的手和脖子都是黑的，老师让我在同学面前亮了相。

奶奶以为亮相是开批斗会，立刻气得手都哆嗦了，说，还有这种事？手和脖子是黑的也要开咱的批斗会？你们老师怎么这么猖狂啊！等你爷爷放工回来，我让他找你们老师去！

我就烦了，哭着大声说，奶奶你乱说什么呀，谁批斗咱了，你咋那么会编呢！就是让我在同学面走了走，哪就批斗了！

奶奶一下子释然了，说，哦，没批斗啊。没批斗就行。那你好好洗吧，洗干净了，以后就不会这么没脸了。

说罢，奶奶拿来暖瓶给我放了些热水，说兑点热水手上的灰才泡得好退得快。然后，奶奶便做饭去了。

我继续泡着手，眼泪却还是流。心里不是自省自己以前为什么不知道讲卫生，而是怨恨爷爷奶奶没教我讲卫生，如果他们教我从小好好讲卫生的话，何至有今天的丢丑啊！

爷爷和三叔、四叔放工回来了。

看我正低着头用力搓着手上的灰，爷爷的反应是笑着夸奖我，嗯，森是好孩子，知道讲卫生了。弄得我瞬间没了一点怨气，只觉得还是爷爷好，会说话。三叔啥也不说，板着个脸径直进了屋。而四叔却跟我开起了玩笑，说这是在学校搞对象了吧，要不能这么讲究？

我一下子恼了，立刻把所有的怨气都撒到了四叔身上，哭着说，你还好意思说风凉话，我在学校让老师搞了难看，都是你不知道教我洗手洗脖子弄的。还咱爷俩最好呢，不是白好啊！自己一天到晚洗得白白净净的，像个大少爷似的，让我黑脖子黑手的出去丢人，你不觉得自己当这个叔当得一点也不合格啊！

四叔哈哈大笑。爷爷奶奶也哈哈大笑。就连老姑奶奶家的那位姑奶奶也哈哈大笑。

四叔说，看看这孩子，逮不着兔子扒狗吃，自己在学校受了气，回来跟我发开了脾气来。

然后，四叔过来蹲下帮我搓手，边搓边笑着说，你看看，搓下来的灰够养二亩地的。等会咱爷俩端着脸盆找生产队长要工分去，我们这一大盆灰，怎么不得给俺记上十分工啊！

我被他逗笑了。笑过以后我说，以后再也不敢不讲卫生了，再不讲卫生，就没法在这儿混了。

四叔说，以前是四叔不对了，光顾自己，不顾俺侄儿。以后我再洗脸的时候就叫着你，咱爷俩一起洗。把俺侄儿洗得白白净净漂漂亮亮的，当个大学生。

果然，从此以后，每天四叔起床洗脸的时候都会叫上我，让我的手和脖子，真的变得白白净净了。只是离"大学生"还很遥远。而且我也知道，所谓大学生，不是只会讲卫生就能当上的，需要付出的还有很多，很多。

但是我体会到了，原来一个人讲卫生干净了，自信也就有了。有了自信，学习的劲头也就更足了。

愤怒的砖头

在永安小学五年级的那段时间里，我是受了很多欺负的。特别是测试考了好成绩和朗诵《登鹳雀楼》出名以后，就好像做了什么得罪所有同学的事，成了众矢之的，更受欺负。

不久前观看周冬雨主演的电影《少年的你》，我唏嘘不已，原来我曾经历的事，用欺负来形容是不够的，应该叫霸凌或是欺凌。而且一直是一种严重的校园问题，现在的孩子仍然经历着。

霸凌也好，欺凌也罢，真的是非常可怕。

艺术总是把现实推向极致呈现给观众的，不然不足以震撼人心。所以《少年的你》所表现的事件才让人不寒而栗。但现实中，比电影还要过分的事并非没有，只是极少而已，只是没有落到大多数孩子身上罢了。

我所经历的欺凌没有《少年的你》所呈现的事件那么过分，用悲惨来形容也可能过分，但是欺凌的程度不管轻重，对于一个未成年的孩子来说，其实都是很大的伤害。因为每个人的心理承受力不同，受欺凌的孩子往往心理更脆弱，在受到欺凌时，会把欺凌放大，伤害自然也就一起跟着被放大了。

我承受欺凌的能力是比较高的。因为家庭出身问题我早就经受了很多欺凌，比如在母亲改嫁的那个陌生村庄我被叫"座山雕"，就是一种欺凌，因为这种欺凌，我的心理承受力得到了磨炼，否则在永安小学所受的欺凌可能会让我崩溃。

欺凌我的孩子领头姓郑，就是我们家刚搬到马棚时，告诉我夜里会有狼撞门吃小孩的那个孩子。

姓郑的孩子老家是山东烟台的，早在他爷爷的爷爷那一代就搬到永安来了，拥有过几千亩土地，是当地数一数二的富户。若论家庭出身，他家该是大地主。但是，他在班里却不像我在老家那么自卑。不仅不自卑，还很猖狂，经常伙同几个愣头青欺负初来乍到的学生——逼着他们买糖给他上贡，或是让那些长得漂亮又文弱的女生给他写作业。

对于我，他要糖我是没钱给他买的，他便要我别出风头。"你一个出来混穷的熊孩子，装啥能啊，又考一百分，又朗诵诗的。给我消停点儿得了！"一开始我和他讲理，问他为啥我就不能考一百分，为啥我就不能朗诵诗，是老师说了算还是你说了算。他恼了，说句"你等着！"放学的路上就伙同几个孩子前后左右夹击，像揉面团似的把我撞过来撞过去，直到把我撞哭，他们才欢叫着跑走了。

第二天到了学校，他利用下课的时间再次故伎重演，并说你要敢告诉老师，我就整死你！我只好忍着，没有告诉老师，回家也没说。因为爷爷说过，初到陌生地，先要学会忍受伤害，不然，就会有更大的伤害到来。

班里有个女生叫刘鑫梅，也可能叫刘金梅，或是别的什么梅，我说不准了，姑且叫她刘鑫梅吧。刘鑫梅的老家是山东平度，父母带着她比我们家早六七年落户到了永安大队第九生产队，算是老户了。

在班里，我和刘鑫梅前后桌，但从不说话。不是我不想跟她说，是怕她。她个子高高大大，眼神有一种刺破皮肉的犀利。哪个男生若要惹着她，她上去就是一巴掌，还加一句："你小子想死咋的！"

让我想不到的是，姓郑的孩子有一次欺负我，刘鑫梅竟然替我打抱不平。她上去推了姓郑的孩子一把，说："你干啥呢？都是山东老乡你老欺负人家干啥！"姓郑的孩子说一句："关你屁事啊，他是你男人咋的！"然后跑走了。刘鑫梅并没有追他，只冲着他的背影喊："等啥时候老娘有空了，整死你个小鳖犊子，让你胡说八道。"然后也不理我，迈着一双大脚，不紧不慢地走了。

我不知道刘鑫梅为什么会为我打抱不平，是喜欢我吗？不可能，我长得又不好看，她怎么会喜欢我呢。未成年的男孩女孩相互喜欢无关爱情，但也是看脸的。再说，她那个大大咧咧的样，或许并不知道喜欢男生是怎么回事吧。是同情我？那全班同学那么多，姓郑的孩子也不光欺负我自己，她为什么就单单同情我呢？

我想不明白，但我很感激她，也很享受她的这种打抱不平，同时也减弱了受欺凌带来的心灵伤害。

但是，姓郑的孩子并未因为刘鑫梅对我的"保护"而收敛，只要得空，他还是会欺负我。不是撞我一膀子，就是踢我一脚，或是把我的书弄到桌子下面，无来由地骂我傻。而他做这些的时候，一定是刘鑫梅看不到的时候，而我是不可能随时都向刘鑫梅报告的。那样的话，刘鑫梅也会烦我。

然而，人的忍耐是有限度的，终于，我爆发了。

爆发点是姓郑的孩子在我被作为不讲卫生的典型在全校学生面前亮相后，借机羞辱我。当时，我刚从学校厕所里解手出来，他故意模仿半身不遂者的走路架势用力撞了我一膀子，然后对周围的几个同学说，你们看看这小子这个熊样，还优等生呢，连脖子都不洗，手上的灰垢比铜钱都厚，咋拿东西吃呢你们说？不跟狗没啥区别吗？死了得了！

这番话让我的自尊心受到极大伤害，我瞬间爆发了。恰好脚边有半块砖头，我抓起来就朝姓郑的孩子头上砸了过去，姓郑的孩子一闪，砖头砸在了他的肩膀上，他疼得哎呀一声，撒腿就跑。我二次抓起那块砖头大哭着去追，喊着非要砸死他，他跑得更快了，完全可以用抱头鼠窜形容。

围着校舍追了不下三圈，引得所有学生都注目观看。终于，有人报告了我们班主任金老师，金老师跑了来大声呵斥，"干啥呢你俩，想整死一个啊！赶紧给我停下！"我停下来，同时用力一甩砖头，砸向了姓郑的孩子后脑勺。

这要真砸准的话，姓郑的孩子就没命了。但他很幸运，我也很幸运，砖头贴着他的头顶飞过去落到了地上。

姓郑的孩子吓得一屁股坐到地上，嗷嗷地哭了。

金老师了解了情况后，批评我："你小子真狠，这要出了人命咋办？"但更严厉地批评了姓郑的孩子，告诉他再敢欺负这个欺负那个，就开除他。

从此以后，姓郑的孩子再也没敢欺负我。

这让我知道，忍耐和宽容虽是中华民族的美德，但必须有限度，没有限度，你就不是忍耐宽容，而是软弱。而软弱的人，是不会得到欺凌者赦免的。只有像玫瑰那样身上带点刺，他敢碰你，你就扎他，他也就不敢轻易碰你了。

对于我来说，对欺凌的反抗实际上是有点晚了，假如姓郑的孩子第一次欺负我时我就放弃忍耐，他可能早就不敢欺负我了。

孤独的大草甸子

在东北，低洼积水，长满柳毛子和荒草的地方叫大草甸子。

之所以称为大草甸子，就是因为大。少则几百亩上千亩，多则上万亩。有些草甸子用一望无际形容毫不为过。

这种草甸子既然能长柳毛子和荒草，就不能长庄稼吗？当然能，只是东北的土地太富裕了，种不败，大草甸子的特点又是种稻子水不够，种玉米、大豆、高粱又太涝，所以也就搁置了。再说，驴、马、牛、骡、猪也是需要有地方放养的，大草甸子便是最好的牧场。

永安大队有几十处大草甸子，仅我们第三生产队，就有大大小小五六处之多。

大草甸子是生产队的，但是除了公家放牧，老百姓谁想割草烧火都可以。而且不管什么位置，只要你用镰刀割倒一片草，周边几亩甚至是几十亩地的范围内，就没人再会染指了。这对那个年代最缺柴草的山东人来说，真是天堂一样的所在。奶奶就曾大喜过望地说：可好了，可好了，可不用再为柴火发愁上火了。

在老家时，四叔曾因上山割草不止一次挨过看山人的打。奶奶也曾无数次迈着一双"三寸金莲"天不亮就挎着筐到野外扫树叶。我们家的院子永远都被扫得如同镜子，不是奶奶多讲卫生，而是为了把垃圾变成炉子里做饭的火焰。即便如此，一年一年，奶奶还是因为柴火不足而在做饭时费尽心机，愁眉不展。

1978年秋天，也就是我们家搬到永安大队的第一年秋天，我开始了到大草甸子割草的畅快人生。具体时间是不上学的周末。那个时候我十二周岁，独自一个人背着一只装了水的葫芦，带着玉米大饼子和几块咸菜，来到苍茫无边的大草甸子上，一把大甩刀，一把小镰刀，大甩刀用累了用小镰刀，小镰刀用够了再用大甩刀。往往一干就是一整天。从早上天刚亮，到傍晚日沉西。

在大草甸子割草的确是畅快的，因为大草甸子上的草太厚，太易割了。但是大草甸子所给予你的不只是厚厚的荒草，还有不尽的孤独与寂寞。

可以想象，一个人，而且是一个只有十二岁的孩子，独自在茫茫的大草甸子上一待就是一天会是什么样的心理感受。

天上有鹰时而滑过，树上有鸟叽叽喳喳，但都不能和一个割草的孩子对话，都不能告诉这个孩子这里其实是很安全的，没有狼，没有虎，更没有熊和野猪，因为这地方藏不住它们，它们都在遥远的大山里、森林中。当然，不告诉他，他也是知道的，因为爷爷早就考察验证过，如其不然也不会放心他一人到这里割草。他就是因为没人说话，孤独寂寞之下自己制造恐惧，每有异样的声音传来，他都会心下一紧，以为有什么孤魂野鬼毒蛇猛兽要来伤害他。他想过放弃，太难受了，不割了！但又觉得那样不是一个男子汉该做的，在老家的时候自己不也曾经独自上山采过药吗？年龄比现在还小呢。必须坚持下去！必须！

坚持中，他想到了一个解决恐惧的办法——唱歌。他唱的是家乡的民歌《沂蒙山小调》：

　　　　人人那个都说哎，沂蒙山好，沂蒙那个山上哎，好风光。
　　　　青山那个绿水哎，多好啊看，风吹那个草低哎，见牛羊。
　　　　高粱那个红来哎，豆花香，万担那个谷子哎，堆满场。
　　　　咱们的共产党哎，领导好，沂蒙山的人民哎，喜洋洋。

唱起这首歌曲，他仿佛回到了家乡，仿佛见到了家乡的群崮和山泉，见到了儿时伙伴，也仿佛见到了那个叫金叶的美丽女孩。

当然，唱起这首歌他也会想起自己的母亲，那个已经四五年没有任何消息的母亲。

然而，由于唱歌分神，他的左手被镰刀伤到了。锋利的刀刃割到了食指上，比那一年挂面机齿轮伤到的右手食指还要严重，第一节几乎掉了下来。他扔掉镰刀，用右手攥住割断的左手食指飞快地往家跑去，一路上鲜血从指缝间不断地涌出，滴滴答答地掉落到地上，为路边的野草点上了胭脂。

大队卫生室的赤脚医生也像当年他的堂叔给他包扎右手食指一样，用最简单的方法为他接上了断掉的指节，敷上药进行了包扎。于是他的这根手指也就成了残疾手指，前端永远伸不直，直到今天也伸不直。

但是这一年的秋后，所有庄稼都收割归场了，一辆大马车在寒风拂面中驶进大草甸子，一趟一趟往外拉着如同高山一样的干草。赶车的是四叔子侠，跟在车后满怀自豪阔步而行的，就是那个割草的孩子——我。

我想，这个冬天，奶奶有充足的柴火烧炕了，我们家的炕一定天天都是热的！

你长得不行

那一天上课，我犯了低血糖。

当时是初中一年级上学期，老师讲历史。

老师让我站起来回答问题，我却在站起来的一瞬间，忽然浑身乏力，虚汗泛滥，心也突突乱跳，就扑通一下又坐下去了。

老师很生气，用教杆敲着黑板呵斥道："魏然森你给我站起来！问题还没回答谁让你坐下的！"

我有气无力地说："老师，我，我，我昏了。"我应该说老师我晕了，或是用其他更恰当的词，但一时慌乱竟说自己"昏"了。

全班同学哄堂大笑。

老师气得冲到我面前就想用教杆敲我，忽然发现寒冬腊月里我的额头上竟有一层汗珠，脸色也蜡黄，知道真是"昏"了，便把举起的教杆放下，"哦"了一声，然后，让我赶紧去大队卫生室看看。

我双腿酸软，扶着墙费了好大劲儿走到学校西边的大队院，欲进卫生室时，却又忽然感觉不"昏"了。这就是低血糖的特点，"昏"一会儿便会自然缓解过来。

因为不"昏"了，我就不想再去找医生，我犯愁医生问我情况时我说不明白，因为那时候我还不知道自己有低血糖的毛病，连低血糖这个医学名词都不知道，我无法跟医生解释我的"昏"。

但在转身离开时，忽然发现大队办公室门口的墙上贴着一张告示，走过去细看，是双阳县文化馆举办少年演员培训班，要求年龄十二周岁至十八周岁，形象佳，会唱歌跳舞，或会演奏乐器。培训结束集中考试，成绩优异者可转为"亦工亦农"在文化馆工作。有意者可到全县各公社文化站报名，并接受初步考察。

我的心扑腾扑腾直跳，以为"亦工亦农"就是正式工，幼稚地暗想大好机会来了，如果能进培训班当了演员，这个破学也不用上了，从此吃的是国库粮，拿的是工资，多美啊！

此时，我们家已经不在马棚居住，爷爷花一百六十块钱在生产队队部旁边买了一间半房子。和我们对门住的另一家姓王，他儿子就是我的初一班主任，也是我的语文老师，叫王俭——一个年轻的，刚结了婚的英俊高挑的小伙子。

我想报考演员不敢跟爷爷奶奶说，也不敢跟四叔说，我怕他们不同意。他们不同意不是不想让我有出息，而是看不到我的潜力，认为我考演员不现实，从而说出难听的话来打击我的积极性。

我忐忑不安地悄悄和王老师说了，因为我得跟他请假。

王老师很温和，他笑着说了句能行吗，接着又说了句你去吧。

这天晚上，我很久都没有入睡，默默地躺在被窝里练唱歌，我反复地默唱《我爱北京天安门》，唱了一遍又一遍，唱了一遍又一遍，一直唱到不知不觉睡着了为止。

第二天吃过早饭，我装作上学出了家门。

那一天正好下雪，雪虽不大，但北风裹着雪花直往脸上扑，刀割一样。为了给自己打气，我边走边喊："不冷，不冷，就是一点也不冷！坚持就是胜利！"还唱《大刀进行曲》："大刀向鬼子们的头上砍去……"

坚持中两次遇到了往齐家公社方向行走的马车，虽然他们的目的地并非齐家公社，但好心的车老板总能捎我一段，使我的坚持多了一份支撑，少受了许多跋涉之苦。

二十里路，我折腾了整整一个上午。

126

中午十二点左右，我终于赶到了齐家公社文化站。

齐家公社有个看上去像二层楼一样的电影院，文化站就在电影院旁边一间小屋内。以前，我坐着生产队卖粮的马车到齐家玩过，多次见过这所影院，却不知道文化站就在影院的旁边。我以为文化站一定会在公社大院内，就到公社大院去了。结果，东一头西一头傻乎乎地乱钻，遭到了一位干部的大声呵斥："干啥呢小孩！瞎窜啥呢！"我说我找文化站。那人说："文化站在电影院那儿，你跑这找啥！你虎啊！"

文化站的门锁着，贴在门上的演员招考告示赫然醒目，亲切不已。

但是站长在哪儿呢？有个大爷告诉我，站长回家吃饭去了。

我就站在门口等，等了好久，肚子饿得咕咕直叫，一路走来的汗水似乎也结成了冰，从里往外透着凉气，我瑟瑟发抖。不知不觉中低血糖又犯了，我顺着墙根儿坐到了雪上，整个人像没了筋骨一般。

好不容易挨过去，又瘦又矮，脸上却满是严肃和傲气的文化站站长才叼着烟不紧不慢地出现了。

文化站站长开门之际，我站起来讨好地笑着看他，不知说什么好。他打开门后回头问我，你想干啥？我结结巴巴地说，我，我，我想考演员。他转身上下打量打量我，眼神中透出鄙夷，把烟头往雪地里一扔，吐口痰，只说了一句话："你长得不行！"然后进屋，砰地把门关上了。

我愣在门外好久，心说费了这么大劲来考演员，就一句"你长得不行"这就完了？

还不这就完了吗！不这就完了还能咋的？我自己回答了我自己。

天上的雪已经不下了，但我的心头却已开始风雪交加。

我垂头丧气、没精打采地往回走。失败的滋味特别难受。亲耳听别人说自己长得不行更难受。一种强大的、比家庭出身不好还让我自卑的自卑涌上心头，便对未来产生了从未有过的绝望。觉得自己既然长得不行，这辈子恐怕只能和叔叔们一样当农民了。就盼着自己消失在雪野中不要回家，回家怎么见王老师？怎么跟爷爷奶奶说？太丢人了！

稚嫩的心灵就是这样，经不起打击。但是经不起也得承受着，不然只能被遗弃或毁灭。

走出齐家公社驻地，我捡到了一张被人撕去了一半的《长春日报》，于是，为了减轻内心的痛苦，我一边看着报纸一边走。

一篇题为《矿石》的文章吸引了我。

文章说，一块四楞八怪的铁矿石，很丑，很不规矩，还夹杂着石头和泥沙，是不可能马上用来打制铁器的，一定要经过破碎提纯，冶炼加工，再经千百次地烧制锤打才行。人又何尝不是如此呢？谁都渴望尽快得到赏识与重用，可一条条艰难的路没有走完，又怎么可能到达希望的终点？当你遇到一次次理想与追求的幻灭时，那都不是什么大不了的事，那只是上天对你的锤炼。你只有接受这种锤炼，承受这种锤炼，欢迎这种锤炼，你最终才会成为祖国这台大机器上的一颗螺丝、一件轴承，或是一个齿轮。

雪又开始下了。我把报纸顶在头上，迈开大步往家走，感觉腿脚好像突然有劲了。

我要当农民

1979 年春节期间，我和四叔到第七生产队看二人转，我因穿少了衣服，遭到风寒侵袭，得了重感冒，高烧达到三九度，因大队卫生室的赤脚医生走亲戚没在班，爷爷让我喝姜汤出汗治疗无效，便引发了急性肺炎，这一病就是一个多月没上学。等我再回学校的时候，初一下学期的数学、物理、化学对我来说已经非常陌生，只有语文、历史、地埋这些文科类的课程我努力自学一番还能跟得上。

那时候是没有补课这一说的。家长补不了，老师不给补，同学更不可能有人给你补。你只能眼看着自己掉出了优秀学生的队伍，几次测试考试，理科不抄就得零分，从全年级前十名，一下子跌到了倒数第三名。我的心再一次受到沉重打击，就对王老师说，我完蛋了，怕是再也爬不起来了。王老师笑了笑，说，再好好努把力看看，或许能出现奇迹呢。那语气已经告诉我，这话不过是一种安慰罢了。

此时，偏又发生了一件比"黑脖子黑手"事件还要伤我自尊的事——我让一位姓何的女老师揭了在小学五年级成为优等生的老底。

事情的起因是课本。

因为家里极度困难买不起书包，我是一直抱着课本上学的，时间久了，自然就把书皮弄脏的弄脏，弄破的弄破，弄丢的弄丢。但这不是什么新奇事，从小学五年级到现在都是这样的，并没有哪个老师批评过我。班主任王老师也没有批评过我，哪怕是背后说一下也没有。可没想到，突然有一天，教数学的何老师却恼了，或许我的数学成绩拖了全班后腿让她极没面子的缘故，当她发现我的课本全都破损以后，当着全班同学的面火冒三丈。火冒三丈只是训斥一番也好接受，关键她训斥完了以后接着又拿我在五年级时的事情冷嘲热讽了一番，她说我在小学五年级的时候上课睡觉还能考高分是耍心眼，明明在山东都学过了，还装作没学过，没学过你能睡觉也考高分？那不成神了吗！现在怎么样？啥也不是了吧！用脚后跟想想都知道，一个不知道洗脖子洗手的孩子，一个连自己的课本都不知道爱惜的孩子，他的学习能好到哪儿去！无非是个别不要脸的男老师图虚荣，揣着明白装糊涂，故意借着你小子抬高自己班的影响力罢了！这样其实是很无耻，很无耻的！

如此一来，对我的伤害达到了极点，我当时就哭了，把课本全都扔到了窗外，大喊，这学我不上了行吧，我不上了！

何老师还没作出反应，姓郑的那个孩子又嘿嘿笑着跟上了几句更扎我心的话："不上了好啊，不上了你当演员去，长得这么好看，不当演员可惜了！"

全班同学哄堂大笑，连何老师也笑了。

何老师说，是吗？小魏子还有这本事呢？那快回家当演员去吧，别在学校屈了你这才！

我无地自容，恼怒不已，一把将课桌推倒，夺门而出，放声大哭着往家跑去了。

此时，我非常恨两个人，一个是金老师，一个是王老师。恨金老师是当初他为什么把我托到那么高让我成了众矢之的。恨王老师是他把我考演员的事告诉了同学。我考演员只他一个人知道，他不在学校乱说，别人怎么会知道呢！

一路跑回家我哭着告诉爷爷，我不上学了，我要当农民。

爷爷问我，为什么？又有人欺负你了？

我没法详细回答他，只说什么也不因为，谁也没欺负我，我就是不想上学了！

爷爷知道必有原因，于是王老师回来后，爷爷找了他。

王老师到底怎么和爷爷说的我不清楚，只知道爷爷找了王老师以后，王老师也一起到家里来劝我回学校继续读书，还说你别和何老师一般见识，她和金老师谈对象谈崩了，心情不好，才把火发到你身上的。我已经找过她了，你明天回学校，我让她给你道歉。

但是，我没听。王老师怎么劝我也没听。最后王老师说，这孩子怎么这么倔呢。然后就走了。

这天晚上，爷爷、奶奶、四叔又一起劝了我好久好久，我仍然油盐不进。第二天一早跑到学校大门外，等到刘鑫梅出现的时候我把一支圆珠笔塞到她手里，算是对她曾经为我打抱不平的一种报答，然后跑回家，再也没有踏进学校半步。

对于一个心智尚未健全的孩子来说，有些道理明白了是一回事，做起来又是一回事。读了《矿石》那篇文章我曾豁然开朗，但在这个时候我却过不了学习跟不上的关，过不了老师同学伤我自尊的关，跑出校门就再也回不去了。

爷爷很生气，从来没有骂过我，这一次他骂了我。奶奶也伤心至极，说："你不念书这辈子还有什么前途哟，'万般皆下品，唯有读书高'啊。"四叔说："哼！你甭能，不上学你就跟我一样当一辈子农民，吃一辈子苦，有你后悔的时候！"

我振振有词，如果谁都不想当农民，那地谁来种？城里人吃什么？社会主义国家只有分工不同，没有高低贵贱之分。我就要当农民！

爷爷有很长时间生我的闷气，不止一次跟奶奶说，这孩子怎么这样呢？怎么不知道自己的前途重要呢？我本来指望他考个中专什么的，出息出息，光耀光耀门庭，这下好，全白费了。

奶奶极其沮丧地说："生死有命，富贵在天。这兴许就是他的命啊，由他去吧。"

多少年后，当我通过自学出版、发表了许多文学作品，被人称为作家以后，爷爷奶奶感慨万千，他们说，我们怎么也没想到你会有今天啊，当初你要有这份心劲，考个中专不是太容易了吗！那时候你怎么就邪了门儿，非要退学呢？

我又想起了《矿石》那篇文章。我说，兴许这也是千锤百炼的过程之一吧，要不我这块四楞八怪的矿石怎么能炼成钢、打成器呢？

一锅猪肉炖酸菜

由于我坚持辍学，有那么几天爷爷不爱和我说话了，从前我一回家他就满脸笑容，亲切地问我一些学校的事情，关心我冷没冷、热没热、渴没渴、饿没饿。现在，他的脸上不见了晴日，甚至走路都显得沉重了许多。我喊爷爷，他往往半天才会答应，附带还会叹口气，说，你有事啊？语气中显露着几分无奈与沮丧。奶奶也是面带愁容，我想跟她说说话，她总是三两句就扯到辍学上，说，唉，你这个孩子啊，让奶奶说你什么好哟。四叔则是对我爱搭不理，我有事找他，他总会带着怒气说，有什么屁事，说！我感到很压抑，有一种再也不被爷爷奶奶喜欢，也被这个家抛弃的感觉冲撞心头，可又不知道如何挽回。

东北的农历三月时而还会落雪，一早一晚的气温也还很低。但我为了向爷爷奶奶证实自己确实愿意当农民，清晨五点左右就会穿衣下地去街上捡马粪。捡一圈回来，在外屋灶间里摘下挂满霜雪的帽子抖一抖，悄悄拉开卧室的门，看到爷爷奶奶以及四叔都在炕上还睡着，我也不去惊扰他们，只悄悄地掀开灶间的大锅盖，刷好，到外面的白菜窖里取一棵冻得硬邦邦的白菜，去掉外层的老帮，回屋在案板上轻手轻脚地切好，把锅烧热放入豆油，再切点葱花炒出香味，放入白菜翻炒几下加盐放水，然后端来发好的玉米糊，放入食用碱揉匀，在离锅底的白菜两三寸高的锅内圈上贴上大饼子，贴完盖上锅盖，烧火，约半小时，早饭就做好了。

我之所以做饭做得如此熟练，不是我在这方面悟性有多高，而是早在去年冬天，我就开始学做饭了。那个时候奶奶病了，有十几天躺在炕上下不了地，爷爷本是要替奶奶做饭的，我说爷爷不用你，有我呢，我都这么大了，该替你和奶奶分忧了。我便在奶奶的指导下，开始了学做饭。

东北人的主食一般是早晨玉米大饼子，中午高粱米饭泡凉水，晚间小米干饭，或是大米干饭。菜随季节不同有些变化，在物资匮乏的年代，冬天除了白菜炖土豆，就是酸菜炖粉条子；夏天则是上顿土豆炖豆角，下顿茄子炖土豆，要不就是黄瓜蘸酱、老黄瓜切丝拌酱、大葱蘸酱。

看上去吃得很简单，做起来却不简单。比如说小米干饭、大米干饭，东北人的做法与山东人有着很大差别，山东人是将米淘好，加适量的水放在锅里焖。而东北人的做法是把米淘好后先放在锅里煮，煮到米只有一点硬心后，用笊篱捞出来放到盆中，锅中米汤盛出，刷锅加油炒菜，再将米汤放到菜里，上笼屉，放上米饭盆，加盖，烧火，约半小时，菜好了，饭也好了。再比如玉米大饼子，加工好的玉米面先要用开水烫一半熟的，晾凉后再加一半生玉米面和发面引子搅拌揉匀，然后放于盆内，置于炕头，盖上被子或棉袄，发酵。通常要发整个晚上，第二天一早放入食用碱揉匀去酸，然后才能用手一个个团好往锅上贴。

我用了三四天的时间，在奶奶的指导下学会了做各种东北饭，然后一整个冬天，早饭、晚饭基本都是我做。一个十二三岁的孩子，学会了做饭是件极其自豪的事，所以在爷爷奶奶面前显得特别神气，也得到了爷爷奶奶不断的夸赞。只有四叔偶尔会说菜咸了、米硬了、汤多了。我会跟他争吵几句，对于心情几乎没有影响。

但是现在，做好早饭我坐在灶间的柴堆上默默地等爷爷奶奶和四叔醒来，心情沉重而郁闷。我不知道这个家什么时候才能不再压抑，也不知道爷爷奶奶什么时候才能恢复和蔼可亲。我看着漆黑的门板下方那一层白霜，回忆着爷爷奶奶从前的慈祥与慈爱，借以宽慰自己那颗不安的心。

一个个早晨过去，我拾了很多马粪，也把饭菜做得很好，但是家里的气氛始终没有多大改善。我很难受，越来越难受。开始胡思乱想，不着边际地胡思乱想。甚至还想自杀，自杀的方式都在脑子里过了无数遍——骑一匹生产队的枣红马，向着荒无人烟的地方奔跑、奔跑、奔跑，一直奔跑到马儿没了力气，我和它一头栽下去，四仰八叉躺着，看着天上的太阳和月亮交替出现，让饥饿把自己慢慢吞噬。

　　现在想来，那可能是有点抑郁了，好在这种抑郁没有发展下去，否则，后果一定不堪设想。

　　改变抑郁的是一块十几斤重的死猪肉，或者说那块十几斤重的死猪肉改变了我们家的压抑气氛，我的抑郁便没再继续发展下去。

　　给我肉的人叫李春泉，老家在山东省沂水县泉庄公社张宅大队，离我老家石棚不过五六里的路程。也是因为家庭出身不好找不到媳妇，他带着一个弟弟早在几年前就来到永安，落户在了第七生产队。他人很随和，说话口吃，懂《易经》，会下棋，对我极其友好。郁闷至极的时候我去七队找他，哭着说："李叔，我该怎么办啊，我爷爷奶奶和四叔都不喜我了。"然后就把事情的来龙去脉跟他说了。李叔却是举重若轻的，说："这、这、这有什么不、不好办的，炖、炖、炖一锅猪、猪肉给他们吃上，就啥、啥毛病也、也没有了！"

　　李叔家的房后有一堆冰雪，冰雪下面全是冻得坚硬如石的猪肉。他领我过去，从雪堆的一角用镐头刨开，扯出一块猪后腿，说："拿、拿回家给、给你爷爷奶奶四叔炖、炖、炖上一锅酸菜，让他们美美地吃、吃、吃一顿，保准就、就、就不再生、生你气了！"

　　我兴奋不已，说："李叔，这么多猪肉哪来的？"李叔说："大、大、大草甸子上捡、捡的。东北人都、都傻，几百斤的大、大肥猪有点病死了他们就、就、就扔掉不要了，我们哥、哥俩弄回来两大、大头啊，大卸八、八块往这、这一冻，都吃了一、一、一个冬天了也没、没吃完。"

我气喘吁吁地扛着猪肉回到家，一进院子就喊："爷爷，奶奶，咱家有肉吃了！咱家有肉吃了！快看！我弄回来多大一块猪肉啊！"

爷爷和四叔都到生产队上工去了，家里只有奶奶。

奶奶从屋里奔出来，看到我扛着的大块猪肉惊讶不已，笑着说："俺那个亲娘了，怎么这么大一块猪肉啊，这是从哪弄的呀，别是偷得人家的吧？"

我就有点恼了，哭着说："奶奶你怎么这么看你孙子啊，你孙子是那样的人吗？这是人家李春泉大叔给我的，他喜欢我，看我挺瘦的，怕我缺营养不长个了，就给了我这大块猪肉。"

这天中午，我把冻猪肉用凉水化开，剁下二三斤炖了半锅猪肉酸菜粉条子，蒸了一大盆大米干饭，还用锅底火烧了一把辣椒加生葱捣了一碗辣椒酱。爷爷和四叔放工回来，老远就闻到了扑鼻的香气，四叔跑进屋里说，怎么这么香啊，一闻就知道是猪肉炖酸菜了，哪来的肉哪来的肉啊？我在一边很得意，却不吭声。奶奶高兴地说："是森啊，去七队找李春泉要的，一下子要来那么一大块，够咱吃好几顿了。"爷爷进屋，没像四叔那样兴奋，但也笑了，往火炕上一坐，掏出烟袋点上烟，说："唉，森呀，你上学不行，鼓捣着吃倒行。"

家里的气氛从这一刻起生动了起来，不再让我感到压抑了。

有只小猪叫地豆子

要做一个真正的农民，光捡马粪是不够的，必须得到生产队参加劳动。我这样想，就让爷爷去跟生产队长提申请。爷爷不同意，皱着眉头说："你就在家先待着吧！这么小的年纪，爷爷怎么有脸去跟队长说啊？人家不笑话爷爷呀？"奶奶也说："家里就算穷死，也不能让你这么小就到生产队干活啊，那不是打我们的脸吗！"我那时还无法理解爷爷奶奶想顾全的脸面多重要，就说："不就是去生产队干个活吗？生产队又不是没有十几岁的'半拉子'。爷爷不好意思去说，我自己去说！"

这天早饭后，我就去了生产队，一见生产队长就莽莽撞撞地喊，那啥，我想到队里干活！

生产队长姓胡，叫什么我忘了，人长得高大瘦削。他像齐家公社文化站那位站长一样，嘴里叼着卷旱烟，不屑地上下扫我一眼，没说我长得不行，只是往地上吐了一口浓痰，漫不经心地说："你这么个小崽子能干啥呀？咱队最小的'半拉子'也十五六啊。愿意干活你放猪去吧！"

我就放猪去了。

在东北，大集体时代生产队都会养猪，我们所在的第三生产队就养了很多。在我的印象中好像有五六十头，看上去很大一群，撒到野外黑压压一片。

我们一共六个人放猪，一老五小。现在想不起来那几个小的都是谁了，只记得我是里面年龄最小的。最老的姓苏，五十多了，我们都叫他老苏头，也叫苏大爷。还有一个三十多岁的智力障碍者，姓佟，小名叫改子，走路往前闯着走，脖子一梗一梗的，大大的白眼珠子总是往天上瞅，很是吓人。据说他是副队长老崔的亲外甥，在家待着老是糟蹋东西，老崔为了让他姐姐省心，早在几年前就找队长老胡求情让他放猪来了。其实他是放不了猪的，他连自己都照顾不了，还能照顾得了猪吗？但有位副队长舅舅在背后站着，他只要跟着玩一天，队里就给他记个"半拉子"工，谁也不敢说什么。

改子仅是放不了猪倒也没什么，可气的是他竟以打猪为乐。专挑小的、老实的猪打。世上那些聪明人总是吃柿子爱拣软的捏，一个智力不好的人也这样，不得不让人感叹人性在恶的方面真是不分智力高低、身份贵贱。

猪群里有一只非常弱小的猪，不足二斤重，像个大点的土豆子，我给它起名就叫"地豆子"。因为老家山东沂水是把土豆叫地豆子的，所以给它起这么个名字，我叫着顺溜。

"地豆子"身上长满了铜钱那么大的虱子，奇瘦无比，吃东西的时候老是被大猪们排挤在外，每次只能等到所有的猪都吃饱了，他再去舔一舔残渣剩汤。我可怜它，每次都专门给它弄出一点食来喂它。但是，改子却喜欢用脚踢它，像踢球一样，一脚踢出很远。当"地豆子"痛苦地惨叫时，改子瞪着大白眼珠子看着天嘎嘎大笑，感觉无比快乐。

刚到放猪队的时候，我不敢制止改子，毕竟他是副队长老崔的外甥，得罪他不就是得罪副队长老崔吗，得罪了副队长，不让我放猪了怎么办？给我们家小鞋穿怎么办？可时间一长，我发现大家其实没谁拿改子当回事，在野外放猪闲得无聊时，几个人还把改子当戏头，不是把他脑袋装进裤裆让他在草地上打滚儿，就是脱光他的衣服让他在大草甸子上奔跑，而他自己并不以为这是坏事，反倒乐在其中，兴奋无比。既然如此，他再打猪的时候我就上前推他，呵斥道："干啥呢？你知道挨打疼，猪不知道啊？"改子倒是听话，一呵斥他就嘿嘿笑着跑一边去了。倒是其他人，包括老苏头，嫌我多管闲事，说，让他打呗，反正打的是猪又不是人，你管他干啥。而改子，呵斥一次当时不打了，转眼又会打，名叫改子却怎么也改不了这毛病。

这天下午放猪回来，所有的猪都进圈了，只有"地豆子"落在后面迟迟赶不过来。改子此时又犯了老毛病，脖子一梗一梗地闯向"地豆子"，一脚就把它踢进了旁边一个很深的土坑。我冲上去推了改子一把，喊道："你咋这么狠呢！快下去把它弄上来！"改子嘿嘿乐着往后直躲，含混不清地说着我不、我不，看着往外爬又爬不出来的"地豆子"开心地大乐。

我不能硬逼着改子下坑，就要自己下去把"地豆子"救上来，老苏头却使劲摆手，说："算了算了，死活由它吧，这瞎玩意儿留着也长不大的。"我灵机一动，说："苏大爷，那要这样，我救上来抱回家自己养着行不行？"老苏头说："行吧行吧，你愿意养你就抱回去养，白搭上粮食别让你爷爷揍你屁股就行。"

我跳进坑里，把小猪"地豆子"救上来，抱回了家。

我用奶奶使坏的一只破篦子给小猪"地豆子"刮了身上的虱子，然后又给它洗了澡，把黄澄澄的玉米大饼子掰碎后拌上菜汤喂它，就这么养起来了。

一天天过去，小猪"地豆子"和我有了很深的感情，每次我放猪回家，它都会远远地摇着尾巴迎接我。奶奶还告诉我，我不在家的时候，喂它什么它都不爱吃，总是烦躁地叫，直到我回来它才安稳下来。我的心中升腾起一种特殊的感动，有一种被需要、被依赖的感动，就更喜欢"地豆子"了，每次回家都蹲下去抱抱它，给它挠挠痒，并亲自调了食喂它。神奇的是这小家伙还会撒娇，我若不抱它了，它就围着我嗯嗯地低声叫，拿头轻撞我的腿。我要在院子里坐下了，它就跑到我脚下四仰八叉躺下去，显露着它那红润的肚皮让我给它挠痒痒。

冬至过后，按照东北习俗，家家又要杀猪请客过年了。四叔对爷爷说，咱把森喂的这头小猪也杀掉过年吧，上一年人家杀了猪请咱去吃肉，咱没杀猪也没请人家，今年再不杀个猪请请人家，人家该小瞧咱们了。我一听马上反对，说不行不行，"地豆子"还这么小，不能杀它！再说我还留着玩呢！四叔说，你就知道玩！你都多大了，猪有什么好玩的！我说，多大了怎么着？"地豆子"是我喂大的，我就是留着玩！叔侄俩就吵了一架。

爷爷说："杀是不能杀，咱现在还没那个条件自己杀头猪吃肉。但是也得把它卖掉，这小猪先天不足，长不太大的，再喂下去就是白浪费粮食了。再说也得抓紧凑些钱，下一步怕是有急用呢。"

爷爷的话一出口，我不敢反对，因为我知道爷爷所说的"急用"是什么。两个叔叔都得抓紧找媳妇了，如果有姑娘愿意嫁，那得好多钱花呢，这猪不卖怎么着？但是，我也真是不愿意把"地豆子"卖掉，就流着泪对爷爷说，你卖吧，但得等我不在家的时候卖，别让我看到。

这天一早，我给"地豆子"喂了好多玉米饼子，然后抱抱它，再抱抱它，就怀着极大的悲伤，到知青点找一个爱好文学的知青玩去了。小猪"地豆子"好像预感到了这是一场生死离别，就一直跟在后面叫着送我，送我，一直送出好远。我说你快回去吧，送什么呀，我也没办法救你。它这才绝望地叫两声，返回了家中。

中午我没有回家吃饭。我怕回来正赶上爷爷卖"地豆子"，就在知青点吃了两个他们给我的月饼。傍晚，等我回来时，"地豆子"不见了。家里空空的，"地豆子"不见了。

奶奶说，"地豆子"让齐家公社那边来的人用马车拉走了，不重，才一百二十斤，卖了六十块钱。

我说奶奶你别说了，不知道人家心里难受吗！然后靠在门框上哭了，眼泪哗哗的，好半天也止不住。真的，好半天也止不住。

一个十三岁的少年，失去了让他不再孤独的"朋友"，他又陷入了孤独。唯一让他感到慰藉的是，在"地豆子"受到欺凌的时候，他向"地豆子"伸出过温暖的手。他无法改变一头猪最终被卖掉也被杀掉的命运，但他做到了怜惜弱者，这在他的人生中也是值得回味的。

迷人的东北大鼓书

在东北，收完秋，卖完粮，大雪随之不断降临。劳作了一年的人们，开始进入无所事事的闲散日子。就连猪、马、牛、驴、骡这些牲口，也都自由了。它们散落在大街上、田野里，没人管，没人问，到了傍晚它们便会自己回到圈内，吃些饲养员撒给它们的炒豆子、生玉米。即便不回来，也没人寻找，反正也丢不了。冬天成了放飞的季节，也成了空虚无聊的季节。于是，夫妻吵架的就多了起来，聚众赌博的也多了起来，走街串巷卖冰棍的也多了起来，老乡相聚唠家常的也多了起来。

而在这个时候，说书人往往开始登场了。他们一般是父子俩，或是夫妻俩，抑或是师徒俩。生产队有个大院，大院内有一排正房是办公场所，里面有盘十几米长的大炕，全村人每天晚上一家端半瓢玉米赶来，门口有麻袋，没人看，也没人管，你端多少是多少，倒进麻袋进去听书就行了。

1979 年的那个冬天，我记得说书人是来自白城的父子俩，他们用《呼延庆打擂》开启了这个冬天的说唱之旅。

其实爷爷自己就会讲《呼延庆打擂》，这不过是《呼家将》里的一段，在老家的时候，他不就利用冬天纺线的时候给我讲过吗。但是，用说唱的形式讲《呼延庆打擂》，爷爷没听过。1978 年的冬天，也曾有说书艺人来过这里，那时说的好像是《杨家将》，但是爷爷没去听，也没让我和四叔去听，他说，听一个冬天得三四十斤玉米呢，咱搭不起。但在经过了一年的丰衣足食后，他的观念终于改变了。所以一听生产队会计在街上喊"听书了，听书了。《呼延庆打擂》，《呼延庆打擂》"，他就兴奋地对我说，走，不差那半瓢玉米了，咱爷俩也去听听去。你看看是他们讲得好，还是爷爷讲得好。我嘴里说着他们讲得肯定没有爷爷讲得好，但心里还是特别想去听。讲得比爷爷好不好不重要，重要的是人家又说又唱，那得多热闹啊。

说书的爷俩都是一米七五以上的瘦高个，身穿青色马褂，足蹬黑色乌拉鞋。父亲伴奏，儿子说唱。一把三弦，一只书鼓，一挂竹板。人都坐满屋子了，父子俩仍不急着开场。父亲不停地调琴，好像他的三弦儿没有一个晚上是调不好似的。儿子不停地敲鼓打板，好像很久不干手生了，抓紧开场之前练练似的。有人问，怎么还不开始啊？儿子只说再等等，再等等，万一还有没来的，说早了让人家接续不上，那多对不住人家啊。大家说，哎呀你快说吧，不就是为了那半瓢玉米吗，明天晚上我们多给你爷俩端点来就是了。儿子仍是笑眯眯，说再等等，再等等，一袋烟的工夫咱就开始。

过了一袋烟的工夫，果然又来了好几个人，父子俩这才开场。但开口不是《呼延庆打擂》，而是东北大鼓的传统段子《三鼠吹牛》：

> 九月残阳照西坡，
> 风吹败叶落沙河。
> 农家丰粮垛挨垛，
> 老树盘根窟窿多。
> 靠树干有三只耗子半坐半卧，
> 一个个胖得溜圆都是好体格。
> 全都是反穿皮袄灰一色，
> 尖尖嘴，小黑眼睛，长着一对小耳朵。
> 扇呼着小鼻翅儿，鼠牙直挫。

吱吱吱摇头晃脑把鼠语说。

它们三个自幼相邻交情火热，

中秋节八拜相交又把头磕……

这么一个小段，也就三四十句的词，却让他们唱了足有十几分钟，每一句都会唱半天。要说急人倒也不急，因为他们唱得确实好听、有滋味。并且就这十几分钟，又等来了五六个人，他们的麻袋里又多了几斤玉米。

正式说唱《呼延庆打擂》，父子俩先道歉，说刚才对不起了，一个小段唱得不好，时间还拖了这么久，浪费了大家的耳朵。现在我们爷俩卖卖力，正式开唱《呼延庆打擂台》：

"宋仁宗年间，东京卞梁大相国寺搭起了一座擂台，这一天擂台下是人山人海。有挑挑儿的，担担儿的，卖水的，卖面的，卖糖葫芦，卖茶叶蛋的。有举着三岁儿子登高看的，还有姑娘男扮女装挤在人群里左顾右盼的。干啥呀？盼着遇上个如意郎君饱饱眼珠子回家好想念啊。那真是五花八门什么人都有。各位要问这摆擂台的所谓何人啊？您听我慢慢唱来——

各位的君子您听我唱，

说这摆擂的他本是一个和尚。

复姓欧阳，名子英，

背景震动大卞梁。

姑父是皇帝的岳丈叫潘文，

当朝的国师他辅佐着君王……"

对于我和爷爷来说，这都是再熟悉不过的故事，但却有着不一样的

144

味道，毕竟人家是说和唱结合在一起的。尽管说完了唱，唱完了说大多是对故事的重复，这父子俩也有故意拖延时间的嫌疑，可那股磁力，却让人欲罢不能。

不只我和爷爷欲罢不能，所有人都欲罢不能。到了深夜，已经听到外面传来鸡鸣声，大家还是没有散去的意思，说书人累得口干舌燥，喝几口水，说各位老少爷，天儿也不早了，鸡也报晓了，炕上的被窝也等得心急火燎了，咱是不是先说到这里，明天晚上再相会呢？众人说别呀别呀，那卢凤英到底上没上擂台啊，我们想听听。说书人只好又来了一段，大约又说唱了二十来分钟，这卢凤英也只是见到了包拯，离上擂台还早呢。众人牵肠挂肚，恋恋不舍，却也只能散去。

一部《呼延庆打擂》说唱了三个晚上便结束了，全村人意犹未尽，说书人要走，众人便要求他们留下来干脆说完《呼家将》。于是，这年冬天便有一个多月的时间我都沉浸在《呼家将》里。而且还学会了唱东北大鼓，白天没事了就在家扣一只铝盆儿当鼓，敲着唱给奶奶听。奶奶乐得不得了，就夸我是说书的料，像极了我父亲活着时的样子。说我父亲那时候就是甭管什么书听一遍就能一字不差地记下来，在队里干活的时候讲给社员们听，听得大家伙神魂颠倒，多少回到了中午放工时间都浑然不觉，还一个劲儿地要求我父亲再讲段，再讲段。

而我并没有想说书的兴趣，倒是从这个时候开始，儿时爷爷讲故事埋下的文学种子开始萌动起来，我暗暗地有了写故事的冲动。

邻居家的《青春之歌》

我们家对面是一条东西路，路南有口老水井，井的旁边住着一户人家，姓葛，是从辽宁朝阳搬来的。

老葛和他妻子都是特别随和善良的人，冬天没事的时候我就喜欢去他家玩耍。去了就坐在炕上嗑瓜子，嗑得满屋地都是瓜子皮儿。

这天中午又去，他们家正用旧书旧报糊墙。老葛踩着凳子往墙上抹糨子，老葛媳妇把旧书撕开、把旧报纸展平，一张张地递给老葛糊到墙上。

我说葛叔，我帮你吧。

老葛说不用不用，我和你婶儿能行，你坐炕上嗑着瓜子玩吧。

我说我坐这儿嗑着瓜子看着你俩忙多不好啊，让我婶儿去忙别的，我给你打下手，咱俩一边干活，一边唠嗑。

老葛说，那也行。就让他媳妇去做饭，还说多做点让我也留下一起吃。

我学着老葛媳妇的样子把旧书撕开、把旧报展平，一张张递给老葛。递了不一会儿，发现旧书堆里有一本名叫《青春之歌》的书，崭新崭新的，好像从来没人看过。我说，葛叔你怎么把这么好的书也糊墙啊？太可惜了！我们老师说过，这本书可是了不起的书呢。

老葛是个没文化的人，他不懂得像《青春之歌》这样的书价值有多大，就说，都是别人给的，我哪知道哪是好的，哪是不好的呀。你要喜欢你拿去吧。

我喜出望外，说那太好了。不过我不能白要你的，我拿旧课本和你换。你给我一本，我给你十本。

然后以最快的速度跑回家，拿来了自己的所有旧课本。

老葛特别高兴，但我却没心思帮他糊墙了，我拿起《青春之歌》就跑，说葛叔你和我婶儿忙活吧，我得回家看书去了。

我用了一个下午和大半个晚上的时间，趴在炕上如饥似渴地读完了《青春之歌》。这是我第一次读现代小说，也才知道，现代小说是和古代小说有着莫大区别的，是比《大八义》《小八义》《杨家将》《呼家将》这类书更有生活气息和细腻情感的。

读过之后我一夜无眠，浮想联翩，文学的梦想便真正地开始萌发了。我觉得我完全可以写一本像《青春之歌》这样的书，因为林道静的故事，在我们家族里也多有发生。

让我简要地介绍一下林道静，因为当代人，特别是年轻人，可能读过《青春之歌》的不多，了解林道静的人更少。

林道静是大户人家的庶女，生母是一位佃户的女儿，因为长得漂亮被大地主林伯唐霸占作了姨太太，生下林道静后遭到无情抛弃，含冤而死。林道静虽留在了生父身边，却不被生父的正房待见，从小吃尽苦头，中学毕业前又被逼着嫁给一位有财有势的局长，无奈之下她逃离了这个对她来说没任何温暖与爱的家庭，去追寻自己的理想人生。但是一路坎坷，磨难不断。先是投亲不遇，接着被收留她当教员的小学校长算计，陷入了一场骗婚阴谋，走投无路之下她跳海自杀，幸遇北大学生余永泽相救。她自以为找到了真爱，与余同居，却不知余是一位自私、平庸、琐碎的人，二人矛盾重重，她再度深陷绝望，与余分道扬镳。后来，她在共产党员卢嘉川的帮助下加入革命队伍，历尽艰辛，涅槃重生，成了一名优秀的无产阶级革命战士。

就是这样的一个人物和经历，与我爷爷的三舅刘志义非常相似。刘志义就是从富裕家庭中脱离出来参加革命，成为地下党的。而我爷爷在刘志义的影响下也想脱离封建家庭跟着共产党的军队抗日救国，却在我曾祖母的坚决阻拦下未能如愿，只能暗中配合我们村地下党支部书记刘树旺为共产党、八路军做些事情。直到一九四四年，大势所趋，曾祖母才放弃了对他的严管，让他与孙谈本、卢见喜等人成立了沂水县郭庄区工商联合社，开始了正大光明地为党工作。这期间，同样是波折不断，惊心动魄的，写出来不比林道静的故事差。

我把《青春之歌》连读了三遍，并幼稚地开始了写书计划。

这是 1979 年冬天的事，记忆中离过春节不远了。在生产队说东北大鼓书的父子艺人也走了。

此时，我以为写书是件很容易的事；不就是把一个个故事穿到一起吗？不就是以笔代口，说说这个人干什么，那个人干什么吗？

可我用爷爷写信的纸和笔真正去写的时候，才发现设想与现实之间距离太大太大了，自己根本不知道如何下笔。从爷爷那里了解的故事似乎很多，很多，可从哪儿开始写呢？又如何才能像杨沫那样把故事写得自然可信呢？我眼前一片漆黑，找不出一丝头绪。

折腾了几天没有任何进展，内心的写作欲望却膨胀得不行，我就抄起了《青春之歌》。此时的想法有两个：一是体验一下写作的艰苦，看看自己有没有这份毅力。这么厚的一本书，这么多的字，别说需要构思，需要编织故事，即便是抄一遍也要费很大精力和许久时日的，如果我能坚持把它抄完，就证明我有这份毅力，我可以把作家梦做下去。二是通过抄写这部作品来获得写作上的快感和文字流于自己笔端的成就感。我想象着厚厚的一摞稿纸上全是自己写下的文字，那种感觉该是多么自豪和快乐啊。

刚抄写了几页纸，四叔发现了，斥责道，你干啥呢？闲得难受啊？在那糟蹋信纸！我说我想写书，我想当作家。四叔嘿嘿地笑了，说，你文化水平那么差还想写书？想写书你得好好上学啊，为啥不上学了！没有很高的学问能写出书来？你爷爷那么高的学问都不敢写书呢，你还敢做这梦！

我说不对啊四叔，高玉宝不也没有很高的学问吗，连小学都没上过呢，他怎么就写了一本名叫《高玉宝》的书呢？我上学时的课本上就有从这本书里摘下来的《半夜鸡叫》。

四叔被噎了一下，似乎无言以对，但却说了一句，别管人家，反正你是写不了书。老老实实当农民吧，你死活退学不就是想当农民吗！

我也被噎住，无话可说，却憋了一口气，这辈子我还非写出一本书来让你看看不可！我也非当个作家让你看看不可！

所谓志气，可能就是从置气开始的吧。

此时，我真的是开始与四叔置气了。

叔们的婚事

1980年春节将至，二叔从山东老家写信来，说本村老王家的大女儿看中了四叔，主动托媒前来说合，让四叔快点回去看看，行的话就订婚。爷爷奶奶高兴万分，四叔更是激动得在屋子里来回转圈，脸色通红，手足无措。我竟也幸福得不得了，兴奋地喊着"四叔，四叔"，却不知道说什么好，像是自己有了媳妇一样。

爷爷感慨："总算熬到头了，终于有人愿意和咱结亲了。"

一刻也等不得，第二天一早，四叔就带上爷爷给他的六百块钱，踏上了返乡的路途。

奶奶说："四儿要订了婚，三儿怎么办呢？"

此时，三叔在双阳那边出伕修路，几天后他回来了。穿了一双花五块钱买来的旧皮鞋，一副很神气的样子回来了。

爷爷坐在炕上，看着三叔的皮鞋很生气，说："你多大身份啊，也弄双皮鞋穿！"

三叔说："谁规定当农民就不能穿皮鞋啊？"随即就问，"老四呢？"

爷爷没理三叔，只用力抽他的烟袋。

奶奶却看一眼爷爷，咳嗽两声说："那什么，回山东家了。你二哥有个一起放羊的老相好看上老四了，想把闺女嫁给老四，这不他就回去了。只是相亲，能不能成还难说。"

三叔一下子就炸了，说："啥？老四回老家相亲去了？为啥让他回去相亲啊？他才多大啊，晚个一年半载他能死啊？我可都三十了！"

本就生气的爷爷便爆发了，在炕沿上用力一磕烟袋开了骂："你他娘的蹦什么蹦！人家看上的是老四又不是你，我能让你回去不让老四回去？你讲的这是什么理儿啊！"

三叔就在屋里跳着脚大哭起来，说："你们偏心不偏心我还不清楚啊？当初人家也有看上我的，你们怎么说我的？癞蛤蟆想吃天鹅肉！怎么到了老四这里就不是癞蛤蟆想吃天鹅肉了！"

奶奶说："哎哟俺那儿哎，这话能这么说吗？当初那是什么时候？现在是什么时候啊？能放在一块儿说吗？"

三叔说："我不管什么时候，不让我回去就是不行！你等老四订了婚，我再回去谁家姑娘还跟我啊！"

爷爷气得咳喘不止，弯腰下炕想抄起鞋来打三叔，却没了那份力气。三叔哭着夺门而去。奶奶赶紧给爷爷捶后背，又倒水拿药让他服。

稍做冷静后，爷爷却也觉得三叔说得有点道理，毕竟当时的风俗下，弟弟如果先订了婚，哥哥再找确实就有难度了。就跟奶奶说："算了算了，让老三也回山东吧，不让他回非得气死我不行。"

爷爷找山东老乡借了几百块钱，连同家里的余款凑够六百，并给老家东棋盘村一位张氏媒婆写了信，说只要给三叔说成一门亲事，他就给她一百块钱。然后打发三叔也回山东了。

但是三叔回山东却不像四叔回山东那么简单，他先花二三十块钱买了一条藕色的涤纶裤子和草绿色的涤卡上衣，又花十块钱把我们对门王老师他媳妇的一件穿了好几年不想再穿的黑色呢子大衣买下来，到长春坐火车时，他又突发奇想，买了一台极可能为儿童玩具的照相机，这才回了山东。

四叔和三叔先后回到老家，本以为四叔的婚事会很顺，因为事先已有姑娘看上他，回家见见面，定下来就行了。而三叔极有可能竹篮打水一场空，因为事先根本没有目标，回家以后现找，哪那么快呢？但事情的发展却出人意料，四叔回家遇到了不顺，而三叔却在一个月内完成相亲、订婚、结婚三部曲。过了春节，他就领着我三婶回了东北，跟我和爷爷奶奶一起待了几天后，便去老爷岭另辟天地，过他们自己的小日子去了。这一切都源于他的一身漂亮装束和那台相机，也源于爷爷对媒婆的一百块钱重奖。还有，三叔不挑，对三婶一见钟情。

四叔之所以不顺，不是看上他的那本村姑娘变了卦，而是他看上了外村另一个姑娘变了卦。

看上四叔的本村姑娘其实是我同学的姐姐，她的姥爷与我爷爷还是极其要好的朋友，他的父亲与我二叔都是罗锅，也都是给生产队放羊的，二人相好已经多年。这里里外外的关系，按说一般不会出问题的，而且四叔与那姑娘相见后，双方都很满意，极其顺利地就把订婚的日子敲定了。

然而就在双方敲定了订婚时间的这天晚上，我奶奶的表妹夫老马到我家来了。老马说我给四表侄介绍了一门亲事，女方是我舅家大表哥的二闺女，姓张，名廷菊，人长得俊，身体壮实，在大队里还当过民兵连长。四叔的眼前立刻一亮，心头小鹿乱撞，说那我明天和那姑娘到王庄集上见见面行不行，要是人家不嫌咱孬，我就跟她订婚。二叔在一旁直冲四叔眨眼睛，意思是，你干什么呀？这边都要订婚了你又要去相亲。四叔却视而不见，炒了菜和老马喝酒，一直喝到后半夜，第二天一早，老马去他表哥家给张廷菊下通知，我四叔就去王庄集上等着相亲去了。

四叔后来告诉我，他一见张廷菊、也就是后来的我四婶，就喜欢上了，人长得漂亮不说，关键是身体好，他在王庄集上等她，她挑着一百多斤的大白菜到集上卖，远远地走来，那走路的姿势，那满脸的朝气，那神采奕奕的双眼，让他无不动心。而准备订婚的那位王姑娘，人长得瘦小，还患有先天性心脏病和哮喘，娶媳妇咱是为了过日子的呀，这样的媳妇娶到家，什么也干不了还得天天给她个药罐子捧着，日子怎么过？万一再不长寿，活个十年八年死了，扔下不成年的孩子，不要了我的命吗？

当天晚上，四叔就让二叔退婚去了。

二叔说，你这不是难为我吗！再有两天就订婚了，人家肉也买了，丸子也炸了，七大姑八大姨也都通知了，就等着你改口叫爷叫娘了，你突然让我去退婚，王罗锅不得打死我魏罗锅啊，这事我办不了！

四叔说，这事你办也得办，不办也得办，反正我喜欢老张家的姑娘，不喜欢老王家的姑娘。找媳妇是一辈子的大事，我不能为了你一时的面子，毁了我一辈子的幸福。

二叔只好硬着头皮找说媒人去王家退婚。说媒人去了王家，二叔就在王家屋后听消息，不到两分钟，屋内就传来了老王暴跳如雷地大骂声："魏子振这个浑蛋王八蛋，他敢耍我！我非把他的罗锅给他直过来不可！"二叔立刻吓得躲进了旁边的猪圈。

第二天一早，王家人倾巢出动，站到我们家院子外面的地堰上破口骂："一个地主家，国家刚给你们摘了帽就不知道自己姓什么了是吧？忘了当年被人看不起的时候是什么滋味了吧？忘了自己为什么去闯关东了吧？刚刚得点势就涨饱了，一点良心不讲，一点人味没有，就这样你想再找媳妇？看你找的！你找一个我老王家给你搅黄一个！"

事实上老王家并未搅黄我现在的四婶，因为四婶什么都知道，他们想搅黄很难。

但是一场关于相亲的骂战却持续了很长时间，王家天天到我们家院外大骂，四叔和二叔把家门一锁躲到了外面，他们仍来大骂。搞得四叔和四婶订婚只好简化了形式，四叔直接去四婶家认亲，四婶没到我们家订婚。

等四叔回到东北，怀着别样的兴奋把家里的事情告诉爷爷奶奶时，爷爷奶奶非但没有生气，反倒笑了。爷爷说："确实是改天换地了，竟也有人因为捞不着嫁给咱家孩子上门骂咱了，这在以前，你求着人家上门骂谁家骂呀？"

老马"大爷"

1980年6月，我不再放猪，开始放马。

我能放马，是因为原来的牧马人老姚死了。怎么死的我现在说不清楚，可能是心脏病突发所致。当时生产队会计找我，只说老姚没了，看你小子挺能干的，你放马去吧。我就放马去了。

放马的时间是从庄稼出苗到秋收这个阶段，因为这个阶段庄稼怕糟蹋。青壮年的马大多在队里干活，那些没用上的马、有病的马、老弱的马，或是小马驹便需要有人专门放它们。

放马对我来说是件很牛气的事，因为放马是骑着马放，比放猪要高级。这就好比空姐和列车乘务员一样，尽管一个在天上一个在地上，干得都是给乘客服务的活儿，但给人的感觉却是天上的比地上的高级。

在放马之前我骑过几次马，是学校放假没事了，我跟着老姚放马玩骑的。我胆小，骑上去心便揪了起来，总怕马会突然受惊把我摔下去。放马以后，我必须天天骑马了，还是丢不掉这种胆怯心理。老姚原来骑的那匹马是较为健壮的马，是能够像我们在电视里看到的在原草上奔跑如飞的马。我不敢骑，便找了一匹年龄很大很大，而且瘦骨嶙峋，双目失明的马。尽管这匹老马由于太瘦，又没有马鞍，骑一天我的屁股沟子疼得受不了，甚至还会破皮流血，但我还是愿意骑它，因为它老实敦厚、温驯平和。正所谓人善被人欺，马善被人骑，大概就是这个原因吧。我也暴露了人性丑的一面。

我非常喜爱这匹老马。像喜欢小猪"地豆子"一样喜欢，所以我给

154

它起了个名字叫"大爷"。我感觉它的年龄那么大了，这辈子辛苦劳作一定付出了很多很多，老了老了不能安享晚年，还得被我骑着放马，我必须尊重它，像尊重我的长辈一样尊重它。但是，尊重它叫别的名字都不好，只有叫"大爷"最合适。

明媚的阳光下，老弱病残的马们在大草甸子上悠闲地吃着草，小马驹们则在嬉闹奔跑，独独双目失明的老马在吃过一阵鲜草之后找个地方躺下，一副疲惫慵懒的样子。于是，我折一些柳条为它驱打着身上的蚊蝇，或是把它领到河边为它洗去满身的尘土。有时，我也会和它说说话，问它是否有过孩子，老家在哪里，是否也像我一样经常怀念家乡的山山水水和儿时的玩伴以及那个叫金叶的小姑娘。我还和它一样仰躺在草地上，肆无忌惮地唱歌给它听，唱的是"人人都说沂蒙山好，沂蒙山上好风光……"

一个夏天，我与老马之间结下了深厚的友谊。如同小猪"地豆子"一样，它每每见到我就有情感上的反应，不是仰头叫两声，就是用嘴舔舔我，用头碰碰我，如同我是它的亲人一般。

最没想到的是，老马还能救我一命。

有一天，具体是哪一天我现在想不起来了，只记得天空蔚蓝，阳光炽热。一只喜鹊从我头顶飞过，它飞得很慢，很吃力，不时地就会落地休息。于是，基于少年的顽皮与好奇，我去追，追出几百步，发现它落入了一撮苇丛。那一刻，我只想快步上前抓住它，却没想到脚下已是泥潭。于是，在我往前一蹿的瞬间，双脚呼哧一下陷落了下去，我惊恐万分，拼命挣扎，但是越是挣扎，双脚就陷得越深。我害怕极了，撕破喉咙呼喊救命，可是空旷的大草甸子上没有人来救我，包括那些悠闲自得的老马和小马，它们只顾吃草或玩耍，谁也听不懂我的呼喊。绝望之下我哭了，悲哀而撕心裂肺地哭了。可就在这时，双目失明的老马竟然飞快地向我奔来了，它先是在泥潭边仰头一声长嘶，接着往前一冲，来到了我的身边。自然，它前身也陷入了泥潭，但是有了它的身体，我就有了救命稻草，我抓住它的鬃毛拼命地往外挣脱，最终脱离了死神的怀抱……

当然，老马"大爷"也没有死，我顾不得胆怯，骑上一匹较为健壮的马飞跑回生产队，喊人把它救出了泥潭。

当我给老马"大爷"冲洗着身上的泥浆时，心里由衷地产生了一种敬仰之情。那一刻，我真不以为老马"大爷"是一匹马，我觉得它就是一个有情感、重情义的人，甚至比有些品格低下的人还要值得敬重。

棋

我这一生有关娱乐的爱好基本没有，哪怕是最简单的打扑克。

学没学过？学过，在恋爱的季节有位东北姑娘曾经教过我打扑克，也教过我打麻将，可我笨到一个上午都学不会，她也就失去了耐心，说你这人，上辈子肯定是猪！然后我们就分手了。

我唯一会一点的娱乐项目可能是象棋，教我的人是前面提到的给了我十几斤猪肉的那个李春泉叔叔。

说话口吃的李叔是位下象棋的高手，最起码在我眼里是这样的。冬天里大雪铺地，闲得无聊时我就去找李叔玩耍。李叔说人在年轻时不要把时间耗在闲聊上，张家长李家短唠起来唾沫星子乱飞，唠完了除了口干舌燥，别的啥也剩不下。要学东西，学什么都行，哪怕学一样玩耍的技艺，也比泡在口舌是非里强。

李叔想教我学《易经》，虽然他学《易经》也多次向我爷爷请教，但他却想教我学《易经》。他说《易经》是全世界最顶尖的哲学，是老祖宗留下来的一份空前绝后的珍宝，人类的所有哲学流派都没有中国的《易经》更深刻。作为中国人，不学《易经》，人生就缺失了最有效的思想指导。但是他给我讲卦序，我晕头转向，毫不入门。我说李叔，这东西我学不了，我要有脑子学得了这东西，早跟我爷爷学了。你教我学点别的吧。李叔说："那、那、那我教你最简单的，下、下象棋吧。"

李叔摆开一张破旧的棋盘，从最基本的摆棋子开始教，一边教一边说："人这辈子，就、就是下一盘棋你知道吗？好的棋手这、这盘棋一定是下得非常精、精彩的，比如那些当、当了大官的人、科学家、教育家、军事家等等。有的人就、就下得很糟、糟糕，比如我这样的，连个女、女人也找不上。"

我说，你这么聪明，又懂《易经》，怎么就把人生这盘棋下得很糟糕呢？不应该啊。

李叔说："你爷爷比我还聪明，他对《易经》比我还、还精通，学问比、比我大得多得多，而且书法也很漂亮，他的人生这盘棋不也、也下得很糟吗？如果下得不糟的话，他、他咋会领着你们闯、闯关东呢？"

我就看着李叔，不知说什么好了。心想，是啊，我爷爷那么厉害一个人，不也把人生这盘棋下得很糟吗？

李叔看我不吭声，笑了，说："告诉你吧，人生这棋要想下好，得有基本的条件，那就是棋盘，没棋盘，你纵有天大的本事又能怎样？不怕风雨交加、电闪雷鸣、飞沙走石、明枪暗箭，就怕没有棋盘。我和你爷爷都属于没有棋盘的人。"

我似乎明白了什么，又似乎什么也没明白，仍然看着李叔不吭声。

李叔哈哈笑了几声，说："你还小，我说这些你还听不懂。不过我还想告诉你，一切都不是绝对的，棋盘很重要，也是客观的，主观方面还是自己。朱元璋不过是个穷要饭的，饭都没得吃，他哪来的棋盘下天下这盘大棋？可他最终竟成了皇帝。为什么能成皇帝？因为他的心里有一个和天地一样大的棋盘。心中有棋盘，再加上果断抉择、善抓时机、不怕失败、能集中和利用众多力量，所以他成了最后赢家。"

我说："明白了李叔，其实人生这盘棋能不能下得精彩，主要看自己，有大智慧的人，能做出正确选择的人，勇敢前行不怕失败的人，胸怀宽广的人，能团结一切可以团结的力量的人，才能成为赢家。"

李叔竖起了大拇指，说："你行，你将来一定行！"

李叔用了一个上午教会了我下棋，但是我却无论如何也赢不了他。

李叔说："我让你马和炮，你肯定能赢。"我说："那不是胡扯吗？你让我马和炮，我就算赢了又有什么意思呢？必须是公平对决，否则我宁可当你的手下败将。"

李叔哈哈大笑，再次竖起大拇指："行！行！你小子，行！"

中午，李叔让他弟弟做猪肉炖酸菜，我们仨喝了半瓶高粱烧。吃饱喝足继续下棋，盘盘是我输。天色变暗，屋里不开灯便已看不清东西。李叔说，今天就下到这里怎么样？明天你来咱们再下。我说不行，今天不赢你一盘，我绝不回家！于是又下了三盘，终于在最后一盘，我赢了。我高兴地蹦起来，说这下行了，我可以心满意足地回家了。

李叔把我送到屋门外，拍了一下我的脑袋，笑着说："明、明天你再来，咱爷俩继续下，我不服啊，我下了一辈子棋，怎么就让我的徒弟把我赢了呢？"

我很得意，说："行，明天我来继续和你战斗！"

第二天我又和李叔对决于棋盘，又是一个上午一盘也没赢。中午仍然是猪肉炖酸菜，仍然是三人半瓶高粱烧。酒足饭饱继续决战，结果仍然在天黑时才又赢了他一盘。

告别时，李叔说："明天还、还来吗？还想赢、赢我吗？"

我说："必须来。明天如果赢不了你三盘，我从此棋子都不会再碰一下！"

李叔笑着说："好样的！我等你！"

事隔一夜，我又和李叔决战在了一起。这一次，一个上午下了十盘，我赢了他三盘。中午再一次猪肉炖酸菜，再一次喝高粱小烧酒。端起酒盅的时候，李叔说："小魏子，你知道这三天你一共赢了我五盘棋，真正靠实力你赢了几盘吗？"我说："哪一盘都是我靠实力赢的。"李叔说："不对，你真正靠实力赢的只有今天上午最后那一盘，还是因为我心里想事分神了。其他都是我故意让、让你赢的。你明白这里面有、有什么道理了吗？"

我有些恼，也有些不服，看看李叔，没好气地说："不知道！"

李叔笑着说："你啊，肯定不知道。我是想告诉你，人生这盘棋能不能下得赢，很重要的一条是看清自己，别盲目自信，别只会硬冲硬打，别急于求成。要先下苦功修炼自己，等有了足够的智慧、强大的本事，再去争取胜利也不迟。"

告别

　　1981 年季冬，回山东老家结婚的四叔写信来，告诉爷爷，老家正在大搞土地联产承包责任制，如果现在决定全家回去，他就跟生产队打报告，承包土地，如果以后再回去，地让人家承包完了，也就没咱什么事了。爷爷当即决定：回山东！赶紧回山东！

　　实际上这是一次山东人的大返乡，也就是说，得知山东老家施行土地联产承包责任制的消息后，不光我们家要从东北往回返，还有一大批闯关东的山东人蜂拥着往回返。因为谁都清楚，山东老家的土地虽少，但只要施行土地联产承包责任制，农民以家庭为单位进行耕种，日子必定会好起来，只要日子好了，还在他乡漂泊干什么呢？

　　如同当初来闯关东一样，爷爷决定了全家回山东，我的心情便特别激动。因为我想老家了，我想家门前的那条小溪、想院子内的那棵香椿树和老柿树、想童年的伙伴冬生和冬祥、想那个叫金叶的小女孩了……同时，也有些许的惆怅在心头涌动，心想，离开了这块一望无际的大平原，离开了那片我曾放牧、割草的大草甸子，离开了那一张张东北人的笑脸，这辈子再回来的可能性就很小很小了吧？

　　我跑向空旷的田野，站到高处，在寒风的吹拂中极目远眺；我跑进冰雪深厚的大草甸子，去寻找我放牧时的那一个个脚印；我到村庄里的每一条街巷行走，与每一位见到的老老少少微笑，我用目光告诉他们俺要回山东了，俺来看看你们，把你们装进心中的相册，以后想你们了就翻出来看看。

之后，我又去了第七生产队，找李春泉叔叔告别，短短的四年时光，我和他结下了深厚的忘年情谊，走之前再去和他下盘棋吧，再去吃他一顿猪肉炖酸菜、喝他一口高粱小烧酒吧。可去了以后才知道，他也做好回山东的准备了，还问我们家准备什么时候走，让我告诉爷爷，走时一起走，路上也好相互照应。我高兴极了，说，既然这样，回了山东家我们还可以常见面，我就免得想你了。李叔笑着说，老家有咱的棋盘了，天气也风和日丽了，我们回去好好下棋吧！

　　吃了李叔的猪肉炖酸菜，喝了李叔的高粱小烧酒，我从第七生产队回到第三生产队，装了几把炒黄豆，去马棚向老马"大爷"告别。我把炒黄豆撒进马槽，摸着老马"大爷"的头告诉它，我要回山东老家了，这一别咱可能就是永别了，感谢你曾救过我的命，我会想你的。老马"大爷"吃着豆子，右边眼角竟然流下一行泪来。我不知道那是巧合，还是它真有灵性，它真的是流下一行泪来。一瞬间，仿佛与亲人生死分别一般，我的眼泪也哗哗地流下来了。

　　第二天吃过早饭，我忽然又想跟一起放过猪的改子告个别，我觉得改子虽然是个傻子，可他对我没有任何危害，他只是伤害过小猪"地豆子"，而我因为他伤害过小猪"地豆子"，曾经对他有过严重的歧视，他不对，可他是个不懂事的傻子，做事不会思考，而我明知道他是个傻子，却对他歧视、对他无礼，其实我更不对，我该和他告个别，对他说一声："改子哥，对不起，我要回山东老家了，你多保重！"

　　可我万万没有想到，我往裤兜里装了几块糖正准备出门去改子家时，爷爷从外面走进屋来，说："森你知道吗，改子死了，改子死了。"改子怎么就死了呢？我大惊失色，赶紧往外跑去。

　　改子死了，人不在自家门口，却在死去的老姚家门口。

　　老姚家门口聚了很多人，改子他娘抱着死去的改子号啕大哭，老姚的寡妇老婆竟也坐在地上扑打着双腿号啕大哭。我怀着重重疑问挤进人群，听到有人小声议论，说，哎，知道改子怎么死的吗？冻死的！昨天夜里他偷偷溜出家门，到人家老姚家来想老姚老婆的好事，老姚的老婆正好领着孩子回娘家住下了，这个傻子就趴在门口等、等、等，等了一晚上，就冻死在人家门口了。

老姚的寡妇老婆三十六七岁的年纪，娘家在本村，人很矮小黑粗，牙尖嘴利，常与邻居吵架，不知道改子怎么会和她扯连上的。

我把几块糖从衣兜里掏出来，放到改子僵硬的身体上，就快步离开了。路上我想，改子为什么去找老姚的寡妇老婆呢？难道他像《参花》杂志上说的那样，从他傻傻的世界里觉醒了吗？

三叔和三婶从老爷岭赶来了。他们也和爷爷奶奶一起回山东。

爷爷让三叔带我到齐家公社驻地的商店里给我买了一件蓝色上衣，一条草绿色军裤。这是我到东北四年来，第一次买新衣服。三叔说，买回去先别穿，等回到山东老家的时候再穿，穿早了弄脏了就不新了。我说，要能买双黄胶鞋就好了。三叔说，买什么黄胶鞋啊，天这么冷。让你三婶给你做一双条绒的五眼儿鞋，又暖和又漂亮！

三婶真的给我做了一双有五个鞋带眼儿的条绒棉鞋，启程回山东的时候我穿上了。三叔本是让我带回山东再穿的，我没听他的，连同新衣服，我都穿上了。我不想一路上穿着破衣服、破鞋子，我都十五岁了，我也怕人家笑话，也喜欢好看了。

杨坤大叔是生产队的车老板，人很老实厚道，当年我们从山东老家来的时候，就是他赶着马车去齐家公社汽车站接的我们，这一次回山东老家，又是他赶着马车送我们。

清晨的东北大地一片苍茫，马车在雪路上行走，发着咯咯吱吱的声响。我们一家五口连同李春泉叔叔兄弟俩坐在马车上，面向来路，任呼出的气息化作白雾、凝成白霜，看待了四年的村庄离我们越来越远，越来越远……

第四章　荞麦的面和呼吸

故乡如此美好

从东北回到故乡沂水的时候是腊月二十一，离过小年还有三天。

这时四叔刚刚结婚不久，因为他是奶奶三十一岁生下的，按照习俗结婚当月母子不能相见，否则会有大灾，所以我和爷爷奶奶，还有三叔三婶，一路奔波，下车后直接去了王庄而不是泉庄，让姑父把我们接到了他家。

但我急于回老家石棚去，一刻也不想等待。因为我想快些见到老家的那些老房子，想见到门前小溪、院子的香椿树和老柿树，更想见到冬生、冬祥，还有给过我"小金鱼"的那个同桌金叶。或许更多的是想见到金叶，我想看看她是不是长得更漂亮了。

腊月二十二的早晨，我和三叔三婶从姑家翻越崇山峻岭，回到了被群峦环抱的村庄——石棚。

蓝色上衣和草绿色军裤一路风尘并没弄脏，因为我处处都很小心。只是三婶给我做的条绒五眼儿棉鞋有点脏了，因为我很难躲避那一双双到处乱踩的脚。好在用刷子刷了刷，鞋又恢复了崭新模样，这对我的心情没造成太大影响。我把头发梳得溜光，脸上还抹了姑姑的雪花膏，感觉自己从未有过的神气与自信，走到哪里都时不时地拍打拍打衣服，跺跺脚，一副现在想来十分幼稚可笑又傻乎乎不谙世事的少年模样。

与冬生、冬祥的相聚是拥抱，推搡，打趣，问这问那。我为此兴奋得四肢乱颤。这种兴奋不单是朋友间久别重逢的兴奋，还有一种家庭出身不好的孩子，终于可以与家庭出身好的孩子们平起平坐的兴奋。同时

166

我也发现，原来自己以前在冬生、冬祥面前一直是自卑的，不管他们怎样地不在意我的家庭出身，其实我自己是一直在意的，并为这种在意付出着自卑的代价。

老家的山没有改变，锥子崮还是那样直冲云霄，姜家崮仍然那样险要，枕头崮和板子崮依旧连接在一起，爱情崮上那对化作石头的神仙眷侣还在紧紧地拥抱。老家的水也没变，魏公泉还是那么甘甜，只是遇上这个干旱的季节细流如丝；家门前的小溪还是跌宕起伏，蜿蜒曲折，只是没了水源的供应，干涸中保留的片片残冰分布于源头到尽头，如同白莲朵朵。改变的是村里人的目光与笑脸，不再有轻蔑，不再有鄙夷，有的只是亲热与温暖，还有隐隐的嫉妒与艳羡。

当然，改变最大的是我看这个世界的视角。我发现当你的内心有了足够的自信与阳光后，这个世界的一切原来都是美的。

抓紧年前的几天，我和冬生一起赶了好几个年集。冬祥早已接他爸爸的班在崔家峪医院上班，只有星期天才能回家。我和冬生就先赶了崔家峪集，去医院看了看冬祥，然后又赶王庄、尹家峪、郭庄集，周边的集都赶遍了。没有多少东西可买，家里也不会让我们买什么东西。赶集的目的就是看热闹，就是体会久违的集市风情，就是贪图两个人在路上一边走一边打打闹闹、胡说八道。

所谓胡说八道，就是开始谈论关于女人的话题了。这一年冬生和我都将迎来十六岁，我们朦朦胧胧地感觉到，自己开始对女孩产生羞涩的向往，已经暗暗盘算着再有几年可以娶媳妇。所以，我们在一起的话题便多了对那些漂亮女孩的议论，谁也不好意思说出自己喜欢谁，却总是说着喜欢的女孩的种种往事，挑着人家的种种毛病。甚至还故意说自己不喜欢这个女孩，将来要找一个比她好一千倍的女孩当媳妇等。可心里却想，这辈子能娶到她该多好啊。

我心里的那个她，自然就是金叶。

四叔早就买了许多鞭炮，尽管结婚以后手里没有多少钱，但他依然买了许多鞭炮，因为这个年不同于以往，这个年我们家多了三婶和四婶，这个年我们家充满了喜气，这个年也是我们重新开始新生活的重要起点。

堂屋后面有两棵一抱粗的香椿树挺拔如初，它们本来在多年前的那场重大变革中被没收充公的，此时已经重新回到我们的怀抱。我和二叔、三叔、三婶、四叔、四婶一起吃了有史以来最为丰盛也是最为快乐的年夜饭后，二叔领着三婶和四婶在家包饺子，我和三叔、四叔便到各家去串门，串到深夜回来，便一起激情勃发地聊天儿，满怀豪情地等待新年时刻的到来。当桌子上的小闹钟准时告诉我们零点已至的时候，二叔往早已烧开的水里下饺子，三婶、四婶在院子里的小桌上摆上鸡、鱼、肉三样炸丸子作为供品，按照习俗开始烧纸燃香敬奉上天。而我和三叔、四叔则迫不及待地来到两棵香椿树下，开始燃放鞭炮。

烟花飞舞，鞭炮齐鸣，整个村庄的鞭炮声混杂在一起，把新一年的第一个早晨隆重地推到了我们面前。我用尚未泯灭的孩子般天真烂漫欢呼雀跃，用一连串带着单纯与傻气的"太好了，太好了，太好了"表达着拥抱美好未来的饱满热情与期待，并走进故乡的美好当中陶醉不已。

此时，唯一遗憾的是还没有见到金叶，不是没有时间和机会，是我越想见她，越是没有勇气去见她。她家与我家之间不过二里地的路程，她在西北边的山腰间住，我在东南边的山腰间住，站在我家大门外，就能看到她家的房顶。我希望新年第一天太阳在东方升起的时候，金叶能像春天的香椿树上冒出的第一片新叶一样出现在我的眼前，让我感受她的清纯与清香，并缔造一个关于爱情的美丽童话……

十六岁的担山人

1982 年春天，我周岁十六，身高一米五九。

我用稚嫩的肩膀把两筐农家肥挑进了位于半山腰的田地里。那一刻，我喘着粗气站在地堰上，眺望满山遍野都在忙碌的父老乡亲，心里清楚地知道，我的农民生涯已经正式开始了。

此时，我给自己的身份豪壮地定义为十六岁的担山人。

为什么要有这样一个定义？因为老家的土地大多在山上，播种、收割都与挑担分不开，我恰好又是十六岁，自称十六岁的担山人恰如其分。当然，下此定义还有激励自己的意思，那就是从十六岁开始，我就担起山一样的担子了，为爷爷奶奶，也为自己！

担第一担土肥的时间是农历正月十七。

头一天，也就是正月十六，爷爷把四叔和四婶、三叔和三婶召集在一起开会分家，二叔的一担水桶一家一只，二叔的两根扁担一家一根，二叔的二百斤地瓜干一家一百斤。从东北带回来的五百块钱一家一百。爷爷还告诉他们，我这个当父亲的没什么本事，人也老了，不能给你们盖房建院的了，一切都靠你们自己吧。家里的这两套房子，你们一家一套暂时先住着，等你们自己盖了房子以后，西屋给你们二哥，堂屋留给然森。

分完家，我和爷爷奶奶搬到了二叔花钱买下的生产队时期的三间豆腐坊。本来爷爷打算让二叔和我们一起过的，二叔说他一个人过惯了，不想和别人掺和，就到冬生他们家的后院借了一间没人住的破房子，搬过去了。

帮二叔搬家的时候路过老宅子，我看到四婶坐在院子外面的核桃树下掩面而泣。我问她怎么了，四婶说刚和我四叔吵架了，因为四叔骗了她。当初媒人登门提亲时把魏家夸说得如同天堂，现在一分家竟是如此寒酸，她不知道今后的日子怎么过，也不知道回家该怎么跟自己的爹娘交代，所以就和四叔吵了一架。我感觉心里很不是滋味，就回去央求爷爷暗中再给四叔一些钱，说四婶太可怜了，那么贤惠漂亮一个人，原是奔着好日子来的，竟落得房子都得自己盖，实在是让人心下不忍。

爷爷没有同意我的建议，他抽几口旱烟叹口气，说，爷爷何尝不想多给他们点啊？可咱手里就三百块钱了，过日子的锅碗瓢盆没一样，种地的锄头、镢头、镰刀、扁担、筐没一样，连粮食也没一口，我们和你二叔不活了吗？你孩子家，甭管这些事了。

我一下子理解了爷爷，却也知道，从东北回来后的短暂风光已经过去，艰难困苦的日子又开始了。这种艰苦并不亚于初到东北的那段时日，我和爷爷奶奶将再次经历一段缺油少盐的痛苦煎熬。

村子里是在年前为闯关东回来的一批人调整了承包土地的，由那时已在家的四叔办理，我和爷爷奶奶承包了三亩。开始耕种后感觉不够种，又把邻村云头峪散布在我们村的土地承包了二亩。

爷爷奶奶此时都已六十多岁，又都体弱多病，再无能力干重体力活，我便成了家里的主力。

种地的第一步是把农家肥挑到山地里。我在没有体验担挑之苦的时候，还感觉挑着担子爬山很新奇。因为奶奶跟我讲过，当年我父亲挑着两大筐粪土爬山，并不耽误唱歌。那嗓子，满村都能听得到，不知迷倒了多少姑娘。这就让我觉得挑粪爬山是件很潇洒的事，我的嗓子又随了父亲，一定也能一边挑粪爬山，一边放声歌唱。当然也盼着迷倒一批姑娘，最好能迷倒那个叫金叶的女孩。

可是，当我真的挑起不足 80 斤的两筐农家肥爬山的时候，这才知道原来这是一项极苦极苦的差使，比起放猪放马来，那是天上地下的区别。我的肩膀被压得生疼，又因为不会换肩，肩与脖颈上的皮被扁担磨破，渗血不断，汗水一浸，恰似伤口上撒盐。扁担再压上去，再磨上去，疼得更加钻心。还唱歌吗？不可能了。我双手托着扁担，龇牙咧嘴，表情痛苦，哭都来不及。

但我没任何退路，连叫苦的资格都没有，因为当初爷爷、奶奶、叔叔们苦口婆心地劝我上学我都不听，我铁定了一颗心是要当农民的，现在真正当上了，有什么资格叫苦，又怎么敢叫苦呢？我只在回家以后躺在床上默默地流一会儿泪，然后用力擦一把，再默不作声地起来该干什么干什么。

奶奶说，种地不是什么好差使，苦啊。你年龄又小，怎么受得了呢，想歇的时候你就歇着，活儿干不完我让你叔们帮着干。

我心里暖暖的，说，奶奶我没觉着苦，不过是刚开始干，浑身的懒筋没舒开，干些日子就好了。一转身，眼泪却忍不住吧嗒吧嗒往下滴落。

这年春天的生活如同我的预料，又像刚去东北时的样子，连咸菜也吃不到。在东北还有那个赵奶奶给我们家送咸菜，在老家，谁家的咸菜也不富裕，既不可能开口跟谁家要，也不能指望谁家给送，只能用二叔存下的几只萝卜拿咸盐腌一下凑合着就饭吃。此时，我的低血糖又在不断发作，经常挑着粪爬着山双腿酸软虚汗直流，坐在地上好一会儿才能恢复。而我却不敢告诉爷爷奶奶，我怕他们担心。

挨过清明节，香椿发芽了，奶奶去薅兔子草，意外地拣到了两颗鸡蛋，得了宝贝般跑回家，赶紧摘一把不足寸高的香椿芽，放上大把盐炒了给我改善伙食。但是吃的时候，她和爷爷却都不吃，说俺森太苦太累了，留着你吃吧，省着吃，多吃几顿。我感动得泪流满面，说，你们就不是受苦受累过来的吗？咱们一起吃吧，你们不吃，我也不吃。爷爷奶奶的眼睛湿润起来，说不出话，只伸出筷子，象征性地夹一点，放进了嘴里。

　　这个春天，我咬牙挺过了爬山挑担的苦，也咬牙挺过了刨地磨破手掌的苦，在山风的吹拂与太阳的暴晒下进入了皮糙肉厚的农民行列。我深深地知道了农民的苦，也深深地理解了"汗滴禾下土，粒粒皆辛苦"的真正内涵，更深深地体会出了爷爷奶奶当初劝我不要放弃读书的良苦用心。更感悟到，人生要想精彩，甘于在脚下这片土地上流汗是不行的，必须逃离这里，以更大的付出与努力，去寻找更为广阔的舞台。

栽下大葱拔出书

从东北回到老家石棚的这个春天，担山刨地的苦并没有抹杀我的文学梦想。当年，我浪费了爷爷的一沓信纸抄写了好几万字的《青春之歌》，让我知道了即便是抄书也是极其艰难的一件事，更别说创作了。但我愿意承受这种艰难，因为这种艰难能够给予我快乐。

我知道四叔在我抄写《青春之歌》时说的话很对，我的文化水平太低，是写不了书的。我需要买书看书，而且必须买很多的书，看很多的书，才能让自己的文化水平提高起来。

但是家里没有钱，即便有几毛钱我也不能跟爷爷要来了买书，因为那些钱还有更大的用途。再说三毛两毛的钱也买不了几本书，我需要拓展财路，自己挣钱买书才行。

想了好多天，找不到好路子，我决定通过开荒栽葱完成这一心愿。

在承包来的云头峪村那片土地的外侧，是一片差不多七十度斜面的荒坡。它的土质是风化的页岩与少量黄土的结合，且夹杂着石块。因为归属是云头峪村，而且上面草都长得很稀、很矮、很细，所以一直没人开垦。二叔说这样的土质未经改良缺少营养，即便开垦了，种庄稼也是不长的。但却适合栽葱，因为葱对土质的要求不高，在生土中反而长得更壮更旺。

我记住了二叔的话，便用挑肥刨地的间隙，在这片荒坡上开出了大约一百二十平方米那么大的一片地，全部栽上了大葱。

两个多月后，大葱长成了，果然又粗又壮。

我挑上大葱去王庄赶集，一百多斤葱我一人挑着爬山，竟然一口气爬到山顶不用休息。一个春天的劳作把体力练出来了，收获了大葱心情也兴奋，劲头自然很足。

　　那一次我卖了六块钱。我用这六块钱，先给爷爷奶奶买了十个水煎包，剩下的钱我去王庄新华书店全都买了文学书——《李白诗选》《青春万岁》《一九七八年全国优秀短篇小说获奖作品集》《光棍村的喜事》《林中响箭》等。

　　第二次卖葱我赶的是尹家峪集，又卖了五块六毛钱，我又在尹家峪新华书店买了《红楼梦》《许茂和他的女儿们》《创业史》《山乡巨变》《芙蓉镇》等作品。

　　栽下大葱拔出书，我的愿望实现了。

　　我开始夜以继日地看书。

　　白天把书带到地里，干活累了的时候，我就找个阴凉处躺下捧着书看一会儿。有时看得入迷，好长时间忘了干活，有熟悉的人就喊，然森，怎么光看书不干活啊，以后不吃粮食光吃书吗？我这才赶紧爬起来再去干活。

　　晚上也是看书的大好时机。那个时候家里还没有电灯，我在床头的墙上砸一个钉子挂了一盏用墨水瓶做成的煤油灯，往往一看就是大半夜。那时我是和爷爷奶奶睡在一个屋的，他们二老一张大床睡在南面，我一张小床睡在北面。晚上看书久了，爷爷奶奶心疼我，就会咳嗽两声说，森啊，早点睡吧，明天还得干活呢，别太累了。我答应着，却是不忍释卷，直到读得眼前模糊了，才在不知不觉中丢下书，睡去。

　　有时候我也读书给爷爷奶奶听，比如《封神演义》，我就曾多次读给他们听。爷爷是非常喜欢这部古典神话小说的，他不知读过了多少遍。但是我读，他仍然听得津津有味。而且我读错了什么地方，他马上就能听得出来，会告诉我，森啊，刚才你读的字不对哟，应该读什么什么。

其实我是知道自己读错了的，因为有些字我根本就不认识，读到那个地方的时候，我只能猜着读。

最有惊悚感的当数夜读《聊斋志异》。我睡的床是二叔十八岁那年病入膏肓时，爷爷给他做的一张下葬床，也就是准备在他死后躺在上面把他埋掉的床。做好后他的病又转危为安，床便留了下来，从东北回来后，便成了我的卧榻。而我们住的房子，在生产队做豆腐之前，是一户林姓人家居住过的。当年林姓人家之所以搬走，是因为他家的女主人老是梦到有鬼来敲他家的门，并因此患了严重的神经官能症，常常整夜整夜不睡还和男人吵架。关键是房子的东边和后面，有三座老坟，房子又是独居一处，离村庄还有五六百米的距离。这样的环境，这样的房子，这样的床，再读《聊斋志异》，对于一个少年来说，会有怎样的联想呢？

有几次，我真的也听到有人敲击后墙。

好在我读《聊斋志异》是需要爷爷给我解释的，因为我的古文功底很差，像"聊斋"这样的文言小说，我读起来有多半不知何意，只能一边读，一边求爷爷解释。而爷爷是从来不相信有鬼的，所以，只要他不睡，我的心便安稳了许多，便不会害怕鬼的出现。

卖葱换来的书，我读的遍数最多的是《李白诗选》，三百首诗，我每一首都能背诵下来。我忘不了在东北上学时因为朗诵《登鹳雀楼》所受到的赞誉，所以时不时地我还会朗诵给爷爷奶奶听，也在没人的地方朗诵给自己听。

种下大葱拔出的书，让我的艺术水平获得了提高，文学的种子开始真正地在我的心灵深处生根发芽。从这年的冬天开始，我决定开启自己的文学之路了。

豆腐少年

生活的过于艰苦让爷爷想到了做生意。他说无商不富，当年我们魏家之所以富甲一方，不是靠种地发家的，而是靠做蚕丝、印染、酿酒和做点心、粉皮等生意发起来的。我爷爷的太爷爷那个时代，魏家土地三百多亩，九进院的阔大住宅，都是靠做生意赚来的。

"只有做生意才能改变穷困，别无他路。"爷爷说。

但是做什么生意好呢？没有本钱，没有资源，也只能做小本生意。于是想到了做豆腐。

爷爷说一包豆腐能赚一块钱，一年做三百包豆腐就能赚三百块钱。一包豆腐的豆腐渣还可以喂一头猪，一年出栏两头猪，又可以赚二三百元，加起来就是五六百元，去掉炭火钱和损耗钱，一年净剩四百元应该不成问题，这样干三五年就可以给你娶媳妇了。

我也觉得这真是一项不错的生意，值得一干，便和爷爷奶奶干起来了。

时间是 1982 年的冬天，这时爷爷六十一岁，奶奶六十四岁，我十六岁。爷爷有严重的哮喘病，冬天更甚。奶奶心脏不好，经常心慌，夜冒虚汗，腰也弯得几乎抵到地了。

老幼病残的祖孙三人支起锅灶，从下午一点半左右开始，到晚上十点多钟完成做豆腐的整个流程——泡豆子、推磨、过浆、烧火、点锅、压豆腐。很多情况下，我和爷爷推完了磨，再到三里外的老泉等水挑水，第二天一早起床，跑五六个村庄转几十里山路把豆腐卖掉。

之所以说等水，是因为当时正值冬季干旱，我家老宅附近的魏公泉供给一百多户人家吃水根本不够，排队等水者常常因为争水发生争吵甚至是武斗，我只能到三里外的老泉自然村去等水，因为那里的水足一些，又因为泉在山的半腰，去的人少，好排队。但往往也是需要排两三个小时的队才能等到两桶水，所以深夜十一二点挑水回家是经常的事。

之所以说需要跑五六个村庄几十里路卖掉豆腐，则是因为那个时候生活尚不富裕，一般家庭不是家里来客或找人帮工干活，是不舍得买块豆腐吃的。很多时候我需要跑遍本地的二十二个自然村，再去西常峪、东棋盘、西棋盘、崮前、石汪峪等行政村，才能把九块豆腐卖完。

初卖豆腐的那一次我怎么也喊不出来。我挑着豆腐来在无人的山沟里壮起胆子练了半天，自以为可以了，可是进了村见到熟人的时候仍然喊不出来。倒是产生了做贼的感觉，低下头逃也似的挑着豆腐担子跑走了。

但是豆腐不卖不行，我在为难了好久之后，到魏家的聚居地梓箩头自然村找到我三奶奶家的大伯父魏子秀让他帮忙，挨家派给了我们魏家的那些叔叔婶子。大伯说，一个没爹没娘的孩子刚出来卖豆腐还不会卖，我们各家紧紧手，帮帮孩子吧。叔叔婶子们毫不推辞，就一家一块，把豆腐给我消化了。

第二天，第三天，我仍然鼓不起自己卖豆腐的勇气，仍然厚着脸去找魏子秀大伯，他仍然毫不推辞地帮我把豆腐卖掉了。

魏氏家族很大，有七八十户人家，三百多口人，只要愿意出手相帮，三包两包的豆腐还是很容易处理掉的。

但是，这终究不是长久之计。尽管大伯说你卖不了了就来，我给你卖。可我懂得事不过三的道理，所以找过他三次以后，我便不再找他。我硬着头皮去周边陌生的村庄里高喊卖豆腐，三五天后，也就放开胆子，在本村也敢叫卖了。又过了一段时间，我不仅敢在本村叫卖，还敢上门

177

劝人家买，也琢磨出了谁家舍得吃，谁家吝于吃，然后有针对性地上门推销。

然而不管怎么卖，豆腐真的是不好卖。

早晨天不亮我便起床，把二十二个自然村转下来差不多已是正午十二点，而豆腐却常常还剩四五块。没办法，我只好再去西常峪、西棋盘卖，这两个村如果再卖不完，我就再去东棋盘、崮前、石汪峪卖。往往等卖完的时候，已经是下午三四点，离天黑已经近在咫尺。而我，还没有喝一口水，吃一口饭。

低血糖的毛病在这时便会找上门来，让我虚汗直冒，双腿酸软，心慌乏力，只能坐在路边休息好久才能再去行动。

一个冬天，得有一半的时间是这样度过的。而这期间，总有人让我感动和感激，除了魏子秀大伯，还有两位老人。

一位是我的二奶奶，多少次我挑着豆腐担子走到她家门口，喊出"卖豆腐哟"时，老人便迈着一双小脚从院子里走出来，喊道，俺那孙子哎，到吃早晨饭的时候了，你来吃个煎饼再去卖吧，别饿着自己。我便实实在在地把豆腐担子挑进她家的院子里放下，在她家吃饱了早饭再走。直到今天，那句"俺那孙子哎"，仍然不时地会在耳畔回响，并让我的内心泛起阵阵温暖与感动。

另一位是我素不相识的石汪峪村一位姓徐的大娘。有一天，我卖了一天的豆腐汤水未进，在饿得步履维艰的时候，看到了正往院子里抱柴火的这位大娘。我说，大娘，我用豆腐换你个煎饼吃行吗？我一天没吃饭了，实在走不动了。大娘立刻极为同情地说，哎哟孩子哎，你怎么一天不吃饭哪，你这个年纪正是长身体的时候，一天不吃饭那还了得吗？快快到家，我没什么好吃的，有煎饼咸菜，你快快打打饥困。

来到老人家里，吃了她三个煎饼，喝了两大碗热水，感觉浑身有了力气。但是我要给大娘留下一块豆腐的时候，大娘却坚决不要。她说孩子，卖豆腐不容易，一包豆腐勉强能挣一块钱，还得受挺大的累，大娘要了你这块豆腐，你这一天就白忙活了。

多年以后，当了兵的我从部队回家探亲，我专程到石汪峪去打听这位大娘的下落，想带点东西看看她，表达一下自己的感恩之情，但却物是人非，她的老房子已经不复存在，她也已经离开人世好几年了。我伤心了好久，心中留下了难以抚平的遗憾。

这就是一个豆腐少年卖豆腐的往昔。这往昔很苦，但是磨炼了我的意志，更让我生发了许多感恩，也让我感知了人间的温暖与爱其实一直存在。

我的《唉，雪妹》

《唉，雪妹》是我的短篇小说处女作，大概只有三千来字，写于1983年春节前后那段时日，是我看了著名作家铁凝的《哦，香雪》以后模仿而来的。

那时没有稿纸，也没有笔。

在东北的时候，尽管日子艰难，爷爷为了给老家人写信还买些信纸，也有一支钢笔，回到老家后别说买信纸，竟连以前用过的一支笔也不知所终了。

我写《唉，雪妹》是到学校捡学生丢弃的作业本，又到当木匠的五爷爷家里拾了几个他扔掉不用的画线铅笔头，开始写的。

这个时候，我如果向爷爷提出要钱买纸和笔，爷爷兴许会同意，但我不想在梦想没有成为现实的时候跟爷爷提要求。我知道他很难，我提了要求他答应了，就会背负上沉重的负担。

是的，是沉重的负担。在那个穷困潦倒的时候，如果让爷爷买笔买纸供我写作，真的就是沉重的负担。我不想让他背负这份沉重的负担，我让写作的成本降至为零比较安心也舒心。

写作的时间是往地里挑粪挑累了以后。

春节前后家家户户丰衣足食，豆腐更是自己都做下的，不会有人再买豆腐。所以从腊月十五到正月十五这一个月的时间，豆腐生意暂停，我轻松了几天，便想抓紧时间往地里挑送农家肥，免得生意再开张以后忙不过来。

这个时候我把捡来的作业本和铅笔头揣在怀里，挑几趟粪挑累了，我便趴在地里展开作业本的背面开始写，写累了我再爬起来挑粪。那年的春节前后时间天气较温暖，我趴在地里写稿子竟没有觉出冷过。三十天的时间，粪挑完了，小说也写完了。

一篇三千字左右的小说写了这么久，写得很难吗？是的！因为这是我的初次尝试，如同一个女人初次怀孕生子一般，需要经历一个异常痛苦的过程。我每天只能写五六百字，而这五六百字到了第二天可能觉得不行又会涂掉重写，反反复复多少次，好不容易写出一篇完整的东西了，过两天一瞅非常不满意，便推倒了重写。重写，如此反复了三四次才完成。

这篇小说并没有发表，因为我没有勇气投稿。我甚至不知道应该往哪里投稿。可现在需要原稿再找时，已是大海捞针。

著名作家阎连科在他的长篇散文《我与父辈》中说，他在河南老家干临时工时写过一部长篇小说处女作，当兵走的时候放在了家里，结果让他母亲当作火引子给一张一张撕着烧了，致使他在命运的转折点上想用这部作品的时候，连半点残片都没找到。

我这篇小说是不是也被我奶奶当作火引子烧了呢？我不知道，但我当兵回家探亲的时候找了几次也没有踪影。明明是放在一只小箱子里了，小箱子还在，怎么稿子就不见了呢？问奶奶，奶奶不知道。问爷爷，爷爷不知道。这成了一桩"悬案"。

但在当初，这篇小说的完成是给了我万分激动和信心的，它让我知道了自己是可以写出小说的，而且在那个时候，我自认为写得还不是很差。所以，它是我走上文学之路的一个重要标志，我有必要在此交代一下它的故事梗概和写作成因。

小说中的主人公叫雪妹，是个农村女孩。

雪妹八岁时没有了妈妈，刚上小学二年级的她，却因为后妈生了个弟弟，前面还有两个哥哥在读初中和高中，她只能辍学在家看孩子。可她想上学的欲望仍然强烈，就抱着妹妹偷偷去学校的后窗听，然后又利用后妈让她打猪草的时间在石板上写作业，第二天一大早再把写完的作业放到教室的门口让一位姓张的老师给她批改。张老师是个五十多岁的老教师，也是一位厚道善良的人，一开始他不知道放作业的孩子是谁，后来知道了，并不揭穿，只是每次都会认真地给她批改，然后在学生放学后放到教室门口让她取。小学学完以后，她已是十二岁的女孩，张老师在最后一次作业上附了一句话：雪妹，你是棵好苗子，考初中吧，我给你把名报上。她很兴奋，却不敢跟后妈说，更不敢跟父亲讲。因为两个哥哥一个在上中专，一个在上高中，后妈每天都在埋怨家里负担太重，怎么可能让她考初中呢？她只有夜里偷偷地哭。但要考试的这天早晨，她却发现门口挂着一只花书包，书包里有两只煮熟的鸡蛋和两个煎饼、一块萝卜咸菜。最主要的是还有一支已经削好的铅笔。而她的后妈，正领着四岁的弟弟在山坡上薅草。有学生跑来了，喊，雪妹，张老师让我叫你一起去考试，他都和你娘说好了！

就是这么简单的一个故事，原型是金叶。因为金叶小学毕业后她母亲便不再让她读书，她母亲一心想培养的是她的两个哥哥和一个弟弟，目标是让他们兄弟仨全都脱产成为公家人，她再继续读书就成了家里的负担。情节无非是做了一些调整，把金叶的亲生母亲写成了后母，为一个本无美好结局的故事添加了一个希望的尾巴。

这个故事，至今仍然深深地刻在我的脑海里，无法忘却。因为它浸透了我的满腔激情与心血，表达了我对金叶不能上学的惋惜和对她母亲重男轻女思想的声讨。同时也在表达我退学以后又想上学的苦闷心情，渴盼世间老师都有一颗善良之心，能让那些上不了学的孩子重回校园。更希望天下母亲不要重男轻女，要像小说中的后妈一样，及时地醒悟过来，给女儿的未来展开一条希望之路。

这篇作品或许还算不上是一篇像样的作品，但我自认为显示了我在文学创作方面的天赋和灵性，打开了我跨入文学世界的一扇能够看得到阳光的大门。所以，它在我的心里一直有着重要的位置。尽管它没有发表，它也仍然是我的处女作。

爱她在心口没开

我从东北回到老家的时候，金叶不再是那个青涩的女孩，她已是亭亭玉立的少女。

在老家，大年初一有到邻居家拜年的习俗。我们家与金叶家距离较远，我家在东南，她家在西北，虽属一个生产队，过去却从未去她家拜过年。当然，她也没有到过我家。现在，我心里想着金叶，盼望见到金叶，就想借着拜年的幌子到她家里见见她。可是，有了想法我又很胆怯，怎么也不好意思自己去，又不想让冬生、冬祥和我一起去，好像去了就会夺我所爱似的，便硬拉上四叔和我去了。

那时，金叶正和我小学的两个同学香子、娥子在院子里嬉闹，两条大辫子一甩一甩的，红色的高领毛衣像一团火似的衬托着她那张嫩白生动的脸，美得让我慌乱不堪。但是，十六岁的我还缺少一颗强大的心，我感觉自己尚无资格追求爱情，家庭的贫困也不允许我这么小就追求爱情，只能暗下决心好好干，等干出个样子来再追求她也不晚。反正她也不过十六岁，我还有很多的时间可以准备。

我的设想是三年以后。三年以后家里的日子如果好了，我就让爷爷奶奶托媒到她家里提亲。

然而仅仅过了一年多之后，事情就发生了意想不到的变化。

我们村的后岭上有一大片桃园，本是生产队预留出来作为办公经费来源的，1982年秋后，生产队彻底解体，便把桃园分割到了每户人家。我和爷爷奶奶分到了十八棵桃树。让我兴奋的是，金叶家分到的桃树竟与我家的桃树相邻，这让我有了一种莫名地与她亲近了一步的感觉。

第二年桃子将要成熟时，我想着金叶如果能去看桃子就好了，我们可以在桃林见面，就告诉爷爷奶奶后岭的桃子得看着点，不然让人偷没了就白侍弄了。此时豆腐生意在连续几次卖不掉后已经不做，爷爷奶奶当然同意，我便去了。我去了，金叶竟也真的顺着我的意念去了。

我们俩相聚在桃园外的一棵老柿子树下，她纳鞋垫，我给她读铁凝的《哦，香雪》、张炜的《声音》、卢新华的《伤痕》，读到动情处，我哽咽，她也悄悄流泪，内心的情愫也像海潮一样翻滚起伏着。

她问我是不是也想写小说当作家，我不敢告诉她其实我已经写了一篇叫《唉，雪妹》的小说，我的梦想就是成为一个作家，哪怕是很小的作家也行。我怕她看不起我，因为我连一张初中文凭都没有，在她眼里或许不是当作家的料呢。我只能低头笑着不吭声，希望她能自己看透我的想法，并说出一些理解我、支持我的话。可她没再说什么。或许她真是觉得我不是当作家的料吧，作家是何等神圣啊，岂是我敢奢望的？

十几天后，桃子卖掉了，我的苦闷也铺天盖地涌来了。

前文说过，分家以后，老宅院的房子让给了三叔和四叔，我和爷爷奶奶搬到了二叔花二百块钱买来的一套在生产队时期做豆腐坊的房子里。那房子孤立于一道山梁上，房前一片梯田，房后是一片柿子林和错落的石林。苦闷之下，我连续四五个夜晚都到屋后坐在一块巨大的奇石上唱东北二人转《大西厢》，一唱就是大半夜。旁边就是两座老坟，我却没有惧意。此时，爱情的火焰在我内心燃烧着，我却仍然因着家庭的贫困和自己尚未立业而没有勇气向金叶表白，我只希望通过唱二人转引起她的注意，更希望她从《大西厢》里明白我对她的一片心意。

但是，她却始终没有一丝反应。

半个多月后，我们在一次赶尹家峪集时相遇，与她走在一起的是我们的小学同学井名。井名当时推着大金鹿自行车，车把上挂着两个包满东西的红包袱。金叶跟在井名身后，脸蛋儿红扑扑的。看到我，井名把头一扭，没有理我，好像我是他的仇人。而金叶竟也把头一低，没有和我打招呼。我们就像陌生人一样擦肩而过了。

事隔一天，金叶和井名订婚了。传来的消息是金叶的二哥找了个对象是亦工亦农，人家要一千六百块钱的彩礼，金叶家出不起，而井名的父亲得知消息后托人找上门去，说愿帮两千，只要金叶嫁给井名。金叶她娘当即就同意了。

我在很长时间里痛苦不堪，内心充满了对金叶的深深怨恨，好像这样的结局都是金叶造成的，而非我的原因。

1987 年的初夏，作为军人的我从部队回家探亲，路上遇到一辆拖拉机拉着刚刚加工过的十几块木板，跟车的木匠是我五奶家的二叔子泉。我问子泉二叔加工这么多木板干啥，子泉二叔说，金叶死了，这些木板是给她打棺材用的。我大吃一惊，急问金叶怎么死的。子泉二叔说结婚后分家摊账，她公公一下子摊给她家两千多，她和井名大吵一架，便喝下一瓶"敌敌畏"死了。

这天夜里，我来到二叔屋后的那块巨大的奇石上，默默地坐了很久很久。那里距离埋葬金叶的地方很近，直线距离不过三百米，中间只隔着几块地。我想唱首歌给金叶听，不是二人转《大西厢》，是《再见我的爱人》。但是张了好几次嘴都没能唱出来，因为一张嘴泪水就哗哗地往下流，嗓子也哽咽得难以出声。

我就那么默默地坐了很久，很久。任脑子里像过电影似的飘闪金叶那美丽动人的样子。此时，我没有了对金叶的一丝怨恨，怨恨的只是我自己——那个连开口表白都没有勇气的黑小子。

寻路

初恋的失败让我看到了自己的卑微。这卑微不光来自社会地位的低下，更来自家庭的极度贫困。假如我也有两千块钱作为彩礼，金叶不就和我订婚了吗？钱，太重要了，我必须想办法挣钱。

可是豆腐不卖了，还能干点什么挣钱呢？

此时，我对种地已经非常厌倦，也无法奢望能从土地中获得财富，那只是给肚子解决饥饿的讨饭碗，而不是让你富起来的摇钱树。

我决定去黄山铺找二姑魏子芳，让她帮我找条生财路。在我的认知中，也只有她能帮我。

二姑魏子芳是我二爷爷的二女儿，所以我叫她二姑。

二姑嫁的第一个丈夫是我们本村人，叫孙纪同，是一位 1949 年参加革命的解放军铁道兵某部军官。1970 年 5 月，在黑龙江大兴安岭林海车站因突发事故牺牲。那时，二姑只有二十八九岁的年纪，三个孩子年龄最大的十岁，最小的才两岁，正值人生芳华的她没有改嫁，孤独清冷了十三年，将三个孩子养大成人，这才改嫁给了黄山铺一个姓吴的供销社采购股股长。

我找二姑寻求生财之道，就是想让姓吴的二姑父在采购股里给我安排个临时工。因为我听说在采购股里干临时工，一个月可以挣到三十块钱。一年下来能挣三百多，比做豆腐要轻快，名声还好听。

然而我去黄山铺待了四五天，给二姑家锄了二亩多地的庄稼，当股长的二姑父却没有答应给我安排临时工。他说采购股里不缺人，只有秋天收棉花的时候才找几个人帮忙，时间也就一两个月。一两个月对你来说解决不了什么前途问题，反倒害得你懒于种地了，你还是找找别的出路吧。

我沮丧地回到家里，青春再度陷入迷茫。

四婶说当木匠最好了，你求求你二叔魏子泉，跟他学木匠吧。一天能挣三四块钱不说，还天天好吃好喝被人招待着，比干临时工可强多了。我想就是啊，魏子泉二叔人最善良，也和我最好，小时候我常抱着他睡觉，他搂着我讲很多好听的奇闻逸事，对我关心有加。爷爷在人生路上最不顺的那些年，也是他常在晚间找爷爷聊天儿，给了爷爷很大宽慰呢。我求求他，或许他会同意教我呢。

然后我就开始想象着当了木匠以后，一年能挣一千多块钱，天天有酒有肉还受人尊重的美好生活，觉得未来充满了希望。

但是子泉二叔却拒绝了我的请求。不管我主动帮他家干多少活，他始终没有答应我。拒绝的理由很简单，现在木匠到处是，有什么前途啊？你年纪轻轻的，要想法干一番大事业才行，当木匠多没出息啊！

我忽然明白了，手艺是不能轻易传给外人的。我和子泉二叔再好，终究也是隔了好几层的外人，他怎么可能愿意把这份手艺传给我呢？他只能冠冕堂皇地拒绝我。

我懊恼不已，却又无可奈何。

二叔说，要不你学中医吧。你太爷爷当年三十八岁才开始自学中医，结果成了一代名医。那挣钱可比木匠多，也比木匠更受人尊重。木匠就是木匠，走到哪儿人家也称木匠。但是中医却不一样，走到哪人家都称先生。先生在中国可是最高敬称，是木匠没法比的。古人说不为良相，便做良医。什么意思？就是说一个人要想活得有大价值，要么当一个帮助皇帝治理天下的宰相，要么就做一个能给老百姓治病祛灾的好医生，这两样职业都是大事业，大功德！对咱来说，想当良相那是万万不能，但是下下功夫好好学个十年八年的，做个良医还是完全有希望的。

我又兴奋了，因为爷爷年少时曾跟太爷爷学医，家里还存有好几本医书，像什么《医宗金鉴》《药性赋》《千金方》《黄帝内经》等，我要学很方便。再说，二奶奶家魏子义大叔也是中医，我可以让他教我，他也一定会教我的。因为中医和手艺不一样，自古以来门徒是外人者多的是。

魏子义大叔在村卫生室里工作，这天中午我去找他，他果然没像子泉二叔那样拒绝我，但把落满灰尘的《药性赋》和《四诊心法要诀》两本线装书扑打扑打递给我，说你有这份上进心是好事，我正愁咱魏家无人传承你太太爷的中医事业呢。但是你得回家把这两本书看完了再来找我，要不我没法教你。

我兴高采烈地回到家去看这两本书，却是一句也看不懂。字是繁体字，句是古文句，哪是我能看得懂的呀？我忽然明白了大叔的用意，跑去把书还给他，从此再没找过他，也再不提学中医的事。

或许只有文学是我能够走通的路。于是更加努力地背诗，看小说。利用干活的闲暇趴在地里写小说。

但是很久很久，所有想写的小说都只有一个开头，一篇完整的小说也没写出来，就连《唉，雪妹》那样的小说也没再写出来。而且写作的过程就像做贼，不敢告诉任何人，连爷爷奶奶也不敢告诉，就怕别人说："你那点学问还能写小说？"

深秋时节，我去尹家峪采购股卖药，回来的路上遇到了二姑，二姑关切地问我找到什么可干的事情没有，我说没有，还在家干活。她说，你怎么不报名参军啊？现在不似以前了，咱这家庭出身也可以当兵了。我说，是吗？我怎么不知道？她说，国家政策早变了。我兴奋不已，对二姑说，那好，我报名当兵去！二姑说当去吧，当了兵好好干说不定还能提个干什么的，当年你二姑父不就是当兵提得干嘛！

回到村里，我马上找了民兵连长王京安，气喘吁吁地说王连长，我要报名当兵。王连长说，哎呀，你早干什么了？今年的征兵工作已经结束了，等明年吧。随后他看看我的腿又说了一句，你这走路的样子得改改啊，要不可很难验上。我的脸色瞬间一红，说，我走路的样子怎么了？很难看吗？他说不是难看的问题，是像受过伤似的，有点一瘸一拐的，部队哪会要这么走路的兵呀。

如同考演员被说长得不行一样，我又一次深受打击。可我知道，如果当兵也不行，我这辈子可就真的没有丁点儿出路了！

那一夜，我满心痛苦，翻来覆去睡不着，把所有遭遇的不顺放大到无以复加。或是有一点青春期抑郁症的缘故，我竟产生了厌世的念头，第二天我萎靡不振地去找二叔，流着泪说，二叔，人活着太难了，想干什么也干不成，还不如像我大大似的死了呢。

二叔吓坏了，赶紧告诉了爷爷。

爷爷也吓坏了，这天晚饭后他就跟我谈心。

爷爷说，人这一辈子啊，总会遇到很多不顺。我年轻的时候，也是一会儿想干这，一会儿想干那，也总是三番五次干不成。

唉，人啊，就是这样，不是所有你想成的事都能成，也不是所有你想干的事都能干。所谓谋事在人，成事在天，得看命运的安排。人生变数很大，需要面对的挫折和困难很多，能不能成事并不是最重要的，最重要的是得有一颗强大的心，经得起挫折和磨难，否则不但成不了事，还容易毁了自己。对你来说，现在社会形势好了，有挫折和困难也不要害怕，要相信路有千万条，总有一条属于你，千万不要因为一两条道路走不通就心灰意冷。你还年轻，就像还没开放的花朵一样，机会多的是，只要好好努力，总会有出头之日的。

这个晚上，我又是好久未能入睡。我回味着爷爷的话，不仅消除了轻生的念头，还看到有很多的路正在向我铺展开来。

哥哥找妹泪花流

《小花》是1979年上映的一部电影，我看到这部影片的时候，是1982年冬天，地点是我们邻村石汪峪。当电影中的插曲《妹妹找哥泪花流》响起来时，我的眼泪也唰唰地流了起来，因为我想到了自己的妹妹。从八岁与她分开，至今已经过去了八年，她是否想念过我这个哥哥，是否有过像小花那样寻找哥哥的念头？分别时她只有六周岁，现在已经是十四周岁的少女了，该上初中了吧？

看完电影回到家，我一夜无法入睡，脑子里总是闪现着小花与哥哥相会的感人场面，同时我也想象着有一天我和妹妹重逢会是怎样的情景。我对此渴望、激动、伤感、畏怯，各种情绪交织在一起。

但是，真正与妹妹相见，却是看完电影两年后的1984年。中间这两年，我曾多次去赶王庄集，只要再走五六里的路就能到宅科见到她，可我没去。我畏惧那个我离开的村庄，畏惧见到母亲和继父，我只是在集上寻找过她几次，希望能够与她巧遇，但没遇到。

1984年春节过后，不知出于何种原因，我的小学同学丁霞从泉庄初级中学转学去了王庄初级中学。开学后的第一个星期天她回家取饭，从云头峪山口下来，恰好看到我在承包地的一侧开荒，便怀着几分激动主动与我打招呼："魏然森，我见到你妹妹了！"接下来，她让我知道了妹妹现在叫高爱霞，在王庄初级中学读书，也让我知道了妹妹已经长成漂亮的大姑娘，得知丁霞是石棚来的学生后妹妹跟她打听我，说好多好多年不见哥哥了，不知道哥哥长成什么样了。

我内心的情感被一下子勾起，心潮翻滚，酸楚不已。看着丁霞我眼圈发红，咧着嘴"哦哦哦"地应着，不知道该对她说什么好，也不知道让她转告妹妹什么，就那么傻傻地看着丁霞说完她想说的话，走了。

　　但在心里，我已迫不及待地想见到妹妹。

　　三天后，王庄逢集，我告诉爷爷奶奶我想赶集买些葱苗栽到我开出的荒地里，便去了王庄初级中学。

　　我不知妹妹在几年级几班，去到学校后我只好先到学校办公室找了老师，打听到妹妹的班主任后，让她给妹妹传信，说我在学校外面等她，然后便匆匆地离开了。

　　那时，学生正在做早操，我紧张不已地从学生们面前走过，眼睛不由自主地搜寻着妹妹的身影，竟然一眼就看到了队伍中的她。虽然十年不见了，她已长大了，但我仍然一眼就能认出她。只是我不能马上叫她，也不敢叫她，只能激动不已地跑到学校外面等她。

　　终于，兄妹见面了。

　　一开始什么话也没有，只是隔着两三米的距离哭。我哭她也哭。一个哭得不行，另一个哭得也不行。

　　血浓于水。同父同母的孩子，天生就有割不断的情感链接着，这份情感溶化在血脉里，分散到身体的每一个细胞中，形成强大的磁场，不论多久不见，都不会陌生与排斥，有的只是亲近和喜悦，并被无法说清的一种东西抓挠着因分离而受伤的心，并催化成痛的泪水。

　　哭过了，妹妹开始埋怨我这么多年为什么不来看母亲，为什么不来看她这个妹妹。我心里满怀着对母亲的怨恨，也埋怨母亲为什么不去老家看看我，为什么连双鞋子也不曾给她儿子做。但是我怕妹妹听了不高兴，话到嘴边又咽回去，只默默地听她埋怨。

　　分开时我把事先买好的一大包东西送给她，又给了她五块钱，然后怀着满腹激动与惆怅，到集上买了葱苗回了家。

那时爷爷和奶奶正在院子做着什么，爷爷说，回来了？我说回来了。奶奶说，累了吧，快坐下喝点水，奶奶这就给你做饭去。我说，我不累，也不饿。随后又说了一句，今天我见到我妹妹了。然后不等爷爷奶奶说什么，就趴到磨台上哭去了，好像内心积攒了多少委屈，见了妹妹一面全都涌上来了。

我哭了好久好久，爷爷奶奶一句话也没说。他们知道一奶同胞的孩子是多么亲近，他们知道十年不见的兄妹有着怎样的骨肉分离之痛。在此一刻里，别人是不好触碰这份痛的。因为不管以什么方式触碰，都会让这份痛得到放大，而他们则显得无所适从。所以，不如什么都不说，让我自己哭个够为好。

一个月后，妹妹和丁霞一起来了。

来之前丁霞利用星期天回家的便利预先给我送了信，我激动万分，把屋里屋外的卫生好好收拾了一番，把被子也叠得板板正正，还专门赶集割了肉买了菜，给妹妹准备了花生、糖块、核桃等许多好吃的。更是特意把自己平时看的书放到了最显眼的地方，好让妹妹知道她哥哥不是一个平庸的哥哥，是一个爱学习的哥哥，有上进心的哥哥。然后就是望眼欲穿地等。明明按预定的时间还有好几天，眼睛偏偏每天都往云头峪山口上瞅，瞅不到什么，心里微微生些失落，瞅到有人出现，便以为妹妹提前来了，心中泛起几丝惊喜。

终于，到了妹妹真要来的这一天。

我早早地起床，把一口大缸挑上满满的水，把本就擦过的桌子、凳子再擦一遍，把锅碗瓢盆一件件刷净摆好。然后洗菜切肉，一样一样装在碗里，准备炒的时候往锅里一倒就行了。

奶奶对爷爷说，看这孩子啊，迎接妹妹比娶媳妇都隆重哟。

我倒生奶奶的气，心说，为什么迎接妹妹不能比娶媳妇还隆重呢？在我心中，妹妹比媳妇还重要得多呢。若是能盖房子，我一定会给妹妹盖上新房子让她住呢，哪怕只住一晚也要盖。

在我焦急的等待中，妹妹和丁霞终于在云头峪山口上出现了。此时，已是下午三点多钟，菜都炒好放在桌上凉了，我的眼睛已往山口盯了几百次几千次，让山口也替我着急了。

我把妹妹和丁霞接进家，喊来叔叔婶子们与妹妹相见。家里一时非常热闹，从未有过的热闹，像过年一样，比过年还让我感觉快乐。

只是时间太短了，吃过饭不长时间，也就是下午六点左右的样子，天还没黑，妹妹便在丁霞的邀请下去丁霞家过夜去了。或许陌生的故乡，陌生的老家，使妹妹产生了几分惧意，丁霞一邀请，妹妹便答应了。我很失落，为什么要去丁霞家住呢？为什么不留下来和哥哥说说话呢？你知道这么多年不见，哥哥有多少话想对你说啊？可她愿意去，我也没有挽留她，因为家里确实没有合适的地方让她住。临时搭个铺或许可以，但是那样太委屈她了，我不想让她委屈。

第二天一早我把妹妹接过来，领着她给父亲上了坟，让她知道，我们的生父埋在何处，给她讲父亲离开我们时是如何眷恋我们，如何放不下我们。往后，我们兄妹要好好的，别让地下的父亲牵挂。

妹妹没说话，但是妹妹的脸颊上悄悄地流下了两行泪水。

午饭后，妹妹和丁霞一起回了学校，这让我的快乐也稍纵即逝了。

我送妹妹和丁霞，一直送出十五六里路。翻过崎岖的锥子崮山口，走出狭长的云头峪山谷，蹚过宽大的水源坪河，来到柳树头村西的水库大坝上，离妹妹的学校只有二三公里了，妹妹说你回去吧哥哥，我说好，却不回，只站在高处看妹妹和丁霞走，一直看着她们走出好远好远，再也看不到她们的时候，我才极其不舍地往变得很远很远的回头路上走去……

五味杂陈母子情

妹妹一直希望我去宅科看望母亲，她和丁霞到老家来的时候，低声重复最多的一句话就是咱妈挺想你的，你不忙的时候去看看她吧。一开始我只是嗯一声，并未表态。后来我说行，等有时间了我去。还说，我去的时候提前让丁霞告诉你，你也回家。妹妹答应着，脸上浮现出喜悦和期盼的神情。

但是，我并未很快去看母亲。忙是的确忙的，天天有干不完的农家活，能不忙吗？可忙不是主要原因，因为我仍然畏惧去那个叫宅科的村庄，畏惧见到母亲和继父。同时，我也担心爷爷奶奶心生不快，尽管他们从来没在我面前说起过母亲的不是，尽管爷爷说过不忙的时候带我去看母亲，可他们在母亲带着我和妹妹改嫁后，仅仅为了看看我所忍受的羞辱与责难实在太多太多，虽然那些羞辱与责难并非来自母亲，而是母亲的娘家人，可这笔账他们除了记在母亲身上，还能记在谁身上呢？这样一来，我揣测他们心里是不会情愿我与母亲来往的。他们之所以不把内心的想法明确表达出来，是懂得母子情深的道理，害怕把想法明确说出来会惹我不高兴，反倒使祖孙情变得生分。而我又如何不顾及他们的感受呢？

就这样一拖再拖，妹妹已经初中毕业升高中了，我仍然没去。甚至夏天的时候我和四叔收购花椒一路翻山越岭到了长岭村，只要再往岭下走几步就到母亲新搬的家了，我也没去。

深秋时节，我决定报名参军。此时，看望母亲的愿望突然强烈起来，因为我知道，再若不去看望看望母亲，可能又要拖上几年了。再不看望看望母亲，妹妹可能就会怨恨我这个哥哥了。于是，我决定去宅科一趟。

但在去之前，我得征得爷爷的同意。

犹豫了几天后，我才试探着把看望母亲的想法跟爷爷说了。

爷爷那时坐在屋门口叼着烟袋搓麻绳，手停下来，抽出嘴里的烟袋在鞋底上磕着，眼睛并不看我，只带着几分轻微的叹息说，行啊，你想去就去吧。又说，让你二叔陪你去。苹果熟了，买一点带给你妈。

我如释重负，说好好好。心里对爷爷充满了感激。

那个时候，我连件像样的衣服都没有，一件白色带格子的衬衣是二姑家的二表哥送给我的，裤子还是从东北回来时的那条已经严重掉色的草绿色军裤。夏天里我和四叔贩卖花椒挣了六十块钱，本想给自己买块上海牌手表，添件好点的衣服，但是看看年迈的爷爷奶奶那么艰苦的生活，我没舍得花，把钱全给了爷爷。现在要去看望母亲了，我不想让母亲看到我穿得破破烂烂，以为爷爷奶奶对我不好，恰巧好友冬生刚买了一条土黄色的新裤子，我便借了来穿着去了母亲家。

母子重逢并没有兄妹重逢那般激动，我不仅没有哭，心里还异常平静。母亲也没有哭，好像也很平静。

我想起那一年我赶王庄集卖葱时，是看到过母亲的，当时她在河堤上和几个女人坐在一起说话，跟前放着一个装了东西的篮子。我远远地看到了，心头一震，渴望着上前叫一声妈，却怎么也没有勇气。只悄悄地看着她，看着她，直到她离去。往回走的路上我的脑子里全是母亲坐在河堤上的样子，心头也沉重得像压了一块石头。过了几个村庄，爬上范峪村东的山垭我坐下来休息，飞驰而过的一辆三轮车搅起一股尘土呛到了我，我立刻咳嗽不止，大口呕吐，随之就哭了。哭的时候母亲的影子仍然顽强地在我眼前晃动，晃动。我知道，我是渴望见到母亲，渴望得到母爱的。因为在所有亲人的爱中，无论祖父母还是叔叔婶子，谁也代替不了母亲。我缺失着，缺失得很厉害。

可是现在，我终于见到母亲了，为什么反倒那么那么平静呢？难道经过了时光的一再打磨，我对母亲的感情淡如清水，母亲也对我淡如清水了吗？

母亲给我和二叔倒茶，说春天的时候，听你妹妹说你要来，我就割了肉等你，怕臭，我把肉煮了撒上盐，等一天不来，等一天不来，肉都干巴了，你也没来，我只好把肉炒成咸菜给你妹妹和弟弟带了饭。我说怪忙怪忙的，我怎么来呀。母亲说，我寻思你也是忙，不忙早来了。其实现在来也不晚，不晚。然后就做饭去了。

像招待重要客人一样，母亲做了很多菜，还杀了一只小公鸡。妹妹和弟弟都赶回来了，跑里跑外地忙着。继父也关闭门市部的门，回来陪我和二叔喝酒。

可我除了和妹妹有话说，除了和妹妹说话亲昵，和谁说话都像是客客气气，包括母亲。

走的时候，母亲送我和二叔，一直送到她家西边的土崖上。我说妈你回去吧，她答应着，说，你什么时候还来啊？我说，如果当兵走了的话，得到三年以后了。母亲说，那你记得给我写信啊。我说行。然后就走了。

走下土崖，走过狭长水库的大坝，来到沿河而行的大路上，回头看一眼，母亲还站在土崖上望着我们。我向她挥挥手，喊道，妈你回去吧。我发现母亲抬起手来去擦眼睛，我想她肯定是哭了，心头立刻一热，忽然明白母亲对儿子还是有感情的，她只是不愿意当着我的面表露出来罢了。于是，我的眼睛也在瞬间湿润了。

这一路上，我好久好久没和二叔说话，只是默默地跟在他后面走。我不是不愿意和他说话，而是心里想着站在土崖上的母亲，心里五味杂陈，不想说话。

第五章　荞麦的情和衣衫

没有领章帽徽的绿军装

1984 年，征兵之季在我焦急万分的期盼下终于到来。

我告诉爷爷奶奶，我要去当兵。我说唯有当兵才有出路，要不然我这辈子可能就完了。

三叔和四叔都不同意我当兵。分家以后，他们的日子一直很艰难，白手起家，从零开始，生儿育女，养家盖房，每走一步都需要艰苦的付出。如果我走了，年迈多病的爷爷奶奶势必由他们照顾，那岂不加重了他们的负担？但是他们不明说，只说这年头当兵干什么呀，当三年兵若提不了干，回家什么也不是。

二叔也不同意我当兵，他一辈子孤身一人，身上的病只见加重，不曾减轻，万一什么时候倒下了，他希望我能当他的过继儿子，到床前给他端碗热水。可我当兵走了，再混出个小模小样回不来，谁还能照顾他呢？

奶奶更不同意我当兵，因为她舍不得我，也怕当兵以后去打仗，回不来。我们邻村石汪峪就有个当兵的牺牲了。所以一提当兵她就流泪，拉着风箱烧火都会流着泪劝我不要当兵，说当兵太苦，你文化又不高，肯定没前途。她甚至摸着我的脸哭着对我说，奶奶把你养这么大，你就是奶奶的心头肉啊，你走了，就不怕奶奶想你想出病来吗？

爷爷没表示反对，也没表示不反对。他之所以如此，是因为他的内心充满了矛盾。一方面他知道我在家种地确实没有出路，只有当兵或许还能奔个前途。另一方面他也和奶奶一样舍不得我走，也是担心万一真去了战场回不来。这不是崇高不崇高的问题，这是人之常情。

奶奶对爷爷不够明朗的态度很不理解，有天深夜她对爷爷说，你怎么老是闷着呀？孩子向来听你话，你劝劝他别去当兵不行吗？咱俩都这么大岁数了，咱得留他在跟前照顾咱呀。爷爷叹口气，说，留在家你有本事给他找上媳妇吗？找不上媳妇打了光棍儿，谁难看呀？还不是咱难看呀？奶奶说，那要是去了战场呢？你想当烈属啊？爷爷半天没吭声，后来说，你放心吧，他那个腿走起路来那个样，人家不会要他的。

那个时候我和爷爷奶奶在一个屋里睡，他们睡在南边的床上，我睡在北边的床上。他们以为我睡着了，其实他们一说话我就醒了，他们说什么我全听到了。

但是我没有吭声。我想，我必须去当兵，哪怕当兵第二天就去战场呢，我也要去当兵。我甚至想，就算成了革命烈士也挺好，魏家若是早出个革命烈士的话，也不至于因为出身问题在那么多年里子子孙孙都受人歧视了。怕就怕真像爷爷所说，因为我的走路姿势问题人家不要我。虽然自从王连长提出了腿的问题以后，我一直都在努力练习板板正正走路，认认真真纠正着走路的毛病，但是冬生告诉我改变不大。

可人生的命运有时真的是掌握在上天手里的，谁也不知道自己会不会得到上天的眷顾。而我，在当兵这件事上，非常幸运地得到了上天的眷顾。

验兵工作开始了，我们村一下子有十一个适龄青年报名。单从外表看，似乎哪一个都比我强，形象强，身体强，走路的姿势也强。但在乡政府大院里进行第一轮跑步测试时，十一个人一下子刷掉了六个，而我却不在其中。第二轮检查身高、体重、视力，要求身高不低于一米六，体重不低于 45 公斤，我都差那么一点点。然后，剩下的五个人又刷掉了三个，仍然没有我。最后一关去邻近的崔家峪医院进行全身检查和抽血化验，又有一个因身上有疤被刷掉，而我成了唯一的幸存者。

这时，带队的民兵连长王京安从口袋里掏出两块钱给我，说，就你一个人了，我也不陪你等化验结果了，家里还急着收秋呢，你自己在这等吧，有什么情况回去告诉我一声就行了。

　　第二天中午，血液化验的结果出来了，我没有任何问题。

　　两块钱在吃过三顿饭后还剩一块二毛五，我到崔家峪供销社饭店给爷爷奶奶买上一斤馍馍、两只猪蹄，激动而快乐地回了家。

　　爷爷正在院子里劈柴，我进了门就兴奋地说，爷爷，我验上了。我验上了。爷爷抬头看看我，竟然一句话也没说，就又低下头去劈柴了。我知道，这个结果触到了他的痛点，他开始难过了。而奶奶知道这个消息后直接就哭了起来，说你这个孩子啊，是一点也不体谅奶奶的心情啊。

　　漫长的等待之后，入伍通知书终于到来了，我激动地如同考上了大学一般，手拿通知书见了谁都要大声对人家说，我要当兵去了，来通知了，来通知了。

　　按照以往的惯例，大队书记带人送来六十块钱，小队队长带人送来三十块钱，以示祝贺。

　　爷爷说，你买几件衣服穿吧，好几年也不买新衣服穿了。

　　我说，马上就发军装了，还买衣服干什么。不买了。

　　奶奶说，你不是一直馋一块手表吗，买一块吧。

　　我说，不买了，到部队发了津贴再买。

　　然后，我把大部分钱都留给爷爷奶奶，走的时候，只带走了十块钱。

　　在家的最后几天对奶奶来说是最为难过的，她总是看着我流泪，说森啊，你想吃什么告诉奶奶，奶奶给你做。我说奶奶我不吃，我什么也不想吃。爷爷却默默地到集上割来一斤猪肉，对奶奶说，森走的时候你给他包几个纯肉丸的水饺吃，孩子跟咱长这么大，一次肉丸水饺也没吃过呢。于是，在我临走的这天中午，奶奶给我包了一碗纯肉丸的饺子。那饺子是奶奶一边流着泪一边包的，也是一边流着泪一边煮的。爷爷哽咽着说，森你吃吧，都吃了它。

我只吃了三个。因为一边吃一边流泪，我根本吃不下。再说，我也想给爷爷奶奶留着。多少年了，他们也没吃过纯肉丸的水饺啊。

穿上没有领章帽徽的绿军装，我与爷爷奶奶告别了。

爷爷奶奶站在家门口目送我，走出好远好远了，我还能感觉到他们在流泪。而我，在回头看不到他们的时候，直接呜呜地哭了起来。此时，我才真正体会到，其实我也是舍不得离开他们的，我更牵挂着他们以后的生活，他们都已进入人生的暮年，且体弱多病，我走了，谁来照顾他们，谁又能像我一样天天在他们身边给他们心灵上的慰藉呢？

把我送到乡驻地的是三叔。在供销社饭店住了一夜之后，第二天早晨坐上了开往县城的公共汽车。就在汽车启动时，我哭着对车窗外的三叔说，俺奶奶一直说鱼罐头好吃，可她没吃过，我给你两块钱，你替我给奶奶买个鱼罐头捎回去吧。三叔流着泪点点头，点点头。然后说了句，森你放心走吧，别担心你爷爷奶奶，日子再难，我们也会照顾好他们的。只要你好好干，混出个样来给爷爷奶奶争脸就行。我的心情一下子放松了不少，那个时候我还没有学会说谢谢，但用眼神表示了对三叔的感激与感谢。

汽车跑起来了，穿了一身没有领章帽徽绿军装的青年人在经过了离别的伤感之后，开始了对远方军营的美好向往，我也一样。

新兵连

我们从新泰坐上闷罐火车,一路奔向心中的军营圣地——东北。

我们都以为落脚地是大城市沈阳,一路上高兴得不得了,都说一到沈阳就照张相寄回家,让大大和娘也高兴高兴。

但没想到,跑了两天一夜,火车到了沈阳后下了一大批新兵,却没我们。大家极为失落,纷纷议论,这是让咱上哪儿啊?可别去了农村呀。听说部队也有驻在农村的。有的兵就说,咱们沂水的马站不就有驻军嘛!部队在农村很正常。大家就哎呀哎呀地叹息,说,那可完了,就是为了逃出农村才当兵的,再要进了农村,这兵可白当了。

火车又跑了一两个小时,停在一个叫铁岭的县城让我们下车。本以为铁岭也行,虽然城市小点,终归是城市。但我们上了一辆大客车后,又被拉着跑了两个多小时,走进了一个叫抚安堡的小山村。大家叫苦连连:"我的娘啊,还真就进了农村啊,这下可怎么跟家里人说哟!"好像进了农村就如同找了个丑媳妇,没脸见人了。

接我们的一位军官发了火,大声喊:"瞎议论啥呢!让你们当兵是保卫祖国的,不是出来玩的,咋还挑上地方了呢!"

大家吓得赶紧闭上嘴,一声不吭了。

我们就在山沟中的军营里开始了新兵连的生活。

训练,训练,训练,还是训练。一百多人在一个很大很大的操场上,分十一个班,练习立正稍息,向左转,向右转,齐步走,正步走。

几天下来,我的腿便肿了,吃饭时坐的凳子又是那种可以坐五六个人的长条凳子，所以每次吃饭的时候我都得双手把腿扳着才能迈过长条凳子坐下来。

相对于在家时的生活，部队的伙食显然好很多，早晨白面馍馍，中午和晚间是大米饭或高粱米饭，一天两顿猪肉白菜炖粉条，有时还有牛肉烧土豆。但是，由于那时候没有电器化蒸饭设备，全靠人工用大锅焖，做饭的战士又缺乏经验，大米饭和高粱米饭经常是夹生的。炖的白菜或土豆，吃完后碗底经常一层泥沙。就是这样，每顿饭我仍能吃三大碗米饭，或是五六个馒头。为了赶时间吃得又快，基本上每顿饭十分钟解决战斗。没多久，胃就开始疼了。可我害怕部队知道了把我退回老家，就一直不敢说，自己暗暗硬挺着。奇怪的是，挺着挺着，就不疼了。

不好忍受的是趴在雪地里进行射击训练。

东北的气温相对于山东来说，是非常低的。辽宁虽然好于吉林和黑龙江，尤其比黑龙江要强很多，但最冷的时候也会达到零下二十多摄氏度甚至三十摄氏度。我们趴在雪地里一趴就是三四个小时，没有实弹，只是按照射击要领反复进行瞄准、扣动扳机练习，手动，头动，身子基本不动，等训练结束，身体冻得僵硬无比，路都不会走了。

我在五班，我们班长姓廖，吉林人，会点武术，脾气很大，谁没按他的要求做，或是教了几遍仍然不得要领，他就气得用脚踢。我也因为有两次没听懂他的话挨了好几脚。而与我同班的耿敦顺、徐凤太，则经常挨踢。但是我们都能忍受，只认为这是班长为我们好，不觉得是对我们不尊重。我对小耿他们说，当兵保卫祖国嘛，这点委屈算什么！说完心里还挺豪壮的，好像自己比他们崇高多少似的。

三班的甄凤亮，家在泉庄甸坪村。他们班长姓李，生气也打人，有一次打了甄凤亮，甄凤亮就做出了强烈反抗。他的反抗不是和班长动手，而是哭着跑到了操场一侧的检阅台上，大声叫喊："我当兵是来保卫祖国的，不是来挨打的！"此时，恰好司令部的一位副参谋长下来视察，闻听此言，大为光火，立刻把三班长叫出来，指着他的鼻子怒斥道："谁让你打骂战士的！谁给你的权力打骂战士的！"

三班长挨了警告处分，这对我们班的廖班长震动很大，从此收敛了不少。

"甄凤亮事件"发生后不久，我们进行了一次深夜紧急集合并急行军演习。当时应该是深夜十二点左右，外面突然传来了紧急集合的军号声，班长喊着快快快，有紧急情况，大家赶快起床到外面集合。

这种集合并非穿好衣服跑出去了事，需要穿戴整齐，打好背包背在身上，还要带上干粮、水壶、子弹袋、步枪，全副武装。

按要求，五分钟必须在操场站好队。但是第一次集合谁也没有经验，等跑出去，已经超过了限定时间三分钟，而且很多战士的背包打得乱七八糟，有的战士不是水壶忘了拿，就是子弹袋忘了带，有的甚至是抱着行李跑出去的。

我没有这么糟糕，但把子弹袋和水壶都打进了背包，还自认为这样更方便，省得挂在身上麻烦。

廖班长气坏了，对我们班所有不合格的战士一人踢了一脚，当然也踢了我。并骂道："你们是猪吗！这点事都做不好！这要指着你们打敌人，不得把敌人笑掉牙呀！"

这次紧急集合，连长给出的原因是有一帮外国特务夜袭二十公里外的一座兵工厂，上级命令我们两个小时之内赶过去，誓死保卫兵工厂，消灭来犯之敌。

我们信以为真，神经立刻高度紧张起来。每个战士身上都有三十多斤重的武器弹药和行李，一声令下，立刻奔跑起来。没人怀疑外国特务夜袭兵工厂的真实性，也不想想既然非常紧急为何不用军车拉着我们去，既然要和敌人交火为什么不发子弹。大家想的只是必须按时赶过去，否则外国特务就把我们的兵工厂破坏了。

我是一个最不善于跑步的人。尽管经过了一个多月的训练我比在家时好了许多，但是仍然没有其他战士跑得快、有耐力。二十公里的路我只跑了一半，就累得上气不接下气，有一种马上死去的感觉。但是我咬牙坚持着，告诉自己，即使是死，也要跑到兵工厂跟外国特务干一仗再死，否则就太丢人了！

　　好不容易跑到了目的地，意外的是不仅没有看到外国特务，连兵工厂的影子也没见到。

　　连长说，刚才接到上级通知，外国特务临时改变行动，不来夜袭兵工厂了。这样我们的任务也算完成了，原地休息一下，往回返。

　　大家松了一口气，又很失望。纷纷说，特务怎么又不来了呢？来了跟他们干一仗多好啊。有的战士就吹牛："真要来了特务，老子一枪一个，一枪一个，一连干掉他十个八个不成问题！"却不想你连子弹都没有你拿什么干啊！

　　我瘫坐在地上，累得几近吐血，一句话也说不出来。但心中同样深感遗憾，外国特务这是怎么了，说来就来，说不来就不来，这是耍弄人吗！是不是我方情报不准啊，可别我们刚回去，他们又来了呀！

　　回到新兵连我们才知道，这就是一场训练演习，根本不存在特务夜袭的事，也没什么兵工厂。廖班长还说，要是真有特务会用你们去打？一个个傻乎乎的，真见了敌人你们知道咋打啊！

　　以后又搞了几次紧急集合演练，理由几乎相同，我们再也不会当真。但是集合的速度越来越快，跑步的速度也越来越快了。这大概就是训练的效果吧。

　　新兵连快要结束的时候，我们搞了一场实弹射击比赛。

　　廖班长说，如果谁能连打十个十环，司令部将给予嘉奖一次。九个十环，将被评为优秀士兵，八个十环，将得到表扬一次。

　　我特别想打十个十环，最起码也是九个十环，因为我渴望得到嘉奖或成为优秀士兵。

比赛开始，我第一枪就打了个十环。我高兴坏了。廖班长更高兴，他用力拍了拍我的后背说："厉害！就这么打！"结果我一下子紧张了，再打，九发子弹全飞，相当于十发子弹只打了十环。廖班长气得使劲踹了我的屁股一脚，骂了句："完犊子玩意儿，你不禁夸呀！"我对自己也是恼恨不已，咋就那么不争气呢！但是后来思考其中的真正原因，就是班长夸得太早导致我乱了阵脚。

新兵连训练结束当天，部队进行了一次大阅兵，并把阅兵录像在部队内部电视台进行了播放。那个时候我并知道部队内部也有电视台，当从电视上看到自己后，感觉就像参加了天安门阅兵一般，自豪不已，赶紧给爷爷奶奶写信，给妹妹和母亲写信，告诉他们我上电视了，而且还露了好几次脸呢！

多么幼稚的年龄，多么纯真的年龄啊。我带着这种幼稚与纯真完成了新兵连的训练，并从幼稚与纯真逐渐走向了成熟与稳重，成了一名合格的解放军战士。

我是仓库保管员

新兵训练结束，发了新军装和领章帽徽，一百多人各奔东西，分散到了各部队。

我们不是野战军，是从事特殊工作的部队。因此，对于大多数战士来说，工作岗位都在办公室或机房，与枪支弹药无缘。

这与我们参军之前想象的大相径庭，觉得当兵不拿枪是极大的遗憾。于是退而求其次，盼望分到警卫连站岗。在大家眼里，当个警卫战士也比蹲办公室和机房光荣。特别是给首长站岗，更光荣。

我却被分到后勤部营房科，当了一名仓库保管员。

这让我心情一度很低落，觉得还不如分到司令部政治部蹲办公室和机房光彩呢。最起码那些地方不让随便出入，有神秘感。

营房科有位助理叫王树元，四川宜宾人。过春节他请我去他家吃饭，知道我对当保管员有情绪，就说，小魏你别看不起保管员哦，我们是经过精挑细选才选定了你的，你能把保管员干好，前途一定错不了，最起码转志愿兵会比别的单位有优先条件。咱们科就你一个兵，有一个名额也是你的，没人和你竞争。

我就有些心花怒放了，毕竟来当兵的目的除了保卫祖国，还为了解决自己的人生前途，如果能转志愿兵，也算是端起了国家的铁饭碗，比干临时工、当木匠要强好多，比学中医更是快捷了好多，对爷爷奶奶应该是个很好的交代。

只是当这么个保管员，终归是作为军人的一种遗憾。

营房科还有个助理员姓赵，他的妻子也是军人，在图书馆担任管理员。人很漂亮，也会说话，她知道我对担任保管员不满后也关切地对我说，小魏，你不是喜欢文学吗？喜欢文学是要多看书的，当仓库保管员正好有大量的时间可以看书。如果把你分到警卫连或是机要部门的话，你就没这么方便的条件了。再说，三百六十行，行行出状元，你能把保管员干好也不简单的，如果连保管员都干不好的话，干别的事情更难干好的。

我一下子醒悟了。心说对的，当兵不是为了图个虚荣的，任何岗位都要有人干，保管员也是军人，想干好也需要一定的能力和水平，为什么要小看这个岗位呢？

有时候，人的迷茫和混沌需要有人点拨才能清醒，人的幼稚和单纯需要经历事情才能得到改变。此时我还没有摆脱幼稚和单纯，但我开始从迷茫和混沌中慢慢清醒过来了。

营房科仓库是个很大的建筑材料仓库，二三亩地的一个大院，十几间装满各种材料的库房，由于在我分到这里之前已经半年多没人正常管理，院子里堆满了废旧钢管和暖气片，也长满了杂草，库房里更是乱七八糟。助理王树元说，小魏啊，仓库能否旧貌换新颜，就看你的了。

为了运送废品和垃圾，在王助理的提议下营房科给我买了台小型拖拉机。在买之前王助理曾经问我，小魏，你会开拖拉机吗？我竟害怕领导失望，张口说，会开会开。其实我只不过在吉林省长春市双阳时见过有人开拖拉机，也好奇地坐到上面玩耍过，并未真正开过。人常说初生牛犊不怕虎，指的是小牛不知道老虎会吃掉它，所以才不怕。而我，心里对开拖拉机打怵，却仍然逞能护面子。

拖拉机买来了，与我以前所见不同的是除了体积小，还是前翻斗，后转向的。也就是说这种拖拉机开的时候向左转时你得向右打方向，向右转时你得向左打方向。

王助理说，小魏你不是会开吗，那你试试吧！

我看看说明书，用摇把子打着火，上去开了起来。踩离合、挂挡、起步，每个步骤对我来说都是陌生的，以致我在寒冷的天气里很快出了一身汗。王助理说，小魏你行不行啊？我咋看你不熟练呢？我说，好久不开手生了。再说，这东西和我以前摸过的不太一样，我得好好熟悉熟悉才行。、

熟悉了大约一个多小时，我竟无师自通地会开了。

到了第二天，我竟敢开着在军营里乱跑了。

王助理跟科里其他领导说，小魏这小子行，我看出他对开拖拉机很陌生，以为他开不了呢，没想到摸了几把就会开了，真是个奇才啊。

这一年的下半年，部队从铁岭搬到了沈阳，那辆后转向前翻斗的拖拉机也运到了沈阳，并一直归我使用和管理。

跟城市兵比起来我真的是很愚笨，不仅我愚笨，我们那批从沂蒙山出去的兵都很愚笨。愚笨的原因不是因为我们先天智力不足，而是缺少见识。一个人的见识有多广，智商、情商就有多高，除非他先天不足。我们从小生活在农村，接受外界的信息实在太少太少，上哪有见识，又上哪有智商和情商呢？

但我凭着肯吃苦、不怕苦、心眼儿实的这种沂蒙人的品格，干得很出色，受到了领导的赏识，当年就加入了共青团，并荣获了师级嘉奖一次，还在一次团员大会上作了典型发言。

我的人生开始步入了充满希望的未来。

你是我无声的老师

有一本《现代汉语词典》，是 1984 年由商务印书馆出版的，它在我手里已经三十六年之久。

买的时间是 1985 年 4 月 19 日，星期五，地点是铁岭县新华书店。是我们部队电影组的放映员小谢和我一起去买的。

小谢是吉林人，个子不高，瘦削，喜欢绘画、书法和摄影，我们部队的电影海报都是他画的，很多活动的照片也是他拍摄的。他还给我和耿志强、耿敦顺、徐凤太、许万进几个战友拍过一张黑白合影照。在与他尚未熟悉的情况下我求他给我们拍合影，他便很痛快地给我们拍了，我觉得他一个值得交往的人，便与他成了好朋友。

我所在的仓库与小谢的电影组不足百米。电影组是一个二层楼，一楼是图书馆，二楼是电影组办公室。我去图书馆找赵助理的爱人借书看，就会跑到二楼和小谢聊天儿。他是比我早两年入伍的老兵，因为都是文艺爱好者，我们有着很多共同的话题，相处不长时间，便彼此成了无话不说的知心朋友。

那时的我是一个文化水平很低的小兵，但越是没文化越想显示自己有文化，所以在与小谢聊天儿时就老想使用一些辞藻，结果弄巧成拙，经常因为用词不当或是念错了词语的读音而遭到小谢的批评。比如说形容两个人关系密切，有一次我用了一个"相形见绌"，在我当时的理解中，相形见绌就是两个人长得很像，见了面就抱在一起的意思。再比如"刽子手"，我读成"会子手"，"炽热"我读成"只热"，"臧克家"我读

212

成"减克家"，如此等等。小谢听出来，就会善意地笑话我一番，告诉我正确的用法与读音。后来他便给我提了个建议，"你去买本《现代汉语词典》吧，有不认识的字和词可以随时查，也可以当书读，那样可以尽快提高你的文化水平，避免老出笑话。"

于是，我在小谢的陪同下，到铁岭县新华书店买了这本《现代汉语词典》。

买回来的当天晚上，我便在词典的扉页上写下了一行字："你是我无声的老师。"决心以其为师，刻苦学习，尽快提高自己的文化水平。十八年后的 2003 年，我的女儿魏菡上小学三年级，她看到词典上的这行字，觉得很有趣，便在旁边的扉页上也写了一行字："你是我无声的爸爸魏然森。"意思是这本词典是爸爸的心爱之物，以后她有不认识的字和词，要像请教爸爸那样请教这本词典。但确切地说，这本词典应该是她无声的"爷爷"，这个"爷爷"蕴含的不只是所有能够用到的词语、词意，还有她爸爸的一种精神——刻苦自学的精神。

在我开始追逐文学梦想的初期，无论读书还是写作，这个"无声的老师"都教会了我很多，很多。我无数次地向它求教，一遍遍地读它，才使数不尽的阅读障碍得以逾越，才让我的写作词汇有了丰厚的积累，也才有了几百万字的作品面世。

我非常珍爱这位"无声的老师"，虽然它现在已经非常苍老，一副损页折边的衰相，但是丢掉了多少旧书也没有丢掉它。而且以后我还会一直让它陪伴我，哪怕到了人生的终点。

而我更应该记住那位姓谢的战友，如果当年他不能直言我的用词不当，不能毫不避讳地指明我的读音错误，不告诉我向《现代汉语词典》请教，我可能还有很长的一段弯路要走。我那时就好比一个盲人，在走路时并不能准确地判断前方是否有坑，仅仅靠着手中的棍子去探寻，是缓慢的，甚至是危险的。而有小谢给我指明的道路，就如同把一个盲人领上了一条平坦的大道，我真的是顺利了许多。

　　需要读者原谅我的是，我忘记了小谢的名字，因为 1985 年夏天我们部队搬往沈阳时，小谢留在原地进入了善后工作组，到了冬天，他就复员回吉林老家了，我们从此失去联系。至今几十年过去，再未有他任何消息。写作此文时我努力从大脑中搜寻了无数次他的名字，始终没有搜寻出来。认识他的那批干部也都差不多与他同年转业，且无联系，想找人打听他一下都无从打听。这让我很是自责与内疚。但是自责与内疚又有什么用呢？唯有把内心对小谢的那份感激保存好，就像保存这本"无声的老师"一样，直到永远。

不识字的母亲写家书

从在新兵连那时起，我就经常给母亲写信。母亲后来对奶奶说我每隔两三天就给她写一封信，还引起了奶奶的不快，对我说，你和你妈就有那么多话说吗？两三天就写一封信。爷爷奶奶把你当心尖一样疼，你最多也是半月一封信哦。我说，哪呀奶奶，我最多一个月给我妈写一封信，有时两三个月才写一封，哪就两三天一封了，你别听她瞎说。奶奶这才笑了，说，我寻思也不能啊。不过有话说你就给她写，世间最割不断的就是母子情，奶奶呀，不过就是一问罢了。

其实我对奶奶说了谎话，我最少也是一个月给母亲写一封信，两三个月写一封的时候几乎没有。只不过我给母亲写信，没有多少话说罢了。

给爷爷写信我会汇报自己在部队的工作情况，诉说对他和奶奶的种种想念，嘱咐他们多保重身体。给妹妹写信我会谈人生，谈理想，谈未来，有时也倾诉一下内心的苦闷。但和母亲，我真的是不知说什么好，只有问候，告诉她我在部队很好，让她放心。别的再无话说，也无从说起。

但是不知为什么，没有多少话说我也仍然经常给母亲写信。写信的时候内心有一种依偎在母亲怀里的温暖，让我很享受。或许这是因为长久缺失母爱，潜意识里想通过给母亲写信而获得母爱。

母亲是不识字的。母亲娘家几代人都是贫苦农民，早年间一直四处流浪，以讨饭或给富人打短工为生，直到我姥爷那一辈才识了几个字，1947年"土改"他家得了几亩地，也才在那个叫大战地的村庄过上了稳定的日子。新中国成立后我姥爷在大队里担任了会计，也才算出人头地，成了在村里敢说话的人。但在孩子的教育上，我姥爷严重地重男轻女，只让他们唯一的儿子，也就是我舅舅上到高中毕业，我母亲和她下面的四个妹妹，可能只有我五姨读过三年小学，其他全是文盲。

因为母亲不识字，我给母亲写信，母亲其实是看不了的。她只有求助于妹妹、弟弟。妹妹、弟弟给她读了，再帮她给我回信。

但是妹妹在离家二十多里外的上泉中学上学，弟弟崇民也已升入初中住校，两个人只有周末才能回家。母亲是不想让继父给我回信的，怕我不高兴，所以回信总要拖延很多时日。母亲是怕我着急的，就总让弟弟、妹妹在回信时说上一句对不起，让我不要生她气。我是不可能因为母亲回信晚了生她气的，但是时间长了接不到母亲的回信我确实会有些着急。尽管妹妹几乎一周就要给我写一封信说说自己的情况，也说说母亲和弟弟的情况，尽管母亲的回信也是妹妹和弟弟代写的，但是收到以母亲的名义写来的回信，我的心里还是有种莫名的温情升发着。所以我盼着母亲回信。因为盼着母亲回信，有时心里就想，假如母亲是个有文化的人该多好啊，那样不仅可以及时地收到她的回信，还能真切地体会到发自母亲内心的声音，那该多么幸福啊。

终于有一次，我把心里的想法写信跟母亲说了。

我本是随口一说，表达一下自己的心情，想不到，母亲竟把这事当成一件大事，从此走上了自学之路。

母亲从继父的门市部里取了些学生用的本子和笔，先从我的名字魏然森学起，再从儿子、父亲、母亲、弟弟、妹妹，天地人，海陆空，上下左右，前后东西，萝卜白菜，小米地瓜……一个字一个字地学了起来。妹妹回家她让妹妹教她，弟弟回家她让弟弟教她，弟弟妹妹都不在家时，她就让继父教她。邻居中有个叫高崇山的小学教师，每天放学都要回家，实在没人教的时候，母亲就求他教她。

有个周末妹妹回家，深夜醒来发现母亲还在灯下练习写字。人坐在低矮的板凳上，身子趴俯在饭桌上，像个马上要参加高考的学生一样用功。煤油灯照着她那张消瘦而苍老的脸，身后是她长长的、与昏暗的夜色相连接的影子，像一幅映照在了屋地上的剪影。

大约过了几个月，母亲给我写了她有生以来的第一封信：

> 儿子，妈总算学会写信了，往后你再来信，妈就不用别人给写回信了，妈自己给你回信。儿子，这段时间你在部队怪好吧，你要好好干，干出个样来，奔个好的前途，那样妈的脸上也有光，还托你的福呢。祝你工作顺利，万事如意。

尽管这封没有一个错别字的信，一看就是在妹妹的指导下写成的，尽管每张纸上只写了几十个字，每个字奇大如斗，但是读着这封信我的手不停地抖，心不停地颤，泪水吧嗒吧嗒地往下掉。那颗长久缺少母爱的心，真真切切地感到了几丝温润，像久旱的土地得到了甘霖一般。

也就是从这个时候开始，我给母亲写信的次数多起来了，我没有做到像母亲说的那样两三天一封信，但是一个月写两三封却变得平常了。我也开始觉得与母亲有话可说了，好像每次写信都与母亲面对面聊天儿一样，我用较简单的文字告诉母亲我在部队的一些事情，也向母亲诉说对她的想念。我终于找到了可以和母亲进行心灵对话的一个大大的、可以看得见风景的窗口。

老爸朱宝太

沈阳东大营，曾是"东北王"张作霖的兵营。因其位于沈阳东部，故称东大营。新中国成立后，此地仍是军事重地，几十年间一直为工程兵某部驻守，直到 1985 年夏天，才换成了我们部队。

我幻想过许多美好的人生故事，却从未幻想过在东大营这个地方，会与一位部队首长成为"父子"。这位首长就是曾在工程兵某部担任过政治部宣传处处长的朱宝太。我们相识之时，他五十三岁，我二十岁。

1948 年参军的朱老首长此时是沈阳军区学术委员会委员、《军事学术》杂志主编，文职副军级。他在军区司令部上班，但在工程兵某部留下来的家属院居住，每天坐班车早出晚归。

那天我是乘班车去军区后勤部公出的。上车后发现所有座位都已坐满，只有老首长的身边空着一个位子。我不知道那其实是他的专座，没有特殊情况，不会有人与他挤在一起。所以我上前给他敬了个军礼，说：首长好！我能和您坐在一起吗？就是这个军礼，一个小兵和一个老首长的父子情谊就此悄悄地拉开了帷幕。

老首长头发花白，红光满面，儒雅开朗，很有大首长的气派。他满面笑容地拉了我一把说，当然能了小同志，快坐下快坐下。和蔼可亲得如同一个父亲，令我不敢相信，与他的距离感也一下子消失了。

从东大营到军区大院差不多一小时的行程，我和老首长就一直没有停歇地聊天儿。老首长很健谈，后来他的老伴刘金枝阿姨跟我说他是话唠，想想还真是，他确实聊起来滔滔不绝，兴致勃勃，不知疲倦。

或许真正促使我俩成为忘年交的，就是文学这根红线。因为老首长年轻时也曾爱好文学，十六岁就在报纸上发表过诗歌。后来当了军官，他一直从事文化宣传工作。

　　老首长对我痴心于文学给予极大鼓励，告诉我人这辈子如果与文学相伴，其实就是进行一种修行，因为这种修行，心灵会变得美好，意志会变得坚强，情怀会变得高尚，气质会变得儒雅，胸襟会变得大度，思想会变得深邃……但是，一个人要想从事文学创作，要想写出优秀的文学作品，仅靠大量阅读文学作品是不够的，还需要阅读历史、哲学、政治经济学、逻辑学、心理学、医学、建筑学、民俗学等，让自己的学识包罗万象，只有这样，写起作品来才会得心应手。尤其是哲学，必须学深学透，否则你就很难看透世间万物，你就很难对社会、人生有自己的独特思考。他特别推荐我读《辩证唯物主义和历史唯物主义》，他说，马克思主义哲学是最切合人类社会实际的哲学，是对事物发展规律的完美总结与阐释，是最科学的世界观和方法论。

　　临下车时他嘱咐我，星期天你没事的话可以到我家里去，我给你讲讲辩证法，讲讲经济学，讲个十回二十回，你就基本掌握了。

　　几天后就是星期天，求知若渴的我便去了他家。

　　他真的给我讲起了辩证法，讲起了经济学。那时候他的老母亲和老岳母都在他家，五个女儿还有三个正在读书，每到周末家里人满为患。但是我去了，他却不嫌麻烦，连续大半年，几乎每个周日都在他的小书房里一讲就是几个小时。在我听不懂的时候耐心而通俗地给我讲解。比如说主观与客观的关系，他就形象地打了个比方：一个人开了个小卖部，主观上肯定是为了赚钱，但在客观上他为当地老百姓提供了便利。那么客观就会决定主观，让他为了赚钱而不能卖得太贵，也要有好的服务，否则他这个小卖部就开不长。

　　我记不清他给我打了多少生动的比方，我只知道通过他的讲课，我获得了很多只有在大学里才能学到的东西，也打开了一扇只有受过高等教育才能打开的崭新天窗，并看到了与以前完全不同的世界。

1992 年秋天，我与妻子小李结婚。婚后我俩看望他和刘阿姨，他高兴得不得了，马上安排老伴炒菜做饭招待我们。那个时候，我和妻子都不善于谢绝别人的客套，他让我们留下，我们便留下了。本以为刘阿姨会简单地炒几个菜让我们吃顿便饭，却未料到一下子炒了满满一桌十六个菜，而且红烧肉、红烧鱼、熘腰花、锅包肉等比较难做的菜，都是老首长亲自下厨做的。

那顿饭，我和妻子感动不已。但是老首长却说你们在这里无亲无故，我和老伴在家里招待招待你们，让你们感受一下家的温暖。随即又补充了一句："我是把小魏当自己孩子一样看待的。"可我何德何能，让老首长把我当自己孩子一样看待呢，我双目湿润，哽咽难语。

1993 年 10 月，女儿晴晴在沈阳出生了。一个雪花飞舞的日子，身为厂医的刘阿姨提着一些婴儿用品和女人月子里吃的补品，去了我们临时居住的家。进屋后就关切地问妻子感觉怎样，孩子怎样，说着一定要注意这注意那的话，然后就像一个母亲到了自己女儿家一样，扎上围裙开始收拾乱得不成样子的屋子，开始给妻子做饭，给孩子洗澡……我惊慌失措，一次又一次拦着不让她做，她说你写你的书去，我退休了，从今天开始不去上班了，你老首长说我在家闲着也是闲着，让我替你照顾照顾小李和孩子。我得服从命令，好好完成这个任务才行啊。

我禁不住泪如泉涌，妻子也感动得哭了。我们都没想到她会连续一个多月从未间断地到这个家来。来了以后饭不吃一口，水不喝一杯，只干活。妻子十八岁失去母亲，此时，她感觉刘阿姨就是自己的母亲，老跟我说特别想喊刘阿姨一声妈妈。

1994 年 9 月，我被沈阳军区创作室推荐到辽宁文学院暨辽宁大学作家班就读，因为妻子在山东老家看孩子没上班，我把每月仅有的三百块钱工资给妻子二百，剩下一百勉强维持在校的日常用度与生活，致使低血糖加重，经常乏力心慌，虚汗直冒，往往正爬楼梯也会突然双腿发软，坐下去好长时间才能缓解。此时，已经搬进军区司令部干休所的老首长得知后，在我去他家里时几次让刘阿姨给我塞钱，让我不要太节省，保重身体要紧。还亲自制作辣酱让我带到学校吃。其实那个时候他是没有多少余钱的，三个女儿都在国外留学需要他支付高昂的学费，他能有多少余钱呢？

而经济上的困难对我来说并不是主要问题，主要问题是由于写作长篇小说《沂蒙九歌》劳累过度，我患上了严重的抑郁症，夜里经常失眠，白天常常胡思乱想，甚至对活着都失去了信心。我无人可以倾诉，只有找老首长。老首长说，人生总有许多障碍要你去跨越，而最难跨越的往往不是外部的障碍，而是自身的障碍。自身障碍往往不是肉体上的，而是精神上的，抑郁症就是其中之一。在这种病的驱使下所产生的很多想法是偏执的，你要努力地克服它、战胜它。

我听后醍醐灌顶，每当病情发作时，我就会想起这番道理，就能够强行按捺心魔，不让它作怪。

1998 年 5 月，我从部队转业。告别时已近七十高龄的老首长送我和五岁的女儿到火车站，当他发现候车室内准备排队上车的人很多时，担心我和孩子带着行李挤不上车，便买了站台票，扛着行李把我们父女俩送到了车上。当时，人真的是很挤很挤，他扛着行李挤上车后已是满头大汗，却笑着说，老兵协助新兵，才能打赢挤车战争！

回到山东沂水后，我与老首长一直没有间断联系。他仍像以往那样关心着我的生活与创作，每次打电话都会问我缺不缺钱，生活是否如意。那份深情与父亲并无二致。同时，我们约定，每年的农历八月二十这一天通一次电话，彼此祝贺生日。因为我们俩都是农历八月二十出生。我们也约定每个除夕的零点准时通电话，互致新年问候。

2008 年夏天，老首长在去上海看望了五女儿一家后，坐上火车专程到沂水看我。这是相隔十年后，我们第一次相见。已是七十七岁高龄的他头发雪白，精神矍铄，一见面我们就紧紧地拥抱在了一起，他说，儿子，十年不见，我好想你啊。我说，老爸，儿子也想你啊！

一切没有事先预设，一切来得那么自然，我们就把曾经的战友情、师生情，转化成了父子情。

这种情一直持续到他离开这个世界。或者说他离开这个世界后也仍在持续着，因为这份情仍然埋藏于我的心底，温热着我的生命，没有一丝消散。

西红柿与樱桃树

营房科的李香生科长是辽宁锦州人，他和我一样，也是个很早就没有了父亲的苦孩子。他也和我一样，只读过五年小学。但是他却通过自学成了建筑工程师，我们部队的很多建筑都是由他设计的。

我刚分到营房科的时候李科长还是助理员，长年在内蒙古、黑龙江、吉林等地的基层部队从事基建工作，与我见面的机会非常少。部队移防沈阳后的第二年，也就是 1986 年，老科长转业，他担任了科长，下基层的机会少了，我们也就见面多了。

人和人之间的相处，有时候真的是看缘分，我与李科长之间就十分投缘，他和我一样，是个直性子，说话办事喜欢直来直去，不拐弯抹角，不兜圈子。抑或是同病相怜的缘故，我们从一开始相处，关系就非常融洽。我们超越了首长与士兵的关系，在一起无话不谈，如同兄弟。

他一个首长，会教我如何与科里领导相处，如何学会"来事"。比如打扫办公室卫生，给领导打水，帮领导处理一些没时间处理的家事，在领导与领导之间发生矛盾时能打圆场，等等。对于一个农村兵来说，刚开始我真的是对此一窍不通，经他指点，才恍然大悟。

李科长也非常关心我的前途问题。当他得知我想当作家的时候，极力地劝我不要走这条路，说这条路太难走了，走个十年二十年可能连个作者也不是，更别说作家了。而人活着是需要解决当下问题的，一是饭碗问题，二是座位问题。栽一棵西红柿几个月就结果，栽一棵樱桃树六七年才见效，对你来说，你说栽西红柿重要，还是栽樱桃树重要？

他让我跟他学土木建筑。他说人生命运很难确定，现在看咱们单位就你一个兵，几年后给你转个志愿兵不成问题，但是万一有什么变化转不上呢？你怎么办？回家种地吗？那来当一回兵不白当了？只有学个一技之长，才是最可靠的。土木建筑是社会的刚需，到什么时候，人类也得住房子，乡村城市都得搞建设，你如果学会了建筑设计和工程预算，将来即便转不上志愿兵，回到地方照样会有饭碗让你端，照样会有好的座位让你坐。

他的话很实在，说到我心坎上了，当时我也有些动心。但是当我得知学土木建筑需要学高等数学时，我打怵了，我数学水平仅限于小学阶段，高等数学一窍不通，从头学起岂不难如登天？

李科长说，我也是小学数学基础的，不一样啃下了高等数学吗？只要你有恒心，没有攻不克的难关，没有拿不下的阵地。然后就拉开架式准备手把手教我。我还是怵得不行，就说，不急不急，让我好好准备准备再跟你学也不晚。

不久，同样是建筑工程师的冯四光助理从基层部队搞基建回来，我跟他聊起了这件事，他告诉我，学土木建筑对你一个零基础的战士来说不现实，你还不如下下功夫通过自学考军校。你只要把初中的课程全部自学一遍，就能考个士官学院，而且部队不是有一所南京政治学院吗，那里面设有新闻专业，也是士官，你如果考到那里，既改变了命运，也没有离开你对文学的追求，一举两得。

我一听兴奋极了，说，这才是正道啊！于是便开始了初中课程的自学，而对李科长的建议只能抱歉了。

冯助理是沈阳人，个头细高，脸型瘦削，略黑，为人非常厚道真诚，乐于帮助人。当时他大学毕业分到我们科没多久，没结婚，好像恋爱也还没谈。所以星期六、星期天经常不回家，就在部队闷头看书学习。我便有了不花钱的老师，弄了个小黑板挂在办公室里，请他给我指导。但是学了有一个多月，我却怎么也学不下去了，因为我的脑子里全是文学，学着学着就走神，思绪就跑向了小说中的人物，拉也拉不回来，并随着他们的悲欢离合起伏跌宕，不能自持。

冯助理最后说，算了，你还是服从你的内心，学你的文学吧。栽西红柿虽好，也要看有没有合适的土壤，没有合适的土壤想有很大的收获也很难。栽樱桃树收效很慢，但得看栽的是什么品种，有些品种不需要六七年也会见效，就看谁栽，怎么栽了。

就这样，我放弃了栽"西红柿"，继续栽我的"樱桃树"。

那一年，我们战友中有个叫马奎学的考上了军校，因为他在家读过高中。另一位战友马树勤也是高中毕业，但他落榜了。

而我，白天忙于部队的正常工作，晚上则在文学的山路上跋涉，从不停歇。

来自民间的《遗训》

    1986 年夏天，也就是部队进行军校考试的那个时候，我完成了短篇小说《遗训》的创作。这是我当兵以来读了大量小说作品，也写了大量失败的小说后完成的一篇自己比较满意的作品，是继《唉，雪妹》之后，我个人在小说创作方面迈上第二个台阶的开端作品。

    之所以说是迈上第二台阶的开端作品，是因为从这篇作品开始，我已经有了艺术上的独立追求，思想上的独立思考。而写《唉，雪妹》的那个时候，无论对艺术还是思想，我都是混沌、盲目的，缺少理性与自觉性。而文学创作如果缺少理性与自觉性，是很难写出好作品来的。

    《遗训》以我家乡一个流传极广的民间故事为蓝本，讲述了一个以卖油为生的家族，三代人在处理爱情问题上的心理际遇。爷爷轻信爱情，被一个有心计的女人骗走了一担子油；父亲并不轻信爱情，但在欲望的驱使下同样被骗走了一担子油。到了儿子这里，有个女人真心爱上了他，他却吸取爷爷和父亲的所谓遗训，一刻不离地盯着自己的油担子，并在接受了女人送给他的一双鞋子后，深夜趁着女人进入梦乡，悄悄地拿上鞋子挑起油担子跑了。他觉得自己好聪明啊，既得了女人的便宜，还没损失一滴油。而此时的女人，却在梦里和他结成了夫妻，过起了幸福甜美的日子。

    这篇小说的原型故事并非这个样子，真实的原型故事只是一个略带警示意义的段子，说的是一个卖油郎遇到一个穷家女人对他百般勾引，他不知这是人家夫妻二人设下的圈套，就把油担子放在院子里随女人进屋，想占女人的便宜，可正准备行事时，女人的丈夫突然在院子里大声喊女人，"孩儿他娘，我回来了，快做饭！"卖油郎吓得跳出后窗落荒而逃，非但没有占到便宜，反丢了一担子油。于是他逃到一个无人的地方抽打着痛骂自己，一时后悔莫及。

这个故事的本意是教育那些在外做生意的人不要轻易招惹别人家的女人，以免上当受骗。但是这样的主题何其之多，如果我再把这个故事简单地以小说形式表现出来，就会毫无意思。所以经过深思熟虑之后，我决定反其道而行之，写一个卖油家族三代人的爱情际遇：一个看似合理的爷爷和父亲都深受其害的经验教训，导致了孙子的缩手缩脚，不思变革，从而失去了美好的爱情，还自以为比先辈聪明。

二十世纪八十年代的中国正处于社会大变革时期，打破陈旧观念，改变传统思维，拓展发展空间，是社会的主旋律。所以这个主题显然是非常合时宜的。这也是我在朱宝太老首长的教导下系统地学习了马克思主义哲学、政治经济学，提高了自己的思想高度后获得的裨益。

这个写作过程比较漫长，从思考、构思到最后成稿，我用了差不多大半年的时间。特别是创作阶段，我因为宿舍里又来了两个战士而无法安静地创作，只好利用晚上的时间在一间连后窗都没有的仓库里写，天气炎热，我只穿件裤衩闷在里面创作，能够给我送一丝凉风的，只有一台好朋友孙明海送给我的破旧风扇，那台风扇转起来当啷啷响个不停，搅得我心情烦躁时我就把它关掉，过一会儿热得受不了我再打开它，再烦了再关掉，再热了再打开，就这样反反复复，致使烦上加烦。

这篇小说只有五千来字，可我前前后后写了足有十几稿，总是写了否定，否定了再写。那时候还没有电脑，每一个字都需要一笔一笔地写在纸上，总字数写了差不多六七万，几乎就是一个大中篇的字数。

所谓千锤百炼，大概就是这样吧。

小说于第二年的春天发表在了黑龙江省黑河市的《黑水》杂志上，

是我们部队的词作家邢德铭同志帮忙推荐的。虽然这只是一个市级文联主办的文学刊物，但是对我来说却是在文学期刊发表作品零的突破，对我以后的创作起到了极大的鼓励作用。

我是《初冬》里的我

  1987年仲夏时节，爷爷给我写来一封信，让我请假回家订婚。

  爷爷最操心的事情莫过于我的婚姻大事。我在部队前途未卜，他怕万一复员回家没有谁家姑娘肯嫁给我，因为当兵复员后找不到媳妇的大有人在。我们邻村马头崖，就有个姓赵的退伍军人，长得非常帅气，当兵期间也干得相当出色，有多少姑娘喜欢他，托人赶上门去提亲他一律拒绝，自认为前途光明，能找个在城里有工作、社会地位高的女子。结果干了五年还是复员了。这对那些追求过他的姑娘来说是件非常解恨的事，自然没有一个姑娘再理他，直到四十岁他才勉强成了家。在爷爷看来我的情况不比这个人好，没人家长得帅，没人家家庭好，真要复员回家了，可能结果还不如人家好。所以一切高大上的口号都毫无意义，唯有提前给他孙子找上媳妇，他和奶奶才能放心。

  我理解爷爷的心情，也害怕类似的故事在我身上重演，所以接到爷爷的信后，我很快和部队领导请假，回到了家乡沂水。

  女方是我三婶的大姐给介绍的，名叫花，比我大一岁。大高个，小眼睛，黑脸膛，扎两条长辫子，说话大大咧咧，可笑不可笑的事她都能乐得嘎嘎的。这不是我理想中的对象，如果拿她和金叶比，相差十万八千里。但是，青春期对于女性的强烈向往使我初次见她时并未十分反感，或许也是因为金叶的自杀使我产生了一种世间不会再有真爱的错误想法，抑或是自卑心理作祟，害怕拒绝了此女复员后连这样的也找不到了，再加上三叔非让我同意不可，说咱的模样也不出众，差不多就行了，你爷爷奶奶都这么大岁数了，操不起心了！我说那行吧，好歹凑合着吧。就按当地习俗和花订了婚。

依照规矩，订婚当天女方留在婆家住一夜，第二天与男方一起再回娘家认亲，于是我们俩就有了单独交谈的机会。我希望她和我谈谈文学，谈谈理想，谈谈年轻人该如何突破陈旧的思想观念，走出一条属于自己的成功之路。但她对此毫无兴趣，也一窍不通。她所关心的事是我们家房前屋后的那些香椿树将来能不能都归我们，结婚的时候让我母亲出几百块钱可不可以。因为我虽然没和母亲生活在一起，但是母亲既然生了我，就得负责任，否则结了婚连看她也不要看她。我当时很生气，非常坚决地告诉她，树是爷爷奶奶的，不是我的；母亲也没钱给我们结婚用，你觉得不合适马上分手就是了。她竟然立刻来了个一百八十度大转弯，嘎嘎笑着说你这人心眼儿可真小，我是跟你说着玩的，你还当真了。

几天以后，我回部队，花和妹妹一起为我送行。由于交通不便，赶到县城时已经没有了去青州火车站的长途公共汽车，我们只好住在了县政府招待所。

来之前妹妹说她有两个同学在这里当服务员，一个是晓丽，一个是霞明。我当时因为对花不满，心里乱七八糟，没往心里记。到了招待所，晓丽和霞明出来迎接我们，我一下子呆了，因为两个女孩都太美了，而且这两个女孩说话也都那么甜润好听，如沐春雨。尤其是霞明，那一份略显忧郁的气质和那双清澈见底的眼睛，一下子让我觉得魂儿都飞了。加上妹妹悄悄告诉我，霞明其实是南方女孩，是她养父养母从江苏南通一家孤儿院里抱养的，我就更加怜惜她，心想，这样美的女孩，这么不幸的身世，得有个好人照顾她疼她爱她才行啊。我这辈子如果娶到她，就是死也要对她好，不让她受半点委屈。

而花在这个时候偏偏做了一件令我大丢脸面的事，她看到宾馆的房间门口放着搪瓷痰盂，以为是喝水的工具，喊一声哎呀俺娘啊，渴死我了，抓起痰盂就到自来水管上接水喝，惊得晓丽和霞明先是嘴巴大张，继而咯咯直笑。妹妹赶紧上前阻止，说不行不行，你不能用这个喝水。花却不高兴了，说怎么着，她们嫌俺脏沾了这器物！直到妹妹告诉她那是吐痰用的，她才不好意思地把痰盂放回了原处。

我的心灰到了极点，再也不想理花，连与花说话的兴趣也不再有。

回到部队以后，我决定写信给花与她解除婚约。然而这不是一件小事，我需要征得爷爷奶奶的同意才行。可我还没想好怎么跟爷爷奶奶说的时候，花便主动给我写来一封信，这封信不仅错字连篇，语句啰唆杂乱，还把《青年生理卫生常识》上的很多东西抄过来，说她夜里做梦了如何如何。我反感到了极点，比她拿痰盂喝水还让我反感。所以，尽管接到我商量退婚的信爷爷坚决不同意，但我在拖了大半年后，还是坚定不移地和花退婚了。

这件事让爷爷很生气，曾一度要与我断绝祖孙关系，也用自杀威胁过我。五爷家子泉二叔及我们家的几个叔叔婶子也都出面苦口婆心地做过我的工作，但是我意已决，谁也没有撼动我。哪怕花到部队找领导告状，强烈要求部队开除我，我也没有动摇。

爷爷写信对我说，如果你复员回来了，下场之惨不言自明啊！

我没有给爷爷回信，我只在心里想，如果真有复员的那一天，我就不回老家了，我到东北老森林里去，与这个世界彻底隔绝，哪怕成为虎狼之食也不回头。

好的是我没有复员，部队把我派到沈阳炮兵学院水电管理培训班学习去了。更让我安心的是，在开班仪式上军区后勤部的领导表明，这批学员到了转志愿兵的时候，军区会把名额直接戴帽下发到本人所在部队，以避免遭到他人以李代桃，也确保专业技术人员不会流失。让我们尽管放心学习，回去以后放心工作。

我写信把情况告诉了爷爷，说你不用担心孙子找不到媳妇了，部队

231

不会让我复员了。爷爷竟然还是不放心，回信说天有不测风云，人有旦夕之祸，不到成功的那一天，什么事也不敢抱太大希望，你好自为之吧。然后找来靠看风水为生的李春泉叔叔到我们家看风水，想找找是我父亲的坟地有问题，还是家里的住宅风水不好才导致我在婚姻问题上不听他话的。李春泉看了看，说我父亲的坟地很好，是一块台子地，表明我的人生舞台很大，必有出息。我们家的住宅风水也很好，坐落于山间洼地，聚风聚水，既出人才，也收钱财。唯一不好的是堂屋做主房院门开在东北角是错误的，应该开在东南角。再就是东北角缺间房子。如果把院门改了，再在东北角盖上一间房子作灶房用的话，一切也就改变了。其实这些爷爷早就知道的，他研究了一辈子《易经》，对风水学说了如指掌，如何看不出自家风水的好与坏呢？他只是不敢相信自己，需要别人把他看透的东西证实一下。所以，李春泉叔叔看过以后，爷爷安心了，马上改了院门，也盖了房子。

我得知情况后很是苦恼。为什么咱中国人把婚姻看得那么重要？为什么老家人重视一个男人能不能娶到媳妇，而非重视娶了媳妇以后是不是幸福？为什么爷爷那么有学问一个人，却相信阴阳风水对人生命运的影响，而不相信人的命运通过努力是可以改变的？苦恼之余也想以此经历为素材写一篇小说，追寻其中所蕴含的社会性因素、文化性因素和人性因素，于是就有了中篇小说《初冬》。

故事的缘起时间是夏天，我把它挪到了冬天，所以取名《初冬》。我没有单纯地去写我与花的故事，而是写了一个从农村走进城市当兵的青年回乡探亲时，与家人、与乡亲、与环境、与爱情的种种文化冲突。打破了过去那种走出农村的青年若是看不上农村姑娘就是人品不好的表面化的批判式写法，让主题更加深刻，也更具备了人性的真实。

小说于 1988 年发表在《芒种》杂志上，以"寒冰"作笔名。有位部队的朋友帮忙推荐了此作品，我把他的名字也署上了。或许因为如此，很多人不知道是我写的，也不知道写的是我。但我写的就是我写的，写的我就是写的我，没有人会冒认。因为这种作品，没有真实的经历是写不出来的，也思考不到如此深刻的程度。

那年妹妹二十二

1988 年，妹妹虚岁二十二岁。

按说她是二十周岁，1967 年农历七月出生。但是老家人喜欢说虚岁，我那时也沿用老家人的这种习惯，所以也认为她是二十二岁了。

二十二岁现在看年龄不大，但在那个时候，尤其一个女孩，就属于大龄女青年了。因为那时候的农村姑娘和小伙儿大多虚岁十七八就找对象订婚，二十二岁左右基本就结婚了，因为国家法定结婚年龄就是女性二十周岁，男性二十二周岁。老百姓硬把虚岁当周岁说，到了这个年龄他们就会托关系找门子，把户口年龄改大让孩子结婚。假如过了这个年龄还没结婚，或是还没找对象，男性就被认为是找不到媳妇儿，要打光棍儿了。女性就被认为是挑三拣四，眼界高，或有毛病没人要。父老乡亲就开始用猜测代替事实，茶余饭后进行说三道四的议论了。

妹妹到了二十二岁，不仅没找对象，高中也才刚刚毕业，并因为高考落榜，在家闲了半年后到沂水县第一高级中学门市部做了一名售货员。有人上门找母亲提亲，男方当然是农村的，母亲觉得条件还不错就想让妹妹答应，妹妹就和母亲吵架。"我才这么小，你管不起饭了吗，急着把我嫁出去！"妹妹说。其实她是不想嫁在农村，不想成为农民的妻子。母亲当然也明白女儿的心思，就说：我是管不起饭吗？我是担心你越来越大再不找对象让人家笑话。你有本事考上大学也行啊，考上大学年龄再大也能找个城里对象，你妈也不用担心。可你什么也不是，心再高得没边，我这日子怎么过啊！"

妹妹苦恼得不行，就写信向我倾诉。信中充满了对母亲的不满，对继父的不满，对现实的不满，以及对未来的恐惧。

对未来的恐惧其实是她主要的痛苦根源，因为对于一个高考落榜的农村女青年来说，不想在农村种地，不想成为农民的老婆，又没有能力逃出农村，未来到底会是什么样子完全是未知的，又找不到解决的办法，如何不恐惧呢？

当然，妹妹也想过解决办法，那就是找个城里人或是脱产的男人嫁掉，妻以夫贵，那样也就安心了。可一个农村姑娘要想嫁给城里人或是脱产的，最起码的外在条件要漂亮，同时还得降低对男方的要求，个头、模样、学历，甚至是人品，都很难再有高标准了。你所向往的所谓爱情，也只能作为一种梦想留在心底了。因为城里人或是脱产的，或自身条件非常好的话，他就不可能找农村姑娘了。妹妹说她有个女同学嫁到了城里，男方是个残疾人，这个女同学不爱那个男人，但是没有办法，她长相一般，不嫁给这个残疾人的话，她这辈子也只能在农村，而且也未必就能找到自己的真爱。

收到妹妹的信我也很苦恼，觉得妹妹的未来的确令人担忧。但只是苦恼是没有任何意义的，必须想出解决的办法才行。于是在思考了很久之后，我给妹妹回信，告诉她，你要改变自己的命运，想靠嫁给城里人或是脱产的显然是不行的。婚姻是一辈子的事，假如嫁了个你不爱的男人，尽管他比农村人有地位，可你这辈子的幸福就葬送了，你会天天饮着苦水过日子，那值得吗？人生苦短，努力寻找幸福，幸福都难找到，你再为了表面的风光葬送幸福，这不是犯傻吗？改变命运不要靠别人，要靠自己，要靠本事。你没考上大学不要紧，你可以学个一技之长，找到一份长久而稳定的工作，体现你的价值，再帮你找到你心中想要得到的幸福。说得简单点，就是让知识改变命运。你得继续到学校里去读书！

这封信便是后来发表在《卫生与生活报》文学副刊，并获得了"全国卫生与生活文学征文"一等奖的散文《致妹妹二十二岁生日书》。

妹妹听了我的话，在我的小学同学韩文桂的帮助下，进入沂水县第三职业中学学习幼儿教育。当时，沂水县第三职业学校虽可取得中专文凭，却未承诺分配工作。不能分配工作，上这个学有什么意义呢？上三年都二十五六岁了，再回农村，不更加高不成低不就，找不到好对象吗？所以入学之初母亲并不同意，继父则保持中立，不表态。其实他就是希望妹妹现实一点，回家找个好一点的农村青年嫁了了事。再说家里的经济条件很差，那位叫华的老大结婚成家让继父欠下了一堆债，弟弟崇民还在复读初中意欲考取师范类中等专业学校，好当个教师。家里实在没有能力再供妹妹读书。

或许经济能力的低下是母亲和继父不愿意妹妹再进学校读书的关键，于是我给母亲写了一封信，告诉她，妹妹读书的所有费用都由我来支付，你们不用操心了，只同意让她再进校园就行了。

母亲同意了。

母亲同意了，自然继父也就同意了。

但是，我有多大的能力支撑妹妹的上学费用呢？那个时候，我还没有转为志愿兵，每月的津贴只不过二十块钱而已，爷爷患有严重的气管炎病，所服药物都是由我供应。爷爷喜欢喝茶，长年的茶叶也都是由我供应。我自己也需要花费，余力微弱，想支撑妹妹的上学费用有着相当大的难度。

可答应的事情再难也要做下去，况且这是解决妹妹人生前途的大事，岂能儿戏。我每个月给妹妹二十块钱，外加三十斤全国粮票。

钱从哪儿来？除了津贴，还有稿费和出差补贴。

我拼命地写一些能在报纸上很快发表的诗歌、散文，甚至是社会案件之类的文章，争取每个月都能拿到三十到四十元的稿费。我也努力争

236

取到市内外出差的机会，以获得差旅补贴，哪怕每次只给区区四块钱，我也乐此不疲。

还有，我把抽了不长时间的烟戒了。原本幼稚地认为抽烟搞创作是一件很酷的事，也能开阔思路，但当受到钱的困扰之时，我果断地把它戒掉了。后来听人说戒烟是很难的事，我说不难吧，就看你是不是真想戒了。

三年，妹妹没花母亲和继父一分钱，我也没有耽误给爷爷供应药和茶叶，我们闯过难关，妹妹拿到了中专文凭。

1992年冬天，地方政府为了充实当地的教育力量，出台了"沂水县职业教育1988届、1989届学生工作分配政策"，妹妹成了沂水县王庄小学的一名正式教师。不久，她找到了自己理想中的白马王子，也就是现在的丈夫常宝，一个忠厚真诚、专业能力极强的小学校长。

或许，当一个普通教师算不得什么，找了一个当小学校长的爱人也算不得什么。因为这些都与大富大贵毫不沾边。但是对于一个农村女孩来说，她真的是改变了自己的命运。而能够改变命运的不是别的，就是知识，还有一个懂得用知识改变命运的哥哥。

伤逝

　　我每次从部队回老家探亲，总是在沂城下车先去沂水县第三职业中学看望在那里读书的妹妹。妹妹的同班同学，也是她的闺蜜——小真，便这样和我相识了。

　　小真个子矮小，头发卷曲，相貌并不十分漂亮，最起码没有我在县政府招待所里见过的晓丽和霞明漂亮，但是小真有自己的特点，文静、单纯、天真烂漫，尤其两只水汪汪的大眼睛，多情而会说话。初次相见，我虽未对她动心，但却觉得这是一个很好很好的女孩。

　　我和小真的交流不多，因为我去学校之后大部分时间都在和妹妹的老师们交流。那个时代正是文学狂热的时候，学校里的老师很少有不爱好文学的。得知我是发过多首诗歌和多篇散文的"作家"，还是从部队来的，都想和我交流交流，好像跟我交流了，就能写出更好的文章似的。而这个学校的教导主任徐永田，本身就是一位省内外有名的漫画家，我们一见如故，在一起交流就更多。对于妹妹的同学，虽然在妹妹的吹嘘下她们得知我是"作家"，都怀着崇拜的心情跟随妹妹看望我，但我并没时间跟她们交流。其中当然也包括小真。

　　但是小真却在我们第一次相识后，越过许多环节，直接爱上了我。

　　给爱牵线的不是妹妹，而是一次送别。

　　看过妹妹，我要回老家，妹妹送我到汽车站，小真也去了。当汽车徐徐开动时，小真向我挥手，挥着挥着，竟然哭了。好几次和妹妹告别妹妹都没有哭过，而她却哭了。就在这一瞬间里，我心潮起伏，一下子喜欢上了她。回到部队后，我给她写了一封信，当然是向她表示感谢的信，但是她的回信却有长长的六页之多，字体娟秀，文笔优美，仿如一篇散文。

她直接向我表白了。

她说这些天来她一直盼着我的来信，她知道我一定会给她写信，因为临别时我的眼神告诉她，我已经喜欢上她了。但她不敢确定这种喜欢是不是像对妹妹一样的喜欢。所以她很忐忑，需要接到我的信加以确认。现在，信她收到了，可信中并没有她所期望的那种喜欢，只有感谢。而她不要感谢，她要喜欢，那种超越兄妹情感的喜欢。然后就倾诉了对我的爱慕与崇拜，告诉我早在相见之前，她就已经从我妹妹那里知道了太多我的故事，包括我的身世，我的自学经历，我的文学才华，都让她同情、感动、仰慕，以致爱慕。所以，初次相见时她对我并不陌生，只有故友重逢之感。而短暂的相见，则让她彻底地沦陷到了情感的旋涡不能自拔。也正是因为如此，她才在给我送行时哭了。

小真再一次感动了我，深深地感动了我。从此，我们书信往来，恋爱了。那一年她虚岁十七岁，正是如花似玉的年龄。而我已经二十四岁，整整大她七岁。

此时，我的心里其实是装着另一个女孩的，这个女孩就是妹妹的高中同学，我在县政府招待所认识的霞明。但是霞明对我来说是遥不可及的，是没有任何希望的，我知道自己配不上她，只能在心里默默喜欢她，我们不会有结果，所以小真的火热很容易就把我溶化了。

当我再一次回老家探亲时，我去了小真的家，见了小真的父母。紧接着小真也去了我们家，见了我的爷爷奶奶，甚至还到陌生村庄见了我的母亲。我们没有举行订婚仪式，连请亲戚朋友吃顿饭也没有，就用我到她家看看，她到我家看看这种极其简单的方式，确定了关系。

她去我家的那个夜晚月明星稀，我们走在老家的山路上，畅谈着美好的未来。她没有渴求我能给她大富大贵，就连在部队提干转志愿兵这种基本的期望也没有，只希望我复员回家以后，像《天仙配》里唱的那样，我耕田来她织布，我挑水来她浇园。我们还规划着在院子里种上一架葡萄，在葡萄架下放上一方石桌，两块石凳，每年七月初七的晚上坐在一起悄悄偷听牛郎织女说情话。我们也谈了文学的梦想，她说她要支持我当一位优秀的小说家，而她则会当一位儿童文学作家，专给孩子们写歌谣，我们白天话桑麻，晚间共同向着文学的崇高殿堂进发。哪怕一辈子也发不了几篇作品，只要拿得动笔，就永远也不停歇。

最让我欣慰的莫过于此了，没有任何世俗的压力，只有精神世界的高贵追求。她越是这样，我越暗下决心一定转为志愿兵，一定给她幸福的生活，但是她的天真烂漫，清新脱俗，给了我轻松与快乐，我真的是从心里爱上了她。

而她不只是一个精神上的高贵者，还是一个扎实肯干的劳动者。

学校放暑假的时候，小真去了我们家。那恰是天气最为炎热的时节，奶奶让她在家好好看书，不要出门。可她却是一大早就到野外帮爷爷奶奶剪花椒，一剪一天，连续六七天，人因此而晒黑了，胳膊也晒爆了皮。可她并不叫苦，回到家还会替奶奶做饭，给爷爷泡茶，洗爷爷奶奶很久都没有洗的一堆衣服床单。乡下蚊子多，她对蚊子又过敏，没几天，腿上胳膊上就有了很多疱，有一些甚至发炎流脓水，愈合后留下了一个个疤痕。

多么好的一个女孩，多么值得珍惜的一个女孩。我写信告诉她，我会一生一世爱着她，一生一世对她不离不弃。

但是，在我第三次回家的时候，我们却分手了。

分手的原因是我知道了她在初三时曾和一位老师好过。因为和那位老师好过，她一直觉得对不起我，觉得愧对于我，却又不敢对我说，就和我妹妹说了。她以为妹妹会给她安慰，会告诉她应该怎么做才能消除这种愧疚，可妹妹心里向着哥哥，不希望自己未来的嫂子有过情史，所以妹妹很快就告诉了我。那时的我对爱情的纯洁度要求太高，并不考虑自己其实也爱过一个叫金叶的女孩，也有过和别的女子订婚的经历，只觉得她欺骗了我，我不能接受她的这种欺骗。于是，在她和妹妹去我家的那个晚上，我提出了和她分手，并说明了原因。还嘱咐她以后不要把自己的事情告诉别人，那样只会害了自己。

我以为她会祈求我，以为她会纠缠我，以为她会哭闹我，可她都没有。我一说分手，她愣一会儿，在两行泪水涓涓而下的同时，轻声对我说，好吧，是我隐瞒了你，对不起你，我该有这样一个不好的结局。

其实只要她跟我解释解释，告诉我她和那个老师只不过有一段极其短暂的感情，并没什么；只要她告诉我她已经离不开我，求我不要离开她，我就会原谅她，继续和她好下去。可她没有。她没有解释，也许正是她的高贵所在。但我们彼此的伤和爱情的逝，却注定了。

第六章　荞麦的光和籽粒

军功章

对于军人来说，能捧一枚军功章回家，是值得一生为之骄傲的事。但在和平时期，很难。尤其是非作战部队的军人，更难。

我所在的部队是一支特殊部队，即没机会冲锋陷阵，也没机会抢险救灾。而且，越是国家处于危急时刻，越要隐蔽到幕后，以确保"大机器"正常运转。而我做的是后勤工作，就更难轰轰烈烈。想立功，机会更是少之又少。

但是 1989 年岁末，我却荣立了三等功，同时还被军区某部授予"优秀士兵"称号。

我能立功，不是做了什么惊天动地的事情，而是那一年我一人干了五个人的工作——仓库保管、财会、物资采购、煤炭运输、办公室公务员。

我每天早晨五点半准时起床，到办公室打扫卫生，三百多平方米的一层楼，四个办公室加走廊、楼梯、卫生间、会议室，我全部打扫一遍，然后再出操、整理财务账目、发放建筑材料、往锅炉房运煤。前文提到的那台后转向前翻斗的拖拉机已经被我开了四年，时常出现故障，没人会修，也没人给修，工作又不能耽误，我便买了本拖拉机维修方面的书自学修理，竟然稀里糊涂也能修好。只不过常常弄得一身油污，像个地地道道的修理工。我们科长李香生多次对全科的干部感慨，小魏这小子不愧是沂蒙山来的，真能干啊。

李科长的这份感慨中不光是对我工作的赞许，还有对我自学的高度认可。因为我除了白天不停地工作，晚间还要争分夺秒地看书学习写文章。

后勤兵相对连队兵是松散的，很多战士白天干完工作，晚间就会看看电视，或是会会老乡聊聊天儿。时光就在这种看似毫无意义又让他们乐此不疲的自由自在中挥霍掉了。对我来说，夜晚的时间是珍贵而短暂的，因为我只有晚间才有时间看书和写作。

那一年夏天，三叔去吉林做生意，往回返的时候到部队看望我，那时还没手机，他也不知道部队电话怎么打，就在沈阳下了火车直接打车去了我们部队。当他走进我住宿的平房走廊，发现我正在对面的卫生间里看书时，他赞叹不已，过了多年还以我为例子教育我的堂弟堂妹，说："你哥哥为什么能成才啊，因为他太能吃苦了。屋里没地方看书，他在厕所里看，这是什么精神啊？这是头悬梁锥刺股的精神啊。没这种精神你上哪成才啊。"

其实在厕所里看书并非常事，而是因为那一天同宿舍的河南兵小董来了几个老乡，他们热火朝天地聊天儿，让我难以平静，而宿舍旁边的小仓库本是我常在里面读书写作的地方，那天又恰巧电灯线路出了问题，晚间没法维修，我才跑到厕所里去看书的。

但是三叔说得没错的是我的吃苦精神。实际上在厕所里看书并非最苦的，无非是有些难闻的味道，无非是没地方坐只能站着，灯光也昏暗了些，哪就苦成什么样子了？在小仓库里看书写作才是最苦的，甚至是有危险的。因为小仓库是封闭式的，不通风，夏天里面热得如同蒸笼。并且里面堆放了几百张三合板，天气一热就散发着刺鼻的气味，初到里面的人闻到就会头疼，而我却在里面读了上百本的书，写过上百篇的稿子。后来，当我知道三合板中的环保树脂胶会散发一种叫作甲醛的有害气体，人在这种环境中时间久了，容易得白血病时，我十分后怕。也庆幸自己在那间仓库里待过那么久竟然没得白血病。

不辞劳苦地工作，拼命努力地学习和写作，感动了部队领导，也成就了我。那个时候恰是部队倡导业余时间自学，努力成为军地两用人才，我得到领导的赞赏也是水到渠成的事。所以年底论功行赏，整个后勤部三十多个兵，只有我得到了领导们的一致赞成，给我荣立三等功一次。并把我的先进事迹呈报到军区某主管部门，让我获了当年的"优秀士兵"荣誉称号。

当我从首长手中接过军功章的时候，我最盼望的是部队能给我爷爷奶奶发一封喜报，让我老家的乡政府或是村里敲锣打鼓地给我爷爷奶奶送到家。那样的话，我的荣誉感会更强烈，因为爷爷奶奶更需要这份荣耀。

但是那个时候，部队已经取消了这一环节，我只能自己给爷爷写信报告了这一喜讯。而这样做的效果远远不及政府敲锣打鼓送上门去热烈而有影响，因此我有些耿耿于怀。这不单是虚荣所致，更多的是对这份荣誉的极度看重，以及家庭出身问题让我有一种扬眉吐气的渴望。虽则狭隘，却无比真实。

不管怎么说，一枚军功章在我的从军史上写下了灿烂的一笔，也让我顺利地从普通士兵转为了志愿兵。这是爷爷奶奶最渴望看到的结果。所以，当我拿到志愿兵批复报告以后，我马上跑到邮局给爷爷奶奶发了一封加急电报：

祖父母再勿忧心，孙儿已转上志愿兵！

发完电报我长长地舒了一口气，我知道，爷爷奶奶从此可以夜夜睡个安稳觉了。

来自曾外祖父的《六月·七月》

1990年春天，我创作了中篇小说《六月·七月》。

这是我在以寒冰为笔名发表了《初冬》，又创作发表了一百多篇散文、诗歌后，第二次尝试中篇小说创作。而且是一部描写清末民初家族斗争的中篇小说，其生活背景离我甚为遥远。

作品的素材来源于我奶奶的父亲，也就是我的曾外祖父。

奶奶是曾外祖父的独生女，因出身问题导致晚景凄凉的他，唯一的精神寄托就是常来我们家看看闺女，与我的爷爷，他的女婿谈谈历史，吐吐心下块垒。在我的记忆中，他每年的春、夏、冬三季都到我们家住些日子，有时候快过年了，他也会来。因为我奶奶腊月二十四生日，他来陪我奶奶过生日。不为别的，只为吃点好东西，解解馋，因为他在家里常常饭都难得吃饱，更别说吃好东西了。

这位老人的到来对我来说是快乐的，因为他会和爷爷一样给我讲故事。而且他讲的故事不是书上看来的，是他亲身经历，或是亲眼看到、亲耳听到的，新奇而又真实。

《六月·七月》的素材本是一桩清末民初的杀人案，说的是两个地主大家族为了争夺土地发生的一起暗杀事件。曾外祖父讲这个故事的时候我大概十岁，八十一岁的他须发皆白，老态龙钟，但是口齿清楚，思维敏捷，能把故事讲述得环环相扣，能把人物描绘得活灵活现。假如当时我就会写小说，记录下来整理整理就是一篇很好的小说。可惜，当时我还是个孩子。

两年后，曾外祖父在我奶奶生日的那一天离世。几个月后我们全家离开山东去了东北。曾外祖父讲过的故事便埋在了我的记忆深处。十二年后，我读刘震云的长篇小说《故乡天下黄花》，忽然想起了曾外祖父讲的这个故事，虽然只记得故事的大体轮廓，故事中的具体细节已想不清，但是以此为素材创作一部中篇小说的激情却大为勃发，于是就有了《六月·七月》。

《六月·七月》表面上是一桩杀人案，而实际上写的是地域文化。两个家族争夺的不再是一般土地，而是一块风水宝地。而让他们为了这块风水宝地相互残杀的，并非他们自己，而是一位为先祖复仇的风水先生。是这位风水先生设下了借刀杀人计导致了他们相互残杀。他们所争的所谓风水宝地也并非真的风水宝地，而是一块绝户地。

中国的风水文化源远流长，已经融入了中国人的骨子里。但是这种文化背后到底有着多深的水，没有人说得清。而我们深陷在这种文化当中不能自拔，不仅不得醒悟，反而越陷越深。这就是我写这部作品的思考。

小说写成后，我先寄给了中国作家杂志社的编辑室主任萧立军老师。我和萧老师并不认识，只是看了他写的《无冕皇帝》觉得写得好，写得真实而又有强烈的批判意识，还发现他是《中国作家》的编辑，便慕名把稿子寄给他了。

几个月后，萧立军老师给我回了一封信，告诉我，本来二审都过了，但到三审的时候主编给拿下来了。原因是小说的后半部分写得粗糙了，有待进一步完善提高。

我一时不知道该怎样完善提高，也就没有修改，便拿着这篇稿子参加了陕西《女友》《文友》联合主办的首届"全国未来作家大赛"，也就是后来的"路遥文学奖"。

想不到的是，作品获得了一等奖。当时的评委是贾平凹、路遥、俞天白等著名作家。路遥、俞天白等老师都很喜欢这部小说，签字同意给我一等奖。但是贾平凹老师不同意，建议一等奖空缺，给我二等奖。他说我的这部小说开头部分写得很好，细腻、丰满，可惜后来流于故事了。但是其他几位评委都同意给我一等奖，贾平凹老师只占了少数，我也就得了一等奖。

这是我自学习文学创作以来获得的第一个大奖，六百六十六元的奖金不是小数目，但对当时的我来说奖金不是主要的，得到的肯定才是主要的。我因此感到了莫大的鼓舞，增强了写作的信心，看到了明天的美好。同时，我也非常感谢贾平凹老师，因为他的简短点评让我一下子悟到了小说创作的真谛。那就是小说虽然是讲故事的，但是只讲故事的小说绝对不是好小说。小说与故事的最大区别就在于，故事只是讲故事，而小说是通过故事塑造人物，直击心灵的。而塑造人物，直击心灵，需要准确地细节描写。

从《六月·七月》开始，我又迈上了文学创作的一个新台阶。

相识路遥

在女友杂志社的邀请下，我去西安参加了一个全国性笔会。在这个笔会上，我认识了当时最火的青年诗人汪国真，上海《萌芽》杂志的主编俞天白，还有著名作家路遥。

那时，路遥的长篇小说《平凡的世界》刚刚获得茅盾文学奖，正是广受瞩目的时候。但是他的身体却正处于极度的虚弱中。因为他得了肝硬化，虽服用了一位名医的大量中药，但病情仍在持续发展中。当时的陕西省委书记曾说，一定要治好路遥的病，因为我死了还有很多人可以来当这个省委书记，而路遥我们只有一个。

其实何止陕西只有一个路遥，全国也只有一个路遥，因为只有路遥写出了《平凡的世界》，《平凡的世界》给了千千万万青年人奋斗的信心与信念，伴随着 60 后、70 后从幼稚走向成熟，从平庸走向成功。

而路遥在写完这部作品之后，不，是在写作这部作品的过程中，就已经重病在身了。当一位名医告诉他，要么你放弃写作把身体调养好，要么你放弃生命把手中的作品写完时，他坚定地选择了把作品写完。

当然，选择把作品写完并不代表他想放弃自己的生命，他还有个可爱的女儿，他还有很多作品想写，他还想照顾他的生母和养母，让一生善良的她们安度晚年。但是，作品写完后，他的生命也进入了倒计时。

在这次笔会上，路遥给我们讲了一堂课。这堂课不是讲写作的，而是讲他如何写作《平凡的世界》的，题目叫"早晨从中午开始"。

"早晨从中午开始"说的是他写《平凡的世界》时，每天熬夜到凌晨四五点钟才躺下睡觉，醒来时已是中午，所以他的每个早晨都是从中午开始的。而在这个过程中，他大多时间都是独自在陈家山煤矿一间黑屋子里，没有人陪伴，没有人关心，也没有热汤热水。他常常到矿上的食堂里取两个馒头放在写作的案头，预备饿时食用。但往往没等他想起来吃，屋里的老鼠已替他吃了。在写完最后一页纸的时候，他哭着把手中的笔隔着窗户扔到了院子里，可他的手指已经僵化得不能伸展，弄来一盆热水泡了好久才慢慢地有了感觉。

听着他的讲述我眼眶发热。我没有注意别人是不是也如此，我只想在他讲完后上前给他一个大大的拥抱，告诉他，路遥老师，你是一个伟大的作家，你是一个令人心疼的作家，现在书写完了，也获奖了，您就好好休养身体，等身体完全恢复健康以后再写，别让全国的读者为您担心，好吗？

可路遥老师讲完以后，我却没有真的和他拥抱，也没能说出想说的那些话，甚至没有和他合个影，就看着他匆匆离开了现场。当时心里特别遗憾，以为他走了就不会再回来，我再难有机会见到他。想不到时至夜晚，活动主办方安排作者们分头和著名作家座谈，我有幸与路遥老师分到了一个组，有了与他单独交谈的机会。

路遥穿着随意，白天那件白色短袖汗衫仍然穿在身上，白天那双橡胶凉鞋也仍然穿在脚上。头发依然纷乱，脸色依然灰暗。

交谈中他得知我是沂蒙山人，就问起了沂水作家魏树海，说魏树海的长篇小说《沂蒙山好》他看过，很有柳青老师的风格。而他的启蒙老师正是柳青。他写《平凡的世界》最早看的也是柳青的《创业史》，看了七遍。他是深受《创业史》的影响写出了《平凡的世界》的。

离开西安一年多以后，也就是 1992 年 11 月，我得到了路遥老师去世的消息。告诉我这一消息的是女友杂志社的一位女编辑，这位女编辑叫什么名字我忘记了，只记得她在电话里说到路遥已去世时哽咽了。而我则哭了，泪水涓涓而下，好久一句话也说不出来。当时的陕西省委书记曾说一定想方设法留住路遥，但终是没能留住。他被好友背回延安老家，只几日就带着对文学的无限眷恋，走了。

当全国各大媒体都在发文悼念路遥时，我写下了散文诗《太阳在中午殒落》：

> 在西安，我读你年轻的苍老，读你黑红色的日子在疲倦中跋涉。
>
> 你已经很高了，却坐在平凡的木椅上与千万双平凡的眼睛对视，把满带真诚的坚韧，输入了启航者的心灵。
>
> 但我猜测你的殒落为什么会在中午？不是早晨从中午开始吗？你是一颗太阳啊，一颗母亲引以为骄的太阳啊，太阳是在早晨才升起的，你为什么会在这个时候殒落？
>
> 苍天流泪，大地悲泣。
>
> 那间写作《人生》的小屋里，那间写作《平凡的世界》的小房内，已经深深地刻下了你的身影，墙壁上的斑驳之痕，注定已成你归途上的《后记》。
>
> 而你的名字，已被注释得如同一棵参天大树，谁在树荫下乘凉，都会紧紧地抱住树干，想哭。
>
> 路遥，你的路很远，你的脚步却很急促。床头的闹钟正于中午的早晨叫你起床，虽然你已经离开，虽然你已经听不到这美妙而又激发你写作热情的声音。
>
> 此时，我看到你化作了一枚邮票，等待寄往世界各地的，是你不变的信念与崇高的灵魂。
>
> 写罢此文，我伏案而哭，久未平息。

雪片样的飞雁来书

中篇小说《六月·七月》获奖后，《女友》杂志登载了一篇对我的简短采访，并配了我一张身穿军装的照片。

采访中有这样一句问答：

记者：你目前最大的愿望是什么？

我答：找一个漂亮温柔的妻子。

结果，读者来信便像雪片一样飞向了我。

当时，后勤部的公务员小刘每天都会抱着一百多封信送给我。

这位来自四川绵阳的战士与我有着很深的战友感情，我们经常一起聊天儿，一起畅想美好的未来。记忆最深的是在食堂里比赛吃包子，他个子比我矮，肚子也比我小，但每次都是他吃十二个，我吃九个，输了我就买汽水给他喝。

小刘每天给我送那么的信，连续送了两三个月后也有点烦了，每次送过去都会说，小魏你请客啊，干啥呀，哥们儿天天不干别的了，就给你送信了！

这些信大多是全国各地的青年女性读者所写，她们的目的几乎都一样，那就是和我恋爱。在她们眼里，我已经是一个作家，而且是有名气的作家。在那样一个文学狂热的年代，女孩们的价值观与当今社会崇尚物质和金钱完全相反，在她们看来，能够成为作家的妻子是最荣幸的，能够成为军人兼作家的妻子，更是荣幸的。

浙江龙游宾馆一位服务员连续给我写了整整一年的信，每周一封，从不间断。最后搞得我实在没办法，只好告诉她我已结婚，她写来最后一封信表示遗憾，这才作罢了。

兰州大学一位与我同姓的女大学生同样连续给我写了一年多的信。她的文笔很好，钢笔字写得非常娟秀。她说自己其实也是山东人，祖籍淄博，是太爷爷那一辈迁居到甘肃兰州的。她希望成为我的那位漂亮温柔的妻子，然后回山东老家。我没有答应她，我说你不了解我，我只是一个普通的士兵，一个业余文学爱好者，没有你想得那样高大上。我们离得又远，还是做普通朋友吧。她怀着无奈同意了我的提议，此后仍然时常给我写信，直到现在，她已经是某报社的领导干部，我们仍然互有微信和QQ。三年前我去兰州采访一位沂水籍的老革命军人，本想借此机会见见她，可担心影响她的正常工作与生活，便于一天傍晚坐着朋友的车到她所在的报社楼前看了看，然后悄悄离开了。

河南商丘一位女孩在给我写了好多信得不到满意的回复后，坐着火车奔波了三天到沈阳找我，一见面就哭了，说自己走错了地方，本是到沈阳却去了鞍山，发现不对之后才又从鞍山坐火车找到沈阳。然后就是希望她的真诚能够打动我，让我接受她的感情。我当时确实被她的执着所感动，但我没有答应她。我给她安排住宿，请她吃饭，第二天给她买上火车票把她送走了。我记得她当时好像只有十六岁，正是天真幼稚爱做梦的年龄，怀里抱着个小型录放机，喜欢听刘德华和张学友的歌曲。这样的女孩，她对世界的认知太少太少，如果我答应她的请求，一定会害了她的。

还有一位写信得不到满意回复后找上门的女孩。她是辽宁昌图人，中专毕业生，在乡镇一所小学教书。父亲是一位副乡长。赶上星期天，父女俩竟然一起找到了我所在的部队。我请他们吃了午饭后，父女俩非要到我的办公室看看。我领他们去了，当父亲的坐了一会儿借故离开，让我和他女儿好好谈谈，我同样没有答应。我说我心里早就有喜欢的女孩了，那个女孩是我们山东老家的，人漂亮温柔，和我妹妹是同学，知根知底，可我与你并不了解，还是算了吧。然后，我从后勤部要了一辆车，把他们父女送到汽车站，就此告别，再没相见。

大连某大学一位叫温柔的女孩，在西安参加笔会时与我相识。她来自西北农村，家庭极其困难，常常连给家里写信的邮票钱都花不起。我们通过几次信后，很温柔也很漂亮的她自以为符合我的要求，便向我表达了爱慕之情，但我真的是心里想着山东老家一个女孩，一个叫霞明的女孩，所以尽管被温柔打动过，但我仍然没答应她。我只是给她寄去了八十块钱的邮票，让她尽情地给家里写信；给她汇去了五十块钱，让她在遇到困难的时候一解燃眉之急。然后便不再与她联系。但我真的有些怀念她，所以我为她写了一篇散文诗《致温柔》。此文发表时，恰是我和妻子刚刚结婚不足一个月，也恰恰收到了她寄自陕西老家的一封倾诉衷肠的信。惹得妻子极不高兴，与我吵了一架。我便怀着极大的歉疚没有给她回信，自此彻底断绝了音讯。

实际上，大多数女孩的来信我都不予回复，因为信太多太多，我实在没有时间和精力回复。但是，我对所有来信女孩都心怀感动，我何德何能，惹得她们如此厚爱，我真的是惭愧万分，也慌恐万分。同时我也发自内心地感谢她们，因为是她们的这份厚爱，让我变得更加成熟、自信、真诚。我知道我在她们心目中是高大完美的，而实际上我有许多别人难以接受的缺点与毛病。而因了她们的这份厚爱，我开始注意不断地修正自己，因为不管她们在天涯海角，我都不能让她们失望。

最想要的爱情不期而至

1991年冬天，我从部队回老家探亲。

见了面爷爷就问："森啊，你自己回来的？"

我说是："我自己回来的，我妹妹在学校上课，等星期天再来。"

爷爷说："我不是问你妹妹，我是问你怎么没领个对象回来。你都多大了？二十七了！还想拖到什么时候啊！"

奶奶在一旁跟了一句："你爷爷又开始犯愁了，怕你挑花的拣梨的最后弄个没皮的。"

"挑花的，拣梨的，最后弄个没皮的"是俚语，意思是找对象就像挑花买梨一样，太多的花让你挑，太多的梨任你拣，你就找不着方向了，这个看着不美，那个觉着不甜，老想找个最好的，结果挑来拣去弄到手的可能是个最差的。这是老百姓从生活经验中悟出的道理，警告人们找对象不要过分苛求和挑拣，否则结果一定事与愿违。

我理解爷爷奶奶的心情，也懂得挑来拣去真的未必就能找到心目中那个最理想的人。但是，我确实放不下那个叫霞明的女孩，除了她我现在对谁都没兴趣。否则，那么多给我写信的女子，我早选一个领回家了。

但爷爷奶奶不会理解我的想法，我没法跟他们说，我只能沉默。

第二天，我去王庄看妹妹。

说是看妹妹，其实我是想看看妹妹找的对象人怎么样，家庭怎么样，父母怎么样。长兄如父嘛，父亲在的话父亲会为女儿把关，父亲不在当哥哥的就得把关，哪怕这种把关不起决定性作用，也要尽到责任，否则岂不是失职。

让我想不到的是，见了面妹妹就迫不及待地告诉了我一个好消息，说两天前她去城里办事，车到上泉路口，遇到了正要坐车去城里上班的霞明，二人聊起来，霞明问，咱哥有对象了吗？妹妹说，没呢，他心里一直惦记一个他认为这世上最好的女孩，别人他都看不上。不了解的还以为他是出了点小名飘了呢。霞明知道我惦记的是她，脸一红，说，前些天去街上遇到一个算卦的，那人说我未来的那个夫君是个"文曲星"，你说是不是胡说八道啊？

霞明到了她上班的厂子门外，匆忙下车而去。但妹妹已经领会她的意思，扒着车窗对她喊，哥哥这两天就回来，我安排你们见一面啊！

这对我来说，真是一个天大的好消息，本来妹妹的婆家准备好了酒菜招待我的，我也无心接受招待了，立刻从王庄坐车向县城赶去。

没有哪一天的阳光比这一天更好，田野的萧条，山川的冷峻，都变得艳丽起来，我坐在车上心潮翻滚，热血沸腾。

从第一次在县政府招待所见到霞明，到现在已经五年了，这期间我曾多次见她，她也曾和妹妹一起给我过过生日，也曾在我第二次住进县府招待所时给我买过早餐，还在我和小真谈恋爱的时候对妹妹说过小真不适合我，但却始终没有呼应我对她的心意，从而让我对她望而却步。就算有一次我喝醉了酒，哭着告诉妹妹，这辈子除了霞明我谁也不娶，她知道后也哭了，但仍然犹豫着没有给出明确答复。

和小真分手的真正原因是小真和一位老师有过一段感情吗，其实并不全是。就在跟小真提出分手之前，我在县城商场里看到一位女孩的背影极像霞明，我的心怦怦直跳，一时紧张得手心都冒了汗。尽管转眼就发现那不是霞明，但我心里明白，任何女孩在我心中都没那么重要，只有霞明。

而那个时候，霞明的母亲因意外车祸去世了，霞明正经历着难以自拔的痛苦。她痛,我也跟着痛。我希望自己能给她一个可以依靠的肩膀,我希望在她最孤单的时候做那个可以陪伴她的人。所以,我决定和小真分手。

然而和小真分了手,我也没能走近霞明。

那时霞明也去沂水县第三职业中学读书了,我以看妹妹的名义去看她,给她拍了一张她抱着树的照片。回到部队后,我时常看着那张照片发呆,时常因为她胳膊上为去世的母亲而佩戴的黑纱而心下隐隐而痛,但是,她与我的距离仍然那样远,那样不可拉近。

现在,她终于有了一个积极主动的态度,我感到自己最想要的爱情向我走来了。我如何不心潮翻滚,如何不热血沸腾呢?

我来到了霞明上班的沂水皮件厂。

正是上班时间,厂内一片安静。

那时还没有手机,无法与霞明取得联系,我只好站在厂门口等。一身绿军装,戴个大眼镜,非常扎眼。厂办的两个小姑娘就从屋门口往外张望,并交头接耳地议论。我有些不好意思,赶紧往一旁躲了躲。

想一想就这么傻等也不好,不如到商店给霞明买些生活用品去。因为妹妹告诉我,霞明在厂里一个月仅有二十多块钱的工资还发不了,家里为了给她办工作也花了太多钱,她已经两年连件像样的衣服都不舍得买了。

我去附近商店给霞明买了床单被罩,买了牙膏、牙刷、牙缸,也买了一只暖瓶和水杯。

回来时,厂里下班了,霞明随着潮水般的人流往外走着,我一眼就看到了她,她也一眼就看到了我。走近后她的脸一红,低声说,你来了。以前都叫哥哥,这次没叫。我也略带不好意思地说,来了。然后,就像早就确定了恋爱关系似的,她把我领到了她的宿舍,然后她去食堂打饭,我给她把床单被罩铺好,把牙具用品摆好,把屋地给她打扫一遍。

等她回来，我们两个一起简单地吃了顿午饭，便去了县城唯一的一家公园——东皋公园。

那一天她穿了一件豆绿色外套，系了一条白围巾，不鲜艳，但很美。我是带了相机的，在公园里的小桥边、假山旁、古塔下我给她照了很多相，她在我的指导下也为我拍了一些照片，然后我们就来到小湖边坐下来聊天儿。虽是冬天，但不冷，阳光洒在身上，暖融融的。

我们聊我妹妹，聊她的闺蜜丽霞，聊未来，更聊文学。

其实霞明也是一个文学爱好者，她也偷偷地写过诗，写过散文，只是不敢让人看。当初和妹妹在一起读高中的时候，她也看过我寄给妹妹的作品，那时她不好随意评价，现在她告诉我，那个时候她还真没看上我写的东西，觉得还不如她写得好。想不到几年时间，她因为缺乏自信什么也没写出来，而我却已发表了那么多作品，并有了一点小影响。我心花怒放，告诉她，以后我教你写，只要你肯吃苦，一定会比我还厉害。

那个时候正是流行歌满天飞的时候，我的嗓子还行，就给她唱了一首姜育恒的《驿动的心》："曾经以为我的家，是一张张的票根。撕开后展开旅程，投入另外一个陌生。这样飘荡多少天，这样孤独多少年，终点又回到起点，到现在我才发觉……"

后来霞明告诉我，她真正对我动心的时刻，就是我唱《驿动的心》的那一刻，是我的清亮嗓音打动了她，是我唱歌时的那份专注与深情打动了她。还有那句"这样飘荡多少天，这样孤独多少年，终点又回到起点，到现在我才发觉"，让她觉得我们就是飘荡了很久，也孤独了很久之后，来到终点才发现这原来就是我们的起点。她需要去认真对待和珍惜。

第二年的秋天，我们结婚了。婚房是她上班的厂里给的一间只有十一平方米的平房。我们彼此都没跟家里要一分钱，我用攒下的稿费买了一架防地震的床，买了一套沙发，一套组合橱，一台彩色电视机。也没找阴阳先生看日子，两个人坐在一起商量了一下，觉得哪天好，先去民政局登记，然后各自回家下个通知，我们就结婚了。

一年后，我们的女儿晴晴在沈阳诞生了。

我在产房外忐忑不安地等待着里面的消息时，想着两年前还不敢奢望霞明会嫁给我，现在孩子就要出生了。这是多么美好的事。这是多么奇妙的事。而这样的美好与奇妙竟是一等再等而来的。等，原来不只是焦急与期待，也是美！

从《沂蒙九歌》到《浮尘》

从看杨沫的《青春之歌》那时起，我的心里其实一直有个强烈的愿望，那就是把我们家族的故事写成小说。后来还真写了，这便是中篇小说《苦命草》，是以一个叫甜枣儿的女孩为主要人物写的。但是这部小说没有得到发表，原因是手法传统，故事老套，人物命运过于凄惨，主题思想不够光明。

1992年季春时节，离创作《苦命草》过去了三年后，有一天我突发灵感，何不以《苦命草》为基础，写一部全面呈现我家族故事的长篇小说呢？于是我沐浴更衣，于夜深人静时，在后勤部营房科李香生科长的办公室内，展开一沓稿纸，郑重地开启了长篇小说创作的第一扇天窗。

其实，这个时候写作这部小说我是很勉强的，因为各方面的准备都还不够，我没有太高的文学天赋，也没有足够的艺术积累，就如同一个在工地上搬砖的农民工，在没有经过系统的训练，掌握足够的建筑技术之前就想当工程师建大楼一样，我是冒着失败的很大风险在做这件事的。

但是内心对于创作这部小说的迫切之情，让我实在无法再等待，如同孩子已经在腹中怀了十个月，不管是个什么样子都得把他生出来，不然我就特别难受，于是我动笔了。

说是写我们家族的故事，事实上写着写着就把其他很多家族的故事都写进去了。我们家族的故事只占了很小的一部分。有我父亲的一点影子，比如男主人公全忠修水库的情景，比如全忠胃出血去世的情节，都来自父亲的真实经历。但是全忠与金金相爱的情节却是别人的，与父亲无关。吕家盛去台湾的情节来自我们家族内那位叫魏肇绅的曾祖父，而吕家盛的妻子胡氏则又是另外一个女人的故事，与我那位曾祖父没任何关系。两位大队干部的塑造都有我们村里两位特殊时期的干部的影子，但故事并非全是他们的，他们也没我写的那么坏。金金这个可怜的女人，则是综合了几个女人的形象塑造而成，并非只有一个原型。小莲子有一点我姑姑的影子，却非我姑姑就是小莲子的样子。粮食脱胎于我三叔，那种敢于反叛与反抗的性格，活脱脱就是他，但有些故事细节却来自我姑姑所在村一个被判刑的强奸犯。甜枣儿、留生、三炮，则是那个时代随处可见的形象，与我家族里的人没有任何关联，如此等等。

从阴历三月到十月，六个月的时间，我白天干着大量的部队工作，晚上写作，常常一写就写到下半夜三四点钟，然后睡一会儿起来出早操，接着再干工作，晚上接着再写。

等完成了初稿后，不知不觉中我抑郁了。实际上早在几年前我就开始抑郁了，只是比较轻微，自己也意识不到那是抑郁。现在症状极其明显了，头昏脑涨，脸色青灰，胸闷气短，睡眠不宁，噩梦不断，惊悸胆怯。最要命的是睡觉时很小的响动便能把我惊醒，醒了便再也难以入睡，睁眼看着黑暗中的房顶胡思乱想。时而怀疑自己得了绝症，时而怀疑遭人暗算。听到有人说某某某突发急症而亡，便觉得自己也会有此结局。看到路边有座新坟，也会吓得心跳加速，以为自己也会马上成为墓中人。

部队院子里有个大型篮球场，我常于深夜在那里不停地转圈，一边转圈一边想些不着边际的事情，没有好事，都是灰暗的、没有希望的坏事。恰在这个时候路遥去世的消息传来，更加重了我的思想负担，我觉得自己也快完了，可能也会像路遥老师那样，要到另一个世界里去了。所以写完怀念路遥老师的散文诗《太阳在中午殒落》后，我伏案大哭，久难平息。

而越是疑心自己快完了，我越想加速这部小说的创作与出版，因为我怕自己死了，一切就都半途而废了。路遥不是在病重之后加速创作才完成了伟大的《平凡的世界》嘛，我的作品肯定与《平凡的世界》无法相提并论，但是作为我的一份心愿，我需要把它完成之后再死，不然到了地下也会难以瞑目。

又是一年的时间，1993 年 12 月，经过了前后三次修改之后，这部叫《沂蒙九歌》的小说终于完成，并出版了。

为什么会叫《沂蒙九歌》，是分九个故事所写，还是具有屈原《九歌》的厚重浩荡之气？都不是，是我不会给作品起名，起了很多名字都不满意后，因为书中分了九大篇章，故事又是发生在沂蒙山区，所以叫了《沂蒙九歌》。

这其实是很牵强的，但我想不出更好的名字来。倒是责任编辑邓荫柯老师对此有着很好的解读，他说"九歌"是个数，是一种象征，屈原的《九歌》也不是九篇，是十一篇。所以叫《沂蒙九歌》很好。但也有一位姓赵的编辑提出了质疑，他说名叫《沂蒙九歌》，却不见对于沂蒙的描写，更不见提到"沂蒙"二字，着实牵强。

作品出版后，发行量并不大，只有区区七八千册。但是对我来说，这已经足够兴奋的了，因为我已经完成了自己的一个愿望，如果真的像路遥老师那样死去，也不遗憾了。

意外的是，就在这本书出版后不到两个月，著名图书发行人王强先生看到了这本书，他觉得书虽写得不够成熟，但是很有生活气息，语言也朴实无华，值得推广。于是经与邓荫柯老师商量，让我改名《浮尘》，并对部分内容进行了增删，于 1994 年 12 月再版了。

王强先生有着超强的图书发行能力，胡小胡的长篇小说《蓝城》于1993 年出版，他第一版发行了十二万册，第二版发行了三十万册。在图书界享有极高的声誉。

可让我没有想到的是，我这本《浮尘》初次印刷就发行了二十万册，全国各地书店和书摊可以说铺天盖地都是，连我的老家沂水都有人在卖这本书。各地出现的盗版书十几种。在沂水新华书店任过经理的尹传富先生后来告诉我，他在临沂就见过多个盗版《浮尘》在书摊上出售。

《浮尘》刚上市时我在辽宁文学院暨辽宁大学作家班读书，星期天上街，沈阳街头的大小书摊上全有我的这本书。更让我激动的是，我去春风文艺出版社楼下书店取样书时，正在排队购买这本书的读者在售货员的介绍下认出了我，于是纷纷让我签字，那个上午我足足签了二三百本之多。而隔天去太原街书店，同样的场面再次重现。

辽宁省作家协会的著名评论家李作祥老师、雪龙老师，包括这部作品的责任编辑邓荫柯老师，以及其他省的评论家，都撰写评论给予这部作品较高评价。著名诗人于宗信老师甚至说，这是一部深受《红楼梦》滋养的，有生活、有深度、有文化内涵的优秀作品。

不久，首届东北文学奖评选，《浮尘》进入终评，虽未获奖，但被提名。这对一个年轻的业余作者来说，也是莫大的荣耀了。担任评委之一的李作祥老师就曾对我说，你以前没有多大影响力，也没有人脉支撑，能靠作品的实力进入终评已经相当不错，值得祝贺！

从《沂蒙九歌》到《浮尘》，我经过了太多痛苦，但也因为这本书，我俨然成了名作家。更让我感到幸运的是，我并没有死去。我活着，而且享受到了作为作家的荣耀与幸福。抑郁症是没有痊愈的，仍然时常因为一点刺激就会犯病。但我感到值得，付出再多也值得。

在西瓦窑

1994 年春天，一向注重军队业余作者培养的沈阳军区创作室主任胡世宗老师给我打电话，说辽宁文学院与辽宁大学准备联合举办一期青年作家班，可以颁发国家承认的大专文凭，我如有兴趣，他可以推荐。我当时特别激动，赶紧说好啊好啊，我一直想找个地方好好学习一下呢。胡老师就把我推荐到了这个作家班。

辽宁文学院在一个叫西瓦窑的地方。作家班就在这里授课。

全日制大学的开学时间是每年的 9 月份，我们这个班却是 4 月份。那时女儿晴晴出生不到半年，母女本是在部队生活的，我把她们送回沂水老家，就去西瓦窑报到了。

其实，我最向往的文学殿堂是解放军艺术学院文学系，此时正在文学路上艰难爬行的我，渴望得到高人指点，渴望尽快学会奔跑，而解放军艺术学院文学系的创建者徐怀中偏就说了一句"到军艺文学系深造，就是插下一根筷子，也能长成一片树林"的话，我就更加渴望成为军艺文学系的学生，更想成为那根可以成才的"筷子"了。但是，军艺文学系的招生是有条件限制的，他说插下一根筷子也能长成树林，只是形容军艺文学系教学水平高，凡是进去学习的作者都能成才，并非真的愿意招收"筷子"，他要的是那些长势良好的竹子，而且这棵竹子如果是军人，还必须是干部身份才行，否则你根本就没有资格进入他们的选拔视野。当今中国文坛上赫赫有名的莫言、阎连科、李存葆、麦家、石钟山、徐贵祥、朱向前、衣向东等，都在军艺文学系学习过，但他们无一不是军官出身，无一不是入校之前就已崭露头角。而我只不过是一棵小草，而且还是一棵战士身份的小草，怎么可能有机会进入军艺文学系呢？

进不了军艺文学系，能进辽宁文学院，也是很好的机会。于是，我到西瓦窑来了。

当时的西瓦窑是一个村子，在沈阳的北郊。之所以叫西瓦窑，是因为清朝入关前这里是皇家砖瓦窑所在地，是建造盛京故宫的砖瓦供应地，因村庄位于窑的西边，便叫了西瓦窑。但是一度辉煌的盛京故宫至今仍然引人瞩目，而西瓦窑在几百年后的1994年仍然只是一个破旧的村庄。除了本地人，没有太多人知道它的存在。直到辽宁文学院建在这里以后，随着"作家摇篮、文坛黄埔、群星璀璨、若出其中"的口号，它才被天南海北的人所熟知了。

我们那批学员是来自全国各地的文学爱好者。其身份有农民、报刊编辑、文化馆创作员、自由撰稿人、国家干部、医生，也有像我这样的军人。年龄最小的十七八岁，最大的已经四十多岁。各人的文学成绩参差不齐，有几位已经在全国各大报刊发表过很多作品，也出过书，比如于晓威、李楠、左远红、常芳等。我也算里面较有成绩的，已经发表过一百多篇散文、散文诗和小说，出版过两本书，长篇小说《浮尘》在我入校半年后就开始了热卖。而多数学员只是小荷刚露尖尖角，还摸不准文学的动脉在哪里，只不过心怀伟大梦想，用燃烧的激情来探寻一条可以走通的文学之路，从而改变自己的人生罢了。

晏乐丰和陈超是来自贵州农村的，两个人的年龄在班里最小，一个十八，一个十七。个子也最矮，一个大约一米五八，另一个大约一米六二。因为酷爱文学，他们荒废了高中学业，放弃了考大学的理想，不顾家人的反对，冲着青年作家班，冲着辽宁大学和辽宁文学院的名号，远涉千山万水而来，靠着兼职打零工挣点学费和生活费，坚信学习两年后拿到大专文凭，发表一些作品，他们的人生之路一定会得到大的改变。

266

老张，叫什么名字我忘记了，来自辽北农村，头发稀疏，额头突大，满面黝黑，笑起来眼角皱纹堆叠，说话却尖声尖气，爱伸兰花指，像个女人。他是班里年龄最大的，已经四十七岁。从二十岁出头就爱好文学，曾在当地报刊发表作品几十篇，不甘心一辈子面朝黄土背朝天，顶着老婆要离婚的压力来到作家班，期望两年后自己的人生会与现在有所不同。

文君，一个病弱至极的女子，家在何方我没问过，只记得她每日苍白的面容和憔悴的神情。她写得一手好诗，也画得一手好画。诗是现代派的诗，画是意象派的画，诗画相配。她喜欢穿一身素装，给人的感觉是超凡脱俗，不食人间烟火。但她需要花钱治病，也需要有钱维持生活。而背后的家却很脆弱，她来作家班学习其实很艰难，但她毅然决然地来了，同样希望两年后一切得到改变。

还有一个患羊角风的同学，姓甚名谁我无论如何也想不起来了。只记得有一次正在上课时他突然旧病复发，口吐白沫倒在了地上，吓得周围同学纷纷躲避，是一个当医生的女同学冲上去掐人中把他救过来的。他来上学，是希望罩上一层作家的光环，拿到一张大专文凭，然后到报社当一名记者，哪怕只是临时工，也可遮掩一下自己有病的缺陷，获得某位姑娘的芳心，成个家，让年迈的老娘放心。

艳云，一个美丽、俏皮、浪漫的小姑娘，她比晏乐丰他们稍大，当时应该是十九岁左右。她的散文语言很美，小说也写得别有风味。据说她是参加过一期作家班的，这次又来，主要是冲着文凭来的。因为有了文凭，她就可以找一份稳定的工作，就可以从农村进入城市，就可以找到她心中的那位白马王子了。

每个人都有每个人的特殊想法，每个人都有每个人难以言说的苦衷。真正带着工资来学习，真正只为提升创作水平而来的人，全班不超过五个人。所以，我和于晓威这种情况，有工作，有工资，也有一定的创作成果，是大家极为羡慕的对象。

但是我们就没有难处吗？我们其实也有。不说晓威，单说我，那时我是患有严重的抑郁症和低血糖病、胃病的。精神层面，夜里经常失眠，每有小事刺激就会胡思乱想，坐立不安；肉体层面，因为每月二百多块钱的工资大部分给了在老家的妻子女儿，一点稿费还了欠债，平时吃饭大多是街上买来的咸菜馒头，食堂的饭菜虽好却舍不得花钱买，营养缺乏之下经常正爬着楼梯突然浑身乏力虚汗直冒，需要坐在原地好半天才能缓过来。胃痛胃胀更是天天都在发生。那种折磨并不是谁都能体会到的。所以我也在咬牙坚持，我也在拼命挣扎。

但是进了文学院就能达到自己的心理预期吗？未必。

古话说"师傅领进门，修行在各人"。一个老师一生会教几百几千个学生，但这几百几千个学生的未来却会各不相同。即便同学一个专业，同走一条道路，差别也会相当巨大。

通常给我们上课的老师多是辽宁大学中文系的教授，他们主要讲中国现当代文学、中国古代文学、外国文学，也讲哲学、逻辑学、古汉语。要发大专文凭，就必须让学生把中文系的课程全部学完，所以中文系的教授讲课是常态。

教授讲课之外也有少部分时间是请文坛名家开课的，这些名家多为辽宁本地人，像金河、刘兆林、王中才、胡世宗、洪峰、马原、马秋芬等。也请过外地名家，比如莫言、石钟山、雷达。

对于文学爱好者来说，听名家讲课的最大好处就是让你开阔开阔眼界，知道名家的肚子里都装了哪些有价值的东西，他们对世界的看法与你有多大的不同，他们的文学高度到底比你高多少。至于在创作上能有多大的促进，不同的人真的是有着不同的收获。可能对于很多人来说，听一百次名家讲课，水平仍然是那个水平。因为天赋和灵性决定了你能走多远。让姚明给你讲篮球怎么打，你会听得热血沸腾，但你没有姚明的身高，永远也成不了姚明。

给我们讲课的名家当中，给我印象最深的是雷达老师。之所以对他印象深，除了他的课讲得好，听后很受启发之外，还有就是他的一句话："文学可以改变命运。"他讲了一个故事，贵州农村一位爱好文学的小姑娘给他寄了一组诗，写了一封信，对他说，雷达老师，我是大山里一棵无名的小草，我一出生，命运就注定了种地和嫁给农民当老婆，可是，如果你能在《人民文学》上给我发几首诗，我就可以调到县文化馆当创作员，我的命运就会彻底改变，希望老师能成全我。雷达老师看了这封信后大为感慨，心想，既然在《人民文学》发几首诗就能改变一个农村女孩的命运，我何乐而不为呢？于是，他把这个女孩的诗推荐到《人民文学》发了两首，这个女孩也真的调到县文化馆当了创作员。雷达老师说，这件事表面上看是因为他的帮助改变了这个女孩的命运，而实际上，如果这个女孩不会写诗，不是有着执着的文学梦想，他怎么可能有机会帮到她，说到底是文学改变了她的命运。

另一位让我印象最深的"名家"，是一位只有八岁的小女孩。这个小女孩家在沈阳，爸爸是《沈阳矿工报》的编辑。她从六岁就开始写诗，也就是说她还没上学就开始写诗了。当然这种写不是用笔写，而是用嘴说。负责照顾她的姥姥每天手里拿个录音机，只要她开口马上给她录下来，然后由她爸爸整理出来拿出去发表。两三年间，这个孩子写了两千多首，辽宁大学出版社专门为她出版了诗集，当时在辽宁轰动很大，在全国也引起了广泛关注。文学院当时的副院长、以电视剧《老道口》闻名东北的王宁老师与这个孩子的爸爸比较熟，震惊于这个孩子的天赋，把她请到文学院给我们"讲课"。说是讲课，其实就是给我们表演她是如何随口说诗的。事先没有题目，也没有表达方向，她站在讲台上，我们随口说出一样东西，比如什么花，什么草，什么人等，让她当场作诗，她竟然全都对答如流，而且每一首都富含一定的哲理，仿如事先写好背下的一般。这让我们大为汗颜，感觉自己奇笨无比，端文学这只碗端得太勉强太勉强了。

时至今日，我已经忘记这个女孩叫什么名字了，我到网上查阅"八岁写诗的天才诗人"，查到了很多，却没有让我对上号的那个名字，我打电话询问已经退休多年的王宁院长，他因为许多年没和这个孩子的爸爸再联系，也没得到过这个孩子的消息，竟然也忘记了。或许她早已不再写诗，不然怎么连沈阳文坛也没有她的任何消息呢？

流星在闪过时极为闪亮，但闪过之后再难找到。倒是大树在幼苗时不被注意，一旦引人瞩目时，已经可以屹立不倒。世间人有的就是为做流星而来，有的则是为做大树而来，相互间无法类比。

作家班两年，我除了听课，大多时间用于创作，最大的收获是完成了长篇小说《白妖》，并用这本书的稿费让妻子女儿搬出了拥挤杂乱的工厂宿舍，住上了比较宽敞的楼房；是结识了于晓威、左远红、常芳、艳云、杜丙如等这样的优秀同学，并和他们成了好朋友；是成了在《老道口》之后，又以《欢乐农家》《都市民谣》等多部优秀电视剧而蜚声文坛的王宁院长的学生，能在多少年后还毫不陌生地与他在电话中畅聊有关西瓦窑的往昔。

再有就是，验证了"大学培养不出作家"这句话多么有道理。因为我们那届学员三十多人，真正在文学这条路上走出点名堂来的不过三两位，至今仍然坚持创作且不断有作品面世的也不过六七位。因此我想告诉那些有志于当作家的朋友，有机会到大学里学创作可以，但别指望进了大学就能成为作家，大学只负责给你知识，不负责给你天赋和灵性，更不负责给你持之以恒、顽强拼搏的精神。而每一个成功的作家，天赋和灵性是最重要的基础，持之以恒、顽强拼搏则是关键的关键，别无捷径。

但是文学却有可能是一只改变命运的神器，虽然文学这条道路和所有的人间道路一样，充满着艰难坎坷，充满着不确定性，可它改变命运的比例远远大于成名成家的比例，我们那批学员当中像李楠、艳云、常芳、盖艳恒、杜丙如等，都获得了自己想要的美丽人生。相信其他失去联系的同学，大多也都实现了改变命运的目标。因为文学开阔了他们的眼界，开启了他们的心智，增添了他们的智慧，也给了他们与普通人不一样的高度。哪怕他们进入社会的浩瀚海洋后不再倾心于文学，他们也一样能够开拓出漂亮的人生。

在西瓦窑的时光已成过去。当年我所看到的西瓦窑也已成为过去。满地的高楼大厦淹没了西瓦窑，唯有从西瓦窑走出去的那些砖瓦，在盛京故宫的红墙上仍然闪烁着经久不衰的文化光芒。

我与《白妖》

　　早在《浮尘》尚未付梓时，王强先生就约我再写一部长篇小说交给他出版发行。我翻出以前发表并获奖的中篇小说《六月·七月》，感觉有很多东西还没有写足写透，便决定把这个中篇改成长篇，把曾外祖父讲述的故事更加完整地呈现出来，把自己对历史文化、地域文化、民俗文化、家族文化、风水文化的一些思考更加深入地表达出来。

　　这便有了长篇小说《阴佛》。

　　但是，作品写出来交给邓荫柯老师，也交给了王强先生，都说好，可以发表，却迟迟没有出版。在王强先生推出的台湾已故作家高阳先生的系列作品最后一页上，关于《阴佛》的广告也都打出来了，却一直搁置在那里，像没了这回事一样。后来，北京一位书商辗转找到我，说愿意出版这部作品，但我当时不想违背与王强先生的约定，就没有同意。我说，既然答应王强老师了，就等他消息吧。这位书商朋友说，夜长可是梦多哟，现在假如出不了，以后再出可能就难了。我说假如出不了，那也是这部作品的命运所在，我无怨无悔。北京那位书商说了句佩服，然后挂掉电话，再未联系。而《阴佛》最终也真是没有出版，直到十年后，经我重新修改润色，才以《四门洞》之名由华艺出版社出版。又过数年，贵州出版集团又以《家族秘史》之名再版。

　　王强先生约我写《阴佛》时，陈忠实先生的《白鹿原》已经火遍大江南北。我在女儿出生时我就买了这本书，一连看了四遍。我被陈忠实先生所描述的家族历史所震撼，也感到了自己在过去的创作中所表现的种种不足与缺陷，于是我决定放下《阴佛》，构架一部像《白鹿原》那样的大作品。

1994年秋天，我已在辽宁文学院暨辽宁大学作家班学习。在那个叫西瓦窑的地方，我一边读书，一边完成了起名《家道》的长篇小说草拟稿。然后，在离放寒假还有两个多月的时候，我找文学院的王宁院长请假，回到沂水家中，骑上妻子的一辆破自行车，开始了艰难而漫长的采访。因为不做深入采访这部作品是无法写好的，创作的起因是爷爷讲的一个农家未婚女与国民革命军第五十一军一位营长产生私情，导致家族惨剧的故事，但仅这一个故事是撑不起一本厚重的书的。

此时，我的抑郁症仍在折磨着我，低血糖的毛病也时常让我双腿乏力，虚汗直流。但我咬着牙，从沂水县城到崔家峪，从崔家峪到泉庄，从泉庄到王庄，用了半个多月的时间，跑遍了十几座富有传奇色彩和文化底蕴的村庄、山崮、庙宇、战争遗址，采访了几十位从战争年代过来的老人和革命者。然后又找来十几本《沂水文史资料》仔细阅读，经过了极为充分的准备后，隆冬时节，正式动笔了。

前文中我曾说过，我和妻子结婚时，她所在的厂子给了一间十一平方米的房子，放入各种家具后，人在里面需要横着走，想再拓展一个写作空间完全不可能。于是，我只好把院子南面一间小厨房腾出来，作了写作室。小厨房不足六平方米，安上写字台，放上一张床，再加上原来的菜橱、箱子，也是满满当当。我在里面同样有种被挤压的感觉。

山东的天气比起东北来暖和许多，但是冬天也有零下十五六度的时候。小厨房四面透风，如同冰窟。一双手常常冻得拿不住笔。穿了厚的棉裤棉袄腿和脚仍然冰块一般，写到凌晨三四点钟躺下去，两三个小时还在冰冷麻木中。最初妻子是把烧无烟煤的炉子给我搬过去了的，却因无法安装排烟的炉筒子，只放了一个晚上，二氧化碳就让我头晕脑涨，恶心呕吐，若不是四处透风，可能命就没了。后来妻子又弄了个电炉子给我取暖，怎知用电太多，烧了不到一小时线路就发热起火，以致跳闸，吓得再不敢用，冷也只能硬挺。

两个月，我写了不足十万字，腿却冻出了关节炎。尤其左边靠墙的一条腿，疼起来更是钻心。

妻子的姑父杨培青先生是沂水县劳动局劳保处的副主任，这位当过教师，任过秘书的前辈，深知写作的艰苦与不易。某个星期天去我家做客，见我竟在冰窟一样的小厨房里写作，惊讶不已，说这样的环境你是怎么写下去的，把自己冻出毛病来，可就得不偿失了。然后，他回劳动局请示了领导，让我搬到了劳动局顶楼一间空闲屋子里去写。这真是从地狱进入了天堂，因为这里是有暖气的，人在里面不需要穿棉衣，只穿件毛衣毛裤就行。腿不疼了，夜里睡觉也舒服了。这让我的写作热情更加高涨，一个晚上最多能写一万字。一个多月的时间完成了将近三十万字，加上之前的十来万字，这部作品的初稿就完成了。

初稿完成了，我的抑郁症也加重了。实际上在写的过程中，就已经很严重，每天恍恍惚惚，昏昏沉沉，老觉得这个世界是虚幻的，一点也不真实。走在街上满脑子乱七八糟，难顾左右。有一天本族的一位堂叔和堂爷爷从老家来城里送货，在我们家附近的街巷口看到我主动与我打招呼，我却不知回应，愣愣怔怔与他们擦肩而过。回到家忽然想起不对，刚才忘记和他们说话了，赶紧跑出去找他们，他们却早已不知去向。原是头几天还热情地请他们吃过饭的，只这一次犯病没和他们说话，便彻底得罪了他们，再见面时便如陌路，而我却无法解释，也不好解释，只能心里难受。

文学院开学我去读书，稿子放在家里不敢示人，怕人说出不好惹得没了信心。只在邓荫柯老师问起来时，把稿子的内容告诉了他。邓老师说，你自己觉得这部作品与《浮尘》相比如何？我说，肯定比《浮尘》好许多。邓老师说，那就好，稿子修改好了你交给我，我给你出版。这

274

对我无疑是莫大鼓励，夏天到来后，我从沈阳赶回沂水，开始了这部书的第二次创作。

我本想再去劳动局完成这次创作的，但怕给杨培青先生添麻烦，只好回到了那间不足六平方米的小厨房。这个时候冷是不可能了，却热得如同蒸笼。因为屋子的窗户只有巴掌大，偏又被前面的房子堵得严实，需要透风时偏又透不了风，我只穿件裤衩在里面，一台小风扇放在桌子上，吹得了上身吹不到下身，日日汗如雨浇，臀部就生了疮，汗再浸上去，犹如撒盐，那滋味无以言表。

熬了整整四个月，天气也凉爽的时候，作品的第二稿完成了。

我匆匆赶回沈阳，郑重地把一大包稿子交给邓老师。接下来就是忐忑不安地等待回音。过了半个月，我提着一颗心给邓老师打电话，邓老师极为兴奋，说小魏你进步太大了，与《浮尘》相比，不可同日而语，可以称作你创作生涯上的里程碑作品啊。然后便提了些意见让我修改，同时确定，仍由王强先生发行这本书。

又是几个月的煎熬，我完成了这部作品的第三稿，并把作品名由《家道》改为了《白妖》。

其实《家道》也蛮好的，我却因为书中描写了一个虚幻的白衣女妖，而认为这是极好的象征，便改成了《白妖》。而邓老师和王强先生倒是对这个书名很赞赏，认为这是一个很特别的名字，利于发行。

然而稿子在出版社放了大半年，出版的事却遥遥无期，《阴佛》的命运似又重演。我找到邓老师，想要回稿子交给别的出版社。邓老师说稿子在王强那里，需要经他把关后才能决定是否出版，因为发行是第一位的，他不同意发行，社里就不敢出版，毕竟赔钱的生意出版社不做。

可我找王强先生取稿子时，稿子却丢了整整一半。我当时脑袋嗡地一下就大了，感觉晴天霹雳在头顶炸响。那可是一个字一个字写到纸上的，只有一份，丢了岂不要了命吗？

但摆在我面前的只有一条路，重新把丢失的部分写出来。

著名作家高建群也有过一次被人丢稿的经历，但是那本叫《最后一个匈奴》的小说经他重写后产生了巨大影响，而我呢？当我回到沂水家中，钻进那间小厨房的时候，却怎么也找不到当初的那份激情了。我在稿纸上一遍遍地写着开头，一遍遍地撕掉，整整半个月怎么也写不下去。我烦躁不已，把笔扔了，把墨水摔了，把稿纸烧了。闹得孩子哭老婆叫，好好的一个家鸡犬不宁。

好在最终，我还是根据草稿把稿子重新写了出来。虽然这期间承受了难以想象的身体与心灵的双重折磨，但终归我是重新写出来了。

稿子二次交给邓荫柯老师，他看了后告诉我基本没有失掉原稿的水平。王强先生看了后也表示稿子非常好，他会以最快的速度出版发行，给我一个好的交代。可我的心情却沉重不已，悲哀万分，一点宽慰的感觉都没有。

1997年3月17日，在经过春风文艺出版社小说编辑室的王烨主任、我的忘年交朱宝太老首长审阅并提出意见我又精心修改完毕后，终于全部通过签发了发排单。当我在版权授权书上签了字走出春风文艺出版社的大楼后，内心五味杂陈。我来到沈阳著名的盛京烧麦馆，要了半斤烧麦、两碟小菜、一瓶雪花啤酒，默默地举杯向自己表示祝贺，而酒未喝进口中，眼泪早已哗哗而下。我想起这个好消息应该赶紧告诉妻子，告诉那个我深爱的女人，告诉那个支持我、理解我的女人，便丢下酒杯，跑到烧麦馆二楼的公共电话亭给妻子打了个电话，当我听到妻子那熟悉的声音时，我却一句话也说不出来，再一次哭了。妻子也哭了，她说，是不是《白妖》决定出版了？我努力控制住哽咽"嗯"了一声。虽然她随后问了一句"给多少稿费啊"让我有些不快，但很快就释然了，是啊，对于我，对于妻子，对于我们的女儿，对于这个家来说，这部作品的出版很重要，稿费也同样重要。

1997 年 5 月，《白妖》正式出版上市，虽然没有《浮尘》那么大的发行量，但社会反响却远比《浮尘》好许多。沈阳军区创作室的胡世宗主任看过书后主动给我打了电话，他说这本书写得太好了，虽然还不能和《白鹿原》相提并论，但有《白鹿原》的风骨与厚重，个别地方甚至比《白鹿原》还要出彩。邓荫柯老师则撰文称，《白妖》在众多以抗日战争为背景的作品中，展露了它的个性彩色和不可重复性，是值得注意和称道的优秀之作。他还说，如果说《浮尘》是魏然森以农民的眼光看世界，那么《白妖》就是以世界的眼光看农民。这完全是两种不同的境界！

我的世界缺了一角

　　1997年农历七月二十八日夜，爷爷走了。爷爷因肺气肿转成肺心症，在经受了多年的痛苦折磨后，于这天夜里拉着奶奶的手，瞪大了眼睛想说句什么没有说出来，就那样大大地张着嘴，看着奶奶，走了。此时正值初秋，已经连续三日落雨，雨住了，院子里的老柿树上仍滴滴答答不停地落着雨滴，像哭不干的泪。

　　早在这一年的四月间，爷爷就曾病重过一次。那时我从沈阳急切地赶回来，发现家里人都做好了为他送行的准备。他躺在床上不吃不喝不说话，却没有很快辞别的迹象，我就知道他不是病情到了最后时刻，而是长时间喝不下水造成了脱水。于是跑回城里，把我当医生的朋友国富强请来，他用最细的儿童针头给爷爷挂上吊瓶，只打了一瓶葡萄糖加一些补充营养的药，他就能开口说话了。他喜欢吃羊肉，我从崔家峪一家羊肉馆里给他买来了半斤羊肉喂他吃，他一口气全吃掉了。我喜极而泣，知道他又逃过一劫，或许三年两年不再有事了。

　　爷爷是一直关心我的创作情况的，身体还能行动的时候，总是写信问我又发表什么作品没有，嘱咐我不要乱写，要把正道的思想传播给读者，别给自己惹麻烦。这次回来之前，我料定他会问我《白妖》的出版情况，害怕告诉他尚未出版让他带着遗憾离去，就把已经设计好的封面套在别人的书上，在他吃了羊肉后我拿给他看，告诉他，爷爷，我的书出版了。他的眼睛看不清楚，就颤抖着手来摸，含混不清地说，这是你写的那一本吗？我说是。他便高兴地笑了。笑得非常美，非常慈爱。我把头一扭，眼泪涮地一下就流下来了。此时我想，等书真的出来时，我一定给他寄一本回来让他看看，一定。那个时候，他或许又会对来看望他的人炫耀，我孙子又出书了，这是我孙子写的书。《沂蒙九歌》出版时他就是这样的，有个叫张在长的摄影师去我家给他拍身份证照片，他就把书拿出来让张在长看，说这是我孙子写的书，我孙子能写书呢。他一生不会骄傲和炫耀自己，可他孙子有点出息了，他却无论如何也忍不住想炫耀呢。

可没有想到，《白妖》真的出版的时候，他却走了。真的走了。

告诉我消息的是妻子。深夜时分，我正在部队的军床上做梦。梦中大雪纷飞，落满了我的全身。家乡的老人说，梦到大雪袭身，会穿重孝。所以醒来后我心惶惶然，万分担忧着老家的爷爷。也恰在这个时候，妻子来电话了，先说爷爷有些病重，接着便说爷爷已经走了，刚刚四叔打来电话说爷爷走了。我愣愣地坐在床上，妻子再说什么我一句也听不到了。我只是想，这不是真的，这肯定不是真的。

我叫了一辆部队的小车把我送到沈阳火车站，却等不及沈阳到青州的火车，一刻也等不了，就从沈阳坐火车到大连，又从大连坐船到烟台，从烟台再坐车到沂水，又从沂水坐车到泉庄。想快，却更慢了，本是一天一夜可以赶到家的，我却用了整整两天一夜的时间。

赶到家时，爷爷的土坟已经筑起。我走到院子外面的地堰上，看到院子里那样凄清，不见爷爷，不见奶奶，也不见叔叔们，只有穿了孝的姑姑一个人在干着什么。我忽然意识到爷爷可能真是走了，就大声哭着喊：姑！姑！姑！然后就哭着跑进院子往关闭了房门的西屋里冲去。我要找爷爷，找那个我每次回来都喜悦地喊"是俺森回来了吗"的慈祥可亲的爷爷。姑姑哭着拉住我，说你别进去，爷爷走了，爷爷走了，这屋现在还不能进。我扑倒在台阶上，用力地磕着头，磕着头。嘶哑的哭声震荡了院子里所有的树，与风的疼痛一齐颤抖起来，哗哗地落着泪。

第二天一早，我去了爷爷的坟前，我看见那一堆新土恍惚不已。这里埋的是我爷爷吗？是那个从小把我养大，冬天里给我拾火烧的爷爷吗？是那个从我两三岁一直把我搂到十几岁的爷爷吗？是那个在我顽皮受伤后，整夜抱着我在院子里游走不睡的爷爷吗？我跪下去，嗓子撕裂着，严重的扁桃体炎禁不住过分悲痛，我一哭便引来一阵呕吐，竟有一口血喷在了坟前。

　　而真正的悲痛还不在这个时候。这个时候实际上是一直自己欺骗自己的，感觉爷爷实际上不是死了，是去了什么地方，过些日子就会突然回来了。可是过了两个月，那种彻底失去爷爷的意识越来越清晰，越来越现实，心便时时地揪痛着，也时时地自责着。怨自己没在爷爷的最后日子回来陪伴他，怨自己在爷爷活着的时候没有给他好一点的生活，也怨自己没能给他买更好的药为他治病。哪怕是以前有过丁点儿对爷爷照顾的失误，我也会放大后深深地自责，也会被深深的痛苦折磨着。没有人敢在我面前提爷爷，哪怕只提"爷爷"两个字，我也会悲从心起，泪如雨下。

　　就是这个时候，我创作了后来被多个选本选载的散文《世界上最疼我的人去了》。短短的三千来字，我写了整整一个星期。因为每写一个字心都在滴血，每写一个字都像有刀子在剜我的心。写完后我读给妻子听，断断续续十几次才读完，因为我控制不住泪水，我的眼睛总是模糊，我的咽喉总是在哽咽中疼痛不已。

　　而最大的痛，好像还不是悲痛，而是心灵上的那份无以名状的孤独。因为再也没有人像爷爷那样对我好，再也没有人像爷爷那样关心我的进步与成长，再也没有人像爷爷那样关注我的创作并为我发自内心地骄傲。

　　爷爷走了，我的世界缺了很大很大的一角。

走麦城

1996年7月，我从辽宁文学院暨辽宁大学作家班毕业。涉及未来的出路问题，我有一个比较坚定的想法，那就是回故乡沂蒙山。因为我的根在那里，我的创作源泉在那里，我只有回去俯听那块土地的声音，才能写出好的作品，也才能写得得心应手。

但离转业毕竟还有两年时间，此时，沈阳军区召开文艺创作代表大会，全军区有一百多人参加，包括著名作曲家铁源，著名词作家邬大为，著名作家张正隆、王中才等，清一色都是高级军官，只有我是一名志愿兵。或许正是因为如此，反而格外引人注意，当时的军区司令员、政委都接见了我，吃饭的时候也专门向我敬酒，表达着他们对一个士兵作家的关心与重视。

会后，军区创作室的副主任、著名诗人胡世宗，也就是在歌坛上影响巨大的"羽泉组合"之一胡海泉的爸爸，把我叫到军区创作室谈话，希望我能写一部反映部队题材的长篇小说，然后，他打报告给军区政治部，把我留下来提干，调到军区创作室从事专业创作。

这真是求之不得的事，我当即答应了，竟忘记了欲回故乡的坚定想法。

此前，也就是《浮尘》产生了一些影响之后，解放军文艺出版社的副总编辑范咏戈、小说编辑室的主任刘增新到沈阳军区走访基层作者时，也曾通过胡世宗老师找到我，约我写一部反映部队生活的长篇小说，我因为当时正创作长篇小说《白妖》，也因为自己在特殊部队工作，生活的方方面面都涉及机密，对野战部队又不了解，虽答应了两位首长，却一直迟迟没有动笔。现在，胡世宗老师也提出了约请，不管是出于对领导的尊重，还是出于个人前途考虑，我都应该尽快动笔了。

于是，在把丢失的《白妖》手稿重新写出来交给春风文艺出版社的邓荫柯老师之后，我开始了军旅题材长篇小说《和平年代》的创作。

坦率地说这部小说我写得很吃力。我很想写一部宏大的反映军人生活的小说，但是下笔之时，脑子里却没有一点可以下锅的米。避开涉密的东西，避开复杂的人与人的矛盾斗争，写什么？我真不知道写什么。

折腾了好长时间，想一想还是写自己，写自己熟悉的那些军队干部吧。于是就写了一个营长向宽、一个指导员谢俊平、一个战士丁致宝、一个副团长老王、一个团长老胡、一个政治部副主任徐远航等一系列军队人物。把他们在和平年代既忠于军队、忠于党，也一心想为报效祖国出力，同时在面临升级、提拔、转志愿兵等个人前途命运时所做出的种种看似与军人形象大相径庭的行为进行了真实的展示。

作品写完后，我送到了解放军文艺出版社，交给了刘增新编辑。

刘增新老师非常认真地看了稿子，认真到每一个标点符号都进行了纠错。但他退稿了，并附信对我说，然森同志你写得很真实，看得出你很有生活积累，部队确实存在那些事。但是，我们却不能那么写。因为军队是代表国家形象的，需要反映的是正能量，而不是阴暗的东西。所以，你这部作品我们不能用。如有兴趣，可以重新写一部符合我们要求的稿子，这一部建议也不要在其他出版社出版，这对我们军队，对你，都没有好处。

刘老师还给我寄来了他创作的反映军旅生活的长篇小说《美丽人生》，同样是写连队干部的，他的表现方式与我完全不同。在他眼里看到的完全是美，是团结，是协作，是战友间的互相关心爱护与谦让。我望尘莫及。

一部作品就这样失败了。尽管后来我把这部作品拆开，作为两个中篇在杂志上发表了，但是留在部队提干调进军区创作室搞专业创作的机会却失掉了。也是因为那个时候我的抑郁症非常严重的缘故，我不想再见胡世宗老师，不敢再见胡世宗老师，更不好意思去见胡世宗老师，事情也就撂下了。

在写作的路上，我彻底地走了一次麦城。

后来我总结经验教训，觉得自己当时最大的问题，一是在创作军旅题材作品时没有把握好正确的方向，写军队题材，就像写自己的父母，真的是不能什么都可以往里写，要有选择，要选择正能量的东西去写，否则于军队不利，于自己同样不利。里外都不利的事，为什么要做呢？二是在抓机遇的问题上自己缺乏一个好的心态。好的机会不会总有的，出现了就要紧紧地抓住，你松懈了，机会就溜了，溜了就再也不会来了。假如当时小说失败后我去见见胡世宗老师，他未必就因为我的小说失败而不留下我。这部不行可以再写一部行的，为什么遇到挫折就放弃呢？轻言放弃不仅是心理素质不行，也是无能的一种表现。假如当时能留在部队调进军区创作室，对于我的创作之路来说，或许不是现在的样子。因为好的平台对于成功太重要了！

现在说起来我虽无太大悔意，毕竟世上没有后悔药，但感到遗憾。真的感到很遗憾！

但不管是后悔还是遗憾，我都对范咏戈、刘增新、胡世宗三位首长深怀感恩。感谢他们当初对我的重视，感谢他们给了我机会。我没有抓住是我的问题，他们该做的都做到了。

一次写作路上的走麦城。一段难以忘却的战友情。

第七章 荞麦的秋和体温

温暖的故土

1998 年 5 月，我从部队正式转业，回到了故乡沂水。

人的意念有时候很奇怪，你最早的设定可能就是一粒种子，它埋进了你内心的土壤，悄悄地生根发芽，成长为一种召唤，此后你可能会经历许多的变化，走了很远的路，但最终你会发现，你最初的设定成了现实，如同到了终点一看，原来就是起点。就比如我，从一开始就设定转业后回故乡工作，中间经历了留队提干进军区创作室的变动，还经历过留在辽宁文学院任教的变动，都没成，终于还是回到了故土。

其实早在 1996 年夏天，我从辽宁文学院暨辽宁大学作家班毕业后，就回老家沂水开始打听工作安排的事。那时的沂水对我来说是亲切的又是陌生的。说亲切，是因为这里是老家，有我的许多亲人生活在这块土地上。说陌生，是因为在县城这一块找不出几个认识的人。算不上举目无亲，但真正帮得上忙的，除了妻子的姑父杨培青，再无第二个。而且回来以后去哪儿工作，找谁给安排工作，我一片茫然。

杨培青姑父也不是万能的，他虽然在劳动局任职，但是转业军人的安置由人事局和民政局负责，他想帮忙也得去找有此职责的领导。而且一辈子清正的他又是不善求人的，让他帮忙在很大程度上也是为难他。

但我找他，他没有推辞，领着我去找了沂水县政协副主席、著名作家魏树海老前辈。

魏老不是有此职责的领导，况且此时他已退休在家。但魏老是影响颇大的作家，临沂市作家协会主席，沂蒙地区泰斗级的人物，如果我想到文化部门工作，找他说句话，是最有分量的。

魏老住在政协家属院一个小套院内。我和杨培青姑父去时，他正坐在院子里的小柿子树下看书，闻听来访者也姓魏，本就和蔼可亲的他更增添了许多亲近感。待我把自己的作品呈上，说明来意，他马上表示这个忙他愿意帮，因为爱好文学的业余作者不少，真正有成绩的不多，有影响力的就更少。像我这样有成绩、有影响还愿意回故乡工作的更是少之又少。而沂水需要这样的作家替他们老一代作家挑担子扛大旗，让沂水的文学事业更加繁荣。

很快，魏老给当时的县委常委、宣传部部长朱玉良同志写了一封推荐信，朱玉良部长拿着这封推荐信向当时的县委书记李洪海同志汇报，李书记当即签批给了县政府分管编制的一位常务副县长，年底，一个专业创作的编制就拨到了沂水县文化局文学创作研究室。

而我跟这些领导都没有见过面，更别提世俗所言请客吃饭送礼了。我甚至都不知道编制已经到位，只等我去上班了。所以当沂水县文化局的时任局长徐乐忠先生派人辗转找到我，询问民政局为何找不到我的档案时，我吃惊不小，家乡的领导怎么效率如此之高，怎么如此重视人才啊。而我，还有将近两年才能正式转业呢。

1998年5月，我正式成了沂水县文化局文学创作研究室的一名专业作家。而此前将近一年，在部队准我在家找工作的这段时间，临沂文学界声望颇高的沂水县文化局文学创作研究室主任郭庆文老师，就开始让我参加县里的一些文学活动，并让我和业余作者们共同交流创作体会，短短的几个月时候，我就融入了沂水作家的群体，并很快又融入了临沂作家的大群体。

这个时候，著名女作家、临沂市文化局局长陈玉霞老师还与我素昧平生，当我把长篇小说《白妖》寄给她，请她指正时，她看了书很快给我回信，不仅给予极大的赞扬和鼓励，还告诉我，市里将为这本书组织一次专门的作品讨论会。

坦率地说此时我的抑郁症仍在比较严重的时期，我畏惧着社交，畏惧着参加大型社会活动，很多时候不得不与人交流，不得不参加一些活动时，我都是硬撑着。所以陈玉霞局长说给这部作品组织研讨会，我既高兴又莫名地害怕，写一封信对她表示了感谢，竟再也不与她联系，直到研讨会召开，我才见到她，而且初次相见还是她主动上前与我握手的。

研讨会请来了全市所有的文学泰斗和精英人物，他们对我这个文学后辈给予极高评价。很多人还在会后撰写了评论，电视台、电台、报纸也都进行了全方位报道，似乎是一夜之间，我在临沂文坛就成了尽人皆知的人物。

一年后，临沂市作家协会换届，魏树海主席和多位有影响力的老作家退居二线，著名的散文作家高振先生由副主席兼秘书长当选为主席，我当选为秘书长。而担任副秘书长的都是在临沂文坛上影响颇大的青年作家。

此后不久，我被破格晋升为二级作家，也就是越过初级、中级，直接评为副高级。而我，当时竟然对职称这件事懵懵懂懂，根本没有意识到是有用的，是与工资挂钩的。是沂水县文化局的张东秀副局长亲自找人事局的领导设岗位，又极力推举我才评上的。

2002年秋天，我们一家三口搬进了文化局自建的高职楼。这是我和妻子结婚后第二次搬家。第一次我用稿费在沂水城南买了一套六十平方米的单元楼，两室一厅，当时高兴得不得了，因为终于可以拿出一个房间来作书房了。住了四年多，文化局集资建高职楼，每套建筑面积一百四十二平方米，是最后一批带有福利性质的房子，按规定只有副高级以上职称、副局级以上领导干部才能申请一套，我一个刚转业回来三年多的"新兵"，就因为评上了副高级职称，便比很多老同志捷足先登得到了一套。

搬进新房子后，魏树海老前辈为了表示祝贺，亲笔题写杨敬之的《赠项斯》送给我："几度见诗诗总好，及观标格过于诗。平生不解藏人善，到处逢人说项斯。"

我自知无法跟项斯相提并论，但是从部队回故土后的一切顺利，让我看到魏老、县里的领导，包括陈玉霞局长、高振主席、徐乐忠局长、张东秀副局长、郭庆文老师等一大批人，都是杨敬之式的乐于扶助人才的高品格人物。有话说"机会是为有准备的人准备的"；还有话说"有作为才会有地位"。这都说得没错，的确是如果自己没有准备，机会就不属于你，的确是没有作为就不可能有地位。但是千里马再好也需要伯乐来识，否则你可能就成了被永远埋没的那一个。我对他们永远深怀感恩之心，更对故乡这块温暖的土地深怀感恩之心。

五岁女儿作文记

女儿魏菡五岁的时候，还在幼儿园上中班。因为她妈妈每天晚上都和她一起看《世界著名童话连环画》，她因此喜欢上了画画，每天从幼儿园回到家就在纸上画白雪公主，画卖火柴的小女孩，画许许多多童话世界里的人物。画得虽然并不十分成形，但是她却兴趣十足，常常告诉我长大以后她要当画家。

但是，最终她并没有当画家，而是从事了文学创作。

一切源于我们的一次出游。

时间是1998年的初夏，在一个晴朗的星期天，我们一家三口骑着摩托车去城外一座叫雪山的地方游玩，走在路上的时候女儿问我，爸爸，什么是作家？我说作家就是写了很多文章的人。她说，那我能当作家吗？我说能，只要你愿意写文章，而且长期坚持不懈地写，写出很多文章来，你就一定能成为作家。她说，那什么是写文章？我说，写文章就是把你想说的话写在了纸上。她说，那我现在还不识字，能写文章吗？我说当然能了，你可以把自己想说的话说给爸爸听，然后由爸爸给你记录下来，这便是文章了。

女儿特别兴奋，来到雪山后，她站在一块高高的石头上，讲起了她来雪山的一路见闻："今天，太阳公公高高兴兴地陪着我和爸爸妈妈出来玩，一路上有好几只小鸟在我们头上唱着歌飞，路边的花朵都冲着我们点头微笑，小树一排排的像是仪仗队一样欢迎我们……"

我忽然发现，这孩子的语言组织能力很强，文学天赋也很高。对事物的观察能力、分析能力、表达能力以及想象力都非常强。大概也与她妈妈经常给她读《世界著名童话连环画》有关，听她有板有眼地表述，感觉不像是还没上学，倒像是已经读过四五年小学了。

我很激动，用心记着她说的每一句话，同时暗想，这孩子或许是一棵文学的好苗子呢，我要用心培养她。参天大树都是从一棵不起眼的幼苗开始成长的，忽视了幼苗时期的浇水施肥，剪枝打杈，它或可长大，却未必成才。我一定要让女儿成才！

回到家，我把女儿的讲述在电脑上原汁原味地记录下来，并署上她的名字，打印了出来。告诉她，看看，这就是你今天写的文章。

她高兴万分，说原来写文章这么简单啊。然后拿着稿子满屋跑，说自己当作家了，会写文章了。

从此，一颗文学的种子便在她心底埋下了。

写文章不是"原来这么简单"。但对孩子来说，如果从一开始就觉得文章非常难写，还有哪个孩子愿意写文章呢？

任何事情都是循序渐进，由简单到复杂的。

人类最初发明衣服的时候，不过是把树叶串起来护到身上而已，不过是把兽皮围在身上而已，因为急需解决的问题只有两个，一个是冷的时候保暖，另一个是出门的时候遮羞。但当保暖和遮羞问题都解决了，人们就开始往美观上追求，于是裤子开始设计上裤腿，褂子开始设计衣袖，就又发明了纺织，因为只有布料做出来的衣服才好看，才有舒适感。美观舒适之后又会往文化个性上追求，一步一步，衣服就不再是简单的衣服，而是一个国家、一个民族、一个时代、一种文化先进程度的具体体现。

写文章又何尝不是如此呢？

教孩子写文章，要像人类穿衣服一样，从简单开始，慢慢过渡到复杂。学会走路以后，还愁不会跑吗？况且文章真的就是把你想说的话落到纸上，只不过说得好坏有所不同罢了。

从 1998 年那个初夏开始，从女儿五岁还不识字的那个时候开始，她学会了写文章，也开始了写文章。先是口述，由我给她记录，哪怕只有几句话，只要她有想法，只要她说想"写"文章，我就给她充当"秘书"。等她上学以后，认识足够多的字了，我就让她自己写，哪怕只是写一个完整的句子，哪怕只是一篇简短的日记，我也称之为文章，给她以夸赞，给她以鼓励。所不同的是，我会适当地告诉她，某段话，某个句子，如果那样表述会更简练，更准确，更有意味。就这样以细雨润物的方式，在不知不觉中帮她提升，助她成长。

初中二年级，女儿在《诗刊》上发表了第一首诗《苹果》：

去年的去年的去年
一只被咬的苹果
正面是我做了多少梦
背面是什么

一天，有个某某
送我六个苹果，外面包得全是辛苦
他说吃了会平安
我决定反目

丢的苹果烂在下水道
香香地睡了睡，呆呆地哭了哭

我告诉他，全被丢了
其实，还剩一个

现在的现在的现在

没有人送我六个苹果

只有一个长得像剩下的那个

真的能接受，吃了能平安的苹果

但，拥抱暂不接受。

读起来有些不好懂，但一个初中生的丰富想象和跳跃式思维，显示了她的文学才华与智慧。

此后一年多的时间，她连续在各类报刊发表诗歌五十余首。

初三那年，她写出了中篇小说《何依之依》。看到稿子的那一刻我惊讶不已，她怎么会有那么精美的语言，她怎么对人物把握得那么到位？这是一个初三学生写得吗？这是我的女儿写的吗？

我把稿子寄给了在《满族文学》担任副主编的作家班同学于晓威。这位我们那一届作家班里成就最大的著名作家，收到稿子只三天，就把稿子呈给了主编：

"中学生的初恋故事，确切地说是中学生的初恋片段。情感的练习簿上，一些潦草却深刻的字迹，真纯和茫然是她们最大的理由，以此对抗成人喧杂的世界。作者系中学生，没有成人的成熟，却有着成人不具备的语言感觉和心灵。与时下的'青春文学'尚有不同。故郑重推荐发表。"

随后他也给我写来一封信：

"魏菡的小说我看了，感觉很不错，应该说比较出乎我的意料。虽然，有你这个写小说的父亲，但我还是感到她的一种艺术直觉和才气，都是不错的。她的语言简洁而富有张力，懂得细节和情绪的铺垫，这对一个中学生来说是很不容易的。我们刊物是双月刊，作风较严谨，退过许多知名作家的稿子，但这次，主编当即采纳我的意见，以最快的速度定于今年第 2 期发表，昨天已发排。"

这对女儿真是莫大的鼓舞，她激动地搂着我又蹦又跳。

此后，女儿又在《诗刊》《山东文学》《诗潮》《中国诗人》《青年文学》等多家刊物上发表小说、诗歌、散文二百余篇，获得过鲁迅青少年文学奖、冰心青少年文学奖等各类奖项不下十次，还被评为叶圣陶杯全国十佳小作家。

高二那年，幸得济南出版社刘元强主编赏识，女儿在《中学时代》杂志上开设了随笔专栏《魏菡看电影》。随后又出版了诗集《早尘的口袋》。《诗刊》《中国诗歌》也把她列为 90 后重点诗人进行了推介。共青团临沂市委、临沂市作家协会、沂水县文联、沂水县文化广播新闻出版局、沂水县第二中学，联合为女儿召开了作品研讨会。著名评论家邓荫柯老师，著名诗人严迪、兰野、邰筐、张好好，小说家高军，评论家刘海洲、公伟萍，"羽泉组合"之一的著名歌手胡海泉等等，都为女儿撰写了评论文章或短评，给予很高的评价。其中著名诗人、《诗刊》编辑兰野这样评价魏菡：

"令人惊艳的是她在诗中对存在、生命、死亡等终极问题进行的哲学式探求与追问。这完全超出了一个青春蓬勃的花季少女的感悟，比前辈作家们更早地找到了文学的根本。"

这种评价在我看来有些过高，但我深感欣慰，因为我希望的女儿就是这样的。

风雨中这点痛算什么

　　1999 年的某个夏日，我从沂水去莒县印刷由我主编的《沂蒙文学》杂志，女儿当时六岁，一向喜欢缠着我的她非要跟我去，父女俩便骑着一辆破摩托去了。

　　走时天气晴朗，天上虽然飘着几片云朵，却像清水荡涤过一般，洁白如玉。但是往回走的时候，云却变得黑起来，也密起来，父女俩刚出莒县县城，豆粒大小的雨点便砸向了我们。这个时候，为了孩子的安全我原本可以找个地方躲一躲，但我突发奇想，这不正是锻炼孩子意志的好机会吗？人常说不经历风雨哪会见彩虹，今天未必能见彩虹，但让她经历一下真实的风雨对她绝对只有好处没有坏处。

　　于是我问她："臭宝，怕不怕雨淋！"

　　女儿坚定地回答："有爸爸在我不怕！"

　　我说："那好！你搂紧爸爸的腰，咱爷俩就在暴风雨中跑起来！"

　　女儿喊："跑起来！"

　　父女俩便在风雨中真的跑起来了。同时还一起唱着郑智化的《水手》："……他说风雨中这点痛算什么，擦干泪不要怕，至少我们还有梦。他说风雨中这点痛算什么，擦干泪不要怕，至少我们还有梦……"

　　父女俩就这样唱着跑着，跑着唱着。路上有许多来来往往的车辆，也像疯了一样奔跑，车轮碾压着水浪飞溅，不时地扑打到我们父女身上，我们不去躲避，也不愤怒，只像打了鸡血般唱着跑着，跑着唱着。

　　一路跑出二十公里，来到四十里堡镇，雨越下越大，公路上出现了洪水，我怕危险伤及女儿，不得不到路边一座楼房的厦檐下避雨。

此时，父女俩的衣服全都淋透了。女儿冻得瑟瑟发抖，但她笑得特别开心，像是刚刚经历了一场非常热闹的集会一般。她说，和爸爸一起在雨中奔跑真好啊。回家以后我一定说一篇文章让爸爸给我记录下来，题目就叫《和爸爸一起在暴雨中奔跑》。我感动不已，也心疼不已。我把她搂在怀里，眼泪早已和着雨水唰唰而下。我说，好，回家你说，爸爸给你记下来。

对于女儿，当爸爸的总有一种特别的偏爱。人们都说女儿是爸爸上辈子的小情人，我非常反感这句话，总觉得这是一句有违中国伦理的话，让人不舒服。女儿就是女儿，这辈子是女儿，上辈子一定也是女儿，为什么是小情人呢？这种话也只有西方人才能想得出也说得出吧。但是不管怎么样，爸爸对女儿真的是要比对儿子心疼得更多一些。就比如我爷爷，他有四个儿子、一个女儿，奶奶告诉我，临死前他谁也不牵挂，连我他也没有牵挂，只牵挂我的姑姑，总怕她日子过不顺。当年姑姑刚结婚的时候，爷爷不管自己的日子多么艰难，仍然想方设法去给姑姑安磨、买鳌子，总怕她过不好受委屈。

女儿的出生，对我来说也体会到了比对任何人都深的感情与疼爱。我是一个轻易不会掉泪的人，从小在苦难中磨炼让我面对很多委屈与痛苦时都选择把泪水往肚子里咽。但是面对女儿我却柔软至极，小的时候她感冒打针，她妈妈在一旁感觉不到什么，觉得小孩子打针哭是很正常的事情，但是我却往往泪流满面。女儿的每一声哭泣都如钢针扎到我心上，让我痛得难以承受。可是女儿大了毕竟是要走上社会经历人间苦痛的，我疼她爱她却不愿意她怀揣一颗脆弱的心灵离开我的怀抱，所以我必须有意识地磨炼她。

四岁的时候她跟我回老家，问我，爸爸，那座高高的山叫什么山，我说那叫锥子崮。她说，我能爬上去吗？我说能，只要你不怕累，就一定能爬上去。她小叔然征比她大四岁，说晴晴你敢不敢爬，你要敢爬小叔陪你爬，咱比比谁能先爬上去。女儿说，谁先爬上去谁好人儿！

于是叔侄二人爬了起来。

我以为女儿一定会半途而废跑回来的，但是她没有，她和小叔一直爬到了山顶，还在上面喊着爸爸我爬上来了，我是一个勇敢的孩子。

那天晚上，她的小腿肿了，疼得直哭。她妈妈埋怨我让她爬山，我也很心疼，甚至说我比她妈妈更心疼，但是我说，这点苦痛不算什么，孩子总是要经历苦痛才成长的。然后抱起她，一边哄着，一边给她轻轻揉着小腿，而泪水却在眼眶里不时地打转。

现在，我又让她经历了一场暴风雨，我告诉她，人生总会遇到很多很多意想不到的暴风雨，你只要像今天这样笑着面对它，你就一定会是人生的赢家。哪怕你一辈子做不出什么巨大的成就，你也一定会是人生的赢家！

到南通去寻亲

2001 年夏天，我和朋友去无锡参加一个文学活动，在京沪高速公路的指示牌上，无意间发现了两个字：南通。本来这是极平常的事，可在一瞬间，我的心忽的一热，眼睛竟湿润了。因为南通是我妻子霞明的故乡啊，1969 年清明节前后，还在襁褓中的她被山东沂水一户善良的农民抱养，一晃几十年过去了，她早就知道自己是南通人，早就无数次在内心深处勾画着故乡的模样，可她却从未来过南通，也一直不知给了自己生命的那一双父母是谁。而现在的我就离南通咫尺之遥，就离我美丽妻子的亲生父母咫尺之遥，我的心头怎能不热，我的眼睛怎能不湿润呢？

就在那一刻里，我下定了决心，不管怎样，我一定帮她找到亲生父母，一定让她走进故乡南通的怀抱。

其实，从我和妻子确定了恋爱关系那天起，我就有过这等决心，只不过很长一段时间内，妻子不让我提说这件事，她怕对不起自己的养父母。尤其养母车祸离世后，她感觉养父是那样可怜，她不想再让养父受到伤害。

现在，不管她怎么想，不管她同意与否，我都决定尽快去趟南通，否则时间再过久了，只怕那双老人就不在了。

可是，一切该如何入手呢？想一想距离遥远的 1969 年，我的眼前一片迷茫，不知道寻亲的路千百条，该走哪一条才会顺利通畅。

2003 年冬天，我在网上结识了曾任南通市技术监督局局长的老诗人严迪。我读了他的许多诗，他也看了我的很多文章，我们先是在网上发贴交流，后来就通电话。我说，严老，我与南通还有些渊源，因为我妻子就是你们南通人。严老立刻吃惊了，说，是吗？那你什么时候来南通看岳父岳母一定通知我啊。我说，可惜我还不知道他们是谁。我告诉了严老一切，也告诉了严老自己想帮妻子找到亲人的想法。严老听完，只说了一句话：我帮你！

第二天，七十四岁的严老就去了南通市社会福利院，找到了那里的领导贾谊春书记，从纷繁的档案材料中找出了有关我妻子被福利院收养和被人抱养的记录。寻亲的序幕就这样拉开了，南通在我和我妻子的影像里开始不断地鲜活着、生动着。只是妻子说，找人一定要保密，别让爸爸知道，他要知道了，我就没法面对他了。

2004年春节过后，在贾谊春书记的努力下，南通市的《江海晚报》上登载了配有我妻子照片的"寻亲启事"。很快，我就收到了数以百计的电话或来信，有的是父母，有的是兄弟姐妹，他们都说我妻子特别像他们失散的亲人，并诉说当年为什么会把孩子送到福利院的原因——太穷了，家里人口多，吃不饱饭，在家也是个饿死，送到福利院，让外地人抱养了，还有一线生路。

我和妻子经过仔细研究比较，觉得其中一位从事企业经营的女子所说的情况比较符合实际，便与对方取得联系，决定赶到南通，当面再做进一步落实。

仲春的凌晨，天色尚在朦胧中，我们一家三口上路了。那个时候我还没有驾照，虽在部队学会了开车，但驾照忘记年审作废了。我借了朋友一辆奥迪车，请单位的司机小尹帮忙驾驶，怀着迫不及待的心情向着南通而去。

那个时候好像还没导航，我们沿着京沪高速一路向南，跑了四个多小时终于看到指向南通的路牌，女儿在座位上蹦起来大叫："爸爸，爸爸，快看，快看，南通！南通！"我说看到了看到了，扭头去看妻子，妻子竟已泪流满面。

上午九点左右，我们赶到了南通，高大瘦削的严老早在约定地点等候。老人家先请我们吃了一顿富有南通特色的蟹黄包子，然后，在妻子的要求下，我们先去了南通市社会福利院。

福利院坐落于南通市工农南路，前身是清末状元、著名爱国实业家张謇先生于1906年创办的全国第一所私立育婴堂，1952年由政府接管，几经合并，于1962年更名为南通市社会福利院。至我们走进福利院这天为止，在近一个世纪的时间里，收养的孤儿、弃婴、三无老人数以万计，仅政府接管后就收容过一万多人。而我的妻子霞明，就是其中之一，她的在册名字叫红莲。

从迈进福利院大门那一刻起，妻子的泪水就不停地流，她一句话也说不出，只是这里看看，那里摸摸，仿佛久别归来的游子见到了母亲。我不知道该说什么才能让妻子的心情平复下来，我只有不时地揽一下她的肩，不时地拍一拍她的背，却不敢与她对视，因为我的眼里也时有泪水欲涌，如果与她对视，只怕难以阻挡。而女儿晴晴好像也能感同身受，她紧紧拉着妈妈的手，不时地抬头去看妈妈的脸，轻声叫着妈妈。而那一声声妈妈，仿佛就是妻子想要见到生身母亲的呼唤，使得妻子更加难以抑制激动的泪水。

离开福利院，我们驱车赶往居于乡下的那户联系我们的人家，我想象着假如真的见到了妻子的亲生父母会是怎样的一种情景，内心激动而略生几分怯意。

当年把妻子抱到沂水的是妻子的养舅肖先生，肖先生曾给妻子透露，她的生父是南通一位高级领导干部，特殊年代里被错误对待，下放到乡下劳动改造，家里五个孩子，妻子是刚出生的老小，无法养活，便送到了福利院。肖先生那时候在南通当兵，似乎与妻子的生父认识，知道了孩子被送福利院的消息，便去福利院把孩子抱到了沂水，给了他没有生育能力的妹妹肖凤菊和忠厚善良的妹夫李光双。但在我们来南通之前的头两年，肖先生已经离世，我们无法再从他那里获得更多信息，况且，即便他还健在，我们也不敢再从他那里获得更多信息。因为他会告诉我岳父，他也不会希望我妻子与亲生父母相认。

联系我们的那户人家说，妻子的生身父母仍然健在，只是二人并非夫妻，妻子的生母是她生父的妻妹，当年，二人情感冲动，怀上了孩子，孩子生下来，无法留在家中抚养，这才送到了福利院。但是，家里的确是有姐妹五个的，妻子也的确是老小。

双方所言有些不符，但是，我们仍然觉得这户人家是最靠谱的，所以走在路上，内心似乎确认即将见到的人就是妻子的生父生母。

南通的乡下一马平川，连丘陵也没有，只有分割了稻田的一条条宽大的水渠和水渠中漂浮的一条条小船。村庄是在水渠与稻田的包围之下的，家家都是二层小楼，户与户之间相距较大，与山东的密集而居比起来，好像他们缺少亲热感。但是，小楼透出的富裕气息，却着实令人羡慕。妻子说，这地方真好，看着就亲切，看着就舒服。我说，这里有你曾经的家呀，当然看着亲切舒服了。

来到那户人家，看到已有好多人在等候我们，男男女女，老老少少，挤得院内院外都是人。而且还有专人在院子里支了锅在炒菜做饭，场面极其热烈而隆重。

我们把车停在院外，最早与我们联系的那位大姐奔上来与我妻子拥抱，随后就把跟在她身后的一位五十多岁的女人向妻子介绍："这就是你的妈妈，我的姨。"然后又回身对着站在远处的一位花白头发的老汉说："那是咱的爸爸。"随后又诸一介绍，这位是二姐，那位是三姐，如此等等。

我看到那位自以为是妻子生母的女人哭了，那位自以为是妻子生父的人也十分动容，可是，不知为什么，妻子却一直无动于衷，她对所有

301

人笑着，显得灿烂而从容，却没有一丝一毫的激动。我也没有什么感觉，如同在街见了陌生人，内心没有一点波澜。因为，这一家的人，没有一个人与妻子的外貌相像。

我们把带来的礼物拿进屋，坐入他们准备好的丰盛宴席，喝着他们斟满酒杯的醪糟酒，我开始与妻子的"生父生母"仔细攀谈起来，我想从他们的叙述中，判断他们与妻子之间的血缘关系到底有多大，然后再确定是否把与他们认亲的事继续下去。

随着攀谈的不断深入，我和妻子的心越来越凉，他们说，当年他们把妻子送入福利院的时间是 1968 年 5 月间，田野上的油菜花都已盛开。可妻子真正进入福利院的时间，是 1969 年 2 月，也就是快过春节的时候，这是福利院有着明确时间记载的。时间如此不符，况且妻子的养舅肖先生说，他把妻子抱到山东的时候，妻子还只是两三个月大小的婴儿，假如早在 1968 年 5 月即进入了福利院，那妻子怎么可能还是个婴儿呢？再者，他们说送妻子去福利院的时候没取什么名字，但福利院的记载却是原生父母给妻子取名红莲，福利院毫无更改即登记造册了。

酒宴过后，妻子的"生母"欲把准备的金项链、金手镯郑重地送给妻子，我们婉言谢绝了。我说，我们回城住下后，再跟山东那边核对一下，再到福利院调查一下，如果我们确属一家人，我们再过来彼此相认，到那时，不管相赠何种礼物我们都会接受，现在，一切还无定论，东西就先放在您手里保存着吧。

我们回到南通城里，在严老的安排下住进了宾馆，也接受了由南通市文联和南通市作家协会主要领导陪同下的宴请，感受到了南通人的热情与好客，体会到了重回故乡般的温暖与真情。但是，我们却知道，这次的南通寻亲是失败的，我们没有找到该找到的亲人，我们与那对生了霞明的夫妻近在咫尺，却也相隔天涯，因而，心情沉重，郁郁寡欢，饮食无欲。

第二天一早，我给那位联系我的大姐发了一条短信，告诉她，感谢你们一家的盛情款待，但出生时间的巨大差异，取名与未取名的巨大差异，都证明我们不是一家人，无法相认，敬请原谅。那位大姐回复信息，说也许是我们家日子不如你们家好，你们才不想相认的吧，请放心，我们家的日子还是蛮好的，我父亲是从南通市供销社主任位置上退休的领导干部，我们姐妹几个都经商，最不缺的就是钱，所以，你们认亲了，不会有任何负担。相反，我们还会好好帮助你们。我说，大姐你多心了，我们来寻亲，不是看条件的，如果能够找到我妻子的亲生父母，哪怕他们再穷，哪怕他们孤苦无依需要我们照顾，我们都会毫不犹豫地认下他们。可是你的父亲和小姨，跟我妻子之间有着太多不是血亲的疑点，所以，我们无法相认，请您原谅，也请你的父亲和小姨原谅。

南通有座文峰塔，位于濠河边的文峰公园内。严老要带领我们游览南通风光，我们提出先去游览文峰塔。不是这座塔有多好看，而是因为沂水也有一座文峰塔。两座塔的样子一模一样，两座塔的名字也一模一样，这让我们产生了难以表述的情愫。我们走近南通的文峰塔，仿佛就带去了一根长长的线，把沂水的文峰塔与南通的文峰塔连接在了一起，以后，我们对南通的那份情，就会通过这条线传导着，不管未来能不能真正找到妻子的生身父母，这份情都会绵延不断，直到永远。

向遥远的秋色躬躬

对于从事文学创作的人来说，哪怕像我这样的专业作家，也不会有充裕的时间专门搞创作。因为有很多创作以外的事情等着你干。而那些从事业余创作的人，就更不可能会有专门创作的时间了。但我的特点就是事情越多，日常工作越忙的时候，越能写出很多作品来。

我女儿也和我一样。

女儿高中那个阶段，学习负担非常重。但是她的创作热情却更加高涨起来。她总能利用学习的间隙写一些诗歌、散文发表。并在《中学时代》开设了随笔专栏《魏菡看电影》。也是在高中阶段，她出版了诗集《早尘的口袋》，获得了全国性的很多奖项，比如"鲁迅青少年文学奖""冰心青少年文学奖""全国十佳小作家"等。

然而只写不读是不行的，就像只干活不吃饭会饿死一样。于是我给她定了个规矩，每天晚上放学回来后，给我讲解两首现代诗。那时，我的恩师邓荫柯先生刚寄来一本他编写的《2016 至 2008 经典新诗解读》，这是一本精选近百年来中国新诗的精华之作，是邓老师煞费苦心逐一进行解读评论的厚重之作、心血之作。我让女儿每天晚上睡觉前，打开这本书，先不看邓老师的评论和解读，只看诗，给我解读两首。然后再看看邓老师的解读和评论，对比一下自己对这首诗的理解差距在哪里。

时间在晚上十点左右。因为女儿学校放学的时候已经是晚上九点半，我把她接回家，她再洗洗漱漱，也就十点了。实实在在地说她很累，我很心疼她，真不想再给她增加压力。可是，一个人要想成才真的不是靠轻松换来的，今天的苦你今天不吃，那就得和明天的苦合起来一起吃。那时发现苦太多根本吃不下，你也就成不了什么人才，而是一个庸才了。很多人不都是今天该吃的苦不想吃，以为上天给他的时间还很多，想推到明天再吃，结果明天复明天，明天何其多、也何其少，最终什么也干不成，只剩下一肚子抱怨。抱怨社会不公、抱怨父母无能，然后就像荒野里的杂草一样，开不了鲜艳的花，也结不出甘甜的果，以惨淡的枯萎结束一生了事。

其实女儿一开始也是嫌累的。道理说了每个人都懂，但是真正做起来往往很难。我严肃地告诉女儿，如果你想在文学创作上走出一条属于自己的路，不舍得下苦功是不行的。再说你想考上一所理想的大学，也需要发表一些优秀的作品才行。而要写出优秀的作品，你只写不读，又如何写得出呢？而读，不是走马观花地读，是细嚼慢咽地读。就像吃饭一样，只有细嚼慢咽，才能消化得好。消化好了，营养也才吸收得好。

女儿明白了我的话，含泪同意了。

我使劲拉拉她的手，给她赞许和力量，但心里却极为酸楚。

此后，每天晚上她都给我讲完两首诗再睡觉，同时再利用周末读其他一些名著。

也就是这个时候，济南出版社《中学时代》的刘元强主编到沂水来，我们有缘通过好友张在军介绍得以相识成为好友，我把孩子写的两篇电影随笔拿给他看，本意是若他觉得好给发表一篇，他惊讶不已，说孩子的语言太好了，思想也很深刻，这样优秀的孩子得重点扶持啊，当即决定在《中学时代》上给孩子开一个专栏，标题就叫《魏菡看电影》。

虽然这个专栏只是一月一篇文章，但麻烦的是需要观看经典电影才能写出来，这样只能牺牲女儿周末的休息时间让她看电影了。而我给她提出的要求是，你一定要像给我解读现代诗歌一样认真地看每一部电影，认真地思考每一部电影，然后认真地写好每一篇文章。同时，其他创作不能耽误，每天晚上解读两首现代诗的任务还要完成。

　　那段时间，女儿特别紧张，特别累。从当爸爸的角度，我很心疼，内心很不是滋味，觉得人生本来就是一场苦难的旅程，为什么还让孩子这么累、这么苦呢。自己一个人苦和累还不够吗？可是想一想她的未来，想一想她面临的挑战与机遇，不吃苦，她又有怎样的选择呢？便在她稍有松懈的时候狠狠心告诉她，如果你连这么点苦和累都受不了，那你就回老家放羊去好了！

　　秋天的时候，《魏菡看电影》专栏的责任编辑李圣红老师打来电话，让魏菡写一篇正在热映的电影《变形金刚3》的随笔。当时女儿并未观看这部电影，网上也找不到，沂水也不放映。女儿问我怎么办，我说好办，我们去临沂看！

　　那一天正好是星期天，当天晚上，我就开车跑了一百多公里带她去临沂，观看了《变形金刚3》。

　　从临沂回来时，已是深夜十二点，我说闺女你休息吧。她说，还有诗没有解读呢，就给我解读了两首诗才回了自己的房间。我送她到门口，对她说，快点休息，明天再说写文章的事。她答应着，可是第二天早晨五点多我从梦中醒来时，她已经通过 QQ 把题为《擎天柱：我到底该不该大义灭亲》的随笔发给了我，并留言：爸爸，文章我写好了，你醒来后给我打印出来，我带到学校去再改一改。

　　我下载了她的文章阅读着，眼睛却被泪水模糊了。

　　我擦一下泪水给女儿回复了一封邮件：爸爸是多么心疼我的闺女啊，但也因为我闺女如此的努力而深感欣慰。

　　这篇稿子发表后，稿费只有三十六块钱，而父女俩去看电影的来往花费加电影票高达三四百块。但这一切都是值得的，就像每天让她给我解读两首诗歌一样，它的价值不在一时一事，而在你向遥远的秋色鞠了一躬，那遥远的秋色里必定会有一份沉甸甸的收获等着你。

我的世界再缺一角

2007年农历正月二十，比爷爷大三岁且多活了十年的奶奶走了。

爷爷离世后，我每年冬天都把奶奶接到城里过冬，到她离世的头年秋天，我又把她接进城，本来让她一直等到第二年春暖花开再送她回家的，但是四叔来看她，发现她已不似从前那般思维清晰说话明白，便对我说，让你奶奶回去吧，毕竟是熟透的瓜了，再在这里长住，万一有什么不测岂不麻烦？我说，眼看就要过冬了，家里那么冷，回去她得多遭罪啊，还是让她在这里过了冬再走吧。

又过了些日子，我去临沂文联开会，回来时奶奶忽然不认识我了，我一进门她就神情迷茫地笑着对我说，俺那侄儿啊，你怎么来了？来看我吗？我很吃惊，也很害怕，上前拉住她的手说，奶奶，我是你孙子森呀，你怎么认成你侄儿了？说了好几遍，她才慢慢明白过来，说，哦，是俺那森啊，我怎么看着是俺二侄儿呢。

三天后我得到一个消息，我奶奶娘家的二侄，也就是我的二表叔孙立民因车祸去世了，而时间恰恰就是奶奶把我认成她二侄的那天上午。

我是不迷信的，但事情的过于巧合令我有些恐慌。

人都说老人在最后时光里，总会产生异于常人的现象，奶奶是不是也有些异常呢？1978年农历正月二十三，曾祖父去世，快要离世的头年腊月里，一辈子行医不迷信的他却突然对我爷爷说，我看到你娘了，她在祖林里手搭凉棚往这边看呢，想必是等着我去呢。结果事情过去不久，他就离世了。而奶奶会不会也像曾祖父一样？我害怕，便找辆车把她送

307

回了家。

此时我的生活尚不宽裕，五年前为了要文化局的高职楼欠下的债尚未还清。但是为了方便回家看望奶奶，我贷款买了一辆吉利自由舰轿车，每隔三五天就往回跑一趟，给她送些吃的，看看她生活得怎么样，有没有生病。

每次回家奶奶总会拉着我的手好久不愿松开，总会说许多从前的事情。还会反复说，等我走了，你把这个院子好好收拾收拾，常回来住住，老家是咱的根儿啊，别因为没有爷爷奶奶了把根儿丢了。如果让祖宗传下来的这座百年宅院荒废了，人家会笑话咱的，也会觉得咱家人丁不旺的。我答应着，泪就不停地流。

其实，即便奶奶不说什么，我也会流泪的。不知怎的，那个时候的我特别脆弱，只要一见奶奶我就会流泪。按说有三个叔叔在跟前照顾奶奶的生活，我是应该放心的。可是，看到她的暖水瓶里没有热水我会流泪，看到她煮方便面吃我也会流泪。看到她顶着一头蓬乱的白发坐在院子里的香椿树下等我，我更会流泪。天冷了，屋里没有取暖的炉子，只有我给她买的电褥子和暖水袋，她虽然告诉我一点都不冷，有炉子她也不用，嫌麻烦，但我仍会流泪。我不知道这是怎么了，难道冥冥之中感觉到跟奶奶在一起的时光不多了，上天让我心生悲伤吗？

或许别让奶奶自己再做饭吃我就放心了；或许叔叔们轮流把奶奶接到他们家住我就放心了。于是就和三个叔叔商量，大家轮流照顾奶奶，轮到谁就让奶奶去谁家住。我也算一份，让单身的二叔代我照顾，我给二叔多送些东西多拿些钱。

这样安排完了不到两个月，腊月二十三这一天，奶奶出事了。

奶奶出事的原因是在二叔那里从座位上站起来欲去厕所时，一下没起来，再起也没起来。二叔出门没在家，跟前又没别人能够拉她一把，她第三次再起时便摔倒了，这一摔倒就再也没能起来。

我从城里赶回家，跟三个叔叔商量把奶奶送到医院住院。

奶奶却坚决不同意，说住什么院啊，我是熟透的瓜了，到了该走的时候了，摔一下我就有了走的理由了，住院也白白地给你们添麻烦，弄不好我走的时候连这个老屋底子也占不上了。我不去医院。

三个叔叔也说，算了吧，她这情况去医院也难弄，八十九岁的人了，就算有点骨折，你能怎么处理呢？动手术吗？她这年纪还禁得起折腾吗？让她安安静静地在家吃点药治治看吧，不行过了年再去医院也不迟。

我听了三个叔叔的话，没送奶奶去医院，但我从沂水中心医院请来了一位高水平的骨科大夫，让他给奶奶看看，到底有没有骨折，如果骨折了还能不能动手术？

医生来了，告诉我奶奶的臀部骨折很厉害，应该属于粉碎性骨折，要做手术也非常麻烦，而且一时半会儿也好不了。老年人，到了这把年纪满身的骨头脆如朽木，轻轻一碰都会碎的，碎了再愈合就非常难非常难了。再说看老人的情况，只怕真像她自己说的，时间不多了，要走了。做不做手术对她来说可能意义都不大，没那个必要让老人折腾受罪，不如观察几天再说。

奶奶到底没去医院，人在床上躺着，只要不动她，她便不会觉得疼。只是大小便失禁了，正常的饭食吃不下了。我回城里给她买了些老年人用的尿不湿，买了些冲着喝的营养品，她还知道对我说，你花这么多钱干什么呀，本来日子就过得紧巴。此后便一天不如一天，时而清醒，时而糊涂，到了正月二十的这天晚上，她便安安静静地走了。

奶奶走的时候，我在三叔家的床上睡着了。我已经三天三夜守在奶奶身边没怎么合眼，奶奶走的这天夜里十点多，三叔说你去睡一会儿吧，老这样熬也顶不了什么事。我们都在这儿呢。我便去三叔家躺了一会儿。刚睡着就做了一个梦，梦到奶奶走到床前拉住我的手说，森呀，奶奶走了，奶奶走了。我激灵一下子醒来，隐隐约约听到哭声传来。我赶紧跑回老宅院，发现奶奶已经走了，奶奶真的走了。

我扑到奶奶跟前哭喊着把脸贴向她的脸，脸是冰冷的，再也没有了从前的那份温热，再也不似从前那样给我慈祥的笑。院子里那棵香椿树越长越大，奶奶却再也不可能在树下等我，再也不可能和我在树下说话，再也不会在香椿发芽的时候盼着我回家吃香椿芽煎鸡蛋了。

奶奶走了。如果说爷爷的离去让我的世界缺了一角，那么奶奶的离去让我的世界再缺一角。好在我记住了奶奶说的话，把老宅院好好收拾收拾，以后常回来住住，别把根儿丢了。

在辽北的土地上

2010年9月16日，农历八月初九，提前一天给母亲过了生日，我在妻子的陪同下，驱车赶往辽宁开原，采访九一八事变后，一群山东人自发抗日的故事。

早在1985年我在铁岭乡村当兵的时候，就曾听一些老人给我支离破碎地讲过许多山东人在辽北抗日的事迹。其中印象最深的是一个叫李秀廷的莒县人，本是带领几千土匪以"金山好"为号打家劫舍的，九一八事变后掉转枪口打起了鬼子，最后只剩一百多人投奔了抗日英雄杨靖宇，再后来只剩他自己，跑回山东仍要招集人马再回东北抗日，结果被其汉奸妹夫出卖，遭鬼子杀害。我为此做了很多笔记，想在积累多了以后写成小说，却因部队很快移防沈阳，自己那时的写作功力尚浅而搁置。

2009年初夏，开原市农民文史研究爱好者张林成通过朱宝太老首长与我取得联系，然后介绍开原市党史委的徐祥杰主任于2010年9月到沂水找到我，以个人名义出资十万块钱作为预付稿费，请我写一本关于山东人在辽北抗日的书，并改编成电视剧。这正契合了我久有的心愿，于是一拍即合，我便去了开原。

从沂水到开原接近一千二百公里，凌晨三点半我和妻子出发，整整跑了十九个小时才于深夜十一点赶到目的地。

当徐主任等人把我们接到饭店吃饭的时候，我有一种浑身散架即将崩溃的感觉。此后连续三天，我都在一种极度的疲劳中，抑郁症的老毛病也犯了。当好几个老战友听说我在开原，从铁岭或者沈阳赶到开原看望我，请我吃饭时，我却坐不住，也吃不下东西，脑袋总是嗡嗡的，像从炮火连天的战场上刚下来一般，与现实世界格格不入。

但是为了赶进度，我并没有停歇，稍作休息后即开始了采访。从铁岭到西丰，从开原到清原，从梨树到四平，从清河到昌图，从抚顺到新宾……开着我的"自由舰"，在妻子和张林成的陪同下不停奔波，整个辽北几乎都跑遍了。

辽北地处辽宁省北部及吉林西部，民国年间曾设辽北省，历史悠久，文化深厚。一度执掌中国政治大权的满族，就兴旺于这块广袤的土地上。这里的西丰县一带曾是清代皇族的围场之地，封禁达三百年。明清两朝，铁岭一带是朝廷流放重犯的所在，几百年间，许多达官、重臣、哲人、学者因忤犯朝廷而被发配到这里，其中最为知名者如明太子太傅、华盖殿大学士陈循，清御史郝浴，明吏部侍郎董国祥，清翰林院编修陈梦雷等。这些当时全国一流的才子流放至此后，多以教书为业，从而为辽北培育了丰厚的人文土壤，致使从古至今名流辈出。曹雪芹的祖籍在此不说，续写红楼的高鹗，勇冠三军的僧格林沁，诗书并著的文学大师魏燮均，著名作家端木蕻良，教育家高崇民等，均是这块土地上的耀眼星辰。

辽北土地肥沃，河流纵横，是发展农业的绝佳之地。特别是西丰围场开禁后，大片的荒地需要开垦，就吸引了无以计数的山东人向这里涌来。及至清末、民国，在这里扎根生活的山东人占了当地人口的80%以上。

东北沦陷后，这里的山东人便先举起了抗日大旗，不管是家财万贯的富豪，还是身无分文的穷汉，抑或是经商的、为官的、教书的、打铁的、当长工的、当丫环的、当土匪的、念经下神的，几乎是各行各业各色人等，都参与到了这场轰轰烈烈的保家卫国斗争中。领头的，是祖籍山东烟台一个叫栾法章的人，他的曾祖父那一代来到辽北，经过几代人的发展，拥有土地三万多亩，其父在北平经营房地产，他本人则是张学良的警卫副官，家族势力可以说极为强大。另一位则是祖籍山东济宁一个叫白子峰的人。此人的祖父于清末来到辽北，家族势力虽不能和栾家相比，但也是富甲一方的大户。两个人前者任司令，后者任副司令，先后纠集五六千人，在得不到民国政府支持，也没有后援力量的情况下，毁家纾难，与日本侵略者展开了殊死搏斗。仅两年时间，五六千人所剩不过二三百人，主要领导者除栾法章外，全部壮烈牺牲。其中就包括副司令白子峰。

深厚的历史文化，悲壮的抗日故事，让我一旦深入其中就不能自拔。但采访时间对我来说不是无限期的，我需要尽快完成采访回山东，因为还有很多其他工作需要我去做。所以在不到二十天的时间里，我采访了几百位当地老人，写下了三大本笔记，录音一百多个小时，搜集文字资料三大箱一百余册。

坦率地说，辽北的道路状况不如山东，当时有很多地方的公路坑坑洼洼，坎坷不平，我的车又不好，经常跑着跑着就出状况。最糟糕的一次是晚上八点多油泵烧了，车在前不着村后不着店的荒郊野外突然罢工，再也打不着火。起初我以为没油了，打电话给徐祥杰主任，等了将近两个小时，徐主任亲自开车把油送到，仍不行，我就知道不是油的问题，很可能油泵坏了。但是深更半夜上哪修车呢？徐主任打了好几个电话，才找来开原一家修理厂的人把车拖回了开原。

一夜折腾，凌晨4点才回到宾馆。我精疲力竭，妻子就哭了，说搞个采访怎么这么难啊。你以前老出去采访，连车都没有，都是怎么过来的？我笑着说这算什么呢，又没遇上狼虫虎豹、土匪劫道。

其实，妻子不知道我的抑郁情绪和老胃病复发比车子出问题更折磨我。一路采访一路情绪低沉，总是无端地猜测一些不好的事情，担心遇到一些不好的人，甚至看不惯这个，看不惯那个。我知道这是抑郁所致，所以强忍着不让自己表现出来。胃病复发则是腹胀、隐痛、吐酸水，我同样默默地忍受，不敢说出来，因为说出来妻子就会担心，本就牵挂在家上高二的女儿，由此就会吵嚷着结束采访往回走。那样的话，我的情绪会更糟，采访工作也将大受影响。

好不容易在我请到的假期内结束了采访，我在部队时的老科长李香生给我打电话，说已和家在铁岭的几位老领导、老战友说好，大家一起聚聚，见见面。我却一刻也不想停留，谢绝了李科长的好意，返回了山东老家。

这一路，幸亏有位搭车的战友与我交替开车，我不再像去时那么疲惫。但是回到家中，仍然休整了十几天才渐渐恢复常态。太累了，从肉体到精神，都有一种与世渐离的感觉，甚至后悔接了这个活。

而在身体恢复正常后，回味着采访到的那些山东人在辽北英勇抗日的悲壮故事，看着资料上那些数不尽的为抗击侵略者而壮烈牺牲的有名字或无名字的山东人，我又壮怀激烈，豪情满怀。告诉自己，必须把这本书写出来，必须写好这本书。因为这是一部为山东人在东北抗日留下的历史大书，这是为山东人在东北抗日撰写的史诗作品，也是为山东人在东北抗日谱写的一曲深情挽歌。写不好，我会愧对牺牲的英烈。写不好，我也会愧对山东人民。当然，也愧对信任我的徐祥杰主任。

四年时间，我完成了这部名为《白雪英雄祭》的作品。不，应该是两部作品：一部是小说版，一部是电视剧版。小说六十万字，电视剧七十四万字，加起来一百三十四万字。

完成这两部作品的过程中，我很大一部分时间要干县里、局里安排的工作，虽搞专业创作，却没专业时间。还要一天四次接送女儿上下学，即早晨五点半把她送到学校，中午十一点四十把她接回家吃饭午休，下午一点半再把她送到学校，晚上九点半再把她接回家。有时早晨和晚间还要给她送饭。晚间女儿临睡前，我还要听她解读两首现代诗。女儿考上大学走了以后，我似乎轻松些了，又被县委组织部安排到乡镇挂职副镇长体验生活。挂职副镇长却不是虚职，而是像正常干部那样分管一摊子工作，扎扎实实地去干。我分管的是旅游和文化。必须跟上乡镇工作的快节奏，每天早上七点出发，晚间八点以后才能回家。每周两次联席会，往往深夜十一点才能开完。四年时间，白天从来没写过一个字，不是不想写，是根本捞不着写。

如此状态，作品还能出来吗？能！全靠晚睡早起。夜里再晚，哪怕已是深夜零点，我也要写，只写几十字几百字我也写。很多时候，写着写着脑子一片混沌，眼前一阵模糊，不由自主地往座椅上一仰，就睡着了。而且不管睡得多晚，早晨三点半至四点左右我会自动醒来，起床接着写。

搞创作其实就是这样，不怕忙不过来，就怕拾不起来。不怕每天只写一点，就怕一点也不写。培养良好的写作状态，持续下去就一定能出成果。

这部作品的小说版还在创作之际，就获得了 2012 年度山东省作家协会重点作品扶持。2014 年 4 月由济南出版社出版后，获得了山东省第十一届精神文明建设"文艺精品工程"奖和全国首届"浩然文学奖"。截止到 2021 年 12 月，已经是第三次印刷。我终于向那些牺牲在东北抗日战场上的山东英烈、山东人民，交上了一份还算优异的答卷。

遗憾的是，电视剧版《白雪英雄祭》一直未能投拍，没能用鲜活的银屏形象向英雄的抗日志士们致敬！但我相信，总有一天，这个伟大的愿望一定会实现！

和母亲牵手

我和母亲至少四十年没有牵过手。

与母亲牵手很难吗？不难，但是我和母亲的感情却像隔着一层玻璃，看得着，却感受不到暖意。在没有自己的孩子之前，我似乎也没在意这种感觉，甚至也为母亲学着识字给我写信感动过，可有了自己的孩子之后，体会到自己对孩子的种种牵挂原来是那么深、那么重。我总在想，在我从陌生村庄回到祖父母身边后，母亲为什么一直没有看过我？为什么没给我做过一双袜子半双鞋？为什么没有给过我一丝哪怕只是口头上的关心？十余年的时间啊，她难道从来也没牵挂过自己的儿子吗？假如我的孩子离开了我，别说十几年，哪怕只是几个月，我也会不顾一切地跑去看看她的，我怎么忍受得了十几年见不到自己孩子的痛苦！这么一想，怨恨便产生了。而我虽然不说，母亲却是能够感觉到的。所以，每次见到我，她总是心生怯意，不愿提起从前，不敢说起父亲，更是回避着有关母慈子孝的话题。如此，中间那层玻璃难以拆除，母子牵手也就无从谈起了。

人近五十，我忽然觉得自己错了。

是著名导演翟俊杰让我知道自己错了。

翟俊杰在女儿出生时，用一只小瓶子接了妻子一些奶放在了箱子里，二十多年后，女儿要出嫁了，他把装了母乳的小瓶子拿出来作为礼物送给女儿，当女儿看到瓶子里的奶已经化作干巴巴的血块时，这个原本就很孝顺的孩子哭着给妈妈跪下了，因为她一下子明白了，自己原来是喝了母亲的血才长大成人的。

有谁不是喝着母亲的血长大成人的呢？你是，他是，我也是。所以看到这个故事时，我的泪水长流不止。我后悔对母亲的怨恨，难过没有发自内心与母亲亲近，羞愧自己竟然感觉很孝顺，渴望快些为母亲做些什么，并与母亲亲热地牵手。

2011年清明节前夕，我给乡下的母亲打电话。我说，妈，清明节你忙吗？不忙的话我把你接到城里住几天行吗？

一直给我弟弟崇民看护鞋厂的母亲非常高兴，说不忙不忙，清明节崇民的厂子放假，我正好出去逛逛。接着又说了一句，妈早想你了，一直想去看你。

很少被母亲哪句话感动过的我，好像突然之间感情变得脆弱了似的，我感动了。我说妈，儿子也早想您了，只是这段时间单位事儿太多，我没来得及去看您。话没说完，眼泪唰唰而下，声音也哽咽起来。妻子于一旁轻轻揽了一下我的肩，柔声说，别这样，咱妈不知什么事，你会吓到她的。

母亲到城里来了。

母亲来的这天晚上，我作出一个决定，给母亲洗脚，拉着母亲的手陪她看会儿电视。

但是，我一次次地走到母亲跟前，却怎么也说不出"妈，我给您洗洗脚吧"这样的话，却怎么也未能伸出手去和母亲牵在一起。世界上最简单的事情，莫过于给母亲洗脚和跟母亲牵手，而做起来却是那么难，那么难。我万分地恼恨自己，却又无法越过心理上的那层障碍。

第二天晚间，读高中的女儿难得在家，我便让她给奶奶洗澡。女儿答应得很痛快，母亲却说天气有点凉，不知洗澡会不会感冒。我看出她对洗澡不情愿，就说，妈，您要不想洗，咱就不洗了，我给您洗洗脚吧。

话一出口，我自己都觉得奇怪——怎么就毫不费力地说出来了呢？

是上天帮助了我吗？我暗暗激动和兴奋着。母亲却涨红着脸一个劲儿地冲我摆手，说不不不，不不不，我自己洗就行，我自己洗就行。说着，起身奔卫生间而去。

我把母亲拦住了，我说妈，儿子都是快五十的人了，从来就没给您洗过脚，您就让儿子尽尽孝道吧。然后不顾母亲继续反对，让女儿端来热水，我开始给母亲洗脚。

长期生活在乡下的母亲没有过分讲究卫生的习惯，天气冷的季节，常常十几天不洗一次脚，而且她还喜欢夜里穿着袜子睡觉，所以，我帮母亲把袜子脱下来时，一股脚臭扑面而来，我几乎都要吐了。但是，我忍住了。我把母亲的脚轻轻放进热水中，慢慢地往她脚上撩水。这时，母亲的眼圈红了。她很不自然地对我笑着，想说点什么，却怎么也没说出来，只用一只无所适从的手摸了一下自己的脸。我的心里酸酸的，想哭，却怕哭了母亲也跟着哭，就深深地低下头去搓母亲脚上的灰，以此掩饰并分散了自己的情绪。

洗完了，女儿给母亲剪脚指甲，我去阳台给母亲洗袜子。回来时，发现母亲的脸上闪现着从未有过的红光，那笑比以往多了许多对儿子和孙女发自内心的感激与喜爱。

但是这一天，我仍然未和母亲牵手。我仍然觉得，无缘无故和母亲牵手是件很难为情的事。

第二天，我开车带着母亲到地下萤光湖旅游。当母子二人走在景区错落不平的道路上时，我终于找到了和母亲牵手的机会和理由。于是，我先是搀着母亲，说着让她小心别磕倒的话，继而牵住了母亲的手。这一次，母亲没像我给她洗脚时那么激动，但是，她的手却与我牵得很紧，很结实，而且脸上洋溢着无法言说的幸福。

来到入洞口，守门的一位老汉立刻搬了板凳让母亲坐下休息，并对母亲说，天天来旅游的那么多，领着母亲来的很少，拉着母亲的手来旅游的更少，你儿子可真孝顺啊。母亲特别满足而自豪地笑了，说俺这个儿子就是孝顺。我低下头去，内心十分羞愧。这么多年了，我是第一次带母亲出来旅游啊，母亲竟然这么满足，素不相识的人竟然如此夸赞，我感觉自己在欺世盗名。

母亲在城里住了四天，四天里我领母亲转了很多地方，母子俩也说了很多很多话，说到了死去四十多年的父亲，说到了她在百年后的安排，说到了我在部队那些年，不识字的她为了给我写信自学识字的故事……说到动情处，我流泪，母亲也流泪，有一次甚至泣不成声。

第四天的晚上，弟弟崇民来电话，说厂子开工了，人多手杂，他又忙着出去送货，厂里没人盯着不行，问我能不能让母亲早点回去。我知道母亲也是急着回去的，就说行啊，便把母亲送回去了。

走之前我给母亲收拾了木耳和糖果，又给母亲买了一瓶搓脸的"大宝"。并和母亲开玩笑，说妈你搓了大宝，一定会从七十二变到二十七的。逗得母亲开怀大笑，说那敢情好。

走在路上，我故意把车开得很慢，为的是和母亲多说说话。

母亲嘱咐我，一定照顾好她孙女，快考大学了，别营养跟不上，身体出毛病。

母亲嘱咐我，以后学着脾气收一点，别老和她儿媳妇发火，别动不动就训她儿媳妇，说她儿媳妇多好啊，人长得漂亮，也贤惠，对她也孝顺，老给她买衣服和好吃的。

母亲嘱咐我，不管多忙，都要好好保重自己的身体，不要再为写书熬夜了，电视里都说了，熬夜最伤身体。

……

需要嘱咐的话似乎好多好多，似乎是积攒了几十年没有机会说，现在终于可以一股脑儿地说出来了。所以母亲不停地说着，说着。有些话前面说了后面又说，刚刚说了，接着又说。母亲真的像个喜欢在儿子面前唠唠叨叨的母亲了。

回到家，母亲高兴万分地给鞋厂的女工们发糖，说这是她儿子给她的，是过年时，上海一个朋友寄来的，儿子没舍得吃，给她留下的。母亲还说了儿子给她买"大宝"的事，说以后她要变年轻了，从七十二变到二十七……

我要往回走了。临上车的时候，母亲轻轻牵住了我的手，像是儿子要去远行，很久才会回来似的，她半天说不出话，只是眼圈红红地看着我笑。我心里酸酸的，强忍着没让泪水流下来。我说妈，我走了，什么时候你想去城里了就打电话，我来接你。母亲笑着点点头，眼泪在眼圈里打转转。怕我看出来，就抬手装着挠痒痒，抹了眼睛一把。

走在路上，我无法控制地哭起来。一路走，一路哭。我在想，几十年了，我和母亲之间那层玻璃终于拆除了，我终于让她感受到儿子对她的爱了，终于让她感受到儿子的温暖了，母子二人的心终于毫无间隙地贴在一起了。而拆除那层玻璃的方法，就是和母亲牵手。

和母亲牵手，再也没有遥远的距离，母亲朝我暖暖地走来，我朝母亲暖暖地走去。

陪女儿赶考

女儿终于要高考了。我想，总算熬到头了。

三年，除了寒暑假，我没有一天不在紧张中，早晨五点半把她送到学校，七点二十左右送早餐，中午十一点半把她接回家，饭后她午睡小憩，我只能硬撑着沉重的眼皮等到一点十分把她叫醒再送她去学校，我如果也午休，必定误事。晚上六点再给她送饭，回来写稿子，九点半再去学校接她下晚自习。回到家等她洗完脸刷完牙，我再逼她给我讲两首现代诗，以训练她的理解能力，好多出作品。然后她睡觉，我坐下来写东西。写到深夜零点上床，往往失眠，头昏脑涨到两三点才有睡意，心里又想着千万别睡过了头，否则耽误送孩子上学。这一想，觉就再难睡踏实，五点来钟得起床了，头却沉重得不行，起一起摔下去，起一起再摔下去，最后硬撑着起来了，得在屋地上晃几晃才能站稳，那滋味，不比得场大病好受多少。

现在，很快就要熬到头了，虽然还在每天接来送去，但心里多少有了几分轻松感。

想不到没过几天，新的紧张又扑面而来。

高考之前填写报名信息，"报考类别"一栏女儿应该填写"艺兼文"，她却填了"文史"，报完两天后的一个早晨我去学校给她送早饭，她无意间透露了出来，我一下子蒙了，心里呐喊：谁让你填报"文史"的！你填报了"文史"还能走艺术生的路子吗？还能成为艺术类院校的学生吗？我们之前去上海戏剧学院参加全国性的写作能力筛选考试岂不白考了？全国第五名的好成绩岂不白费了！一头的火，却不敢发作出来，怕影响了她的情绪高考时情况更糟。硬生生把火憋回去，故作镇静地说没事没事，你只管好好复习备考，一切交给爸爸就好了。

送完饭往回走，天下起了雨。我刚好没开车，想徒步锻炼一下身体，天一下雨我便只能光着头任雨浇。心情本就糟糕透顶，如此，更加糟糕透顶了。雨水顺着头发唰唰地往脸上流，也不管，也不擦，回到家如同一只落汤鸡，往沙发上一坐，心灰意懒地好半天动也不动。

妻子从洗手间里擦着刚洗过的脸走出来，说："你怎么了？浑身湿成那样怎么还坐在沙发上不动呀？快换衣服去啊。"我立刻大吼："滚一边去，一天到晚你啥忙也帮不上，就知道说些没用的！我不如你的沙发值钱是不是！"妻子知道遇上事了，吓得立刻噤声，擦完脸化完妆，饭也没吃就上班去了。

我给上海戏剧学院招生办打电话，询问考生填错了"报考类别"会不会影响录取，上戏招办的人说肯定受影响啊，你没填艺术类，咋被艺术类院校录取呢？

那咋办呢？唯一的办法就是去省教育厅修改报考信息，但是木已成舟还能改吗？如果能改，是不是也得有相当硬的关系才行？就给所有可能与省教育厅有联系的朋友打电话，打了一圈，几乎所有朋友都说改不了，这要能改还不乱套了。只有出版社的一个朋友说，我一朋友在省教育厅工作过，我让他给问问，兴许能改。我一听，激动了，当天下午就买了些当地特产开车跑去了省城。

朋友的朋友在外地，说两天后才能返回。朋友说，你回家吧，等他回来我让他去教育厅给问好了告诉你便是。

回到家坐立不安，不知道朋友的那个朋友能量到底有多大，能不能扭转乾坤。却是依然不敢告诉女儿，女儿问，我只说没问题，没问题，一切都有爸爸呢。

挨过两天，朋友来了电话，说他的朋友给问了，省教育厅的相关领导说今年政策变了，无论报什么类别，都不影响高考志愿的填写，更不影响艺术类院校的录取。也就是说报考类别填什么无所谓，就看你考得怎么样了。

按说我该放心了，可还是没法放心：朋友的朋友是不是真给问了？是打电话问的还是亲自上门问的？亲自上门问的还好些，如果是打电话问的，被问者胡乱应付随口一说怎么办？

再给上戏招办打电话，对方说，你们省的政策改了我们这边没改啊，你得去你们省招院递交修改报考类别的学生申请，让他们修改为艺术类，否则他们不投档，我们怎么录取啊。

拿着修改报考类别的学生申请去了省招院，却不知给哪个部门好，去信息处，说不对吧，若改报考信息需从下边一级级上报才行吧？要不你去普招二科问问？去了普招二科，说没用，只要高考志愿填对了，我们投档就是了，不用写什么修改报考类别的申请。我就不知怎么弄好了，再给上戏招办打电话，让他们和省招院这边电话对接。双方对接了，省招院普招二科的人让我回家等待即可，说需要学生申请或出面时会和我联系。想必这是确切的，也就放心地回了家。

很累。很累。到家吃了几口饭，稍作休息，硬撑着去学校看女儿。女儿特别高兴，隔着教室的窗户就喊着爸爸跟我打招呼，随后跑出来，拉着我的手说正准备下课给我打电话呢，一天没见我可想我了。我感觉眼眶发热，想流泪，努力忍着没让泪水流出来。父女二人走到车前，一直待到上课铃响。女儿不让我走，让我在学校门口等到她再下课，说和爸爸没有亲够。我的眼泪再次在眼眶中打转，知道她这是高考在即心里紧张，需要我的安慰，就说好，爸爸不走，就在这里等你再下课。但她走到校门的时候忽又回身喊：爸爸你回吧，反正晚上你还来接我呢。

看到女儿走进校门，我转身上车，肚子却突然疼起来。早上去省城时肚子就隐隐作痛，吃了药，本来不疼了，怎么现在又疼呢？去药店买了其他药吃，想着，明天开始不能再让女儿吃水果了，以防胃肠出现问题影响高考。

期盼。害怕。紧张。高考的第一天终于到来。早晨起床，女儿像热锅上的蚂蚁在屋里来回走动，说，爸爸，你给我讲个笑话行不行？讲个笑话让我心情放松放松。我说，好，就给她讲："有个爸爸告诉他的女儿自己小时候日子特别特别苦，饭没的吃，衣没的穿。有一回上山割草遇到一只狼，狼本来饿得两眼都放绿光了，可一看他的样子就哭了，说你瘦得只有骨头没有肉，我可怎么下口啊？他的女儿听后泪眼婆娑，说，爸爸，我终于知道了，你是因为奶奶家没饭吃才到我们家的。"女儿勉强笑了一下，说："一点也不好笑，为了给你个面子，就笑一下下吧。"

这个笑话的确是不怎么好笑的，可如果不是高考紧张，即便不好笑，女儿也会笑得咯咯的，因为是爸爸讲的。

一个人的内心不轻松时，幽默感也就消失了。

该吃早饭时，女儿却吃不下，只喝了很大一杯咖啡。我说："臭宝，空腹喝咖啡对胃不好。你应该吃口饭再喝。"女儿说："对胃不好也比进了考场头晕脑涨强吧！"我不敢再说什么，只能默许。

上午考语文，送女儿去考场的路上我的心一阵阵发热，总怕她写作文会跑题，就小心翼翼地说："臭宝，高考作文和平时写作是有很大区别的，你一定要审好题，按人家的要求去写。"女儿便不耐烦了，说："爸爸你别说了行不行，你越这么说我越容易出问题你知道吗！这叫心理暗示！"我赶紧说："好好好，好好好，爸爸不说了，不说了。"

考完走出考场，女儿见到我笑得很是勉强，一如早上听笑话。我便知道不妙，想问却不敢问，只揽着她的肩膀说："走，回家吃饭去，爸爸给你做的糖醋排骨。"女儿却搂着我的脖子哭哭唧唧地说："爸爸，我的作文跑题了。都怨你，非得嘱咐我别跑题。"我的火噌噌地往上蹿，心说你干吗的呀，为啥不好好审题啊！还怨上我了！嘴上却说不要紧不要紧，说不定歪打正着呢。再说判卷老师一人一个标准，说不定给你判卷的老师就觉得你这样写最好呢。

回到家，女儿无心吃饭，马不停蹄到网上查询她的高考作文是否跑题。我不敢跟她一起查，怕证实跑题我压不住火。就到厨房给她盛菜盛饭，深吸一口气，努力让自己心情平复。忽然，女儿大喊："爸爸，爸爸，快来看，我没跑题，我没跑题！"我奔到女儿的卧室，说："是吗？是吗？"女儿抱住我又跳又蹦："当然是了。当然是了！"

父女俩笑逐颜开。

下午考数学，一再鼓励女儿没问题，心中却不停地打鼓，因为女儿的理科不如文科，万一再有发挥失常的情况发生，可就完蛋了。结果，考完出来又是一脸苦相，原来第一大题未做，而交卷后却想起那题她是应该会做的。

"爸爸，你闺女这是怎么了？怎么老是出问题啊？难道上天不想让我上大学吗？我难受死了。"这么说着，女儿的眼泪就要流出来。

我却没再想发火，只是赶紧安慰她："没事啊。"心底却泛上几丝凉意，暗说，就这状态，万一真的考不上可怎么办啊？马上又对自己说，不能这样想，不能这样想，一定能考上，一定能考上！

晚上，我写日记，用一种极其冷静的心态预测女儿这次高考应该能得多少分，然后写下了这样一行字：女儿一定能考五百多分。再精确点，应该是五百一十分左右。

又写下一行字：明天上午考"文综"，相信女儿一定能考好！

仿佛是我坚定了信心起了作用，此后两天，女儿考得特别顺利，每次走出考场都显得特别高兴，都会对我说："爸爸，我感觉自己考得还行！"我就感动得不得了，老感觉眼眶发热。

可是，女儿却一直不爱吃饭，不管什么饭，端到她面前就会一脸愁容，我和她妈妈急得不行，劝她，她就发火："不爱吃就是不爱吃，劝什么劝！真是的！"

高考结束这天中午，女儿一下子轻松了不少，从考场出来就对我说："爸爸，回家我要看电视。"我说："看看看，看《甄嬛传》！"

回到家，我做饭，女儿看电视。忽然听到一声哎呀，我赶紧跑出厨房，看到女儿倒在了地板上，我的脑袋立刻嗡的一声，自己也差点儿晕过去。我扑上去抱起女儿，喊着："臭宝，你怎么了？你怎么了？"女儿在我怀里睁开眼，说："爸爸，我刚才从沙发一起身，就觉得眼前一阵发黑，便晕倒了。"我的眼泪哗哗地流了下来，我说："这些天你又紧张又不吃饭，能不晕吗！"

下午，带着女儿去找老中医赵夕群先生号脉，老先生说没什么大碍，就是没好好吃饭，可能低血糖。要不放心，就到医院抽个血化验一下。

走出老先生家，女儿却不同意去医院。"我又没病，去啥医院啊！不去！"我说："那爸爸送你个礼物让你高兴高兴吧。"就领她去超市，买一部手机。这一下，女儿真的高兴了，回家坐到沙发上一直爱不释手地摆弄。

我坐在一边看着她的样子，喜爱得不得了，所有因高考而经历的内心煎熬一扫而光，心中只想，若是高榜得中，这个宝贝女儿就飞走了，就再也不能天天见到她了。然后，就预想送别时的情景，不觉间，泪水已经溢满了眼眶。

陪病中的邓老师回济宁

恩师邓荫柯先生患了脑梗，已经卧床三年有余。2018年我应八一电影制片厂刘星老师之邀去北京参加一个剧本创作讨论会，顺便跑到邓老师所住的大兴一家疗养院看望他，在短暂的相见中他一直拉着我的手，言语不清，听力极差，却靠着护理他的付玉梅女士的翻译和大声转述，询问我的创作情况、家庭情况。那份关爱令我泪目。分手时我说邓老师你好好保重，我还会来北京看望你的。他笑着点点头，说好，我听你的，我听你的。

2019年夏初，邓老师的次子邓铁辉给我打电话，说老爷子的情况极差，他自知时日无多，想在最后的日子里回老家济宁看看，希望能在济宁见到我。我说好啊好啊，我也正想见见邓老师。随即带着妻子和做摄像师的堂弟魏然征赶到了济宁。

从沂水到预定好的会面地点——济宁市金乡县羊山镇鲁西南战役纪念馆，导航显示是三百二十六公里，本来预计四个小时到达，可出了县城赶上大雾，能见度只有几十米，高速公路关闭，只能由普通道路越出雾区再上高速。妻子说这样的天气太不安全了，要不你跟铁辉说一声，咱不去了吧。我说那怎么行呢，邓老师盼望与我在济宁见一面，这很可能就是最后一面了，我不去如何对得起他呢，这可是对咱有恩的人啊！恩情是需要一生永记的，恩情也需要在合适的时间作出回报，哪怕你的这种回报只是微小的，但是只要你做了，你所谓的感恩才不是苍白的，空洞的。妻子脸一红，便说，那你别着急，咱慢点走。

其实妻子并非不讲情义，那次去北京，还是她让我一定抽时间去看看邓老师的，因为她知道我对邓老师的感情，她知道我在文学道路上的成长，邓老师给了我莫大帮助。如果没有邓老师，我的长篇小说《浮尘》不仅不会产生什么影响，可能都出版不了。因为早在出版《沂蒙九歌》那一版的时候，出版社的一位赵姓编辑就曾在选题会上提出过反对意见，认为这本书描写地富家庭的遭遇太过悲惨，结构也很散文化，没有长篇小说的纵横捭阖，不适合出版。是邓老师坚持己见，并强调对青年作者要以扶持为主，不要太过苛刻，这本书才最终面世的。有了《沂蒙九歌》的面世，才有了《浮尘》的畅销，我的文学梦想才真正看到亮光，我也才真正有了被人称为作家的资格。而到了《白妖》，尽管丢稿事件让我感到痛心，但与邓老师并无关系，相反，恰恰也是邓老师凭借他在出版社的影响与威信，才确保稿子重新写出来后没被搁置。也是因为《白妖》的出版我拿到了在当时年代比较高的稿费——千字八十元，一共三万两千元。回到沂水才买了第一套房子，才得以从十一平方米的蜗居搬到了六十多平方米的楼房。这还不是最要紧的，最要紧的是他给了我太多鼓励，他总是坚定地认为我是一个有灵气的作家，作品透着扎实的生活体验与人生思考，坚持下去一定会有好的发展。这对我无疑是一针强心剂，使我在文学的天空中飞累了、飞倦了的时候，不至于产生厌弃情绪。就像一个不懂事的孩子得到老师的夸奖便会更加努力一样，我能有今天，即得益于朱宝太老首长的教导，也得益于邓老师对我的偏爱和鼓励！

早晨六点多钟出发，中午十二点多才赶到羊山。在路边一家小饭店门口，我和邓老师相见。铁辉他们一行七八个人，租用了一辆大型商务车，一路上邓老师是躺着的，上下车时需要有人抬着，下车行动时需要坐轮椅有人推着。我们赶到小饭店门口时，邓老师已经被人抬下车坐在了轮椅上，我上前与他拥抱，他喜悦不已，嘴里含混不清地说着话。推着轮椅的付玉梅解释说，他问你路上顺利吗，听铁辉说临沂大雾，他一直担心你的安全呢。我说很顺利很顺利，就是走得慢了点。来得有点晚了，让你牵挂了。内心对邓老师充满了感激。

午饭后，我们开始了济宁之行的第一站，游览鲁西南战役纪念馆。我也让堂弟然征开始了对邓老师济宁之行的全程记录。

鲁西南战役是发生于1947年7月的一场著名战役，是打乱国民党南部战线战略部署，开辟进军大别山之路，为解放军拉开战略进攻序幕的重要战役。此时，长期做地下工作的邓老师的父亲邓光耘是《运河报》的编辑，为宣传这场战役做了大量工作。邓老师之所以要到这里看一看，就是为了怀念一下父亲，怀念父亲所经历的那些风雨岁月。

我和铁辉、付玉梅轮流推着轮椅上的邓老师，在纪念馆里转了足足两个小时。每当我推他的时候，他都会深情地回头看我一眼，不说话，却使我的心中升腾起一种父子般的暖意，两颗心贴得很近很近。

离开鲁西南战役纪念馆，我们直奔郓城第一中学。

商王祖乙曾迁都于此的郓城，是水浒故事的发祥地，也是梁山英雄宋江、晁盖的故乡。而成立于1950年的郓城第一中学，因为培养了十几位政治、文化、教育、外交等领域的高层领导和知名人士而闻名全国。邓老师不是这所学校的学生，他中学就读于阳谷冀鲁豫边区第七中学，也就是后来的阳谷第二中学。他之所以来郓城一中造访，是因为他父亲是这所中学的第一任校长，为这所学校的成立和建设付出过巨大心血，作出过巨大贡献，为这所名校留下了勤奋、正直、忠诚、守信、好学、拼搏的精神财富。邓老师此次前来，就是为了寻找父亲印在这块土地上的那些兢兢业业、勤勉无私、坦荡诚挚的身影，对已离世十年的父亲进行深切缅怀。

但是坐在轮椅上的邓老师没有到楼内参观，他只是在学校大门前留个影，也叫上我与他合个影，便在院子内静静地看着，好像用心去倾听来自遥远时代父亲在这所学校留下的那一些坚定扎实而又无私刚直的脚步声。我和铁辉等人则到学校设在办公楼四楼的展览室内，找寻邓光耘的身影，并且拍了照片回来给邓老师看。邓老师很欣慰，但看着看着，眼睛就湿润了。我想，他是想父亲了。假如父亲还在这所学校里该多好，假如他还是那个父亲一回家他就扑进父亲怀里的孩子该多好！

结束郓城之行，我们赶往济宁，当地作家协会的副主席兼秘书长汪林先生在著名词作家乔羽先生的故居一侧设宴款待我们。在这里，我们陪着邓老师吃到了地地道道的家乡美食——甏肉干饭、马集烧鸡、漂汤鱼丸、孔府熏豆腐等。对邓老师来说，这是久违的家乡菜。当年的艰苦岁月中，他和大妹邓荫林、三弟邓荫桓与母亲在居无定所、整日漂泊中过着食不果腹的日子。对于家乡的美食，邓老师听说过，却很少吃过。长大后全家搬到了北京，他从北大毕业后又随即进入人生的低谷期，下放到辽宁，几十年未曾回过济宁，想吃也没有机会。如今终于吃到了，虽然他吃得不多，但他的内心充满了浓浓的乡情，也充满了对汪林先生和家乡人民的感激之情。

饭后住进宾馆，极为疲惫的邓老师很快入睡。但是到了深夜时分，远在江西鄱阳湖拍纪录片的著名作家庄志霞老师赶来了。已经年届七十的她放下手中正做的事情，带着哥哥庄志荣和女儿庆庆专程赶来陪邓老师的。庄老师与邓老师的友谊已经保持了几十年，彼此关心支持也已几十年。邓老师此次济宁之旅特意邀请了她，她也明白这可能是一次告别之旅。所以不管多忙她都赶来了。

庄老师一到宾馆就想看看邓老师，但又害怕惊扰邓老师休息，便耐心等到第二天早晨才敲响了邓老师的门。

这是一场亲人的相见——热烈、亲密、喜悦、温情。对于邓老来说，多年以前他与志霞老师因为一部作品的出版而相识的情景历历在目。但是那个时候，他怎么会想到，美丽善良的庄志霞会在以后的岁月中，成为他一生的亲人。庄志霞不仅认他作了哥哥，还带着自己的胞兄庄志荣到邓老师的父亲面前叫了爸爸。全家人无不喜欢这个端庄贤淑又善解人意的女子，这个女子也全身心地融入到邓家，成了邓氏家族的重要一分子。她整日奔波忙碌，可她无时无刻不牵挂着被病魔缠身的荫柯大哥，总是不管多忙，每隔一段时间就跑到邓老师居住的北京太阳城看望一番。连精心照顾邓老师的保健护士付玉梅都感动不已，慨叹邓老师今生能有庄志霞这样一个妹妹是天上掉下来的福分。

早饭后，我们陪同邓老师赶往济宁古八景之一的太白楼。

这是一座有着悠久历史的文化名楼。唐玄宗开元二十四年（736年），李白携妻带女自湖北安陆移家任城，也就是现在的济宁，一住就是二十余年。其时，此楼为贺兰氏经营的一家酒楼，一生好酒的李白常到此楼设宴与诗友畅饮作诗，因而留下了千年不灭的耀眼光芒。在他去世将近一百年后的唐懿宗咸通二年（861年），以写诗闻名的吴兴人沈光，路过济宁造访此楼，挥笔篆书"太白酒楼"匾额，并写下了《李翰林酒楼记》，从此，太白酒楼名满天下。

李白是邓老师非常崇敬的唐宋文学名家之一。少年时代，邓老师多次造访太白楼，渴望自己成为李白式的文学巨匠。但在那个时候，他不会想到，自己一生与文学结下不解之缘，不管是为他人作嫁衣，还是个人文学抒写，他的成就都可圈可点。更不会想到，有一个出生于沂蒙山的孩子，也对李白充满了无限的景仰，一度能够背诵李白三百多首诗，并会在沈阳与他相识，会在他的培育下成为作家。

一路上庄老师不离邓老师左右，来到太白楼下，她更是与邓老师合了好多影。我知道她在表达着什么，便主动安排堂弟然征也为我和她还有邓老师拍了一张合影。这个只有我们三个人的合影既表明我们都对李白有着深深的景仰之情，也表明我们三人有着相通的心灵和上天赐予的在此相会的缘分，更表明我对庄老师的尊敬与感佩。

孔府，此次济宁之行的重要一站。深受儒家思想影响的邓老师在这里能够感受到他的文化根脉在激越地跳动。孔子以一种影响华夏甚至整个人类的方式，从春秋活到现在，邓老师属于孔子亿万个影子中最鲜明的那一群。而在众所周知的那场浩劫中经历过太多磨难的邓老师，当春天终至以后，对于曾经严重伤害过他的人所给予的谅解和宽容，正是孔夫子那双大手推助的结果。

我和庄老师代表邓老师在孔子像前深深地鞠了三个躬。然后再一次让堂弟然征为我们三个人在孔子像前拍了一张合影。

从孔府出来，庄志霞老师与邓老师告别，她得回江西鄱阳湖了，那里还有一帮人在等她拍纪录片。她在邓老师的车前与邓老师紧紧拥抱，紧紧地把脸贴在邓老师的脸上。我看到她哭了，邓老师也哭了。我明白两位老人的哭意味着什么，心下沉沉，酸楚不已。

送走了庄老师我也与邓老师依依惜别。当我也与邓老师紧紧拥抱时，泪水同样潸然而下。因为我和庄老师的心情一样，不知道此次一别还能不能再与他相见。尽管庄老师从江西给邓老师带来了"开过光"的"护身符"，但那只是一种心理安慰与美好愿望的寄托而已，并不能真的保证什么。在医生的判断中，以邓老师现在的身体状况，或许只有一两个月的时光了。假如那个时候铁辉通知我去见邓老师最后一面，我见到的也只是一个永远沉默的邓老师，而不是那个可以笑着与我拥抱的邓老师，更不是那个可以和我无话不谈的邓老师，可以给我关心和鼓励的邓老师。那就是一场没有回头的永别。我如何不悲伤呢？但我期望邓老师会好好的，战胜病魔，哪怕再活三年五年也好。所以我对他说，邓老师，你一定要好好的，一定要好好的。我回沂水以后给你做一部纪录片，叫《荫柯的旅程》，你回北京以后好好等着，等做完了我给你寄过去，你好好看看。邓老师点点头，如同那次在北京大兴那家疗养院告别时一样，他说，我听你的，我听你的。

"我听你的，我听你的。"就好像他对我的一种许诺，他真的就好好的，一直好好的，纪录片做好以后他好好的，到现在已经过去两年，也还好好的。我希望他再给我一次许诺，继续好好的。好好的，再过十年二十年，他仍然好好的，好好的。

最后的军礼

2020年9月27日上午，沂水的天清明如洗。我在堂弟然征的影视工作室里正讨论纪录片《千年沂水》的修改事宜，突然手机响了，显示是朱宝太老首长打来的，我赶紧接了。但是说话的却不是老首长，而是他的老伴刘金枝阿姨。

刘阿姨说："然森啊，爸爸快不行了，你最近忙吗？不忙你来趟沈阳，和他见最后一面吧。"

老太太话说得很平静，但是我却如雷轰顶。一个多月前我和老首长通过电话，已是八十九岁高龄的他虽然耳聋严重，但是说话声音洪亮，底气十足。他告诉我他身体很好，要我不用担心。现在，怎么说不行就不行了呢？

老太太说，上个月干休所例行查体，发现他的癌胚抗原数值非常高，进一步检查，原来已是胃癌晚期，并扩散。随即住院就再也没有出来。当时怕你知道了担心，也怕你太忙来回跑耽误事，就一直没有告诉你。现在身体越来越不行了，再不告诉你，只怕见不上了。

我哽咽难语，眼泪奔涌！

如同当年得到祖父不好的消息一样，我恨不得一步赶到老首长身边。所以跑回家跟妻子说，朱老快不行了，我得抓紧去。就一边流泪一边急急火火地收拾衣服。妻子跟在我身后也流泪，问我，你怎么去啊？买飞机票了吗？并给女儿打电话，让她在网上给我订票，越早越好。但是临沂飞沈阳的当天机票已售罄，我再着急也只能坐第二天下午的飞机去沈阳了。

到机场接我的，是老战友马树勤。他把我送到老首长所在的北部战区总医院附近的一家宾馆，已是下午五点多。树勤说我先请你吃饭吧。我说不，我得先去看老首长，要不然心里难受。但我不知道沈阳是否也和沂水一样有晚间不看病人的规矩，就问树勤。树勤也不知道，我就往老首长的家里打电话，家里没人接，我又给老首长的二女儿朱亚芹打电话，亚芹姐竟也不接，直到晚上八点多，她才在我的焦虑不安中回复过来，告诉我她一直忙，对于有没有晚间不看病人的规矩，她也不清楚，说反正也这么晚了，老爸的情况还不错，就等明天再去吧。我就知道，我的谨慎可能多余了。但是到了这个时候，就算能看也进不了管理严格的部队医院了，只好耐心等待第二天的到来。

宾馆的楼下有商店也有花店，早晨八点，我买了两瓶蛋白粉和一个大花篮，急匆匆赶往老首长的病房。一路走，一路想象着见面后的情景，担心自己控制不住流泪，会影响老首长的情绪。就不断地警告自己稳住，一定要稳住。

但是经过了严格检查终于见到老首长后，情况与想象的完全不同。病房里静悄悄的，老人家正在昏睡。我坐在病床前拉着他的手等他醒来，等了好久好久，一直等到十点多，刘阿姨来了，呼唤中老首长才渐渐睁开了眼睛。但是，他认得出老伴，却认不出我。老太太告诉他儿子来了，你好好看看，你最想念的儿子来了。他没有反应。负责特护的是一位亲戚，我叫二哥，他在老首长耳边大声说，你看看谁来看你了？是你干儿子小魏！小魏从山东专程来看你了！他仍然一点反应也没有。我把脸凑近他的脸，说老爸，是我，然森。他啊啊着，依然没有真正认出我。

二哥是个很朴实的人，大高个，黑脸膛，结结实实的。闲聊中他告诉我自己喜欢冬泳，不管零下多少度，每年冬天他都会天天参加浑河冬泳队。现在照顾老首长没时间再到浑河冬泳了，他就每天晚间洗冷水澡。

因为这一爱好，他的身体非常棒，照顾老首长二十四小时连轴转也没问题。

我提出让二哥回家休息几天，我在病房照顾照顾老首长。我说我跟老人家承诺过，等他老了若有卧床不起的那一天，几个姐姐妹妹没时间，我就来照顾他，时间长了不敢说，一两个月我是能做到的。现在，我该兑现诺言了。二哥却没同意。二哥说让你照顾肯定是不行的，老人作为军职干部，护理标准比较高，对陪护人员也有一定要求，你初来乍到，摸不上头绪，医生是不会同意的。每天过来看一看，心意到了就行了。我也就不好坚持，只能作罢。

第二天上午再到病房，老首长仍然处在糊涂中。医生查房，批评二哥怎么还没给老首长买个空气垫，你看看，后背和臀部都开始起褥疮了。二哥笑着说你们前天下午才说的，我哪得出空来呀。然后就要出去买。我正不知道该为老人做点什么才能尽到孝心，赶紧拦下他，自己到医院外面买来了一个空气垫。

回到病房，看到刘阿姨又来了。两三个医生护士正在给老首长从鼻孔里插流食管。这对病人来说可能是件极为痛苦的事情，所以老首长大叫着：老伴啊，要死人了。要死人了。你不是医生吗，为啥让他们这么干啊！刘阿姨的眼泪哗哗的，却说，不插管不行啊老伴，你吃不下东西了，得用管子往里输啊。

插完管子，老首长竟然清醒了。稳定片刻，二哥摇一摇自动升降床，让他呈半卧半坐状态。我走上前，弯下腰去看着他说，老爸，认出我是谁了吗？他定睛看了片刻，眼里忽然充满了泪水，惊喜地说，是儿子，是儿子来了！随后举起他的右手，竟然给我敬了一个标准的军礼。我赶紧还礼，眼泪瞬间唰唰而下。

我们的手紧紧握在一起，终于又像从前那样可以倾心交谈了。他问我怎么知道消息的，问我身体怎么样，问孩子在上海情况可好。还问起了那年他到沂水时陪他吃饭的几位县里老领导可都还好。还说起了作家刘英学，多年来成就不凡，获得了许多国内国际大奖，像我一样，一直令他感到自豪。但他已经不可能有机会与刘英学相见了，让我何时见到刘英学，代他问好，并转达他的心情。

我们谈了一个多小时，我看得出老首长累了，让他休息。但他仍然兴致勃勃。直到医生过来，告诉他不要说太多话，他才点点头，闭上嘴，也闭上了眼睛。等医生走了，他马上睁开眼，摆摆手对我说，你也休息去吧，咱们都要服从命令听指挥。

我在沈阳待了五天。这五天，老首长的情况大有好转。没再昏迷，精神头儿也一直不错，说话累了以后还能看看电视。恰好某台正在播放电视剧《三八线》，他看得津津有味。还不时地说几句他参加抗美援朝的事情。刘阿姨和二哥对我说，看样子半月二十天不会再有危险，要不你回山东忙去吧，等有什么事的时候我们再通知你。老首长也说，你回去吧，我们能见一面已经很好，不要耽误你太多时间。

我便恋恋不舍地回了山东。

可回到山东不到三周，10月24日早晨便接到了老首长去世的电话。打电话的是老首长的大女儿雪梅，她说爸爸走了，他这辈子生了我们五个女儿没有儿子，一直把你当亲儿子一样看待，也一直以你为自豪，你来送他最后一程吧。

然而此时，我的腰椎病犯了，疼得无法直立。接电话的时候我说好，我去送老爸最后一程。可是放下电话，知道自己去不了，就哭着给大姐发了封表示歉意的短信。大姐回复，身体要紧，实在来不了不要勉强。可我躺在床上，泪水却止不住地流。妻子坐到我身边，同样泪流满面，她说，你实在想去就去吧，不去你会一辈子自责的。

到医院进行了针灸按摩，并服用了止痛药，当天深夜，我便赶到了沈阳。第二天早晨五点半，又赶到了设在沈阳郊区的一家殡仪馆。

天色阴沉，冷风飕飕。我从沂水启程时考虑到沈阳的天气可能比沂水冷，所以就穿上了保暖内衣，但还是穿得单薄了。殡仪馆大门前有几百人在排队等待为逝去的亲人送行，但由于疫情防控的需要，每个离世者的亲属只能进去十几个参加告别仪式。而且分批进入，不能混乱。我作为重要亲属被允许参加仪式。可大家都穿了棉外套，只有我没穿，因此排队等候了不长时间就浑身冰凉，瑟瑟发抖，腿和颈椎也开始疼痛起来。大姐雪梅担心我会感冒，让我不要去了，说你来了心意就到了，爸爸不会怪你的，去车里等我们吧。我没有同意，说无论如何我都要看一眼老爸的遗容，给他鞠个躬，不然我就白来了。

　　终于挨到进入告别大厅，寒冷渐渐消散。腿和颈椎的疼痛也可以忍受了。但是再一次的排队等候中，看到那些为逝者而痛哭的人，我的泪水一次次奔涌而下。想起第一次与老首长相识时的情景，想起老首长给我讲哲学、政治学、经济学的情景，想起患了抑郁症老首长给我排解的情景，也想起他到沂水看望我的情景，一种失去亲生父亲般的悲痛袭上心头。这种悲痛在看到老首长的遗体被鲜花簇拥着推到告别厅的那一刻达到极限，在目睹老首长被推向火化炉的那一刻彻底崩塌，我禁不住放声大哭。

　　又一个寒冷的清晨到来时，我乘坐一辆出租车赶往沈阳桃仙机场，准备回山东。我的心空空如也，落寞不已。想一想几十年竟是弹指一挥间，那个神采飞扬的老人，那个心地善良的老人，那个让沈阳这座城市充满了我的思恋与怀念的老人，竟化作一缕青烟再也不复存在了。而我，在离开这座城市的最后时刻，还能为他做点什么，还能做点什么才能慰藉我那颗悲伤的心呢？我来到候机厅外的天桥上，面向沈阳城矗立良久，郑重地举起我的右手，敬了最后一个军礼！

风雪日

2020 年 12 月 28 日中午，我从手机上看天气预报，得知第二天沂水有中到大雪，天气也将变得非常寒冷。便告诉妻子，出门注意保暖，别为了好看把自己冻感冒了。此时，有朋友给妻子打电话，让她参加一个聚会。我便生气地阻止她：聚什么会啊！闲得难受！在家做饭！妻子没听话，笑嘻嘻地说出一大堆不去不行的理由，换换衣服，打个我理都没理的招呼，走了。

时间已是中午十二点，我去厨房炒菜，心里充溢着对妻子的极大不满。

忽然有些腹痛，便关掉灶火去卫生间方便。哪知方便完了，手纸用了一张又一张，擦下来的全是血，回头看便池，里面更是鲜红一片。我愕然不已，已经持续五六年的肠胃不适让我判断，这一次我可能得大病了。

其实，早在三四年前我就怀疑自己在肠胃方面得大病了，只是一直忌医讳医，害怕查出大病自己和家庭都承受不了，单位发了免费体检表也拖着不敢去医院检查。

这一次，还能再拖吗？不能了。县医院肛肠科有位比较出名的医生叫孔繁杰，是我多年的朋友，我先给他打电话进行了咨询，孔大夫说你得来检查我才敢确诊出血的原因，电话里这么一说我不好随便判断的。我便下楼开车直奔医院去了。

想给妻子打电话让她回来陪我去的，但又害怕猛地一说吓她一跳，也怕她的朋友们误以为我是为了阻止她参加聚会编造理由。因为她们早在传说我的"家教"很严，妻子轻易不敢随便参加聚会。所以，我还是不要再让妻子没面子吧，电话便没打。

我独自来到医院。孔大夫热情地把我领到检查室，第一次指检说没事，你有个小痔疮，可能血是痔疮造成的。但他马上又说不对，你的肠道里有残留血迹，大量出血应该源于直肠或结肠，还是住院做进一步的检查吧。此时，他也怀疑我得了非常不好的病。只是没有确诊，不便直说。

我怀着惶恐不安的心情去办理住院手续，发现天已经阴沉得很重，空气里也充满了令我窒息的压抑。我想，或许从现在开始，我的天空不会再有太阳出现，除了即将到来的风雪与寒流，上天将送来无边无际的黑暗。

我想到了妻子，假如黑暗真的到来，她该怎么办？一个没有任何能力的女人，一个傻傻的不谙世事的女人，一个美丽不再青丝将白的女人，没了我，她该如何在这个世上继续她的人生？还有女儿，她还在读研，她还没有找到替我疼她爱她的男朋友，她也还没有属于自己的一片立足之地，没了我，她又该如何在这充满了泥沼与陷阱的道路上跋涉呢？没了我，当她遇到暴风雪时，还有谁能像她的爸爸一样为她挺身而出呢？

思想至此，凄然泪下。

此时，妻子突然打来电话，说，你去哪儿了？怎么没在家？我说在医院。只这一句，我便哽咽起来。妻子吓坏了，急切地问我怎么回事。我简单地把情况对她一说，她的声音便异样了，说你等着，我马上到医院去。

夫妻俩在医院大厅里相见，竟然分外地亲切起来。她抱住我的胳膊，眼睛红红地说，没事吧？医生怎么说？我半天说不出话来，她便明白事很大了，双手哆嗦着说，不会的，不会的，一定不会的。我长长地叹出一口气说，你要说了算就好了！

挂完号去病房住下，妻子迫不及待地去找孔大夫询问，想听到孔大夫说出病情不会很严重的话。但是孔大夫说，到底什么情况我现在也不敢乱说，需要做肠镜才能做出准确判断。妻子的心里就没了底，回到病房嘴里说着没事没事，眼睛却回避着不敢正视我。

预约好了第二天下午做肠镜，我却判断有大病的可能性非常大，做肠镜不过是获得一个确切的验证罢了。所以在病房里挂完吊瓶，妻子要我住在医院，我却坚持回了家。因为有部书稿的结尾没写完，我不想明天万一查出大病来精神一下子垮掉后让这部书稿废掉。

外面已经纷纷扬扬地下起了小雪，夫妻二人回到文化馆大院，妻子担心第二天早晨雪在车窗玻璃上结冰影响使用，就到仓库内拿来了一块作废的白纱窗帘盖到了车上。可在白纱窗帘盖住车身的那一刻，我的心忽然咯噔一下，暗想，妻子为什么单单拿一个白纱窗帘来盖车呢，难道这是冥冥中的什么预示吗？心就慌慌乱乱地跳起来了。这在以往，我一定会大发脾气怨她做事不长脑子，现在，我却什么话也不说，只挽着妻子的胳膊回了家。

一进屋，好像进入了一个可以任意挥发痛苦的自由之地，妻子往沙发上一坐就捂着脸哭起来了。我拿一张纸巾给她擦眼泪，安慰她，先不要害怕，即便真有不好的病，也不是一天两天就会离开你的。我会更加努力挣钱，给你存下二三十万元养老。也会给闺女挣下一大笔钱，让她万一找不到合适的工作有口饭吃。妻子一下子抱住我，呜呜地大哭，说我们不要钱，我们什么都不要，只要你。没有你，给我娘俩多少钱我们也活不成！我的泪水哗哗而下，紧紧地搂着妻子，好久泣不成声。

这个晚上，妻子主动邀我去她床上睡觉。多少年了，我天天熬夜写东西怕影响到她，我们一直是分床睡的，只有早晨我写累了的时候，才到她的床上躺一会儿。妻子也曾为此埋怨过，说夫妻没有夫妻样，不知道的还以为我们夫妻不和呢。但是时间久了，她也就习惯了。反倒是睡在一起觉得不舒服。现在，在我生命出现在一个未卜的关口上时，她忽然觉得需要珍惜夫妻一场的时光了。我也知道自己更该珍惜，所以，我很顺从地答应了。

夫妻俩从来没像现在这样搂得那样紧，也从来没像现在这样有着那么多的话要说。当然所说的话都是我对她的种种嘱咐，好像马上就要生死离别，马上就要阴阳两隔。妻子在我的嘱咐中一次次地哭，一次次地要我别再说，她害怕。但我不说不行，我怕嘱咐晚了，明天一旦确诊不好的病，我连嘱咐的精神也没有了。

几乎一夜没睡，脑子里想的全是万一查出不好的病我该寻找怎样的路子给妻子女儿多挣下一点钱。我无法左右自己死了以后她们母女的命运，但是如果有了足够的钱，她们母女的命运就不至于很差，这是我作为丈夫和父亲唯一能做到的了。

思虑了很久很久之后，我忽又想起了那部没完成的书稿。于是，在妻子轻微的鼾声中，我悄悄下床回到书房，不敢开灯，用手机照明打开电脑，开始在键盘上一个字一个字地敲击。直到眼前变得模糊，看不清显示器上的文字，并且无法自控地扑通往后一仰在座椅上睡了过去，才作罢。

第二天早晨，天刚蒙蒙亮的时候，妻子起床了。好睡懒觉的她是从来没有这么早起床的。今天就因为丈夫的病，太阳便从西边出来了。而且起床后她轻手轻脚，到厨房里烧水做饭，预备我醒来后吃点东西好去医院。可她一有动静我就醒了，悄悄来到厨房门口，发现她一边做饭一边擦眼泪。我说做了你吃点，我就不能吃了。因为今天约好了验血和做肠镜，吃了饭还要用洗肠的药泻下来，验血也会影响效果的。妻子恍然大悟，说，哦，我忘了。偷偷转身擦一把眼泪，又回头笑着对我说，你不吃我也不吃了，这么早吃不下。

夫妻下楼准备去医院，却发现厚厚的白雪已经覆盖着大地，并且雪仍飘飘洒洒地下着。来到车前，想揭掉车上的破窗帘清扫一下开车走，窗帘却紧紧地冻在了车上，根本揭不动。夫妻俩只好到街上打车。然而，雪在此时似乎越下越紧，而且夹带了刺骨的寒风。我们手拉手来到大门东边的大街上，看到已有零零星星的车辆在雪中穿梭，却是等了好久好久也不见一辆出租车。妻子说，咱们走着去吧。我说，风雪这么大，路又那么远，你怎么受得了？妻子就更紧地握住我的手说，只要有你和我手拉手，再大的风雪我也不怕。我的心头一热，什么话也没说，只在风雪中给了妻子一个紧紧的拥抱。

我们相互搀扶，一路跌跌撞撞走到医院。在病房外的大厅内，我给妻子拍打着身上的雪，妻也给我拍打着身上的雪。我说，你累吗？妻说，一点都不累。倒是觉得路太短了，只要老天别让我们分开，这样的路再长也无所谓。我摸一下她冻得发红的脸，又一次心头发热，说不出话来。

同病房的人已经开始吃早饭了。护士给我抽了血拿去化验，又给我挂上吊瓶，妻子便去药房取了一堆的甘露醇让我兑水喝，说要兑上三千毫升水，每隔十五分钟喝一大杯，在两个小时内喝完才能达到洗净肠胃的效果。

我便一杯杯地喝着。很难喝，喝到第三杯的时候就感觉喝不下了。但我咬咬牙一直喝着，直到喝完。因为我要一个真实的结果，不想再让猜测和猜疑成为我和妻子的负担。哪怕这个结果真的是不好的，只要确切，也比猜测和猜疑对人的折磨好受。

这时女儿从上海来电话了，问我们在哪里。我故作从容地告诉她在家里，刚吃过饭，然后随便聊两句就把电话挂掉了。妻子说，你怎么不告诉孩子实情？我说，告诉她实情干什么？让她着急上火吗？就算查出不好的病来也不要急着告诉她，等什么时候捂不住了再说。妻子点点头，一转身，眼圈又红了。

下午一点半，妻子陪我去门诊楼排队做肠胃镜。我怕有人打扰，关掉了手机。弟弟然征打电话找我打不通，便打到了妻子手机上。妻子接了电话不得不说实话，声音忍不住有些哽咽。弟弟吓坏了，以为已经查出什么不好的病，冒着雪赶紧跑到了医院。

　　长久的等待之后终于轮到我。妻子摘下手上的佛珠让我戴在手腕上，说佛祖能够保佑我没有大病。我是从来不信这些的，但是，妻子此刻的心情我非常理解，于是就像一个听话的孩子一样伸出手，让她给我戴上了。

　　妻子怕肠胃镜检查给我带来痛苦是给我要了全麻的，但全麻之外还要口服食道麻醉药，这对我的咽喉炎刺激很大，一小杯的麻醉水喝下去，我便难以控制地干呕不止。妻子在外听着，泪水直流。她双手合手，默默地念着佛号祈求佛祖给我以保佑。而我却在麻药的作用下慢慢地失去知觉。当我醒来的时候，胃镜已经做完，感觉到医生正在给我做肠镜。我说，医生，有什么大事没有？你们跟我说实话，我能挺得住。医生笑了，说，放心吧，没什么大事。但是你的胃和结肠中都有微小的多发性息肉，需要以后每年做一次检查进行观察。我说好好好，没什么大事就好。

　　走出肠胃镜检查室，我看到妻子的脸上荡漾着灿烂的笑容，弟弟也笑得非常爽朗。外面，雪早已停了，阳光正从渐渐散去的云层中露出笑容，像极了妻子的脸。

　　妻子双手抱着我的胳膊往电梯方向走，忽然疑惑地问，你说既然没什么大事，那血是怎么来的，而且还那么多？没等我回答，她突然恍然大悟，说，我知道了，我知道了，前天中午立军请咱在饭店吃饭，你吃西红柿牛腩汤了，当时我不想让你吃，因为你吃了胃会反酸。但是立军那么热情地给你一碗碗地盛，你不好拒绝，我也没敢阻止，你就喝了好几碗。现在看来，肯定是西红柿的原因。我也恍然大悟，说对对对，就是西红柿的原因，肯定是西红柿的原因！夫妻二人便开心地大笑起来了。

　　风雪日，就以这样的清朗结局过去了。但是在风雪中那份手拉手的温情和洒在雪路上的幸福没有过去，并且深深地印在了我和妻子的心田，永远地伴随着我们。

344

后记：我给你的只是一点泥土的芳香

几年前，我曾想为我的老家石棚村写一本书，不是志书，也不是小说，而是散文。是一本像《史记》那样既写实又很具文学色彩的长篇散文：是把一个村庄几百年来发生的重大事件、出现的重要人物、形成的风俗民规，以及每个时代的变迁脉络，进行梳理和抒写的书。这其中当然也包括我们家族，包括我本人。

但是提纲列出来，却因没有时间深入采访，就一直未能进入创作状态中。

2019年冬天，几位外地朋友在我老家相聚，说起我的人生经历，说起我想为村里写"史记"的事，他们很感兴趣，觉得这是一件大好事，是值得去做的大好事。但是，却都建议我先把自己的经历写出来，正能量的，励志的，在写作方面有启发意义的，给在校的学生看，给教育孩子成长的家长看，让他们从中得到启发和教益。这是比写几部小说更有意义的。我欣然接受。

但是，2019年冬天至2020年春天这段时间，我手里有一个比较长的东西需要完成，此事并没有马上列入创作日程。紧接着又有两个纪录片需要拍摄制作，时间一拖就拖到2020年底才开始动笔。

坦率地说写自己的经历只要进入状态还是很快的，大概只用了两周时间，我便写出了五万多字的大纲。

但是，限于种种原因，在写作的调子上我却不能完全自我化，也不能追求文学抒写的更多自由。

在我老家，一棵荞麦的一生不只是承受土壤的贫瘠、天气的干旱，还有害虫的叮咬、牛羊的啃食、野鸡和野兔的糟蹋，如此等等。

一个人的一生又何尝不是如此呢？

但能够全部呈现吗？肯定不能。得有选择地写，否则就无法拿到读者面前，就无法以正能量让人受到启迪，给人以感悟。

因为如此，我在这里告诉读者，这本自传体的长篇散文写的虽是我的真实人生，但却经过了筛选、提纯。当然，为了追求完整性，有些东西我还是没有回避，比如特殊年代给我一家人造成的伤害，比如亲情在利益面前所呈现的某些丑陋，等等。好在这也是很多二十世纪前期出生者都经历过的事，客观地反映，真实地再现，又多为正能量，写上也不算为过。

然而，毕竟是删减过的东西，棱角就少了许多，矛盾冲突的东西就少了许多，轰轰烈烈的东西就少了许多，全景式的人生俯瞰就少了许多。我只是把自己贴近土地的那一部分温度呈现了出来，我只是把泥土里的一点芬芳呈现了出来。而其中的我，也只是野地里长出来的一棵还算幸运的荞麦，能够让你感受到的，不过是一点贴近现实的勇敢、拼搏、奋斗、真诚、理想、追求等等，在天下无数棵荞麦身上也都有的精神罢了。我所希望的，也只是让这种普遍的精神，通过活生生的人的带入，给你一点微不足道的启发和感悟而已，别无其他。

假如有人觉得这本书好，的确给了你一些想要的东西，那你不要感谢我，请你和我一起，以最诚挚的心，感谢书中所涉及的人物，感谢出版社的领导和编辑。而我回过头来，还要感谢你——我的亲爱的读者朋友！

谨此为记！

2021 年 3 月 5 日夜完成一稿

2021 年 12 月 22 日上午完成二稿。